MW01127059

Triest 1854. Stephan Federspiel, Sohn eines Schreiner- und Drechslermeisters und Marinelieferanten, sitzt an der Mole mit Blick auf das in der Sonne glitzernde Meer. Er träumt von fernen Ländern und großen Abenteuern. Sein Vater stattdessen hat ganz andere Pläne mit ihm. Stephan soll den profitablen Familienbetrieb eines Tages weiterführen. Das Handwerk interessiert ihn aber kaum, Stephan will lieber zur See fahren!

An der Hafenmole des Schlosses Miramare lernt er den Hausherrn kennen. Schnell freunden sich die beiden miteinander an, sie haben die gleichen Interessen und Träume. Gemeinsam durchkreuzen sie die Pläne des Vaters. Stephan tritt in die Marineakademie und somit in die Dienste des Kaisers ein. Dem Vater wird die Einwilligung dazu mühsam abgerungen. Doch er warnt seinen Sohn: Töten und getötet werden, würde sein weiteres Berufsleben bestimmen.
Diese Warnung schlägt Stephan in den Wind, doch er sollte die Worte des Vaters zeitlebens im Ohr behalten. Österreich steuert auf bedeutende militärische Konflikte zu ...

Werner A. Prochazka, geboren am 10. Juni 1965 in Wien, absolvierte 1983 eine kaufmännische Lehre, verkaufte Büromaschinen, war 1986 Soldat für die Vereinten Nationen, durchlief eine Ausbildung zum Werbekaufmann, gründete eine Presseagentur und schrieb für eine Tageszeitung. Von 1988 bis Mitte 2007 führte er ein Unternehmen, welches sich mit angewandter Schädlingsbekämpfung beschäftigt. Seither ist er freier Autor in Wien. Österreichische Geschichte ist sein Steckenpferd. Zuletzt erschienen seine Romane: »Ich träumte von Solferino« und »Ich träumte von Königgrätz« und ein Bildband über Kaiser Josef II. Der Roman »Das keltische Sonnentor« ist in Vorbereitung und erscheint demnächst.

Werner A. Prochazka

Muss Sieg von Lissa werden

Historischer Roman

Bibliografische Information der Deutschen Nationalbibliothek:
Die Deutsche Nationalbibliothek verzeichnet diese Publikation in der Deutschen
Nationalbibliografie; detaillierte bibliografische Daten sind im Internet über
< http://dnb.d-nb.de > abrufbar.

© 2008 Werner A. Prochazka
Alle Rechte vorbehalten
Satz und Layout: Buch&Media GmbH, München
Umschlaggestaltung: Peter Doppelreiter, 1030 Wien, Arsenal Objekt 16
Lektorat: Birgit Rantschl, 1130 Wien, Auhofstraße 15
Herstellung und Verlag: Books on Demand GmbH, Norderstedt
Printed in Germany
ISBN 978-3-8334-8959-4

»Ich habe, in dem Dahingeschiedenen Vice-Admiral Wilhelm von Tegetthoff einen treuergebenen, hingebungsvollen Diener, der Staat einen seiner ausgezeichnetsten Männer, die Marine in ihm den Helden verloren, der sie zu Sieg und Ruhm geführt, dessen Name für immer unzertrennlich bleibt von den glänzenden Momenten ihres Wirkens, dessen Waffenthaten den herrlichsten Blättern der Kriegsgeschichte angehören.

Mit Mir wird die Kriegsmarine ihrem hingeschiedenen Commandanten eine unvergänglich dankbare Erinnerung bewahren und das Andenken an ihn stets zu ehren wissen.«

S.M. Kaiser Franz Josef I.
Meran, am 7. April 1871

Diesen Roman widme ich meinem großen Vorbild,
S.K.H. Erzherzog Otto von Habsburg

und wie immer

Seiner Majestät Kaiser Josef II., dem Menschen mit dem
ich mich seelenverwandt fühle.

Allen Soldaten und Seeleuten, die an den beschriebenen
Kriegen teilnahmen, teilnehmen mussten, egal, welcher
Nationalität, sei an dieser Stelle ehrenvoll gedacht.

Inhalt

Prolog

Österreich im Jahre 1797, Leoben den 17. November.

Anfang April waren die Franzosen in die Steiermark eingerückt. Nach Gefechten bei Friesach, Unzmarkt und Judenburg wurde im Letzteren ein Waffenstillstand geschlossen. In Leoben der Präliminarfrieden, welcher dann durch jenen von Campoformio bestätigt wurde. Er legte Österreich den Verzicht auf die Niederlande, die Lombardei und das Breisgau auf, gab ihm aber Istrien und Dalmatien und die im gleichen Jahre von den Franzosen eingenommene und von der altersschwachen Adelsrepublik befreite Stadt Venedig, mit dem größten Teil ihres Gebietes.

So war der erste Akt des großen Dramas, der Kämpfe gegen Frankreich beendet. Fünf Jahre hatte der Krieg gedauert. Unzählige Opfer hatte er gekostet.

Durch diese Zusage im Friedensvertrag trat der kaiserliche Doppeladler das Erbe des Markuslöwen an. Das Ende der tausendjährigen Republik war damit besiegelt. Durchaus mit Ratlosigkeit ausgerüstet, trat Österreich das Erbe einer der bislang größten Seemächte an. Alle Schiffe und Anlagen, die von den abziehenden Franzosen von der Zerstörung verschont geblieben waren, oder nicht nach Frankreich verschleppt wurden, gehörten nun Österreich. All das bildete den Kern der »österreichisch-venezianischen Marine«.

Zuerst mussten die Österreicher allerdings lernen, mit diesem Instrument umzugehen. Und sie lernten schnell, denn schon zwei Jahre später, 1799, griff die österreichisch-venezianische Flotte das französisch besetzte Ancona, welches an der italienischen Ostküste liegt, an. Es wurde ein großer Triumph für die junge österreichische Flotte. Drei Linienschiffe wurden erbeutet und voller Stolz nach Venedig gebracht.

Dem Willen der Marineleitung nach, sollten diese drei großen Kriegsschiffe den wichtigen Kern einer Erneuerung des Schiffsbestandes bilden. Die Schiffe erlitten ein österreichisches Schicksal. Die Staatsfinanzen waren zerrüttet, ein Zustand, der für österreichische Verhältnisse ein ganz normaler war. Überbordende Bürokratie verhinderte Entscheidungen und so war wertvolle Zeit vergangen und der Antrieb der zuständigen Admirale erlahmt. Die Marineleitung scheiterte erfolgreich an den Ämtern. Die Schiffe blieben teilweise auf Reede stehen, faulten und mussten endlich abgewrackt werden. Die Früchte eines glänzenden militärischen Sieges waren in den »Gremien« verspielt worden.

Kaiser Franz II. ernannte 1801 seinen Bruder, Erzherzog Karl – den späteren Sieger von Aspern über das napoleonische Frankreich – zum Marinekommandanten. Die Zeiten für die Flotte sollten nun bessere werden, obwohl Karl ein Offizier der Landstreitkräfte war.

Karl erarbeitete eine erste Dienstvorschrift, welche ein halbes Jahrhundert in Kraft bleiben sollte. Nicht weil man sich nicht entschließen konnte, sie zu ändern, sondern weil sie so gut war. Der geniale Karl reitet nicht zu Unrecht gemeinsam mit Prinz Eugen auf dem Wiener Heldenplatz.

Allerdings war diese Dienstvorschrift noch in italienischer Sprache, der Sprache der österreichischen-venezianischen Flotte. Doch schon im Jahre 1805 wurde dieser Umstand geändert. Die Novelle schrieb vor, dass alle Seekadetten der deutschen Sprache mächtig sein müssen, andernfalls eine Beförderung unmöglich sei.

Dummerweise, nach der Niederlage bei Austerlitz 1805, wurde Österreich für zehn Jahre erneut vom Meer abgeschlossen. Erst 1815, anlässlich des Wiener Kongresses, wurden Österreich neuerdings die verlorenen Gebiete zugeschrieben, ja sogar um Ragusa erweitert. Venetien und die Lombardei wurden zum »Lombardo-Venetianischen Königreich«. Der unterbrochene Aufbau der österreichischen Seestreitkräfte wurde erneut in Angriff genommen. Dem österreichischen Kommandanten L'Espine wurden nach dem üblichen österreichisch-biedermeierlichen Papierkrieg, heftigen Streitigkeiten mit den französischen Behörden, inklusive Sabotageakten und sonstigen hinderlichen Widrigkeiten, die Flotte übergeben. Zumindest was noch von ihr übrig war.

Die Franzosen hatten freilich kein großes Interesse daran, uns bei der Ausbildung zur Seemacht nach Kräften zu fördern. Als Erstes machte Admiral L'Espine Inventur im Seearsenal zu Venedig und war über die trotzdem reiche Kriegsbeute freudig erstaunt.

Ein paar Zeilen zuvor erwähnte ich, dass die Kriegsbeute, drei Linienschiffe, aufgebracht vor Ancona, schließlich unter österreichischer »Pflege« im Hafen zerfallen, ja verrottet waren. Dieses Schicksal blühte den eben übernommenen Schiffen durch Admiral L'Espine nicht. Sie mussten nicht verrotten. Österreich hatte eine viel bessere Verwendung für sie. Vom Linienschiff angefangen bis zur kleinen Schaluppe wurden die Schiffe zerlegt und das Holz als begehrenswertes Baumaterial verkauft. Zugunsten des Staates selbstverständlich, denn der brauchte wie immer dringend Geld. Übrig blieb ein kleiner, kaum verwendungsfähiger oder gar schlagkräftiger Haufen von Schiffen, kriegsmäßig nahezu wertlos. Die einst so mächtige venezianische Flotte nunmehr ein »Marineclub«. Dazu kam noch, dass sich, in Ermangelung anderer Arbeitsplätze, ein sehr buntes Völkergemisch danach drängte, auf dieser »Flotte« Dienst zu tun. Venezianer, Dalmatiner, Triestiner, Istrianer und sogar ein paar Innerösterreicher gab es, neben vereinzelt Italienern und verirrten Franzosen. Keiner von den Innerösterreichern, durchaus auch Alpenbewohner wie Tiroler und Salzburger, aber auch Wiener, hatten eine Ahnung von dem Land, dem sie dienten. Auf der Dienstmütze trugen sie die italienische Kokarde, sprachen im Dienst untereinander italienisch oder ein anderes Kauderwelsch aus verschiedenen Sprachen und Dialekten, aus dem sich schließlich eine eigene »Bordsprache« entwickelte. Ein Außenstehender hätte diese nie verstanden. Es hatte sich also ein ganz eigenartiger Klub gebildet, eine Abteilung der österreichischen Streitkräfte, eben der Kriegsmarine, die innerhalb der Armee isoliert geblieben war. Ebenso wusste die österreichische Bevölkerung nichts mit der Marine anzufangen. Vielmehr, man war als Binnenländer recht erstaunt über eine solche zu verfügen. In privaten Zirkeln erzählte man sich wundersame Dinge über diese Waffengattung, die so weit entfernt ihren Dienst versah, fast schon in der Türkei, sagte man verächtlich. Denn kaum zwei Wegstunden von der Dalmatinischen Küste entfernt, begann oft schon türkisches Hoheitsgebiet. Für die Österreicher lebte die eigenartige Marine der Donaumonarchie irgendwo im Orient, kämpfte gegen Piraten und Korsaren oder anderes Gesindel, schützte dann und wann einen Kauffahrer und lag vermutlich den Rest der Zeit auf der faulen Haut, am Strand irgendeiner unbewohnten Insel, unbemerkt von der übrigen Welt.

Fürwahr, es bedurfte ein gerüttelt Maß Mut in die Marine einzutreten, zu dieser Zeit in dieser Waffengattung in Österreich zu dienen. Die wenigen Österreicher, die es in den Dienst der kaiserlichen Marine verschlagen hatte, blieben immer Fremde in fremden Ländern. Italienisch oder kroatisch, oder im Speziellen die »Bordsprache« war zu erlernen, trotzdem wollte sich kein Zugehörigkeitsgefühl für alles, was außerhalb der Marine, der Kameradschaft und dem Schiff bestand, einstellen. Dies blieb letztendlich bis 1918 unverändert. Der Kapitän und Theresienritter, Georg von Trapp, schilderte ein Gespräch unter seinen Kameraden folgendermaßen:

»Unsere Heimat ist eben die Marine! Zuhause fühlen wir uns bei den Kameraden und auf den Schiffen. Darüber hinaus geht es nicht. Oder hast du das Gefühl, dass du nach Pola gehörst oder nach Fiume, nach Dalmatien oder so? Vieles heimelt dich an, die Sonne, die See, der Geruch der Kräuter, die Lieder der Betrunkenen. Aber die Menschen, die sind dir genauso fremd wie wir ihnen auch. Hier unten werden wir immer die Usurpatoren bleiben, so behandelt werden und das kann man auch fühlen. Willkommen sind wir hier nicht!«

Dieser Diskurs unter Seeleuten, der erhalten geblieben ist, fand etwa 1870 statt, also noch lange vor der Urtragödie des 20. Jahrhunderts, dem Ersten Weltkrieg.

Zuvor allerdings, sollte die österreichische Marine auf kühnen Kreuzfahrten, wissenschaftlichen Expeditionen und Weltumsegelungen die Flagge Österreichs hochhalten und in den entlegensten Winkel der Erde wehen lassen. Erzherzog Friedrich war der erste Offizier, der anlässlich der Weltumsegelung der »Novara« den Maria-Theresien-Orden erhalten hatte. Aber auch Seesiege erfocht die Kriegsmarine: Bei Helgoland im deutsch-dänischen Krieg und eben 1866 bei Lissa gegen die italienische Kriegsflotte.

1866, da ging auch Venedig nunmehr endgültig für Österreich verloren und der Kriegshafen musste in das Fischerdorf Pola verlegt werden. Zum mittlerweilen dritten

Mal musste Österreich seine Flotte und die dazugehörigen Einrichtungen aufbauen, nachdem das Fischerdorf Pola über Nacht zum Kriegshafen erklärt worden war.

Unter dem dänischen Admiral Dahlerup, der in österreichische Dienste wechselte, war der Marine erstmals ein Vollblutseemann vorangestellt. Zu seinem Stab gehörte der Fregattenleutnant Anton von Petz und die Linienschiffs-Fähnriche Wilhelm von Tegetthoff, und Max Baron von Sterneck.

Nun legte die Marine das italienische Gewand ab und wurde eine richtig österreichische. Gemeinsam mit der deutschen Dienstsprache kam auch ein sehr viel strengeres Reglement, auch die Prügelstrafe wurde eingeführt. Ausbildung und Drill waren sehr hart geworden, aus war es mit dem Müßiggang. Die Mannschaften, die hier geschmiedet wurden, siegten bei Helgoland und Lissa und der Däne Dahlerup hatte hierfür die ersten Weichenstellungen erfolgreich unternommen. Alleine, auch Dahlerup scheiterte an der österreichischen Bürokratie, am chronischen Geldmangel und vor allen Dingen an der nicht vorhandenen Bereitschaft, die Marine als das anzusehen, was sie war: Eine gleichberechtigte Waffengattung neben dem Landheer. Er demissionierte und kehrte nach Dänemark zurück.

Nicht lange darauf, folgte im Jahre 1854 Erzherzog Ferdinand Maximilian – der Bruder des Kaisers Franz Josef – Admiral Dahlerup im Amt und wurde Marineoberkommandant. Etwas Besseres konnte der Marine zu diesem Zeitpunkt nicht passieren. Maximilian brachte nicht nur das Wissen, sondern auch das Herz für den Beruf mit. Er liebte die Marine über alles. Außerdem war er tatendurstig, wollte nicht nutzlos, als kaiserlicher Prinz, sinnlos seine Tage fristen. Müßiggang war ihm fremd. Er wollte sich einbringen und tatkräftig mitwirken. Die Marine bot ihm diese Möglichkeit.

Teil I

Jugendjahre – Marineakademie

– 1 –

Triest – Schloss Miramare

14. April 1864

Die ganze Stadt schien auf den Beinen zu sein. Versammelt am Ankerplatz vor Schloss Miramare. Erzherzog Ferdinand Maximilian und Erzherzogin Charlotte, nunmehr Kaiser Maximilian und Kaiserin Charlotte von Mexiko, verabschiedeten sich tatsächlich von Österreich, wollten auf der »Novara« nach Mexiko übersetzen.

Ein stolzes Schiff, die Fregatte »Novara«. Maximilian hatte viele Reisen auf ihr unternommen, sogar ein Zimmer in seinem Märchenschloss Miramare war entsprechend eingerichtet. Sein Arbeitszimmer war eine getreue Nachbildung des Heckquadrates der »Novara«. Als junger Matrose diente er auf diesem Schiff. Die See und die Marine, seine ganze Liebe, sein ganzes Streben, wäre er nicht Kaiser von Mexiko. Kaiser, Herrscher, wie sein Herr Bruder, Franz Josef der Erste seines Namens, Kaiser von Österreich.

Maximilian war Marineoberkommandant gewesen, Kommandant über eine Waffengattung, die in Österreich wenig galt. In Wien starrte man ihn ungläubig an, wie einen Exoten, wenn er in Marineuniform auftrat. Österreich hat eine Marine? Österreich ist eine Seemacht? Will eine sein? Admiral-Erzherzog Ferdinand Joseph Maximilian von Habsburg-Lothringen! Ha, ha, hat man wieder einen klingenden Titel für einen kaiserlichen Prinzen gefunden, ihm eine schmucke Uniform angezogen – ein Theaterspiel!

Kein Theaterspiel, keine Posse! Maximilian war der ernsthafteste, kompetenteste und leidenschaftlichste Marinekommandant gewesen, den Österreich je hatte. Keine Sekunde musste er etwas spielen. Er war es, er lebte dafür. Sein lieber Freund, Linienschiffs-Kapitän Wilhelm von Tegetthoff, mit dem er viele Sträuße ausgefochten hatte, mit ihm nicht immer einer Meinung war, sollte erreichen, was Maximilian für die Flotte sehnlichst wünschte. Auf diese Weise erreichten sie es gemeinsam. Tegetthoff steht auf dem Podest am Wiener Praterstern, aber ohne Maximilian wäre er dort nicht hingekommen. Hinter verschlossenen Türen stritten sie oft lautstark, doch sie hielten sich gegenseitig die Treue. Fundamentalisten waren sie gewesen, alle beide, voller Ehrgeiz, voller Tatendrang, angetrieben vom gleichen Motor: dem Meer, dem Fernweh und dem Tatendurst. Oft war es Maximilian gewesen, der kaiserliche Prinz, der nachgab. Maximilian wusste, Tegetthoff ist genial, eine Ausnahmeerscheinung, wie sie nur alle heiligen Zeiten vorkommt. Ein Eigenbrötler, sicher, aber sind Genies das nicht immer? Erzherzog Karl, der Sieger von Aspern, war auch ein Genie und auch schwer im Umgang. Maximilian jedenfalls wusste mit Tegetthoff umzugehen. Maximilian hatte erkannt, dass Tegetthoff einmal gemeinsam mit Nelson genannt werden wird, der österreichische Lord Nelson!

So weitblickend Maximilian für die Flotte auch war, für sich selbst, …!?

Da stand ich nun in Paradeuniform gekleidet, den Säbel mit dem goldenen Portepee eines Marineoffiziers umgeschnallt, das Signum Laudis zur Feier des Tages an die Brust geheftet, als Fregattenfähnrich in Reih und Glied. Bereit, meinem obersten Chef, den Marineoberkommandanten Admiral-Erzherzog Maximilian zu verabschieden. Einen Menschen, dem ich alles zu verdanken hatte, der mir wie ein zweiter Vater gewesen war, der meine Ausbildung beobachtet hatte, als wäre ich sein leiblicher Sohn.

Kaiser Maximilian schritt die Reihen der aufmarschierten Marinesoldaten ab, grüßte jeden. Er hatte Tränen in den Augen, seine Matrosen und Offiziere ebenfalls. Ein letztes Mal war er als kaiserlicher österreichischer Admiral gekleidet, lustig tanzten bei jedem Schritt die Bouillons seiner Epauletten auf der Schulter, behutsam hielt er seinen Säbel, damit er nicht am Boden schliff. Vor jedem Offizier zog er, stellvertretend für die Mannschaft, seinen Hut. Die Offiziere salutierten und ließen strammstehen. Endlich kam der Kaiser zu mir. Meine Matrosen präsentierten auf meinen Befehl hin das Gewehr, ich stand habtacht, nahm reglementwidrig meine Mütze vom Kopf und senkte mein Haupt vor Seiner Majestät dem Kaiser, und Ihrer Majestät, der Kaiserin von Mexiko. Der Kommandant unserer Abordnung, Linienschiffs-Kapitän Richard Bleibtreu, wäre darüber fast in Ohnmacht gefallen. Allerdings war es ja ein offenes Geheimnis, dass Kaiser Max und ich eine geheime Übereinkunft hatten. Das war mir nicht immer nur von Vorteil gewesen, der Geruch von Protektion haftete an mir. Es besserte sich erst, als ich als Letzter meines Jahrganges zum Fregattenfähnrich befördert worden war. Ein jeder dachte, ich wäre in Ungnade gefallen. Doch geschah dies auf Befehl des Admiral-Erzherzog, um den Gerüchten den Wind aus den Segeln zu nehmen. Das war auch gelungen.

Ich wollte etwas sagen, aber ich konnte nicht. Ein Kloß steckte in meinem Hals. Ich hatte den Kopf zu Boden gesenkt und meine Mütze an die Brust gedrückt – ein im Prinzip unglaubliches Vergehen gegenüber dem Admiral-Erzherzog. Doch der Kaiser streckte seine Hand nach mir aus, nahm meine tränennasse Wange in seine Hand, hob meinen Kopf und sah mir mit seinen liebevollen, blauen Augen ins Gesicht.

»Ich bitte um Vergebung, Majestät, dass einer Eurer Offiziere eine derartige Schwäche zeigt«, stammelte ich, »Eurer Majestät ergebenster Diener Stephan, zu Befehl.«

»Servus, Stephan! Schön, dass du hier bist«, erwiderte Maximilian. Er näherte sein Gesicht ganz dem meinen, sprach mit mir auf eine Weise, dass es außer uns beiden niemand hören konnte. »Stephan, in meinem allerletzten Befehl habe ich angeordnet, dich dem meiner Meinung nach fähigsten Offizier der Marine, Herrn Linienschiffs-Kapitän Tegetthoff, als Offizier beizustellen. Jeder Befehl, den Tegetthoff ausspricht, ist wie ein Befehl von mir, Stephan, hörst du? Tegetthoff wird eines Tages berühmter sein, als der Feldzeugmeister Ludwig August Ritter von Benedek, und das ist zugegeben schwer vorstellbar, aber es wird so sein. Glaube mir, halte dich an Tegetthoff. Ich habe gesehen, wie ihr auf der Reise nach Brasilien zusammengearbeitet habt und ich habe auch den Bericht des Kapitäns über euren gemeinsamen Einsatz in der Levante gelesen. Gehe ihm weiterhin zur Hand. Ich bitte dich darum!«

»Jawohl, Majestät«, erwiderte ich. »Gott schütze Eure Majestät, so fern der Heimat, meine Gedanken werden immer bei Euch sein!«

»Sag es noch einmal, mein Junge, wie du mich immer genannt hast«, bat der Kaiser tränenerstickt, und legte seine Hand auf das Signum Laudis an meiner Brust.

»Auf Wiedersehen, Herr Maximilian.«

»Danke. Gott schütze dich, mein Junge, auf Wiedersehen!«

Die Rot-Weiß-Grüne Flagge von Mexiko wehte am Mast des Bootes, welches das Kaiserpaar zur Fregatte »Novara« zu bringen hatte. In der Mitte der Flagge der gekrönte Adler mit der Schlange im Schnabel, das Wappen des neuen Kaisers. Charlotte und Maximilian standen aufrecht und erhobenen Hauptes im Boot, grüßten nach allen Seiten und dankten für die Hochrufe. Die Matrosen hatten die Ruder zum Gruß hoch aufgerichtet, es bedurfte keines Kommandos der Bootsmänner. Stumm standen die Offiziere und die Honoratoren der Stadt. Etliche Frauen hatten vor ihren Hüten schwarze Schleier angebracht und Hunderte weiße Taschentücher winkten dem hohen Paar zu. Ein wenig zum Anlass unpassend, intonierte die Kapelle die Volkshymne: Gott erhalte, Gott beschütze…!

Viele hätten Maximilian gerne anstelle des Kaisers Franz Josef gesehen. Maximilian, Kaiser von Österreich, aber das war nicht möglich.

Linienschiffs-Kapitän Wilhelm von Tegetthoff war nicht anwesend. Er konnte seinen Chef nicht persönlich verabschieden. Er war unterwegs nach Dänemark, in den Krieg. Eingeschlossen auf der »Schwarzenberg«, in seiner Kapitänskajüte, kniete er in diesem Augenblick vor dem Kruzifix, das Bild Maximilians vor Augen und betete für seinen gewesenen Kommandanten. Dabei hätte er viel dringender für sich selbst beten müssen, dampfte er doch mit seiner Escadre direkt ins Gefecht. Tegetthoff war mit dem Entschluss Maximilians, die Krone von Mexiko anzunehmen, nicht einverstanden gewesen. So dringend hatte er ihm einst abgeraten, den vakant gewordenen griechischen Thron als König zu besteigen. Damals noch erfolgreich. Mexiko allerdings war ein zu großes Abenteuer, eine zu große Herausforderung und Verlockung für den tatendurstigen Maximilian und für die machthungrige, ehrgeizige Charlotte. Ein schwarzer Tag für Wilhelm von Tegetthoff. Er hatte seinen Kommandanten verloren, den ersten Vollblutseemann auf diesem Posten – von Admiral Dahlerup abgesehen. Wer würde ihm nachfolgen? Wie würde es mit der österreichischen Kriegsmarine weitergehen? Welchen Dilettanten würde er vorgesetzt erhalten? Wieder einen Armeekommandanten? Eine Landratte?

In diesen überaus traurigen Momenten, in denen ich, die Marine und die Bürger von Triest von einem so geliebten Menschen und Fürsten Abschied nehmen mussten, dachte ich zurück, wie alles begonnen hatte. Sah mich wieder als kleinen Buben vor dem Erzherzog-Admiral ...

– 2 –

Triest – Schloss Miramare

1854

Der für mich schönste Platz in Triest war Miramare. Heimlich und ohne Wissen meiner Eltern oder sonst jemandem, hatte ich einen Weg in den Schlosspark gefunden. Ich vergrößerte fachmännisch eine Lücke im Zaun, tarnte sie gleichzeitig mit Zweigen vor anderen neugierigen Entdeckern, und benutzte sie täglich. Jede freie Minute verbrachte ich in diesem Zauberpark. Am liebsten allerdings, saß ich an der Mole und blickte aufs Meer hinaus. Mein täglicher, heimlicher Ausflug ins Schloss war mir schon so zur Gewohnheit geworden, dass ich mich gar nicht mehr über mein ungebührliches Verhalten sorgte. Insgeheim betrachtete ich den Park und die ganze Anlage als mein Eigentum. Das war natürlich sehr vermessen, gehörte doch das alles Seiner Kaiserlichen Hoheit, dem Herren Erzherzog Maximilian, dem Statthalter des Kaisers in Lombardo-Venetien. Dem Generalgouverneur. Mein Vater wäre auf der Stelle tot umgefallen, hätte er gewusst, was ich in meiner Freizeit so anstelle. Herr Maximilian, so nannte ich den hohen Herrn in meinen Gedanken immer, musste ein sehr romantischer und kunstsinniger Mensch sein. Das Schloss war noch eine Baustelle und der Garten noch nicht vollendet. Dass er sich aber gerade diese Stelle ausgesucht hatte, um sein Schloss zu errichten, sprach für den Erzherzog. Aus allen vom Erzherzog bereisten Ländern hatte er Setzlinge mitgebracht und sie im Park von Miramare eingepflanzt. Als österreichischer Patriot hatte er einen Schwarzkieferwald angepflanzt. Daneben allerdings wuchsen Kalifornische

Flusszedern, Mammutbäume, Steineichen, Weiß-Kiefern, Küsten-Sequoia, Monterey-Zypressen und Atlas-Zedern. Das wusste ich freilich nur deshalb, weil der Gärtner des Erzherzogs, ganz offensichtlich auf Befehl desselben, vor jedem Baum ein kleines Schild mit dem Namen und der Herkunft der Pflanze aufstellen hat lassen. Für mich war die Betrachtung der Bäume aus teilweise so fernen Ländern ein unaussprechliches Vergnügen. Staunend stand ich oft vor ihnen und träumte in ihrem Schatten von deren Heimat. Bevor ich allerdings träumen konnte, ging es in Miramare sehr laut zu. Die Bearbeitung des Felsgeländes stellte die Architekten und Baumeister vor nicht zu geringe Probleme. Heftige Sprengungen waren vonnöten, um den Platz so zu gestalten, wie er sich heute präsentierte. Das hatte uns Kinder fasziniert und war darüber hinaus wochenlang Gespräch in allen Kreisen. Die einen regten sich ganz fürchterlich darüber auf, wie mit der Umwelt umgegangen wird, und die anderen ärgerten sich über die enorme Geldverschwendung. Dabei lebten sie doch alle ganz gut davon, denn der kaiserliche Bauherr schuf dadurch jede Menge Arbeitsplätze. Alleine das Transportwesen blühte auf, weil Maximilian extra wegen der exotischen Pflanzen Erde aus Steiermark und aus Kärnten heranschaffen ließ. Diese Erde galt als die beste. Maximilian liebte Pflanzen, aber er liebte auch die Menschen. Es war eine angenehme Baustelle, Schloss Miramare. Er wollte, dass sein Schloss mit Liebe errichtet wird, da konnte er keinen Streit und keinen Zwiespalt brauchen. Er betrachtete die Arbeiter als die Seinen, als seine Freunde und so wollte er sie auch behandelt wissen. Wann immer er allerhöchstpersönlich die Baustelle besuchte, unterhielt er sich mit den Professionisten und erkundigte sich über den Fortgang der Arbeiten, ließ sich aber auch die persönlichen Probleme schildern. Nicht selten, ergriffen vom Schicksal des Einzelnen, machte er spontan ein Geldgeschenk und lehnte jeden Dank dafür ab. Erzherzog Maximilian galt als sehr gütiger und verständiger Herr. Vielleicht traute ich mich deshalb unerlaubt in seinen Park. Ich wusste das alles nur aus Erzählungen, den kaiserlichen Herrn selbst hatte ich noch niemals zu Gesicht bekommen. Und das war auch gut so, denn wäre ich ertappt worden, hätte ich mir womöglich einen anderen Platz zum Träumen aussuchen müssen und der war in Triest nicht leicht zu finden. Dabei träumte ich doch unentwegt! Von fernen Ländern, vom weiten Meer, von exotischen Tieren, von Abenteuern im Dschungel, von der Durchquerung der großen Wüste auf Kamelen, vom Dalai Lama in Tibet, von der chinesischen Mauer, vom fernen Persien und vom sagenhaften Orient. In aller Heimlichkeit las ich die Reiseberichte der österreichischen Entdecker, von denen es so viele gab. Oft war auch Jules Verne mein Begleiter in den Schlosspark. Was war schon eine Reise nach Indien, zu einem sagenhaft reichen Maharadscha, wenn man doch auch zum Mond, in die Sonnenwelt oder in den Mittelpunkt der Erde reisen konnte! Warum tat ich das so heimlich? Auf der einen Seite tat ich es aus einer geheimen Übereinkunft zwischen den Entdeckern und Abenteurern mit mir und auf der anderen Seite, weil ich mit niemanden darüber sprechen konnte. Meine Klassenkameraden waren nicht an diesen Geschichten interessiert. Sie gründeten Banden, bauten Baumhäuser, heckten ununterbrochen Streiche aus, verprügelten sich gegenseitig, stellten Mädchen nach. Alles, was eben Buben in meinem Alter gerne taten. Nur ich nicht. Ich las. Das war natürlich völlig verpönt und ich wurde dafür auch verspottet, was mir allerdings nicht das Geringste ausmachte. Wozu schließlich hatte sich der Lehrer abgemüht, uns Kindern das Lesen beizubringen? Um es am Ende nicht zu tun? In den allermeisten Fällen war es wohl so. Die allerwenigsten meiner Mitschüler würden über ihr erstes Lesebuch hinauskommen, Lesen war nichts für harte Jungs. Dabei war ich durchaus kein Feigling. Nur rang mir das kindische Getue meiner Altersgenossen keine Begeisterung ab.

Mein Herr Vater setzte alles daran, mich für seinen Beruf zu begeistern. Ich bewunderte meinen alten Herrn dafür, dass er so für seine Sache stand und in seiner Tätigkeit aufging, so als gäbe es nichts Wichtigeres. In seiner Werkstätte fertigte er mit zwei Mitarbeitern die wundervollsten Sachen aus Holz. Manchmal auch ganz einfache Dinge des täglichen Bedarfs, was er aber mit der gleichen Hingabe tat, als fertigte er für den Kaiser persönlich einen Sessel. Kunsttischler und Drechsler war mein Herr Vater, ein absolutes Ass in seinem Beruf. Die kniffligsten Aufgaben löste er, kein Auftrag schien ihm unmöglich und das schätzte speziell die Marine. Viele Schiffe der österreichischen Kriegsmarine hatten Teile, angefertigt von der Werkstätte meines Vaters, an Bord. Zerplatzen hätte ich können vor Stolz, als ein hoher Marineoffizier die Werkstätte betrat und meinen Vater bat, sich den Hauptmast der »Schwarzenberg« anzusehen, ob er ausgetauscht werden sollte oder ob eine Reparatur möglich wäre. Selbstverständlich war die Reparatur möglich, freilich nur einem Fachmann wie ihm. Auf diese Weise hatte er der Monarchie und damit dem Kaiser viel Geld erspart. Dafür hatte mein Vater, neben seiner Bezahlung freilich, ein Schreiben mit der allerhöchsten Zufriedenheit seiner apostolischen Majestät dem Kaiser von Österreich, Franz Josef I., erhalten. Vom Monarchen eigenhändig unterschrieben! Jetzt hing das Schreiben an einem Ehrenplatz an der Wand der Werkstatt.

Um Aufträge musste sich Vater nie Sorgen machen, es ging uns also finanziell recht gut. Was lag näher, als den Beruf des Vaters zu ergreifen und seine erfolgreiche Werkstätte zu übernehmen? Der Name Federspiel bürgte für Qualität, die Marine war sicherer und treuer Kunde und würde dies auch in Zukunft bleiben.

Wären da nicht die regelmäßigen Besuche von Marineoffizieren gewesen! Die Aufträge, die mein Vater erhielt, bedeuteten für ihn wichtige Arbeiten aus Holz und Herausforderungen der handwerklichen Kunst. Für mich bedeuteten sie Fernweh. Ganz gleich, ob er an einem Gangspill, einer Backe, einem Violinenblock, einer Stückpforte oder gar an einer Galionsfigur arbeitete, seine Werke gingen um die Welt und wie gerne ginge ich mit ihnen! Davon allerdings wusste mein Vater nichts, ich meine, er wusste nichts von meinen Träumen. Ihm war sehr wohl bewusst, wie wertvoll seine Arbeit war und diesen ehrbaren Beruf wollte er nur zu gerne an seinen Sohn weitergeben. Doch ich wollte lieber mit seinen Erzeugnissen um die Welt reisen, Abenteuer erleben, womöglich Geschichte schreiben! Die Enge der Werkstätte bereitete mir Kopfzerbrechen, sogar Triest, die Stadt selbst, war mir zu eng. Das Meer und seine unendliche Weite schienen mir am erstrebenswertesten, dafür wollte ich leben! Aber wie sollte ich das meinem guten und liebevollen Vater erklären, ohne ihn schwer zu enttäuschen?

Und so saß ich eben wie immer, jede freie Minute nützend, an der Mole. Hinter mir das Schloss Miramare, ich starrte auf das Meer hinaus, in dem sich die Sonne golden glitzernd spiegelte und träumte davon, Kommandant eines Schiffes zu sein.

Erzherzog Maximilian saß in seinem Arbeitszimmer, arbeitete einige Texte durch, studierte Ansuchen und überlegte, wie er die ihm überantwortete Bevölkerung von Lombardo-Venetien, der er als Generalgouverneur vorstand, glücklich machen konnte. Er wusste, seine Herrschaft, die

Herrschaft seines Herrn Bruders, des Kaisers, wurde als Fremdherrschaft aufgefasst. So sehr er sich auch bemühte, was durchaus bemerkt und sehr positiv aufgefasst wurde, er blieb ein Fremder. Unter der Herrschaft der Habsburger ging es Italien nicht schlecht. Ganz im Gegenteil, die Wirtschaft blühte, Freiheit herrschte, Kultur wurde gefördert und doch waren sie nicht glücklich, die Italiener. Ja gab es denn diese Italiener überhaupt? Ging es nach Giuseppe Garibaldi, Camillo Graf Cavour und König Victor Emanuele II. – dann gäbe es Italien. Was aber sagten die Menschen dazu? Sie lebten in ihren Orten, so wie sie es immer getan hatten, fühlten sich nur ihrer näheren Umgebung vertraut und verpflichtet. Wie auch Deutschland, war Italien in viele kleine Fürstentümer gegliedert, kleine Grafschaften mit ihrer eigenen Gesetzgebung und ihren eigenen Lebensgewohnheiten. Waren nicht alle Herrscher in der Vergangenheit an Italien gescheitert? Was kämpften die Heere Karl des Großen und später die Krieger von Friedrich Barbarossa in Italien! Nichts sollten sie erreichen. Einmal war eine Stadt oder ein Landstrich für sie, dann wieder gegen sie. Ein nicht zu eroberndes und ein nicht zu regierendes Land.

Diese Gedanken bereiteten Maximilian großes Kopfzerbrechen, als ihn ein Diener in seinen Gedanken unterbrach. »Kaiserliche Hoheit, bitte untertänigst die Störung zu entschuldigen, doch möchte ich eine Beobachtung von Wichtigkeit Eurer Kaiserlichen Hoheit zur Kenntnis bringen.« Maximilian blickte von seinem Schreibtisch auf, lächelte seinen Mitarbeiter freundlich an. Es gab nichts zu entschuldigen, aber das Zeremoniell schrieb nun einmal diese übertriebene Förmlichkeit vor. In Wirklichkeit liebte Maximilian das, das Hofzeremoniell, besonders das spanische lag ihm im Blut. Er stand auf diese überkommenen Formen, er war eben hoffnungslos in der Vergangenheit hängen geblieben. Legte großen Wert auf diese umständlichen Umgangsformen ohne jemals überheblich zu sein, ganz im Gegenteil, fasste er doch sein ganzes Dasein in Form des Gottesgnadentums auf. Alles hatten er und seine Familie Gott, dem Ewigen zu verdanken und er fühlte sich auch nur Ihm verantwortlich. Alle Ehre, die ihm und seiner Familie entgegengebracht wurde, nahm er nur stellvertretend entgegen. Stellvertretend für Gott, dessen untertänigster Diener er war. Das war nicht leicht zu verstehen, aber seit dem Mittelalter war es eben so, seit Kaiser Karl dem Großen. Und für Erzherzog Maximilian war es noch immer so.

»Was gibt es denn so überaus Wichtiges?«, fragte Maximilian freundlich.

»Ein Junge, Kaiserliche Hoheit, hält sich im Park auf. Er tut dies nicht zum ersten Mal, vielmehr, Kaiserliche Hoheit, kommt er regelmäßig. Es erscheint mir angezeigt, Eure Hoheit darauf aufmerksam zu machen, zumal sich der Junge ganz offensichtlich auf verborgenem Wege Zutritt zu allerhöchst dero Eurem Park verschafft!«

»Es ist doch ein schöner Park, finden Sie nicht? Was tut der Junge?« »Nichts, Euer Hoheit, er liest und er blickt aufs Meer!«

»Nun, was ist denn daran verwerflich? Ein ganz offensichtlich gebildeter Junge.«

Längst wusste Maximilian von der Existenz des Buben. Er beobachtete ihn schon lange, traute sich nur nicht ihn anzusprechen, aus Sorge, er könnte ihn verschrecken und der Junge würde daraufhin ausbleiben.

»Ich befehle, den Jungen gewähren zu lassen, ein anständiger Bursche, zu keiner Sorge Anlass gebend!«

»Jawohl, Kaiserliche Hoheit, zu Befehl!«

Der Erzherzog trat ans Fenster. Unten an der Steineinfassung sah er den Jungen sitzen, von dem er so gerne seinen

Namen gewusst hätte und mit dem er sich so gerne unterhalten hätte. Als er so nachdenklich am Fenster stand, den Buben beim Lesen beobachtete und seinen eigenen Gedanken nachhing, riss ihn seine geliebte Ehefrau, Charlotte, in die Wirklichkeit zurück.

»Was siehst du denn so versonnen aus dem Fenster, mein Schatz? Wovon träumst du diesmal, willst du es mir verraten?«

Liebevoll legte Maximilian seinen Arm um Charlotte. Er liebte sie abgöttisch. So gerne hätte er ihr Kinder geschenkt, doch so sehr er sich auch anstrengte, es wollte nichts werden. Dabei wünschten sich die beiden so innig Kinder. Was für einen eintönigen Haushalt sie doch führten. Nirgends war Leben, nirgends Kindergeschrei zu hören. Den einzigen Buben, das einzige Kind, das Maximilian sah, war in seinem Garten und es war nicht von ihm. Überdies musste er ihn per Befehl davor beschützen, aus dem Garten, der auch offensichtlich dem Jungen so gefiel, vertrieben zu werden. »Siehst du den Jungen dort unten sitzen, Charlotte?«

»Ja, ein hübscher Bursche, was will er hier?«

»Ist doch egal, was er hier will. Er erfreut sich ganz sicher an den gleichen Dingen wie wir.«

»Wie ist er hier hereingekommen?«

»Buben finden immer einen Weg. Ich würde mich so gerne mit ihm unterhalten, möchte wissen, was ihn antreibt, was ihn interessiert, welche Pläne er hat. Er ist ein nachdenklicher kleiner Kerl, ich beobachte ihn schon lange.«

»So gehe doch zu ihm, sprich ihn an.«

Maximilian sah seine Frau fragend und unsicher an.

»Tust du es nicht, werde ich es tun!«

Maximilian musste sich eingestehen, wie unsicher er im Umgang mit anderen Menschen war. Er hatte von Kindheitsbeinen an gelernt, mit Höflingen umzugehen, öffentliche Anlässe wahrzunehmen, dann und wann eine Ansprache zu halten, mit Diplomaten und Militärpersonen umzugehen. Aber einen kleinen Jungen anzusprechen, einen Buben aus dem Volk, nein, das hatte er bisher noch nie getan. Ungezwungene Konversation mit einem fremden Kind, für Maximilian völliges Neuland. »Ja gut, ich gehe, ich hoffe, er erschreckt sich nicht vor mir!«

»Sei kein Narr, Max, warum soll er sich vor dir erschrecken, du siehst doch nicht zum Fürchten aus, mein Prinz!« Charlotte lächelte ihren Gemahl liebevoll an.

Maximilian gab sich den Anschein, als käme er ganz zufällig vorbei. Hocherfreut begrüßte er den Jungen. Ganz wie er es befürchtet hatte, erschrak der Bub und sprang auf. »Ich hab nix Böses vor, wirklich nicht, lieber Herr, es ist nur so schön hier, ich wollte, der Ausblick, die vielen Bäume, die schöne Anlage ...!«

»Keine Aufregung, Junge, du bist herzlich willkommen. Bitte bleib und lass dich nicht stören, lauf nicht davon. Bitte!«

»Seid Ihr der Parkwächter?«

»Es gibt keinen Parkwächter, ich bin der Gärtner.«

»Wie ein Gärtner seht Ihr aber nicht aus!«

»Wie sieht denn ein Gärtner aus? So mit Schürze und Arbeitsgewand? Ich bin gerade außer Dienst, der Herr Erzherzog hat mir frei gegeben.«

»Oh, das ist aber sehr freundlich von Seiner Kaiserlichen Hoheit!«

»Ja, sehr freundlich«, erwiderte Maximilian. »Darf ich mich zu dir setzen?«, fragte Maximilian geschraubt. »Wie heißt du denn, Junge?«

»Stephan, Herr ...« Maximilian blickte zum Fenster hinauf, an dem er noch kurz zuvor gestanden hatte. Charlotte stand dahinter, lachte und winkte ihm zu. »Soso, Stephan, ein sehr schöner Name, der Name eines Königs!« »Und Ihr Herr? Euer Name?«

Jetzt musste der Erzherzog lachen. »Ich gebe es zu, ich bin Maximilian. Aber der Gärtner bin ich auch!« Der Erzherzog hielt mir seine Hand zum Gruß entgegen und ich nahm allen meinen Mut zusammen und schlug ein. »Habe dich schon lange beobachtet, Stephan. Du kommst ja fast täglich. Bist du einen Tag nicht hier gesessen, bist du mir sofort abgegangen.«

»Es stört Euch also nicht, dass ich unerlaubterweise in Eurem Park sitze?« »Erstens, Stephan, du brauchst mich nicht in Dritter Person anzusprechen und zweitens, gibt es kein Verbot, den Park zu betreten. Es gibt zwar auch keine ausdrückliche Erlaubnis, aber wenn es dich erleichtert, erlaube ich es dir hiermit ausdrücklich. Ich hoffe, ich habe dir damit nicht den Spaß verdorben!«

»Keineswegs, Herr …«

»Maximilian«, fiel mir der Erzherzog ins Wort, »lass den Titel weg, wir sind ja unter uns. Das Erste, was ich täglich höre, ist das Wort ›Erzherzog‹ und das Letzte ebenfalls. In der Frühe weckt mich mein Diener damit und am Abend verabschiedet er sich mit dieser Ansprache. Ich bin also ganz froh, einfach nur meinen Vornamen zu hören.«

»Hört sich etwas mühsam an, Herr Maximilian.«

»Es ist mühsam, Stephan, aber das gehört zum Geschäft«, Maximilian lächelte. »Woran denkst du, wenn du hier sitzt?«

»An die Ferne, Herr Maximilian, an fremde Länder.«

»Daran denke ich auch, Stephan, immerzu. Was liest du denn gerade, darf ich sehen?« Ich reichte dem Erzherzog das Buch, welches ich unter meinem Oberschenkel eingeklemmt hatte. »Es handelt von den Reisen des Johannes Grueber, Herr Maximilian.«

»Ein außergewöhnlicher Mann, Stephan, aber auch seinen Biografen, den Jesuitenpater Athanasius Kircher, schätze ich sehr. Er hat erkannt, was für ein wichtiger Mann Grueber war.«

»Stellen Sie sich vor, Herr Maximilian, Johannes Grueber hat auf seiner Suche nach einem Landweg nach China über vierzigtausend Kilometer zurückgelegt. Und das im 17. Jahrhundert! Das erscheint mir ganz unvorstellbar zu sein.«

»Es ist unvorstellbar, Stephan, er hat endlose Wüsten durchquert und ist auf halsbrecherischen Pfaden über die höchsten Pässe der Welt gezogen! Für ihn steht, meiner Meinung nach, ganz besonders der Ausspruch, ›wo ein Wille da ein Weg‹!«

»Und das Beste, Herr Maximilian, der Mann war Österreicher.«

»Genau, Stephan, ein Österreicher. Es scheint so, als sei diese Spezies Mensch besonders für hervorragende Taten geeignet.«

»Ich bin stolz, Österreicher zu sein, Herr Maximilian.«

»Ich auch, Stephan!«

Beide starrten wir daraufhin sprachlos auf das glitzernde Meer hinaus.

»Was hältst du von Andreas Koffler?«, unterbrach der Erzherzog das Schweigen.

»Noch älter, auch ein Chinareisender. War sogar Thronassistent am Kaiserhof, beim letzten Ming-Herrscher!«

Maximilian war beeindruckt, zeigte es aber nicht. »Was ist mit Martin Martini?«

»Südtiroler, Herr Maximilian, auch Jesuit. Das war aber leicht, Herr Maximilian, weil Martini ein Schüler von Athanasius Kircher war. Das Buch von Martini über den Tatareneinfall in China ist in viele europäische Sprachen übersetzt worden. Es muss ihm in China gut gefallen haben, denn er ist auch dort gestorben.«

»Martin Dobrizhoffer?«, unternahm Maximilian einen weiteren Vorstoß.

»Der ist besonders lustig, weil er laut Geschichtsschreibung in zwei verschiedenen Orten zur Welt kam und dazu noch mit einem Jahr Unterschied! Das kann nicht jeder«, lachte ich. »Graz als auch Friedberg in Böhmen beanspruchen die Ehre, der Geburtsort von Dobrizhoffer zu sein. Ist ja gleich nebeneinander. Achtzehn Jahre hat er in Paraguay gelebt, und als der Jesuitenstaat 1767 schließlich aufgehoben wurde, musste er fliehen und wurde Hofprediger bei Kaiserin Maria Theresia … Was halten Sie von Theodor Kotschy, Herr Maximilian?«

»Kotschy, ähh, ja, der ist sehr gut, ein ganz berühmter Mann.«

»Jetzt habe ich Sie erwischt, Herr Maximilian, Sie haben keine Ahnung, wer das ist, stimmt's?«

»Stimmt«, gab der Erzherzog zu.

»Im Gegensatz zu den Vorgenannten, lebt Theodor Kotschy noch. Er ist ein hervorragender Botaniker und Zoologe, und vor allen Dingen Österreicher. Er ist der Sohn eines evangelischen Pfarrers, kein Jesuit diesmal, und bereist den Orient. Besonders die Bodenschätze in den Nilgebieten haben es ihm angetan. Und stellen Sie sich vor, Herr Maximilian, er fuhr auf luftgefüllten Schläuchen den Tigris entlang, bis er schließlich nach Bagdad gelangte. Ein wilder Bursche!«

»In der Tat«, pflichtete Maximilian bei. »Du bist sicher ein sehr guter Schüler, Stephan«, mutmaßte der Erzherzog.

»Na ja, es geht. Bin recht gut in Chemie und Biologie, Geschichte und Geografie, leider schlecht in Mathematik.«

»Mathematik ist nicht alles, Stephan, trotzdem wichtig, besonders in der Navigation und auch für die Artillerie.« Wie kam ich jetzt nur auf die Artillerie, dachte Maximilian bei sich.

Langsam, aber sicher war die Sonne auf dem Weg, im Meer zu versinken. Da bemerkte ich, dass ich zu lange von zu Hause fortgeblieben war. »Ich muss gehen, Herr Maximilian, danke sehr, dass ich in Ihrem Park sein darf!« »Ich freue mich, wenn du kommst! Ich möchte unsere anregende Konversation fortsetzen. Sehe ich dich morgen wieder?«

»Ja, Herr Maximilian, morgen nach der Schule bin ich wieder hier. Auf Wiedersehen, Hoheit, bis morgen«, und ich lief, dem Erzherzog zuwinkend, nach Hause.

Lustig, dachte Maximilian, er läuft in die Richtung, aus der er gekommen ist und verrät mir dadurch seinen Einstiegsort in den Park. Ein lieber Bub, hoffentlich kommt er morgen wirklich! Ich habe mich selten so gut unterhalten wie eben. Warum bloß bekommen Charlotte und ich keine Kinder? Erzherzog Maximilian, der Bruder des Kaisers von Österreich, Generalgouverneur von Lombardo-Venetien, Admiral und Oberkommandant der Kriegsmarine, saß an der Hafenmole wie ein kleiner Junge, baumelte mit den Beinen, schlug mit den Fersen an die Wand und sah der Sonne zu, wie sie im Meer zu versinken begann. Ich habe heute einen Freund gefunden, einen Menschen, der mich gerne hat und dem egal ist, wer ich bin. So viel Ehrlichkeit hat nur ein Kind! Ein Kind? Wie alt mag der Bub sein, habe ganz vergessen, ihn danach zu fragen …

Als ich die Werkstätte meines Vaters mit gemischten Gefühlen betrat, weil ich zu spät kam und noch keine passende Ausrede parat hatte, kam er mir auch schon entgegen. »Das haben wir glaube ich schon eingehend besprochen, Stephan. Pünktlichkeit ist die Höflichkeit der Könige. Auch wenn wir keine Könige sind, so höflich wollen wir auf alle Fälle sein!« »Verzeih, Vater, das Buch war so spannend, habe die Zeit darüber vergessen. Es kommt nicht wieder vor, werde mich in Zukunft bemühen.« Was davon zu halten war, wusste mein Vater sehr genau, aber er belohnte mein Versprechen mit einem freundlichen Blick und strich mir über den Scheitel. »Was liest du denn, mein Sohn?« Diese Frage war mir eher unangenehm. Ginge es nämlich nach meinem Vater, so sollte ich mich in Fachbücher über die Holzverarbeitung vertiefen. Wenigstens hin und wieder, aber das wollte mir gar nie einfallen. Eine reelle Chance, meinen Vater in seinem Beruf zu erreichen oder gar zu übertreffen, bestand für mich ohnehin nicht, nur sollten wir irgendwann einmal darüber reden. Schon hatte Vater mein Buch in der Hand. Mit gerunzelter Stirne blätterte er das schon sehr abgegriffene Buch durch. »Worum geht es hier?«, fragte er etwas ungeduldig.

»Ein Weltreisender, Vater. Es wird seine abenteuerliche Reise nach China beschrieben, aufgrund seiner Tagebuchaufzeichnungen.«

»Nach China«, Vater schüttelte das Haupt. »Wie wirst du dich einmal in dieser engen Werkstätte zurechtfinden, wenn du immer von der weiten Welt träumst?«

Das fragte ich mich auch, sagte es jedoch nicht. Etwas unwillig gab er mir das Buch zurück. »Was war in der Schule?«

»Alles bestens, Vater, wie immer.«

»Na, wenn es wie immer ist, dann ist ein Schmarren bestens! Ich glaube, ich werde wieder einmal beim Direktor vorsprechen müssen!« Diese Gefahr war allerdings eine recht geringe, da Vater ohnedies nie Zeit hatte und es meist bei dieser Androhung blieb. Fand er jedenfalls doch einmal den Weg dorthin, kam er häufig recht geknickt zurück. Nicht, weil meine Leistungen so sehr zu wünschen übrig ließen oder mein Betragen gar ungebührlich gewesen wäre. Es waren halt die falschen Dinge, für die ich mich interessierte und das führte der Schulleiter ihm drastisch vor Augen. Der Direktor und meine Lehrer waren mir durchaus freundlich gesinnt, meinten es auch gut mit mir. Sie konnten ja nicht wissen, dass meine Neigungen und die Pläne meines Vaters in verschiedene Richtungen gingen. Er war immer noch voller Hoffnung, dass mir die Flausen mit zunehmendem Alter vergehen würden und ich mich zu etwas Ernsthaftem hinwenden würde. Der Tischlerei zum Beispiel. Ich hielt das für ausgeschlossen. Manchmal half ich Vater in der Werkstätte oder ging einem Gesellen zur Hand. Wie Vater freudig bemerkte, stellte ich mich gar nicht ungeschickt an und so schöpfte er dann wieder Hoffnung. Alleine, diese Tätigkeit bereitete mir nicht Freude genug, um gleich einen Beruf daraus zu machen. Mutter hatte längst erkannt, dass ich nicht zum Handwerker tauge. Beim Aufräumen meines Zimmers, was meiner Ansicht nach gar nicht nötig wäre, aber hier gingen unsere Meinungen stark auseinander, las sie regelmäßig in meinen Büchern über die Entdeckungs- und Forschungsreisenden. Die Geschichten fesselten auch sie, wenngleich sie es nicht so ganz zugeben wollte. Als wir einmal darüber sprachen und sie meine Begeisterung hierfür spürte und bemerkte, dass es sich bei meinem Interesse um kein jugendliches Strohfeuer handelte, erkannte sie, dass aus mir kein Tischler werden würde. Und auch kein Drechsler. Sie behielt diese Gewissheit allerdings für sich, weihte ihren Mann nicht ein. Eines Tages würde er es erfahren und sich damit abfinden. Was sie allerdings beschäftigte, war der Umstand, dass ihrer Meinung nach doch bereits alles entdeckt war! Was bliebe denn übrig für einen zukünftigen Entdecker, übrig für mich zu entdecken? Und überhaupt, wovon lebt so ein Entdecker und Forscher? Darüber allerdings musste ich herzlich lachen, denn mir fielen eine ganze Menge Dinge ein, die es noch zu erforschen gäbe.

»Du wirst einen reichen Gönner brauchen, Stephan«, sagte sie, »sonst wirst du bei einem so wenig einträglichen Beruf wie ›Entdecker‹ recht viel Hunger leiden!« Darüber musste sie selbst lachen. Und gleich fiel ihr der Erzherzog Maximilian zu diesem Thema ein. »Wie man sich erzählt, hat der Erzherzog auch solche Flausen im Kopf. Der hätte jedenfalls das Geld, teure Expeditionen zu finanzieren.«

Ich war über den Einfall der Mutter ein wenig erschrocken! Hatte sie mich ertappt? Wusste sie etwas von mir und dem Herrn Maximilian? Nein, das konnte nicht sein, habe ihn doch erst heute kennengelernt. Aber meine geheimen Ausflüge in den Park von Miramare, vielleicht weiß sie davon.

»Hör mal, Stephan, das mit dem Erzherzog war nur ein Scherz, nicht dass du auf die Idee kommst und diesbezüglich bei ihm vorsprichst!«

»Aber, Mutter, wie kommst du denn darauf«, gab ich etwas erleichtert zurück.

»Na, ich kenn dich, Stephan, du wärst imstande dazu. Vergiss das gleich wieder, so hohe Herren kümmern sich nicht um Kindereien, dafür sind sie viel zu beschäftigt! Ich glaube auch gar nicht, dass er dich vorlassen würde.«

»Warum nicht, Mutter, wenn ich mit einer guten Idee käme?«

»Stephan, ich warne dich«, fuhr sie mich erschrocken an.

»Ist ja gut, Mutter, habe auch nur gescherzt.«

»Das will ich hoffen! Du wirst uns noch einiges zum Auflösen geben, fürchte ich.«

»Hunger«, rief Vater aus der Werkstätte zu uns herauf.

»Da siehst du, dein armer Vater, zuerst muss er auf dich warten und dann auf sein Essen!«

Schnell liefen wir die Treppe in die Küche hinunter. Da saß ich nun, brav wie ein Firmling und löffelte meine

Suppe. Wenn die beiden wüssten, was ich heute erlebt hatte! Ich glaube, es gäbe einen Monat Hausarrest, oder noch schlimmer, Werkstättendienst, brrrr.

Pünktlich, wie vereinbart, fand ich mich wieder an der Mole des Schlossparks von Miramare ein. Vor Aufregung hatte ich die ganze Nacht nicht richtig geschlafen und in der Schule waren mir dann die Augen zugefallen, was mir etliche recht böse Ermahnungen einbrachte. Nach der Schule gab es noch ein wenig Ärger mit ein paar Kameraden. Sie wollten mich zum Baumhauswachdienst einteilen, ich wäre hinten nach mit meinen »Diensten«. Ich aber musste ihnen absagen, ich hatte doch einen Termin mit dem Herrn Erzherzog! Das war mir freilich nur so herausgerutscht und dem Himmel sei Dank, nahm es ohnedies keiner ernst.

»Lass doch den Trottel, der ist zu nichts zu gebrauchen. Würde ohnehin gleich in die Hose scheißen, wenn die Moserbande erscheint! Besser wir bewachen unseren Stützpunkt selbst!« Ich aber war schon auf dem Weg und hörte nur mehr, wie sie mir ein paar Nettigkeiten nachriefen. Es tat mir ja selbst leid, aber was sollte ich denn machen, wenn mich das blöde Baumhaus und die gekünstelte Rivalität mit der Moserbande nicht die Bohne interessierte. Die Konflikte, die sie gegenseitig produzierten, waren konstruiert, denn in Wirklichkeit gab es ja gar keinen Grund für einen Streit. Aber eine Bande braucht eben Streit. Hat man keinen, braucht man ja auch keine Bande. Keine Bande zu haben wäre stinklangweilig und womit sonst wollte man den Mädchen imponieren. In den Augen meiner Schulkameraden war ich eine jämmerliche Gestalt und ich sah das auch ein. Ich und Wachdienst, ist ja ein Witz! Beim letzten Mal hätte ich die Mosers fast übersehen, als sie sich anschlichen und löste viel zu spät Alarm aus. Es war sich aber trotzdem noch ausgegangen und der anschließenden Rauferei entkam ich unbemerkt und vor allen Dingen unverletzt. Ich war im fernen Ägypten gewesen, bei den Pyramiden und beim Tempel der Hatschepsut und zerbrach mir dem Kopf darüber, wie es den Ingenieuren von damals möglich war, einen Obelisken aufzustellen. Die Mosers kamen dabei nicht vor.

»Grüß Gott, Herr Maximilian.«

»Servus, Stephan!« Der Erzherzog lachte über das ganze Gesicht. »Ich habe dir etwas mitgebracht«, tat er geheimnisvoll. »Du kannst natürlich, wann immer du willst, auf deinem geheimen Weg in den Park kommen. Wenn du aber Lust hast durch das Hauptportal hereinzukommen, dann zeige diese Medaille vor!«

In seiner Handfläche lag ein Orden, ich erkannte ihn sofort, das Signum Laudis. Die Vorderseite zeigte das Bild von Kaiser Josef II., Sohn und Nachfolger der legendären Kaiserin Maria Theresia. »Wenn du diese Medaille bei der Wache am Eingang vorzeigst, wirst du anstandslos passieren dürfen. Wann immer du gefragt wirst, was du hier tust, zeige die Medaille vor. Sie ist deine Eintrittskarte und deine offizielle Aufenthaltserlaubnis.«

Entgeistert starrte ich den Erzherzog an, griff nach der überaus begehrten, militärischen Auszeichnung und wog sie in meinen Händen. »Danke, Hoheit, ein unglaubliches Geschenk!«

»Aber nein, Stephan, wir legalisieren damit nur nachträglich einen Vorgang, der schon längst Realität ist! Und wenn du wissen willst, warum gerade eine Medaille von Kaiser Josef dem Zweiten …!«

»Ja, warum gerade Josef?«

»Kaiser Josef öffnete die Praterauen, das Jagdgebiet des Adels, für die allgemeine Öffentlichkeit. Er gestattete jedermann Zutritt zum Augarten und sogar in den Park von Schönbrunn. Deshalb öffnet seine Medaille dir jetzt den Park von Miramare.«

»Kaiser Josef muss von seinem Volk unglaublich geliebt worden sein!« »Leider nein, Stephan, er war in Österreich der bestgehasste Mann seiner Zeit!«

»Das verstehe ich nicht!«

»Das ist auch nicht leicht zu verstehen, heute allerdings wird er verehrt, fast wie ein Heiliger. Und wenn sich zukünftige Geschlechter einmal an einen großen Mann erinnern werden, so werden sie dabei auch an Josef denken, an Josef den II. von Habsburg-Lothringen, Kaiser des Heiligen Römischen Reiches Deutscher Nation, allezeit Mehrer des Reiches und Graf von Falkenstein.«

»Graf von Falkenstein?«

»Wenn er nicht erkannt werden wollte, besonders auf Reisen, nannte er sich so.«

»Hat er den Namen erfunden?«

»Nein, er war tatsächlich Graf von Falkenstein – unter anderem.«

»Und hat man ihn erkannt?«

»Selbstverständlich, aber keiner ließ sich etwas anmerken. Dieser Umstand trug ein bisschen zu seinem Komfort bei und Spaß hat es ihm auch gemacht! Zu lachen hatte er sowieso nicht viel. Willst du ihn kennenlernen, den Herrn Grafen und Imperator?«

»Ja, geht denn das?«

»Optisch schon, ich habe ein großes Gemälde von ihm im Schloss hängen, sehen wir es uns an!« Der Erzherzog nahm mich mit ins Schloss. Dass ich mich im Park eingeschlichen hatte, war natürlich ein tägliches Abenteuer, aber tatsächlich in die heiligen Hallen dieses Märchenschlosses zu kommen, davon hatte ich mich nicht einmal zu träumen gewagt! Und glauben würde mir das auch keiner. Ein bisschen benommen und auch recht verlegen, stapfte ich neben dem hohen Herrn zum Schloss. Mein Buch über Captain Cook und die Suche nach der Terra Australis hielt ich eisern umklammert, als wollte ich mich daran festhalten. Als wir das Schloss betraten, fiel mir sofort über den zweibögigen Fenstern ein Wappen auf. Es zeigte zwei Anker, zwei Ananas und ein Kreuz mit dem Motto: »Die Hoffnung ist die Frucht des Lichts«. Maximilian war sofort aufgefallen, dass ich meinen Blick auf das Wappen gerichtet hatte. »Habe ich selbst entworfen«, sagte er stolz, »es ist das Wappen von Miramare.«

Angestrengt dachte ich über den Spruch nach. »Die Hoffnung ist die Frucht des Lichts.«

»Das Licht, Stephan, ist das Allerwichtigste! Im Anfang schuf Gott Himmel und Erde; die Erde aber war wüst und wirr, Finsternis lag über der Urflut und Gottes Geist schwebte über dem Wasser. Gott sprach: Es werde Licht. Gott sah, dass das Licht gut war. Gott schied das Licht von der Finsternis, und Gott nannte das Licht Tag und die Finsternis nannte er Nacht. Es wurde Abend und es wurde Morgen: Erster Tag! Ohne Licht gäbe es kein Leben, kein menschliches, kein tierisches und kein pflanzliches und Hoffnung gäbe es folglich auch keine.«

Hmmm, darüber musste ich noch nachdenken.

An den Wänden der Aula hingen Bilder von Friedrich II. von Preußen, Zarin Katharina II. und Katharina de Medici.

»Herr Maximilian, Sie haben ein Bild von Friedrich? Kein Freund von Österreich, wenn ich mich richtig erinnere.«

»Und trotzdem ein großer, hochbegabter Mensch«, erwiderte Maximilian. »Liebe deine Feinde«, fiel mir dazu ein.

»Man muss nicht jeden lieben, um ihn anzuerkennen und zu schätzen«, meinte der Erzherzog und dagegen war nichts zu sagen.

»Mir fällt auf, dass gerade der Zweite eines Namens oft besonders berühmt geworden ist.«

»Ist ja auch kein Wunder, Stephan«, scherzte Maximilian, »der Zweite kann schon alle Fehler unterlassen, die der Erste begangen hat!«

Lachend gingen wir weiter und gelangten in den sogenannten Prinzensalon, wie mir der Erzherzog erklärte. Er öffnete eine schwere Kassettentüre, deren Scharniere sehr gut geölt und eingestellt waren, denn sie quietschten nicht einmal ansatzweise. Wenn mein Vater diese Türe, was rede ich, dieses Kunstwerk, gesehen hätte, er wäre womöglich den ganzen Tag nicht mehr davon wegzubringen gewesen.

»Sie ist aus Tirol, aus dem Schloss Ambras. Über vierhundert Jahre alt, von einem leider unbekannt gebliebenen Künstler geschaffen.«

»Sie nennen einen Handwerker ›Künstler‹, Herr Maximilian?«

»Ja durchaus, freilich ist nicht jeder Handwerker ein Künstler, aber es gibt viele, die es tatsächlich sind! Ich habe hier auf der Baustelle oft sehr ausführlich Gelegenheit, Handwerkern bei der Arbeit zuzusehen und die gezeigten Fertigkeiten versetzen mich so manches Mal in großes Erstaunen! Ich kenne einen Maurer, er ist Vorarbeiter hier, er fertigt Gewölbe mit unglaublicher Präzision. Wenn du ihm bei der Arbeit zusiehst, seine Handgriffe beobachtest und das Leuchten in seinen Augen bemerkst, kannst du die Liebe zu seinem Beruf förmlich spüren. Wenn sich dieses Gefühl einstellt, dann weißt du, es handelt sich um einen Künstler.«

»Mein Herr Vater ist ein Künstler, bei ihm sehe und spüre ich all das, was Sie soeben beschrieben haben, Herr Maximilian.«

Erzherzog Maximilian wusste selbstverständlich ganz genau über die Familie des Buben Bescheid. Er wusste, welchem Beruf sein Vater nachging und dass er Marinelieferant war, ein anerkannter dazu, er kannte die finanziellen Verhältnisse, wusste, wo er wohnte und wie die Familie lebte. Seine genaue Kenntnis über all dies verschwieg er natürlich aus Rücksicht vor seinem jungen Freund.

»Mein Vater ist Kunsttischler und Drechsler. Er hat eine eigene Werkstätte und beschäftigt drei Gesellen und vier Hilfsarbeiter.«

»Das ist ganz hervorragend, Stephan, da ist ja dein Lebensweg bereits vorgezeichnet und du wirst das Unternehmen deines Vaters fortführen!« Mein gequälter Blick entging dem hohen Herrn nicht und ohne dass wir weitere Worte darüber verloren, hatte Maximilian erfasst, wie es in mir aussah. Sah es in ihm doch nicht anders aus. Quälte ihn doch die gleiche Unrast. »So, ja«, meinte er, »nun gut, war ja nur so eine Idee«, und schmunzelte in sich hinein. »Wie alt bist du, Stephan?«

»Dreizehn, eigentlich fast vierzehn.«

»Na, dann steht die Berufswahl ja bald vor der Türe« – ein Schuss vor den Bug, dachte er sich, mal sehen wie groß die Wirkung ist. Vorerst einmal kam gar nichts, wie er feststellen musste. Ich sah meine Medaille an, die Seite mit dem Porträt Kaiser Josefs, blickte an die Wand vor mir, gleich neben der sagenhaft großartig gefertigten Türe, die geschaffen wurde in einer Zeit, als Heinrich der Seefahrer seine Seefahrtschule am Kap Sao Vivente gegründet hatte und von dort aus seine Entdeckungsfahrten organisierte.

Da hing er ja, der Kaiser Josef. »Darf ich vorstellen?«, sagte Maximilian, »Seine Majestät der Kaiser Josef II. – Kaiser Josef, Herr Stephan Federspiel!«

»Zu Diensten, Majestät« ergänzte ich, »und danke für die Eintrittskarte!«

»Ich schlage vor, Stephan, wir besuchen jetzt die Bibliothek und danach begeben wir uns in mein Arbeitszimmer, um eine Tasse heiße Schokolade zu genießen.«

»Mit Vergnügen, Herr Maximilian.« Von mir war alle unnötige Scheu gewichen, die Liebenswürdigkeit des Erzherzog-Admirals wirkte so gewinnend auf mich, dass ich versucht war zu vergessen, wo und vor allem bei wem ich mich befand. Mit schlafwandlerischer Sicherheit begab ich mich gleich zum Bücherregal, in welchem die Seefahrtskunde untergebracht war. Und da war es wieder, dieses besondere Lächeln des Erzherzogs. Die großen Fenster ließen viel freundliches Licht herein, ein idealer Platz zum Lesen. Ganz besonders fasziniert war ich von den großen Globen, die vor den Bücherregalen aufgestellt waren. Dante, Homer, Goethe und Shakespeare standen in Form von Marmorbüsten in den abgerundeten Ecken der Bibliothek. Was soll ich sagen, etwas so Schönes und Imposantes hatte ich noch nie im Leben gesehen! Mein Vater war kein armer Mann, aber für jedes Thema ein eigenes Zimmer, vielmehr einen eigenen Saal, das konnte sich fürwahr nur ein Fürst leisten! Angekommen im benachbarten Zimmer, dem Arbeitszimmer der Erzherzogs, begrüßte er mich mit »Willkommen auf S.M. Fregatte ›Novara‹!« »Als junger Matrose habe ich auf der Novara gedient. Es hat mir so gut gefallen, dass ich dieses Zimmer nach dem Heckquadrat des Schiffes habe gestalten lassen.«

»Sie waren einfacher Matrose, Herr Maximilian?«

»Natürlich! Nur wer zu dienen gelernt hat, kann auch herrschen, vielmehr *darf* auch herrschen.«

»So etwas Ähnliches sagt mein Vater auch oft.«

»Ein sehr kluger Mann, dein Vater!«

Mit einem herzlichen Lachen auf dem Gesicht erschien Erzherzogin Charlotte im Zimmer, ein silbernes Tablett in der Hand, auf dem drei Schalen heiße Schokolade dampften. Ich verneigte mich vor ihrer Kaiserlichen Hoheit, aber

Charlotte ließ die Höflichkeitsformen Höflichkeit sein, begrüßte mich, als wäre ich ihr Neffe oder ein anderer Verwandter und stellte das Tablett auf einem kleinen Tisch ab. »Der Erzherzog hat mir schon alles erzählt, ich bin völlig im Bilde, Stephan.« Die Erzherzogin verließ noch einmal kurz den Raum, um Zucker zu holen.

»Wie soll ich Ihre Hoheit korrekt ansprechen, Herr Maximilian?«, fragte ich flüsternd.

»Sag einfach gnädige Frau, Stephan.«

»Sie verstehen doch sicher, Herr Maximilian, dass mir ein wenig mulmig zumute ist. Vor zwei Tagen noch war der höchste Mensch, den ich gekannt hatte, der Schuldirektor, und den sehe ich nur sehr selten!«

»Dafür hältst du dich aber sehr tapfer, Stephan, weiter so«, ermunterte mich mein kaiserlicher Freund.

Da saß ich nun mit dem Bruder des Kaisers und seiner Ehefrau, trank heiße Schokolade und musste mich zwicken, ob das nicht alles ein Traum wäre. Ich glaube, in ganz Triest, womöglich in der ganzen Monarchie hat niemand den Erzherzog und seine Frau so familiär kennengelernt wie ich. Dass ich diese Gnade erfahren durfte, sollte mich mein ganzes Leben begleiten. Dabei habe ich das alles geheim gehalten, auch vor meinen Eltern.

So ganz nebenbei erwähnte der Erzherzog-Admiral, dass er, für den Fall, dass ich Interesse hätte, mich jederzeit an der Marineakademie unterbringen könnte. Selbstverständlich nur dann, wenn ich nicht Tischler oder Drechsler werden wollte und auch nur unter der Voraussetzung, dass mein Herr Vater diesbezüglich sein Einverständnis erteilen würde. Danach wechselte er sofort wieder das Thema und Erzherzogin Charlotte fragte mir über meine Frau Mutter ein Loch in den Bauch, ob ich Geschwister hätte – ich hatte keine – und über meine schulischen Erfolge. Da musste ich ein wenig schummeln, und über das Buch, über Cook, welches ich noch immer krampfhaft in meinen Händen hielt. Erst bei der Verabschiedung, direkt an der Tür, unterhalb des Wappens mit den beiden Ankern und den beiden Ananas, sagte ich: »Ja, Herr Maximilian, ich will auf die Marineakademie. Nur weiß ich nicht, wie ich das zu Hause erklären soll!«

»Mir ist bewusst, das wird nicht leicht, aber wir werden einen Weg finden.«

Ein paar Tage später hielt eine kaiserliche Equipage vor unserer Werkstätte. Ein Angestellter des Erzherzogs entstieg der Kutsche, gekleidet in Seide, so kam es mir jedenfalls vor, und mit jeder Menge Goldaufschlägen bestückt. Ein goldener Degen baumelte an seiner Seite. Sein Haupt zierte eine schneeweiße Perücke. Er war ja als romantischer Prinz bekannt, der Herr Erzherzog, und die Dienstkleidung seines Boten passte ganz zu seinem Geschmack. Er sah aus wie ein Geschöpf aus einer anderen Welt. Fast schwebend betrat er die Werkstätte und verlangte den Herrn des Hauses zu sprechen. Keine Ahnung, wo man lernt sich so zu bewegen, schoss mir als Erstes durch den Kopf. Ein neuer Auftrag der Marine, ganz sicher, diesmal ein ganz großer.

»Herr Federspiel?«

»Zu Befehl!«, antwortete mein verblüffter Vater.

»Seine Kaiserliche Hoheit, der Herr Erzherzog-Admiral, bitten Euer Wohlgeboren zu sich ins Schloss.«

»Mich? Ja, selbstverständlich, jederzeit, muss mir nur etwas Passendes anziehen! Sofort?«

»Wenn es Euch möglich ist, die Equipage des Fürsten steht bereit.«

»Worum geht es denn, wenn ich fragen darf?«

»Der Herr Erzherzog belieben seine Diener nicht mit Details zu belasten, Seine Hoheit wird Euer Wohlgeboren höchstpersönlich selbst unterrichten.« »Selbstverständlich,

ich bin gleich so weit.« Achselzuckend lief mein Vater an mir vorbei, stürmte in sein Zimmer und holte seinen besten Anzug hervor, sprang in denselben, frisierte sich, wusch sich die Hände und stand, ganz verändert, ganz ungewohnt nobel, neben mir. »Hast du was angestellt, Stephan?«

»Nicht dass ich wüsste, Vater, wirklich nicht!«

»Was könnte der Erzherzog von mir wollen?«

»Es betrifft sicher die Marine, Vater.«

»Hoffen wir's, ich bin ganz schön aufgeregt.« Mutter zupfte indessen an ihm herum, richtete sein Mascherl und den Kragen, glättete mit ihren Händen seinen Gehrock – ein bisschen lästig, wie Frauen halt so sind.

»Soll ich dich begleiten, Vater?«

»So weit kommt's noch, du Dreikäsehoch, was willst du denn beim Herrn Gouverneur?«

»Wie du meinst, Vater, viel Glück!« Obwohl ich alle Zustände hatte, belustigte mich die Aussage meines Vaters sehr. Diese Aktion konnte nur mich betreffen, ich war ganz sicher, aber angestellt hatte ich nun tatsächlich nichts und wenn ich so recht überlegte, hatte ich daher auch nichts zu befürchten. Entweder ging es um einen Großauftrag für die Marine oder um die Marineakademie. In jedem Fall ging es um die Seefahrt. Hurra, heute geht es im Hause Federspiel noch rund!

Während der Fahrt ins Schloss spielte Konrad Federspiel alle möglichen Ansprachen an den Erzherzog durch. Im Geiste sah er sich verneigen, einmal tief und dann wieder weniger tief. »Wie war es denn nun richtig, keine Ahnung, war ja noch niemals bei Hofe!« Er fühlte sich einerseits unwohl, andererseits auch aufgeregt. Es kam ja nicht alle Tage vor, dass eine Hofequipage vor der Türe hält, dass ein livrierter Hofschranze die Luft der einfachen Tischlerwerkstätte mit nasalen und geschraubten Texten in noble Schwingungen versetzt und damit die Ohren der Arbeiter verwöhnt! Genau genommen war das noch niemals vorgekommen. Es wird eine neue Fregatte oder gar ein Linienschiff gebaut und die Admiralskajüte soll besonders künstlerisch ausgestaltet werden. Oder Stephan hatte tatsächlich etwas angestellt. Na warte, Junge, diesmal entgehst du deiner gerechten Ohrfeige nicht, hundertmal angedroht, hängt sie jetzt an einem seidenen Faden über dir! Mit der flachen Hand durch die Luft fuchtelnd übte er schon einmal. Dabei stieß er sich an der niederen Decke der Kutsche und fluchte leise.

Zu seiner großen Erleichterung wurde er von Maximilian sehr freundlich begrüßt. Was er ihm aber erzählte, erleichterte ihn gar nicht. Maximilian hatte von allem Anfang an begonnen, als er mich im Park entdeckt hatte, lange beobachtete und mich schließlich eines Tages ansprach. Wie wir Freundschaft schlossen und dass ich Seemann werden wollte und nicht Tischler. Der Herr Erzherzog-Admiral machte an dieser Stelle eine künstlerische Pause und eine etwas peinliche Stille war die Folge. »Ihr Einverständnis vorausgesetzt, Herr Federspiel, besucht Stephan kommendes Jahr die Marineakademie in Fiume, natürlich unter meiner unauffälligen Aufsicht.«

Vater sagte noch immer nichts, er war sprachlos. Eine Ohrfeige konnte er jetzt auch nicht mehr gut austeilen, wer traut sich schon, einen Freund des Kaiserhauses zu ohrfeigen.

»Es tut mir leid, Herr Federspiel, ich habe Ihnen den Tag verdorben. Aber es ist doch besser, Ihr Sohn wird ein guter Offizier zur See, als ein mittelmäßiger Handwerker, finden Sie nicht?«

»Ja, Kaiserliche Hoheit, da ist schon was dran. Ich werd halt mit dem Buben reden.«

Auf leisen Sohlen, ganz unbemerkt, hatte sich ein Diener mit einem Tablett in den Händen genähert, auf dem zwei Glas Cherry standen. »Das habe ich vorbereitet, Herr Federspiel. Dachte mir, Sie könnten jetzt einen guten Schluck vertragen!«

Wie in Trance griff Konrad Federspiel nach dem angebotenen Glas, die beiden Männer prosteten einander zu, auf Stephan, und leerten ihre Gläser in einem Zuge. »Bitte lassen Sie mich Ihre Entscheidung wissen, Herr Federspiel, meine Equipage bringt Sie jetzt wieder nach Hause.«

Die Audienz war beendet.

Zum Kutscher gewandt sagte Konrad Federspiel: »Macht es Ihnen etwas aus, wenn sie mich beim ›Blauen Hirschen‹ absetzen?«

»Selbstverständlich gerne, Euer Wohlgeboren, wie Sie befehlen.«

»Danke sehr.« Wie ich befehle, dachte er, das sind ja Ansagen. Ich würde gerne noch etwas befehlen, aber mir fällt momentan nichts ein. Zuhause habe ich ja nichts zu befehlen, bei meiner Frau sowieso nicht und bei meinem Sohn …

Könnte er denn nicht zuerst Tischler werden und dann auf die Marineschule gehen? Vielleicht ist es ihm bis dahin vergangen! Ich mache ihm jedenfalls den Vorschlag. Der Wagen hielt vor dem »Blauen Hirschen«, Herr Federspiel wollte dem Kutscher Trinkgeld geben, was derselbe strikt ablehnte. »Ich bin kein Fiaker, Herr!«

»Entschuldigen Sie, vielen Dank für die schöne Fahrt.«

Herr Federspiel ging nur selten ins Gasthaus, nur am Sonntag nach der Kirche traf er beim Stammtisch ein und trank dann aber allerhöchstens zwei Glas Bier. Niemals ging er unter der Woche fort und trank auch sonst nichts, auch nicht zu Hause. Entsprechend groß war die Verwunderung des Wirtes über seinen Besuch. »Ein Bier, Francesco und einen Doppelten!« »Kommt sofort, Konrad.«

Den Schnaps leerte Konrad in einem Zuge und kippte gleich die Hälfte des Biers hinten nach, so sehr brannte ihn das alkoholische Teufelszeug, wie er es immer nannte, aber kaum trank. Höchstens einmal, wenn er zu viel gegessen hatte, aber auch das kam selten vor, denn er war in allen Dingen ein sehr mäßiger und besonnener Mensch.

Da geht doch dieser Bengel jeden Tag in den Schlosspark, träumt vom weiten Meer und freundet sich mit dem Schlossherren an! Er konnte nicht anders, er musste seinen Sohn bewundern und trotzdem hatte er gleichzeitig einen Mordszorn. Da schuftet man ein Leben lang, baut etwas auf, damit es der Sohn einmal besser und leichter haben konnte, als man selbst und was passiert? Soldat spielen will er, auf einer Nussschale im Meer plantschen! »Das kann doch nicht sein«, schrie er Francesco an, der schnell zwei Schritte zurück machte. Gleichzeitig knallte seine schwielige Arbeitshand zur Faust geballt auf die Theke, dass das Schnapsglas nur so hüpfte. Francesco schenkte ungefragt nach und genehmigte sich selbst auch gleich ein Glas. So hatte er Konrad noch nie erlebt, bebend vor Zorn, Selbstgespräche führend und schnapstrinkend und das ganze auch noch am Dienstag! »Was ist denn los, Konrad, was ist geschehen?«

»Stephan will nicht Tischler werden, er will meine Werkstatt nicht übernehmen!«

»Deshalb brauchst du doch kein solches Theater zu machen, der Junge ist doch erst vierzehn!«

»In einem halben Jahr geht er nach Fiume, an die Marineakademie, Schifferl versenken lernen, deshalb rege ich mich auf. Er könnte ja auch etwas anderes lernen, Schlosser zum Beispiel, muss ja nicht Tischler sein. Nein, Kriegspielen will er. Das kann doch nicht wahr sein.«

»Ist ja auch kein Wunder, wenn sich Stephan für die Marine interessiert, Konrad, du lebst doch ganz gut von ihr. Die Offiziere in ihren schmucken Uniformen haben deinem Sohn eben mehr imponiert, als dein dreckiges Arbeitsgewand.«

»So, dreckig ist mein Arbeitsgewand, dreckig nennst du es!« Er packte den armen Francesco am Handgelenk und drückte zu wie in einem Schraubstock. »Aber blutig ist es nicht, mein Gewand«, plärrte er ihn wieder an.

Francesco sah Konrad aus angstgeweiteten Augen an. »Entschuldige, mein Freund, ich hab dir wehgetan, ich hab's nicht so gemeint.« Augenblicklich entließ er den Wirt wieder in die Freiheit. »Jetzt gebe ich dir besser nichts mehr zu trinken, Konrad, sonst beginnst du noch zu randalieren!«

»Nein, bitte gib mir noch was, bin schon wieder ganz ruhig. Ab jetzt benehme ich mich wieder, versprochen! Er hat ihm das eingeredet.«

»Wer ist er?«

»Na, sein Freund, der Herr Erzherzog.«

»Jetzt wirkt der Schnaps aber schon ganz ordentlich, Konrad.«

»Du hast ja keine Ahnung, du kommst aus deinem Wirtshaus ja nie heraus.« »Weil du aus deiner Werkstatt so viel hinauskommst!«

»Wir haben beide keine Ahnung, Francesco, nicht die geringste. Da zeugt man einen Sohn, zieht ihn auf, erzieht ihn mit den hehrsten Zielen, ist Vorbild und was weiß ich noch alles und glaubt zu wissen, was in ihm vorgeht. Ich war ganz ordentlich auf dem Holzweg.«

»Das bist du doch immer, Konrad!«

»Was?«

»Na schon von Berufs wegen.«

»Ahso, natürlich.«

»Und dein Sohn ist von jetzt an auch auf dem Holzweg, nämlich auf Schiffsplanken, unterwegs.«

»Ich fürchte, die werden auch bald aus Eisen sein.«

»Da siehst du's, wenn die Schiffe zukünftig aus Eisen gebaut werden, hat dein Beruf ja gar keine Zukunft. Dein Sohn hat das erkannt und …«

»Ach, halt doch den Mund Francesco und schenk noch was nach.«

»Was wirst du jetzt machen, Konrad?«

»Was soll ich schon groß machen! Ich werde ein kleines Rückzugsgefecht liefern, um in der künftigen Sprache meines Sohnes zu sprechen, danach ehrenvoll kapitulieren und mein Einverständnis geben. Und meinen Segen dazu.«

»Sehr vernünftig, genau so solltest du es tun. Was wird deine Frau sagen?« »Die stecken doch unter einer Decke, ich habe es bis jetzt nur nicht gesehen! Eigentlich beneide ich Stephan ein bisschen und stolz bin ich auch auf ihn, weil er immer genau wusste, was er wollte, und zielstrebig darauf hingearbeitet hat. Es war eben etwas anderes als ich wollte, aber dafür kann er nichts! Ich kann mich mit meinem Sohn gar nicht richtig unterhalten, denn er liest seit Jahren Dinge, die mich nie beschäftigt und nie interessiert haben. Da ist der Erzherzog einfach der bessere Gesprächspartner für ihn.«

»Stimmt das wirklich mit Maximilian?«

»Ja, wenn ich es dir doch sage! Er trinkt mit den beiden Kaiserlichen Hoheiten Schokolade im Schloss!«

»Nein, das kann nicht sein.«

»Ist so. Und wir zwei trinken noch ein Bier und einen Schnaps. Zahlen komm ich morgen, hab vergessen mir Geld einzustecken, konnte ja nicht wissen, dass ich heute noch so viel Durst haben werde.«

»Bis jetzt hast du deine Monatsration getrunken!«

»Das gewöhne ich mir jetzt an, sollst auch leben. Mit so trockenen Typen wie mir, ist ein Wirtshaus ja kaum zu erhalten.«

»Also ich, für meine Person, bin dem Stephan jetzt schon recht dankbar, mein Beruf hat offensichtlich Zukunft!«

Vater war an diesem Abend schwer betrunken nach Hause gekommen. Wenn wir gewusst hätten, warum, wäre es ja ein Gaudium gewesen, denn weder Mutter noch ich hatten Vater jemals vorher betrunken gesehen. Wäre es nicht so ernst gewesen, hätten wir uns schieflachen können. Was er alles erzählte und dass er mit dem Erzherzog bis zum Umfallen gesoffen hätte, einen Cherry nach dem anderen, solange bis Charlotte ihn hinausgeworfen hätte. Bei dieser Geschichte allerdings, hegten wir unsere berechtigten Zweifel. Wir verstanden nicht immer alles gleich, wegen seiner schweren Zunge, und er musste es ein paar Mal wiederholen, was ihn recht zornig machte. Erzherzog hörte sich dabei etwa so an: »Esesug«.

»Ja sitzt ihr denn auf den Ohren?«, rief er lallend. Dabei stank er nach Schnaps und das ganze Zimmer ebenfalls.

»Himmel, Vater wird morgen einen Kater haben«, runzelte Mutter die Stirn. »Was? Einen Kater haben wir? Seit wann haben wir denn den, wo ist er denn der kleine Racker?«

Jetzt konnten wir uns nicht mehr zurückhalten und mussten von Herzen lachen. Mutter liefen die Tränen über die Wangen. Vater lehnte völlig derangiert im Sessel, rollte mit den Augen, fuchtelte großspurig mit den Händen durch die Luft, als wollte er eine wichtige Rede halten und ihr dadurch zusätzlich Nachdruck verleihen. »Was lacht ihr so blöd und vor allem, warum schaut ihr so …?« Wir waren nicht mehr dazu gekommen, ihm eine Antwort zu geben, mitten im Satz war er eingeschlafen und begann wie ein Grizzlybär zu schnarchen.

»Ich glaube nicht, dass wir ihn ins Bett bringen können, er ist zu schwer für uns beide.«

»Mutter, ich glaube, heute ist ihm das wurscht. Wir decken ihn einfach zu und sehen hin und wieder nach ihm. An Schlaf ist bei diesem Geschnarche sowieso nicht zu denken!«

Gleich in der Früh lief ich zum Apotheker, um etwas Medizin für die spezielle »Krankheit« meines Vaters zu besorgen. Der Apotheker lächelte nur wissend, Vaters Ausrutscher dürfte bereits die Runde gemacht haben.

Zu einer Aussprache war es am »Tag danach« nicht mehr gekommen, denn Vater lag schwer leidend im Bett und schwor alle fünf Minuten, nie wieder zu trinken und das beim Leben seines Großvaters! Als wir ihn darauf aufmerksam machten, dass sein Großvater schon eine Ewigkeit tot wäre, meinte er nur, dass man sich ja eine Hintertüre offen lassen müsste. Er hatte also seinen Humor wiedergefunden, es ging wieder aufwärts. Die letzten fünfundzwanzig Jahre hatte Vater keinen Tag in der Werkstatt gefehlt, es sein denn, ein Außentermin, ein Kundenbesuch stand an. Sein Vorarbeiter hatte alles im Griff, das mussten wir ihm öfters vermitteln, sonst wäre er glatt aufgestanden und in die Werkstatt getorkelt. Mir deutete er mit erhobenem Zeigefinger an: »Wir sprechen uns noch!«

Das hatte ich befürchtet.

Donnerstagmorgen, nach dem Frühstück, war Vater wieder ganz der Alte. »Stephan möchte die Marineakademie in Fiume besuchen«, eröffnete er Mutter in meiner Anwesenheit. »Der Erzherzog hat mir das gestern, nein vorgestern eröffnet und vor lauter Freude über diese Neuigkeit habe ich im ›Blauen Hirschen‹ … na egal. Stephan, ich habe eigentlich nur eine einzige Frage: Ist dir bewusst, dass du damit zur Kriegsmarine einrückst, in den Krieg ziehen wirst, töten und getötet werden dein lebenslanges Geschäft sein wird?« Vater sah mich eindringlich an. Jetzt war keine Zeit für Scherze. »Nun es ist, ich … na ja …«

»Ja oder nein«, unterbrach er mich.

»Ja, Vater.«

»Gut, ich habe es befürchtet. Wäre die Handelsmarine denn nichts für dich, du kämst womöglich weiter in der Welt umher, weiter als bei der österreichischen Kriegsmarine, die ja hauptsächlich im Mittelmeer umkrebst, von den wissenschaftlichen Reisen abgesehen. Aber die sind ja nicht so häufig und ob du dazu jemals als Teilnehmer ausgewählt werden wirst, ist unsicher.«

»Nirgendwo anders«, antwortete ich, »als in der Marineakademie, erhält man eine derart umfassende Ausbildung. Außerdem glaube ich, ich eigne mich nicht zum Spediteur, Vater.«

»Alles, nur keinen ehrbaren Beruf ergreifen, was?«

»Schon gut«, wehrte er ab, »habe mich bereits damit abgefunden. Was wäre ich für ein Vater, der seinen Sohn zu etwas zwingen würde, das er partout nicht will und was ihn unglücklich machen würde! Außerdem kann ich mir jetzt einen Käufer für meinen Betrieb suchen, dir hätte ich ihn schenken müssen.«

Da strahlte ich über das ganze Gesicht.

»Des einen Leid, des anderen Freud. So ist das eben«, sagte er gespielt resigniert. »Ein Versprechen musst du mir allerdings geben!«

»Welches, Vater?«

»Erstens strengst du dich an der Marineakademie mehr an, als du es bisher in der Schule getan hast, und zweitens versprichst du mir, dass du nicht einfacher Leutnant bleibst, sondern gefälligst Admiral wirst. Dein Vater ist ja auch ein Meister in seinem Beruf geworden und kein Dilettant geblieben!« »Würde Linienschiffs-Kapitän zur Not auch genügen, Vater?«

»Wie viele Sterne hat der?«

»Einen breiten goldenen Balken und zusätzlich drei goldene Streifen.«

»Aha! Keine Sterne?«

»Nein, aber dafür goldene Epauletten.«

»Soo, goldene Epauletten. Das ist vermutlich das Zeug mit den Fransen an den Schultern, nicht?«

»Ja, genau das, aber die Fransen heißen Bouillons, Vater.«

»Na gut, soll mir recht sein, also Bouillons«, knurrte er, »akzeptiert. Wenn deine Mutter nichts dagegen hat, werde ich jetzt ein Schreiben an den Herrn Erzherzog verfassen und mein, unser Einverständnis zu deiner Ausbildung erteilen.«

Mutter hatte nur mit den Achseln gezuckt und gesagt: »Haben wir eine andere Wahl?«

Der Brief wurde nicht abgeschickt, sondern mein Vater und ich brachten ihn gemeinsam ins Schloss. Diesmal benutzte ich den Haupteingang. Mein Vater war sehr nervös gewesen. »Du gehst da einfach so hinein?«, fragte er ungläubig.

»Ja sicher, Vater, der Herr Erzherzog ist ja kein Unmensch!«

»Kein Unmensch, natürlich nicht, aber Kaiserliche Hoheit ist er halt, und was weiß ich noch alles mehr.«

Räsonierend ging er mit mir den Weg zum Eingang von Miramare weiter. An der Wache angelangt, zeigte ich meine Medaille vor. Auf der Stelle präsentierte der Posten das Gewehr und wir durften passieren. Vater war von den Socken gewesen, ich allerdings auch, war es doch eine Premiere!

Wir dankten höflich und betraten den Park. Ich war ja hier praktisch zu Hause, aber für meinen Vater war das alles Neuland. Gemessenen Schrittes näherten wir uns dem Haupteingang. Dort angekommen, wurden wir von einem Lakaien in Livree in das Empfangszimmer des Erzherzogs geführt, welcher auch bald darauf erschien. Leutselig erkundigte sich der Erzherzog nach dem Funktionieren der »Eintrittskarte«, welches mein Vater lebhaft bekundete und bestätigte, bevor ich noch Gelegenheit dazu gehabt hätte. Maximilian und ich hatten unsere diebische Freude daran. Vaters fragenden Blick beantwortend, meinte der Erzherzog nur verschmitzt lächelnd, »unsere allerhöchst geheime Sache, Herr Federspiel.«

»Aha, ich verstehe, Hoheit.« Er hatte natürlich nichts verstanden, konnte er ja auch nicht, war ja ein Geheimnis! Mit großer Freude nahm der Oberbefehlshaber der österreichischen Kriegsmarine die Genehmigung meines Vaters, mich an der Marineakademie einzuschreiben und somit zum Offizier zur See auszubilden, auf. Der Erzherzog versprach die Papiere zur Aufnahme ehebaldigst an die Akademie zu übermitteln. Auf dem Nachhauseweg, die Wache hatte wieder das Gewehr vor uns präsentiert, fragte Vater nach dem Geheimnis und was es mit der Münze auf sich hätte. Ich erklärte ihm, dass es sich hierbei um keine Münze, sondern um das Signum Laudis handle und es meine offizielle Eintrittskarte in den Park von Miramare wäre. Kaiser Josef wäre es gewesen, der den Augarten, den Prater und Schloss Schönbrunn für die Allgemeinheit geöffnet hatte und deshalb die Medaille auch mir nun den Park von Miramare öffnen würde. Vater sagte nichts. »Kennst du Josef II., Vater? Und das Signum Laudis?«

»Lass mich in Ruhe, Sohn, du gehst mir auf die Nerven,« hatte er geantwortet und in sich hineingelacht. »Wir leben in zwei verschiedenen Welten«, meinte er, »und ich bin mir nicht mehr sicher, welche der beiden schöner ist. Ereignisreicher jedenfalls ist die deine, mein Sohn!« »Viel Glück auf der Akademie!«

Die letzten Schulmonate vor den Ferien, meinen letzten Ferien von der Pflichtschule, flogen nur so dahin. Meine Aufnahmepapiere an die Marineakademie waren gekommen, Vater hatte zu diesem Anlass eine Flasche Wein geöffnet und ich durfte mittrinken. Da hatte ich erkannt, dass er sich wirklich mit meinem Entschluss abgefunden hatte und dahinterstand. Der Tag meines Abschiedes kam immer näher. Das war ein eigenartiges Gefühl für mich, obwohl ich mich so sehr darauf freute. Zwiespältig – Freude auf der einen Seite und Wehmut auf der anderen. Viele lange Monate würde ich meine Eltern nicht mehr sehen, auch nicht den Park von Miramare. Sogar meine Kameraden aus der Schule und besonders die von der Baumhausbande staunten nicht schlecht, als sie mich in der Uniform eines Marineakademikers sahen! Die Uniform hatte Erzherzog Maximilian geschickt und ich trug sie so stolz wie eine Braut Schleier und Kleid. Das hätten sie mir nicht zugetraut. Gerade mir nicht, der Leseratte, und jetzt Marineakademieschüler und Protegé des Erzherzog-Admirals. Ich war eine Sensation, zum ersten Mal in meinem Leben! Meine Mitschüler und Freunde hatten tausend Fragen und nur wenige davon konnte ich beantworten. Hatte ich doch selbst keine genaue Vorstellung von dem, was auf mich zukommen würde. Meine Freundschaft mit dem hohen Herrn erörterte ich nicht weiter, das ging niemanden etwas an. Ich hatte meine Mutter gebeten, das Signum Laudis ins Futter meines Uniformrockes zu nähen. Es sollte immer bei mir sein und mir weiterhin Glück bringen und mir womöglich Türen öffnen, die für andere verschlossen blieben.
Der Abschied war tränenreich, besonders aufseiten mei-

ner Mutter. Mein Vater war ganz beherrscht, äußerlich, und ich durfte nicht weinen, war ja in Uniform. Vater heulte später daheim und ich auf der Kabine des Schiffes, ungesehen von der Öffentlichkeit. Mir waren Zweifel über die Richtigkeit meines Vorhabens gekommen, hätte ich nicht doch auf meinen Vater hören sollen? Plötzlich war ich auf mich allein gestellt, allein auf einem Schiff, das mich in eine durchaus ungewisse Zukunft bringen sollte. Leise kroch die Angst in mir hoch. Als ich aber an mir heruntersah, mich in Marineuniform gewahrte, riss ich mich zusammen. Mein Leben hatte eine Wendung genommen, das alte ein Ende gefunden. Ein Ende ist immer schmerzlich, aber birgt es doch einen neuen Anfang in sich und den wollte ich voller Elan und wie meinem Vater versprochen, erfolgreich starten und vollenden. Langsam begann ich mich besser zu fühlen, trat aus meiner Kabine heraus an Deck, ging an die Reling und blickte auf das offene Meer hinaus. Meine erste Seereise! Wenn sie auch nur kurz war, von Triest nach Fiume, das Schiff in Küstennähe verblieb, sah ich bereits Kap Hoorn vor mir und die Epauletten eines Kapitäns auf meinen Schultern.

Captain Cook hatte man nur mit Mühe ein Offizierspatent besorgt. Die Admiralität erkannte ihm dann wenigstens ein Patent als Leutnant zur See zu. Cook war ja aus einfachem Hause gewesen und einfache Leute sollten keine Offiziere werden. Ich war auch aus einfachem Hause und auf dem Wege zum Seeoffizier Seiner Majestät des Kaisers. Kapitän-Leutnant Cook ging als einer der größten Entdecker in die Geschichte ein – Stephan Federspiel war jetzt auf seinen Fersen!

– 3 –

Fiume – Marineakademie

Angekommen in der Marineakademie zu Fiume, euphorisch wie ich war, wurde ich gleich vom militärischen Charme der Umgebung, als auch von der überaus »herzlichen« Ansprache berührt. Diese militärische Lehranstalt benötigte gerade einmal zwei Stunden, um meine, in Jahren aufgebauten Klischees und Hoffnungen, zu zerstören. Optisch als auch akustisch, ein einziges Schrecknis. Ich musste ein für alle Mal zur Kenntnis nehmen, dass in den nächsten vier Jahren kein Mensch mehr zu mir freundlich sein würde, ich womöglich aufgehört haben werde, einer zu sein. Kommandoton, Laufschritt, Strammstehen etc. würden meine nähere Zukunft beherrschen. Da waren nicht nur die Lehrer, also die Vorgesetzten, sondern auch die sogenannten »Burgherren« – die ältesten Lehrgänge. Von den Lehrern wurden alle beherrscht, auch die Burgherren, aber die Burgherren beherrschten alle unteren Lehrgänge. Beinhart. Hatte mich dieses Bandenwesen schon in der Pflichtschule nicht interessiert, hier interessierte es mich noch weniger, aber es holte mich gnadenlos ein. Ich war fest entschlossen, diesem Unwesen auf intellektuelle Art zu begegnen. Eine andere hatte ich nicht, denn an Aggressivität mangelte es mir, wenn auch nicht an Körperkraft. Meinen Kopf wollte ich einsetzen, nicht meine Faust! Nichts wurde durch Gewalt entdeckt oder entwickelt, alles nur durch geistige Leistung, Beharrlichkeit und Geduld. Am Ende würde der Kopf gewinnen, die Faust verlieren. Ich war denkbar schlecht untergebracht!

Jeder von uns Neueinrückenden bezog ein Bett und ein kleines Kästchen für die wenigen privaten Dinge. All das war in einem anheimelnden, weiß gestrichenen Saal untergebracht. Fünfzig Betten und ebenso viele Kästchen. Das einzig Bunte im Saal war das Bild Kaiser Franz Josefs an der Wand. Sinnigerweise war der Kaiser nicht in Marineuniform abgebildet. Nun, das »Zimmer« war schnell bezogen. Wir sahen uns etwas schüchtern an, begrüßten uns, stellten uns unseren Bettnachbarn vor. Keiner kannte den anderen. Ich machte die Erfahrung, dass nicht alle hier freiwillig gekommen waren. Etliche waren von den Eltern geschickt worden. Zum Teil aus Tradition heraus. Hatten doch bisher alle männlichen Nachkommen in der Armee gedient. Oder auch aus anderen Gründen, die mir vorerst noch unbekannt blieben. Jedenfalls war ich, wie ich feststellen musste, einer der wenigen Freiwilligen an Bord der Schule. Alle meine neuen Kameraden waren in meinem Alter, zwischen vierzehn und fünfzehn Jahre alt. Eine große Anzahl von sogenannten »Tornisterkindern«, Söhne von Generälen, Stabsoffizieren und Offizieren, darunter einige Grafen, Barone und etliche »Edle von« und »Ritter von«, die der Staat ohne Entgelt in seine Erziehung übernahm. Ich war kein »von« und kein »Ritter«, höchstens der Sohn »von« meinem Vater, dem Tischlermeister aus Triest und trotzdem kam der Staat für meine Ausbildung auf. Meine Eltern hätten das Schulgeld durchaus bezahlen können, doch Erzherzog Maximilian übernahm die Kosten. Er wollte sich dies nicht nehmen lassen, war es doch seine Idee gewesen, mich an die Akademie zu bringen. Das war natürlich streng geheim und bei mir war das Geheimnis auch gut aufgehoben. Manche waren Söhne von höheren Staatsbeamten und wohlhabenden Bürgerfamilien, deren Eltern das Schulgeld selbst berappen mussten. Das waren die sogenannten »Zahlzöglinge«. Alle gemeinsam waren wir für die »Burgherren« die »Frischlinge«.

Am ersten Tag ging es noch, außer spöttischen Blicken hatten wir keine Drangsalierungen zu erdulden. Die erste Nacht verbrachte ich sehr unruhig. Aus manchen Betten war das Schluchzen einiger Zöglinge unüberhörbar. Es waren hauptsächlich die unfreiwilligen, die von ihren Eltern aus Tradition oder auch aus Strafe, oder einfach aus purer Geldnot an die Akademie geschickt wurden.

In einer Ecke des Schlafsaales hatte der aufsichtshabende Oberbootsmann sein Bett stehen. Es war von den unseren durch Paravents getrennt. Nachdem der Aufsichts-Oberbootsmann das Gaslicht gelöscht hatte, war es stockdunkel im Raum, abgesehen von der Petroleumlampe des Oberbootsmannes, bei dessen Licht er offensichtlich noch las. »Ruhe«, donnerte es aus seiner Ecke, »wenn ihr nicht auf der Stelle Ruhe gebt, lasse ich zum nächtlichen Exerzieren antreten!« Es half nicht viel, doch offensichtlich war dem Aufseher das angedrohte Exerzieren selbst zu mühsam und es blieb bei der Androhung. Jedenfalls in der ersten Nacht. Ich konnte nicht schlafen. Ich musste an zu Hause denken, an meine lieben Eltern, die nun ohne ihren Sohn auskommen mussten. An den Esstisch, an dem wir so viele Jahre gemeinsam Frühstück, Mittag- und Abendessen eingenommen hatten, an mein Zimmer, das ich so ungern aufräumte und Mutter mich deswegen schalt, solange, bis sie es selbst tat. Jetzt blieb es ordentlich, zwangsweise, da ich ja fern von zu Hause war. Traurig war mir zumute, aber geweint hätte ich keine Sekunde. Ich verachtete diese verwöhnten Muttersöhnchen, die in ihr zugegebenermaßen steinhartes und überaus raues Kissen weinten. Die Decke kratzte so sehr, dass ich fürchtete, mir Schrammen im Gesicht zu holen. Irgendwann war ich aber dann doch über meinen trüben Gedanken, meinem Heimweh und meinem Zweifel an der Richtigkeit meiner Entscheidung eingeschlafen.

Wie von der Tarantel gestochen sprang ich aus dem Bett, als der Hornist, schlag sechs Uhr morgens, ins Horn stieß. Weniger aus Disziplin, viel mehr aus Schreck heraus. Schlotternd stand ich in meinem weißen Nachthemd neben meinem Stahlrohrbett, blickte um mich und sah meine Kameraden teils geschockt im Bett aufrecht sitzend, und teilweise auch ungerührt weiterschlafend. Das erzeugte einen nicht minder lauten Donner des Oberbootsmannes. Er plärrte ein »Habtacht« durch den Saal, und wer nicht augenblicklich stand, wurde von ihm eigenhändig aus dem Bett geworfen. Danach hieß es »Vergatterung« in den Waschraum. Er war dem Schlafsaal angebaut. Mit nacktem Oberkörper marschierten wir im Gleichschritt in den Waschsaal, seiften uns auf Kommando ein und wuschen uns mit kaltem Wasser ab. Nachdem der Oberbootsmann wieder »Habtacht« befohlen hatte, musste ein jeder fertig sein und Grundstellung bezogen haben. War das ein Geschrei, weil es kaum einer fertigbrachte! Etliche standen halb eingeseift da, darunter ich selbst. Das büßten wir, indem uns der Oberbootsmann persönlich aus dem eiskalten Wasserschlauch abduschte. Verzog einer die Miene oder schrie er gar, brach das fürchterlichste Donnerwetter des Oberbootsmannes los und er drohte auf der Stelle mit Rapport. Nun ich war kein Weichling, war nie einer gewesen und meine Eltern hatten mich auch nicht verhätschelt, zumindest nicht mehr, als nötig. Aber ich musste zugeben, dass ich über eine derart rohe Behandlung, eine scheinbar sinnlos rohe Behandlung, erschüttert war. Ich ließ mich vom Oberbootsmann abduschen, verzog keine Miene, obwohl mir zum Schreien zumute gewesen wäre. Zum ersten Mal hatte ich Aggressionen in mir, einen Zug, den ich zuvor noch nicht an mir entdeckt hatte. Wäre es mir möglich gewesen, wäre es nicht strafbar gewesen und wäre es nicht verwerflich gewesen, ich hätte den Mann auf der Stelle erwürgen können. So ging es vermutlich etlichen meiner Kameraden, aber keiner rührte sich wesentlich. Alles ging auf Befehl, keine Bewegung durfte ohne denselben ausgeführt werden. Danach gingen wir im Gleichschritt zurück in den Schlafsaal, um unsere Uniform anzulegen und danach in den Frühstückssaal. Hier erhielten wir eine undefinierbare, scheußlich schmeckende und auch so aussehende dicke Suppe vorgesetzt. Den Löffel durften wir erst auf Befehl ergreifen und erst wieder niederlegen, wenn der entsprechende Befehl erteilt worden war. Nicht etwa, wenn die Suppe fertiggegessen war, sondern wenn der Befehl es erlaubte. War einer früher fertig, musste er, den Löffel in der Hand, still dasitzen. Hatte einer noch nicht aufgegessen und der Befehl ertönte, hatte er eben Pech gehabt. Nie zuvor löffelte ich eine derart miese Suppe. Meine Mutter hätte sich vermutlich noch so sehr anstrengen können, aber so etwas wäre ihr nicht gelungen, nicht einmal mit Gewalt.

Der ganze weitere Tag verlief dann in der vorher geschilderten Art und Weise. Lehrsaal, Mittagessen, Wiederholung im Lehrsaal, Abendessen, Retraite.

Vier lange Jahre sollte dieser Ablauf kaum eine Änderung erleben. Abgesehen vom Urlaub einmal jährlich und von den sommerlichen »Freigängen« in den Park des Akademiegeländes, herrschte täglich der gleiche Ablauf. Die Monarchie benötigte abgehärtete, für Strapazen unempfindliche, an spartanisches Leben gewöhnte, einfache Männer als Offiziere. Für Muttersöhnchen, verwöhnte junge Männer, verweichlichte Naturen im Allgemeinen war kein Platz in der Armee und auch nicht in der Marine. Erst viel später lernte ich den harten Drill, die Ausbildung in der Akademie, schätzen. An Bord der verschiedenen Kriegsschiffe, auf denen ich Dienst versah, gab es kein Pardon, keinen Luxus, oft nicht einmal die geringsten Annehmlichkeiten. Nur harten, eintönigen Dienst, furchtbare hygienische Zustände, verheerendes Wetter, Kälte, Nässe, Stürme. Dies galt für die Mannschaft, wie auch für die Offiziere, sogar für den Kapitän und auch für den Admiral. Keiner war davon ausgenommen. Saßen sie doch buchstäblich alle im gleichen Boot. Erst viel später konnte ich den Sinn dieser, für mich als Kind unverständlichen Erziehungsmaßnahmen und Behandlungsmethoden, erkennen. Ohne diese harte Schule hätten wir das entbehrungsreiche Leben auf See, als Offiziere vorbildlich für die Mannschaft, nicht durchgestanden. In den Momenten der Ausbildung aber, war ich oft den Tränen nahe, zu abrupt änderte sich meine Lebensqualität von hundert auf null. Es war eine harte, sehr bittere Zeit für mich gewesen. Ich liebte die Freiheit, die Weite, das Meer, ferne Länder und was hatte ich bekommen? Eingesperrt sein in einem Gebäude, vom Schlafsaal in den Waschraum, in den Frühstückssaal, in den Lehrsaal. Weiter kam ich, vom Park abgesehen, ganze vier Jahre nicht.

Die verschiedenen Jahrgänge blieben voneinander getrennt. Darüber wachten die jeweils diensthabenden Bootsmänner oder Oberbootsmänner, sehr peinlich.

Unsere Lehrer waren, von wenigen Ausnahmen abgesehen, Offiziere der Marine. Manche waren aus gesundheitlichen Gründen auf See nicht mehr einzusetzen, die Mehrzahl allerdings waren ausgebildete Lehrer mit großem Wissen auf dem von ihnen zu vermittelnden Gebieten.

Mathematik unterrichtete zum Beispiel ein Artilleriehauptmann. Ein Heeresoffizier, kein Seemann. Den gleichen Lehrer hatten wir natürlich in der Schießkunde. Die Artillerie erforderte großes mathematisches Können und Wissen. Das berechnen der Flugbahnen, Parabeln, die Berücksichtung der verschiedenen Kaliber, Geschossgeschwindigkeiten, Reichweiten, die Berechnung der Pulverladungen – wichtig bei den Vorderladergeschützen, die Einstellung der Zünder, handelte es sich nun um Aufschlag- oder Zeitzünder, die Berücksichtigung des Windes, des Wellenganges und so vieles andere mehr, wurde von diesem Offizier der Artillerie, Hauptmann Berthold Hoffmann von Aggstein, zuverlässig vermittelt. Hauptmann von Aggstein trug seine braune Artillerieuniform mit den drei goldenen Sternen mit so sichtlichem Stolz, dass man ihn für einen eitlen Gecken hätte halten können. Die Artillerie war eine, völlig zu Unrecht, wenig anerkannte Waffengattung im österreichischen Heer. Als wirklich heroisch galt nur der Kampf Mann gegen Mann, mit dem aufgepflanzten Bajonett. Die Artillerie stand immer weit weg vom Geschehen und schleuderte ihre todbringende Fracht mitten unter die Reihen der angreifenden Soldaten. Das wirkte unsympathisch, war aber notwendig. Die Artilleristen galten als eine der gebildetsten Leute in der Armee, doch Achtung wurde nur demjenigen entgegengebracht, der den Angriff führte und das war niemals die Artillerie. Die Kavallerie, die galt etwas. Hier dienten die Adligen und Hochadligen, die Speerspitze der Armee. Sie stürzten sich todesmutig in die verwegensten Kämpfe, galten als absolute Elite. Die Artilleristen, die sich so bemühten, führten ein Schattendasein – im Feldheer –, bei der Marine jedoch waren sie die führende Waffengattung. Die Artillerie entschied, neben dem geschickten Navigieren, dem Heranführen an den Feind, die Seeschlacht. Auf See war die Artillerie alles. Das merkte man dem Herrn Hauptmann von Aggstein auch an, der nun, an der Marineakademie, endlich zu Ehren kam. Da es auf See keine Kavallerie gab, wurde diese Stellung von der Artillerie ausgefüllt. Allerdings hatte die Artillerie auch nur in Österreich so schlechte Sympathiewerte. In anderen Ländern, Frankreich zum Beispiel, war ein Artillerist sogar Kaiser geworden – Napoleon.

Trotzdem, oder vielleicht gerade deswegen, strengten sich die österreichischen Artilleristen besonders an. Und tatsächlich, eine bessere Artillerie, als die Österreichs, hatte kein Land aufzuweisen. Beim Feldheer hatte Österreich schon mehrheitlich gezogene Hinterlader im Einsatz. Die Marine hinkte als Stiefkind hinter dieser Entwicklung her. Die Schiffe waren hauptsächlich mit glatten Vorderladerkanonen bestückt. Im Unterricht musste sich Hauptmann von Aggstein deshalb mit veralteten Methoden herumschlagen, musste uns theoretische Fertigkeiten vermitteln, die in fast jeder anderen Marine nur mehr musealen Charakter hatten. Trotzdem war er vom Ehrgeiz besessen, aus uns, den zukünftigen Seeoffizieren, Artilleristen allererstes Ranges zu machen. Wenn es für uns Schüler oft auch recht mühsam war, seinem Ansinnen Rechnung zu tragen und nicht jeder den Enthusiasmus für die Artillerie mitbrachte, wie von Aggstein sich das wünschte, war doch jeder mit Begeisterung bei seinem Unterricht dabei. Das hatte zwei Gründe: Ein Mensch, der mit einer derartigen Liebe und Begeisterung von seiner Sache spricht, wirkt ansteckend. Fast keiner von uns konnte sich dem Feuer des Herrn Hauptmann entziehen. Zum anderen unterrichtete Hauptmann von Aggstein ja auch Mathematik. Und da gab es etliche von uns, mich eingeschlossen, die da so ihre Schwächen hatten. Arbeiteten wir aber im Artillerieunterricht fleißig und mit Hingabe mit, sah der gütige Hauptmann über so manche mathematische Schwäche des Betreffenden großzügig hinweg. Außerdem war Hauptmann von Aggstein sowieso ein kauziger Kerl. War er doch einer der wenigen Truppenoffiziere an der Marineakademie, trug auch eine Armeeuniform, war er deshalb unter den anderen Lehrern als Landratte abgestempelt. Nicht selten ließen sie ihn das spüren. In Ermangelung der Sympathie seiner Kollegen, versuchte er sich dieselbe bei seinen Schülern zu erringen. Was ihm auch gelang. Respekt hatten alle vor ihm, weil er tatsächlich ein Meister seines Faches und darüber hinaus auch, weil er an der Entwicklung neuer Geschosse und Geschütze beteiligt war. Zornig konnte er werden, wenn man ihn von der linken Seite her ansprach. Da verstand er nämlich nichts. Er war auf dem linken Ohr taub. Er hatte an etlichen Schlachten teilgenommen, auch unter Feldmarschall Radetzky, und die vielen abgefeuerten Schüsse in den Schlachten hatten ihn am linken Ohr taub werden lassen. Seine Position war eben immer an der rechten Seite des Geschützes gewesen. Diese Behinderung ärgerte ihn sehr und er wollte nicht daran erinnert werden. Dazu kam, dass er ein Holzbein hatte. Eine Granate hatte seinen Unterschenkel im Gefecht bei Custozza abgerissen. Er hörte schlecht und hinkte noch dazu. Für halbwüchsige Buben bedeutete dies viel Überwindung, um ihn nicht nachzuäffen.

Der beste von allen aber war unser Klassenvorstand, Linienschiffs-Kapitän Konrad Heiter. Ein Mann von fast zwei Meter Größe, allerdings hager wie eine Deckplanke. Sein Gesicht wurde durch eine übergroße Hackennase dominiert und seine Augen blickten so traurig, als wollte er jeden Moment in Tränen ausbrechen. Auch eitel war er nicht, denn sonst hätte er sich eine Uniform nach Maß anfertigen lassen. Stattdessen trug er die Ärarische, die wie ein Fetzen an ihm hing. Niemals kam ihm auch nur das geringste Lächeln aus. Ab der Mitte dieser dürren, langen Gestalt hing der Säbel, ebenso lang und dürr wie er selbst. Er war der einzige Offizier, dem der Säbel nicht am Boden schliff. Er musste ihn, wenn er ging, nicht mit der Hand halten und so baumelte die Seitenwaffe bei jeder Bewegung und bei jedem Schritt an seinem Körper, schlug an allen Möbelstücken an und die Scheide hatte schon unzählige Dellen von den zuschlagenden Türen, in denen sie eingezwickt wurde. Nicht selten stolperte er über seinen Säbel. Kapitän Heiter war eine einzige Karikatur. Unter uns liefen Wetten, ob er den Säbel jemals aus der Scheide herausbringen würde. Endlich fasste sich einer ein Herz und bat den Klassenvorstand, uns seinen Säbel zu zeigen. Es kostete den Linienschiffs-Kapitän mehrere Versuche und seine ganze Kraft, die Klinge zu ziehen. Er verzog natürlich keine Miene dabei, aber wir hätten uns zerkugeln können. Der Unterricht mit ihm war eine rechte Qual. Er sprach im Flüsterton, in einer Leier ohne jede Pointe. Nie werde ich vergessen, wie er sich uns vorstellte. Am ersten Tag an der Akademie saßen wir alle recht verschreckt im Lehrsaal und der Klassenvorstand, Linienschiffs-Kapitän Konrad Heiter, betrat denselben. Wir sprangen auf und der Klassenälteste erstattete Meldung. Ungerührt nahm der Kapitän die Meldung zur Kenntnis und sagte unendlich langsam und mit Trauermiene: »Meine Herren, ich bin der Korvettenkapitän Heiter. Wenn Sie brav mitarbeiten, werden unsere gemeinsamen Stunden auch solche werden. Ich danke, meine Herren!«

In einer anderen Situation und speziell an einer anderen Schule, hätte sich die ganze Klasse totgelacht, doch wir Marinezöglinge durften keine Miene verziehen. Dieser Spruch wurde jedenfalls zum geflügelten Wort unter uns. Unsere gemeinsamen »heiteren« Stunden verbrachten wir mit Navigation, Geografie und Geschichte. Wenn Professor Heiter auch alles andere als das war, er war ein überaus engagierter Lehrer, gerecht, niemals ungeduldig und wenn wir auch unsere Witze über ihn machten, was bei seiner Erscheinung ja ganz unvermeidlich war, so schätzten wir ihn doch. Wer seinem Unterricht aktiv folgte, hatte von ihm nichts zu befürchten.

In Englisch hatten wir den Schriftsteller James Joyce. Er besserte sein, als Schriftsteller ohnedies spärliches, Einkommen mit dem Unterricht der englischen Sprache auf.

Dies tat er nicht nur an der Marineakademie, sondern auch privat und an anderen Gymnasien. Professor Joyce hatte es nicht leicht mit uns, waren wir doch alle eingeschworene Militärs, oder wollten welche sein. Eine Landratte und noch dazu Zivilist, dieser Mann musste Zielscheibe unseres Spottes werden. Schriftsteller war er, was sollte denn das für ein Beruf sein? Ich glaube, ich war der Einzige, der Achtung vor Professor Joyce hatte! Ich fürchte, ich war auch der einzige Bücherwurm in der Klasse, wenn nicht an der ganzen Schule. Damit sich der Englischunterricht in normalen Bahnen abhalten ließ, kamen immer zwei Personen in die Klasse. Der Schriftsteller und der Oberbootsmann, bewaffnet mit dem »Haslinger«, einem Rohrstock, mit dem man freiwillig keine Bekanntschaft machen wollte. Man hätte beim Unterricht von Professor Joyce eine Stecknadel fallen hören können, doch demütigend war es trotzdem für ihn, dies nur mithilfe des Oberbootsmannes zu erreichen. Noch heute schäme ich mich dafür, dass diesem, mittlerweile so berühmten Mann nicht mehr Achtung entgegengebracht wurde.

Besonders hervorzuheben war auch unser Deutschlehrer. Die Marinedienstsprache war ja endgültig Deutsch geworden und für Offiziere vorgeschrieben. Sprach ich mit meinen Eltern daheim italienisch als auch deutsch, ganz abwechselnd, wie es uns gerade einfiel, war jetzt für mich Deutsch die Hauptsprache geworden. Mir fiel es ganz leicht, war es ja neben dem italienischen meine Muttersprache. Urgroßvater war ursprünglich nach Triest gezogen. Der Arzt hatte ihm wegen seiner Bronchitis geraten, adriatisches Klima aufzusuchen. Aus einem längeren Urlaub, in dem er seine spätere Frau kennengelernt hatte, ist dann ein lebenslanger Aufenthalt geworden. Etliche meiner Kameraden kamen aus nichtdeutschen Gebieten. Fiume gehörte nicht zu Österreich, sondern zur ungarischen Reichshälfte und so hatten wir auch etliche Ungarn unter uns. Ungarn, Kroaten, Slowenen, Dalmatiner, Österreicher. Alle konnten sie deutsch, denn das war Bedingung zur Aufnahme an der Akademie, doch ihre Muttersprache war es nicht. Professor Schenck, ein kleiner, untersetzter Mann, immer leicht gebückt gehend, über seiner Uniform stets einen grauen, zerschlissenen Arbeitsmantel tragend, pflegte, die Hände am Rücken verschränkt, durch die Klasse zu gehen. Ein grimmiges Gesicht aufgesetzt und jederzeit Kraftausdrücke im Mund führend. »Milekitsch«, schrie er zum Beispiel, »ich werd dir ein Packl deutscher Haustetschen geben, mir scheint du sitzt auf deinen Ohren!« Diese Drohung hätte er sicher nicht wahr gemacht, doch sein grimmiger Blick und seine drohende Haltung ließen uns nie ganz sicher sein. Der Säbel war viel zu lang für ihn und Professor Schenck hätte ihn ganz sicher gerne zu Hause gelassen. Leider aber war er Teil der Adjustierungsvorschrift und so musste Korvettenkapitän Schenck das für ihn unhandliche Trumm immer mitschleppen – zu unserem nicht zu geringen Gaudium. Professor Schenck war ein herzensguter Mensch, der zeitlebens immer nur ausgenützt worden war. Irgendwann hatte er sich dann die grimmige Maske aufgesetzt, und das war ihm geblieben. Seine Masche sozusagen. Seine oft noch so beleidigenden Worte trafen nicht ins Herz, er war eben ein Schauspieler. Nicht selten sagte er zu einem Schüler, der die Antwort nicht, oder nur mangelhaft wusste: »Kann man nicht brauchen, Dummkopf, stell dich nach hinten.« Selten stand einer alleine »hinten« und nach einiger Zeit erlöste er die derart Getroffenen auch wieder. Er war der einzige Professor, der uns per Du ansprach. Nicht einmal der Akademiekommandant Wissiak, den wir äußerst selten zu Gesicht bekamen, tat dies. Uns war es einerlei, nachdem wir uns an seine rauen Umgangsformen gewöhnt hatten, hatten wir Professor Schenck gerne. Bei ihm fiel keiner durch. Sah er, dass einer ernste Probleme hatte, schnappte er sich denjenigen und paukte mit ihm in seiner Freizeit die betreffenden Stellen durch. So gefürchtet der Mann auch war, er hatte Befehl, uns etwas beizubringen, und den führte er rigoros aus. Korvettenkapitän Schenck war ein Soldat, durch und durch, bis in die Knochen kaisertreu und unerbittlich der deutschen Sprache verpflichtet. Er hätte sogar bei der Aussprache von Schauspielern des k. k. Hofburgtheaters etwas auszusetzen gehabt! Als er noch aktiver Kapitän bei der Marine war, hatte er mit seiner Corvette, eingesetzt in der Levante, drei Piratenschiffe versenkt. Als die Piraten nach seiner Aufforderung nicht sofort ihre Schiffe übergeben wollten, packte ihn der heilige Zorn und er ließ feuern. Er ließ feuern und feuern und feuern, solange bis der Gesamtdetailoffizier seinen Kapitän vorsichtig aufmerksam machte, dass die Gegner bereits gesunken wären und weiteres Feuer nur Fische treffen würde. Daraufhin tobte er noch mehr, weil sich der Feind so kampflos aus dem Staub gemacht hatte. Er sprang auf dem Achterkastell herum, solange bis sich der Pulverdampf verzogen hatte, und jetzt konnte er es tatsächlich sehen, kein Schiff mehr in Sicht. Die Piraten waren auf dem Meersgrund. Die würden keinem Kauffahrer mehr gefährlich werden. Diese Geschichte erzählte er uns immer dann, wenn er besonders gut aufgelegt war und die Aufführung, die er dazu lieferte, war einfach bühnenreif. So kampflos allerdings hatten sich die Piraten nicht auf den Meeresgrund verabschiedet. Bei diesem Gefecht hatte Kapitän Schenck sechs Matrosen und einen Bootsmann zu beklagen gehabt. Kam er an dieser Stelle der Erzählung an, liefen ihm immer, wie auf Befehl, die Tränen über die Wangen. Er hatte es zeitlebens nicht verwunden, dass unter seinem Kommando ihm anvertraute Menschen zu Schaden gekommen waren.

Im Großen und Ganzen hatte ich mich an der Akademie ganz gut eingelebt. Die ewigen Kommandos, keinen Schritt ohne Aufforderung machen zu dürfen, die überaus spartanische Lebensweise, das alles bemerkte man mit der Zeit gar nicht mehr. Es war eben so und niemand dachte mehr darüber nach. Die wirklich spärliche Freizeit und das permanente Eingesperrtsein machte mir allerdings schwer zu schaffen. Häufig sah ich während des Unterrichts zum Fenster hinaus und träumte wie immer von fernen Ländern. Entweder riss mich das eisenbeschlagene Lineal, welches auf meine Finger knallte, aus meinen Träumen, oder eine Frage, das soeben Gehörte betreffend. Beides sehr unangenehm, besonders in Kombination. Auch die sehr dürftige Verpflegung belastete uns alle. Mehrheitlich litten wir oft argen Hunger. Unsere Körper befanden sich im Aufbau und wir hätten ohne Ende essen können, doch der Speiseplan der Anstalt nahm darauf nicht die geringste Rücksicht. Hin und wieder schickten die Eltern Essenspakete. Kam so ein Paket, setzte sich der Beschenkte in eine Ecke und aß sich endlich einmal richtig satt. Dabei sahen ihm aber fünfzig hungrige Marinezöglinge zu! Manche blieben hart und aßen alles selbst auf, andere wieder teilten den Inhalt der Sendung, sodass am Ende keiner viel mehr als nur einen Bissen erwischte. Ich gehörte dummerweise zur letzteren Spezies.

In der Oberstufe hatte jede Klasse Zugang zur Marinebibliothek. Sie enthielt unzählige Bände über Mathematik, Physik, Chemie, Artilleriewesen, Seewesen, Navigation, Nautik und Wetterkunde, Astronomie, Marinegeschichte, Seekarten und Globen, aber auch Unterhaltungsliteratur. Jeweils am Wochenende konnte man sich etwas aus der Bibliothek ausleihen. Der Oberbootsmann verwaltete den Schlüssel, er gab die Bücher aus und sammelte sie rechtzeitig am Sonntagabend vor der Retraite wieder ein. Gequält von mathematischen Problemen und anderen, für mich recht wenig spannenden Themen, sehnte ich den Freitagnachmittag herbei, um mir etwas aus der Bibliothek zu leihen. Immer war ich der Erste in der Reihe, stand schon zehn Minuten vor Öffnung der Bibliothek, von einem Fuß auf den anderen steigend, vor der Türe und wartete sehnsuchtsvoll auf den Eintritt. Pünktlich wie die Uhr, keine Minute zu früh, keine zu spät, erschien der Oberbootsmann. Ich stand stramm, er sperrte auf und ließ mich eintreten. Da stand ich nun mit großen Augen vor den unzähligen Reihen an Büchern. Die Fachliteratur ließ ich gleich links liegen und strebte der Unterhaltung zu. Sämtliche Indianerromane hatte ich bereits verschlungen und ebenso fast alles von Jules Verne. Die erste Reise um die Erde, durchgeführt von Fernando Magellan in den Jahren 1519 bis 1522, aufgeschrieben von Antonio Pigafetta, einem Reisegefährten Magellans, hatte ich bereits vergangene Woche gelesen.

Dem Oberbootsmann war es nicht aufgefallen, dass ich statt der zwei entlehnten Bücher nur eines zurückgebracht hatte. Heimlich las ich nun unter der Schulbank während des Unterrichts und sogar während des Essens über die abenteuerliche Reise des Fernando Magellans. Von Mathematik abgesehen lernte ich leicht, es reichte für mich völlig, mit einem halben Ohr zuzuhören, um eine passable Prüfung abzulegen. Zu den Besten gehörte ich freilich nicht, war auch nicht mein Antrieb, obwohl ich meinem Vater auf seine dringende Bitte hin versprochen hatte, mich mehr anzustrengen als bisher. Ich war oft über die vielen Wissensgebiete und den heiligen Ernst, mit dem die Professoren sie vortrugen, befremdet. Ich wollte doch nur in die Ferne, wollte reisen und Abenteuer erleben, wie meine Vorbilder! Nur widerwillig büffelte ich mit meinen Kameraden die schweren Lernfächer.

Ich borgte mir einen Roman von E.T.A. Hoffmann aus. Atemlos las ich das ganze Wochenende, vom Essen abgesehen, nahezu ohne Pause, um das Werk zu Ende zu lesen, bevor ich es dem Oberbootsmann wieder retournieren musste. Zum ersten Mal kam ich auch mit anderen Abenteuern, als mit Entdeckungsreisen in Kontakt. Gewissermaßen handelte es sich auch diesmal um eine Entdeckungsreise, nämlich eine Reise zum anderen Geschlecht. Mit Mädchen konnte ich recht wenig anfangen. In meiner Triestiner Zeit waren sie mir eher auf die Nerven gegangen und seit ich in der Marineakademie in Fiume war, hatte ich keine mehr zu Gesicht bekommen. Wir waren ja kaserniert wie im Kloster. Jedenfalls hatte ich an derlei Geschichten Gefallen gefunden und nachdem ich den Oberbootsmann nicht wenig gelöchert hatte, sperrte er mir die Bibliothek heimlich auch unter der Woche auf, damit ich mir einen neuen Roman ausleihen konnte. Unter der Bettdecke las ich dann bei Kerzenschein, was allerdings wegen der Brandgefahr nicht ungefährlich war. Der Oberbootsmann tolerierte mein Verhalten, war er doch selbst eine Leseratte. In seiner Ecke im Schlafsaal, abgetrennt durch Paravents, schien immer bis spät in die Nacht der Schein einer Petroleumlampe. Er las. Petrovic war sein Name. Ich hatte mich mit ihm angefreundet, wir hatten das gleiche Steckenpferd. Wenn uns keiner sah, diskutierten wir sogar heimlich über den einen oder anderen Roman, den einen oder anderen Schriftsteller. Wir tauschten gegenseitig unsere Bücher, lasen sie und sprachen darüber. Der Oberbootsmann, fünfzig Jahre mochte er zählen, war am Ende seiner Karriere angekommen. So gerne wäre er Offizier geworden, aber in jungen Jahren war ihm der Zugang zum Marine-Cadetten-Collegium aus Geldmangel versperrt geblieben. So blieb ihm nichts anderes übrig, als sich vom Matrosen 4. Klasse bis zum Oberbootsmann hinaufzuarbeiten. Eine ganz beachtliche Leistung, denn es war nicht leicht diesen Rang zu erringen. Vieles, was wir in der Marineakademie an Wissen vermittelt bekamen, musste er autodidakt erlernen, oder fehlendes Wissen durch Erfahrung kompensieren. Der Oberbootsmann war an Bord eines Schiffes, als ranghöchster Unteroffizier, Chef über die gesamte Mannschaft. Er koordinierte alles an Bord, bereitete die Durchführung der Befehle des Kapitäns vor, teilte die Arbeiten ein und hielt seinen vorgesetzten Offizieren den Rücken frei. Er stellte das Bindeglied zwischen Kapitän, Offizieren und Mannschaft dar und sorgte für ein möglichst reibungsloses Funktionieren des Zusammenlebens. Seine Boots- und Unterbootsmänner blickten zu ihm, wie zu einem Halbgott auf. Auf diese Weise hatte er eine Schlüsselposition an Bord eines Schiffes. Durch eine schwere Verwundung, erhalten im Kampf gegen Piraten in der Levante, war er nun gezwungen, Dienst an Land zu tun, in der Marineakademie. Einer drohenden Pensionierung hatte er sich mit Händen und Füßen widersetzt und dem hochdekorierten Unteroffizier wurde eben die Stelle als Aufseher in der Marineakademie zugewiesen. Eine Tätigkeit, die ihn freilich nicht ausfüllte, aber er war in Diensten Seiner Majestät und das war das Wichtigste für ihn. Wäre er wenigstens Fregattenfähnrich gewesen, er hätte unterrichten können, aber als Unteroffizier war ihm auch das verwehrt. Dabei hätte er viel zu erzählen gehabt, viel praktisches Wissen vermitteln können. Er blickte neidisch auf uns Zöglinge, sah wie wir nach vier Jahren als Seekadetten, oder die Jahrgangsbesten sogar als Fregattenfähnriche ausgemustert wurden, ranghöher als er es war, als er je sein würde.

Meine Beziehung zum Oberbootsmann Petrovic beeinflusste meine spätere Behandlung von Unteroffizieren erheblich. Anders als viele meiner Offizierskameraden, be-

handelte ich einen fähigen Bootsmann oder gar Oberbootsmann sehr viel zuvorkommender als sie. Nachdem Petrovic
mir, hinter seinem Paravent, eine Stunde lang Geschichten
und Erlebnisse aus seiner aktiven Zeit als kaiserlicher Seemann flüsternd erzählt hatte, strich er mir mit seiner
schwieligen Hand über die Wange und schickte mich zu
Bett. »Geh schlafen, Federspiel, hast morgen wieder einen
schweren Tag im Lehrsaal.« Ich gehorchte sofort, dankte
für seinen interessanten Vortrag und begab mich zu meiner Schlafstelle. Über den Sessel hatte der Oberbootsmann
seinen Uniformrock gehängt, auf den Schulterstücken die
drei goldenen Streifen seiner Distinktion und am Ärmel
drei goldene Winkel, die maximale Anzahl für freiwillig
weiterdienende Mannschaft. Für jeweils drei abgediente
Jahre gab es je einen Winkel. Auf seiner Kappe prangte die
goldene Kaiserkrone. Leise strich ich im Vorbeigehen über
seinen Rock. Eines Tages würde auch ich einen solchen
tragen, nicht mehr die Zöglingsuniform, sondern die eines
k. k. Marineoffiziers.

Die Zeit verflog und im vierten Jahrgang erhielten wir
zur Uniform den Marinesäbel. Es wurde geduldet, dass
wir ihn schon in den Ferien zwischen dritten und vierten
Jahrgang anlegten. Ich hatte eifrig gespart und Kreuzer
auf Kreuzer gelegt, um mir die Seitenwaffe samt Gehänge
leisten zu können.

Ab jetzt erhielten wir einmal die Woche Ausgang, niemals alleine selbstverständlich, sondern immer nur in der
Gruppe. In Ausgangsuniform, bewaffnet mit dem Säbel,
machten wir die Innenstadt von Pola unsicher. Wir waren
so lange eingesperrt gewesen, dass uns das Fischerdorf Pola
wie eine Großstadt vorkam. Etliche meiner Kameraden kamen ja aus Wien und kannten tatsächlich das Leben einer
Weltstadt. Ich dagegen, in Triest aufgewachsen, konnte da
nicht mithalten. Gegen Pola aber, war Triest auch so etwas

wie eine Weltstadt. Held war ich ja schon damals keiner gewesen, lebte vielmehr in meiner Fantasie. Wie auch schon in Kindheitstagen, als ich auf das Baumhaus aufpassen musste und es fast verpatzt hätte, war ich auch hier, unter meinen neuen Kameraden, nur ein Mitläufer. Diesmal aber ein Geächteter, da ich nicht wenige Schularbeiten meiner Mitschüler, neben meinen eigenen erledigte, Mathematik ausgenommen, da war ich selbst auf fremde Hilfe angewiesen. Die Leseratte Federspiel war zwar fad, aber brauchbar und ein guter Kamerad, wann immer man ihn benötigte. Rudolf Auffahrt, einer meiner näheren Bettnachbarn, ein echter Strick, der ständig Streiche im Schilde führte und ein überaus schlechter Schüler war, lehrte mich in diesen Tagen ein anderes Leben. »Stephan«, sagte er, »du musst endlich aufwachen, du wirst in einem Jahr ein Offizier sein! Was glaubst du, fängt der Kaiser mit solchen Duckmäusern, wie du einer bist, an. Du musst endlich etwas riskieren, dich was trauen! Was meinst, wenn der Feind vor dir steht, willst ihm dann etwas aus deinen Büchern vorlesen, um ihn zu beruhigen? Da wirst schon deinen Säbel ziehen müssen, um ihm zu zeigen, was ein kaiserlicher österreichischer Offizier wert ist!«

Alle Strafen, die von der Akademie verhängt werden konnten, wie Kürzung der Essensration, Ausgangsverbot und Freiheitsentzug hatte er regelmäßig konsumiert. Ich dagegen war noch niemals »straffällig« geworden. Ich stellte ja auch nichts an, abgesehen vom Lesen von Romanen und Reiseberichten während des Unterrichts, oder unter der Bettdecke. Selbstverständlich machte sich Rudolf während unserer Ausgänge zum Rädelsführer. Er war auf die verwegene Idee gekommen, Gruppen von Jugendlichen, in denen nach Möglichkeit mehrheitlich Mädchen waren, »gefangen« zu nehmen, sie dazu zu nötigen uns den Abend zu finanzieren und danach wieder zu entlas-

sen. Nachdem wir als Marinezöglinge ja sehr schlecht
bei Kasse waren, kam dieser Vorschlag bei der Mehrheit
meiner Kameraden sehr gut an. Ich heischte, wenn auch
gegen meine Überzeugung, Begeisterung. Also pirschten
wir uns an eine passende Gruppe an, umringten sie und
erklärten sie für gefangen. Die überraschten Mädchen und
Burschen wussten zuerst nicht wie ihnen geschah, Gegenwehr wurde aber aufgrund unserer waffenstarrenden
Anwesenheit keine geleistet. Willig, wenn auch nicht freiwillig, folgten sie unseren Befehlen in ein Wirtshaus, »ver-
gnügten« sich mit uns und taten so, als wären sie freiwillig
hier. Am Ende zahlten sie die gemeinsame Zeche. Wollten
sie aufbegehren, griff einer von uns an den Säbel und die
Sache war wieder im Lot. Wir unterhielten uns köstlich mit
den Mädchen, die Burschen dagegen saßen wie angenagelt
und stumm daneben. Da wir uns ja ohnedies nur mit den
Damen unterhalten wollten, störte uns das wenig. Mir war
die Situation eher peinlich, amüsierte mich aber trotzdem
außergewöhnlich. Am Ende der Zusammenkunft dankten
wir höflich für die Gesellschaft, warfen unsererseits eine
Runde und verabschiedeten uns dann höflich.

Bei einer derartigen Gelegenheit hatte ich mich in Riccarda verliebt. Sie war siebzehn Jahre alt, blond und hatte
eine Figur wie eine Schaufensterpuppe. Wenn sie lächelte,
durchfuhr mich jedes Mal ein wohliger Schauer. Meinen
Kameraden und auch den anderen war aufgefallen, dass
zwischen mir und Riccarda etwas lief. Was alle amüsierte,
nur mich nicht. Dachte ich zuvor nur an meine Bücher, so
wurden dieselben jetzt durch Riccarda verdrängt. Sogar
der Oberbootsmann Petrovic hatte erkannt, was mit mir
geschehen war. Ich lieh mir keine Bücher mehr aus und
er lächelte wissend in sich hinein. »Wie heißt sie?«, fragte
er mich eines Tages und ich antwortete pflichtgemäß »Ric-

carda!«. Zum ersten Mal hatte ich mich zu ihr bekannt, ganz unbewusst. Riccarda und ihre Gruppe warteten schon jeden Samstag auf uns, um sich von uns »entführen« zu lassen. Wir enttäuschten sie nicht. Jeder Kavalier, so war es bei uns üblich, führte seine Dame am Abend nach der »Entführung« nach Hause. Vor der Türe verabschiedete er sich artig und wartete, bis sich das Tor hinter der Angebeteten wieder verschlossen hatte. Danach machte man sich einsam und wehmütigen Gedanken nachhängend auf den Weg in die Akademie, um nur ja nicht den Zapfenstreich zu versäumen. Das hätte mit Sicherheit Ausgangsverbot zur Folge gehabt und ein Treffen mit der Allerliebsten wäre unmöglich geworden! Ein eindeutig zu großes Risiko. Außerdem hatte ein zu spätes Einrücken den Geruch einer Befehlsverweigerung an sich und wurde zusätzlich gerne mit etlichen Stockhieben, ausgeführt mit dem berühmten »Haslinger« auf den nackten Hintern, bestraft. Danach konnte man dem Unterricht nur mehr stehend folgen, nur mehr am Bauch liegend schlafen und sich auch sonst nur mehr sehr vorsichtig fortbewegen. All dies geschah zum großen Gaudium der Mitschüler, allerdings nur so lange, bis es einen selbst erwischte. Seit die Marine unter eindeutig österreichisches Kommando gekommen war, saß der Haslinger auch recht locker. Ich hatte ein paar Schläge damit erhalten, als ich nicht sofort einem Kommando gefolgt war, ich wieder einmal mit meinen Gedanken ganz woanders, auf der chinesischen Seidenstraße oder auch auf der Milchstraße, was weiß der Himmel wo, war. Selbst durch die Hose, es war ein Höllenschmerz!

Riccarda war die Tochter eines recht angesehenen Kaufmannes, entsprechend wohnte die Familie auch. Also, ich sah ja immer nur das Portal des Hauses, wenn ich sie abends nach Hause brachte. Vorerst! Riccarda war ein recht frühreifes Mädchen, interessiert an allem, was männlich war. Sie hatte schnell begriffen, wie man einem Mann den Kopf verdreht und es dabei zusätzlich so aussehen zu lassen, als wäre es ganz umgekehrt. Sie ließ mich den großen, bewaffneten Beschützer spielen, dem die Frauen zu Füßen liegen und ich fühlte mich gut dabei. Mit einem Wort, sie hatte mich in der Hand. Sie liebte es, ihre weiblichen Reize einzusetzen und ihre Wirkung an Männern auszuprobieren, sprangen sie dann an, zeigte sie ihnen die kalte Schulter. Dieses Spiel hatte sie mit mir mehrmals gespielt und ich fiel dabei vom Himmel zurück auf die Erde – jedes Mal in Sekundenbruchteilen! Die Landung war entsprechend unsanft. Mit dieser Methode traf sie mich härter, als der Haslinger es jemals hätte können. Trotzdem brachte ich sie nach jedem Ausgang artig nach Hause, schlug die Haken zusammen und salutierte schneidig bei der Verabschiedung. »Bis nächste Woche, mein Krieger«, sagte sie dann mit aufreizendem Augenaufschlag, um anschließend hüftschwingend hinter der Türe im Haus zu verschwinden. Verträumt stand ich dann noch ein paar Minuten vor dem Haus, in der Nase ihr betörendes Parfum und wusste nicht recht, was anfangen. Da öffnete sich im ersten Stock ein Fenster, Riccarda lehnte sich keck hinaus, einen tiefen Einblick in ihr Dekolletee freigebend, ein Anblick der mich fast um den Verstand brachte, und rief: »Auf was wartest du, Stephan?« Auf dich wollte ich sagen, doch ich traute mich nicht. Und so lächelte ich vermutlich etwas verlegen, und machte, nachdem sie mir einen Kuss geschickt hatte, kehrt. Einen Kuss, einen richtigen Kuss hätte ich gerne von ihr! Aber wie das bekommen, ihn mir einfach holen? Nein, das wäre zu kühn. »Aus dir wird kein Seeheld, Stephan«, hörte ich mich zu mir selbst sagen, »kapitulierst ja schon vor dem schwachen Geschlecht! Packen müsstest du sie, in eiserner Umklammerung und doch zart, um ihr nicht wehzutun. Das ist genau das, was sie suchen, was sie fordern!« Freund Auffahrt handelte so, und war entsprechend erfolgreich. Er erzählte mir dann immer voller Stolz, mit welcher Traumfrau er wieder in einem stillen, uneinsichtigen Ort geschmust hatte, ihr ins Dekolletee und weiß Gott noch wohin gegriffen hatte. Der Neid wollte mich fressen, was ich selbstverständlich nicht zeigte, aber es doch so war. Rudolf hatte den Antrieb, möglichst jede zu bekommen. Er machte die Mädchen untereinander auf sich eifersüchtig und diese Taktik zog. Ich wollte ja nur Riccarda erobern, keine andere! Obwohl ich zugeben musste, auch die anderen Mädchen hatten ihre Reize und davon nicht zu wenig. Um unangenehmen Fragen des Oberbootsmannes zu entgehen, borgte ich mir nach wie vor jede Woche und auch dazwischen Bücher aus, doch ich gab sie alle ungelesen wieder zurück. Ich konnte mich nicht konzentrieren, ein Umstand, der sich auch negativ in meinen Prüfungsergebnissen niederschlug. Rudi Auffahrt dagegen, blühte richtig auf. Er war ganz entspannt, guter Dinge, schrieb gute Zensuren, war insgesamt wie ausgewechselt. Beide fieberten wir dem nächsten Ausgang entgegen. Doch diesmal wollte ich in der Akademie bleiben. Ich war bei zwei Prüfungen durchgefallen und musste nachlernen. Wenn mein Vater das erfahren würde, oder gar der Erzherzog Maximilian, wäre echt Feuer auf dem Dach. Die komplizierten Formeln in der Berechnung des Schiffsstandortes, insgesamt im Fach der Astronomie und der Geometrie, machten mir schwer zu schaffen. Da genügte es nicht, mit einem halben Ohr zuzuhören. Das erforderte die ganze Aufmerksamkeit und auch diese war oft zu wenig. Ich verstand häufig in diesen Fächern nur Bahnhof, konnte dem Unterricht schwer folgen. Rudolf Auffahrt dagegen, schwach in allen anderen Gegenständen, hatte keine Probleme in der Mathematik. Für ihn war das alles sonnenklar. Ich begann, an mir zu zweifeln. Mathematik verstand ich nicht, für Rudi kein Problem – Mädchen verstand ich nicht, Rudi kannte sich ausgezeichnet aus – ich war schlechter Laune, er guter. »Rudi, heute wird es nichts mit meinem Ausgang, ich bleibe in der Akademie«, verkündigte ich ihm. »Bist du verrückt, hier in diesem Gefängnis? Willst du deine Flamme versetzen? Sie wartet auf dich!«

»Sie wartet einen Schmarren auf mich, sie spielt nur mit mir, weidet sich an meiner dummen Verliebtheit und amüsiert sich dabei ganz sicher königlich.« »Du gibst sie also frei, die Riccarda?«, grinste er blöd.

»Wenn du dich auch nur unterstehst, sie frech anzusehen, breche ich dir alle Knochen im Leib, hörst du, Rudolf?« Rudi lachte nur überlegen.

»Mach dir keine Sorgen, es gibt ja genug andere, sehnsüchtig wartende Weiber. Ich lass die Finger von Riccarda, obwohl ...?«

»Untersteh dich, ich warne dich!«

»Ist ja schon gut, lass dich ein wenig necken, du verliebter Gockel! Pass auf, ich mach dir einen Vorschlag. Ich pauke mit dir Mathematik und du schreibst mir dafür die Schularbeit in Geschichte und in Geografie. Da bin ich so blank, wie du es in Mathematik bist. Und jetzt gehen wir in die Stadt, amüsieren uns und du schnappst dir endlich Riccarda, du Hasenfuß.«

»Das ist nicht so einfach, Rudi, Riccarda ist anders als die anderen Mädchen.«

»Riccarda ist anders«, äffte er mich nach und schnitt dabei eine Grimasse. »Was du für einen Blödsinn redest, worin ist sie denn anders, deine Riccarda? Sie will das Gleiche wie die anderen Mädchen. Nun sei doch nicht so selbstsüchtig und gib es ihr endlich!«

»Ich, selbstsüchtig?«

»Natürlich du, wer sonst? So zeige ihr doch endlich, dass

du außer habtacht stehen, salutieren und gehobene Konversation führen, noch was anderes kannst!«

Zerknirscht gab ich auf, er hatte ja recht, doch wir beide waren eben komplett unterschiedlich gebaut. Ich, ein hoffnungsloser Romantiker, schüchtern bis in die Knochen, alles andere als ein Kämpfer. Rudi, ein Draufgänger, ohne Rücksicht auf Verluste. Ihm machten Niederlagen nichts aus, er beutelte sich wie ein nasser Hund und stürzte sich in das nächste Abenteuer. Was hätte ich gegeben, um ein wenig vom Naturell dieses Tunichtguts zu erhaschen. Was mir alles Kopfzerbrechen bereitete, kümmerte Rudi nicht einmal im Ansatz. Er würde einmal ein weit besserer Offizier werden als ich. Die Marine braucht Draufgänger, schneidige Offiziere, die sich mit Hurra auf den Feind werfen, nicht solche Jammerlappen, wie ich einer war. Man kann durchaus sagen, dass ich verzweifelt war, über mich und die Welt, und dass mein Selbstwertgefühl auf dem Nullpunkt angelangt war. In dieser Situation sah ich ein, dass selbstständiges Lernen der Mathematik ohnedies keine große Aussicht auf Erfolg haben würde, waren meine Gedanken doch bei Riccarda und bei meinem Selbstmitleid. Ich warf mich also in die Ausgangsmontur, schnallte meinen Säbel um und verließ so fröhlich wie möglich mit Rudi die Akademie in Richtung Stadt, zu unserem gewohnten Treffpunkt.

Bereits im Angesicht der Damen stieß er mir seinen Säbelknauf in den Rücken, »klar Schiff zum Gefecht«, flüsterte er dabei. Riccarda war nicht in der Gruppe. Die Enttäuschung stand mir ins Gesicht geschrieben. Ein besonders hübsches Mädchen, Gabriella, hängte sich bei mir ein und drückte sich an mich. Widerwillig ließ ich es geschehen, ohne dabei unhöflich zu wirken. Von der Seite her sah sie mich an, stellte sich auf Zehenspitzen und legte ihren Mund an mein Ohr. Dabei hielt sie sich mit ihren Armen an meinen Schultern fest. Ich spürte ihren heißen

Atem an meinem Ohr und erstarrte vor Verwunderung und Erregung. »Schade, dass du kein Auge für mich hast«, flüsterte sie, »ich würde dich gerne auf der Stelle auffressen, Süßer.« Dabei berührte sie das Innere meines Ohres ganz leicht mit ihrer feuchten Zungenspitze. Wie ein Blitz fuhr mir diese Berührung durch den Körper. »Sie wartet auf dich, vor dem Café Pesciera, du unerfüllbarer Traum meiner schlaflosen Nächte.«

Damit löste sie sich von mir und gesellte sich zu den anderen. Ich immer noch benommen von ihrer Umarmung, ihrem Parfum und von ihrer Botschaft, machte kehrt in Richtung Café Pesciera. Warum wartete sie auf mich vor dem Café? Warum war sie nicht wie immer bei der Gruppe? Was sollte dieses Manöver? Ich konnte es mir nicht erklären. Von der Weite glaubte ich Riccarda schon zu erkennen. Da stand sie, in ihrem entzückenden Kleid mit dem zusammengefalteten Regenschirm am Arm hängend und dem flachen breitkrempigen Hut auf dem Kopf, der ihr so überaus gut stand. Artig salutierte ich vor ihr und küsste ihr daraufhin die dargereichte Hand. »Servus, Stephan«, sagte sie aufgeräumt. »Macht's was, wenn wir uns einmal außerhalb der Gruppe treffen?«

»Nein, ganz im Gegenteil«, antwortete ich unsicher. Sie hängte sich bei mir ein und wir gingen in Richtung Seepromenade. Ich war mächtig stolz, an meiner Seite eine so elegante junge Dame auszuführen, grüßte die meist ebenfalls in Begleitung befindlichen Seeoffiziere, meine behandschuhte Hand an den Kappenrand führend. Es war ja fast unvermeidlich, dabei begegnete ich auch Herrn Hauptmann Berthold Hoffmann von Aggstein, meinem Mathematikprofessor, vor dem ich jüngst so kläglich versagt hatte. Er führte ebenfalls eine Dame an seinem Arm, nicht im Ansatz mit der meinen zu vergleichen. Ich hielt an und machte Front vor meinem vorgesetzten Offizier.

»Ist schon gut, Stephan«, sagte Hauptmann von Aggstein nur, »dank Ihnen herzlich, jetzt ist mir wenigstens klar, was es mit Ihrem kürzlich erlittenen Unfall auf sich hat«, sagte er mit einem Blick auf Riccarda leise lächelnd. »Melden sich morgen bei mir, ja, so gegen neun Uhr, wir werden das noch mal besprechen müssen.« »Jawohl, Herr Hauptmann«, meldete ich so schneidig ich konnte. »Also, Servus, Stephan, schönen Tag noch euch beiden.«

»Jawohl, Herr Hauptmann«, erwiderte ich, »gleichfalls.« Ich salutierte und Hauptmann von Aggstein winkte uns nur leutselig zu.

»Wer war das?«, fragte Riccarda neugierig.

»Mein Professor in Mathematik. Habe letztens zwei Prüfungen bei ihm geschmissen.«

»Er sieht furchterregend aus, der Professor.«

»Ist er aber nicht, ein ganz famoser Bursche, der Herr Hauptmann, bloß ich bin in Mathe eine totale Niete! Gelingt es mir nicht, diese Scharte auszuwetzen, verliere ich die doppelte Auszeichnung auf meinem Kragen! Die zwei goldenen Knöpfe bezeichnen, dass ich die letzten beiden Klassen mit ausgezeichnetem Erfolg abgeschlossen habe.«

»Was hätte das zur Folge?«, fragte Riccarda.

»Nun, vor versammelter Klasse schneidet sie mir der Klassenvorstand herunter und dann laufe ich die nächste Zeit wie ein Hausdiener, mit blankem Kragen, umher. Eine schöne Blamage wäre das! Und außerdem ist dann auch der freie Ausgang gestrichen, die lächerlichen vier Stunden in der Woche.« »Ich muss an was anderes denken, Riccarda, gehen wir auf ein Eis, willst?«

»Gern, Stephan, lädst du mich ein?«

»Selbstverständlich, habe einen Gulden eingesteckt und den verjubeln wir jetzt!« Unvermittelt erhielt ich einen Kuss auf die Wange.

»Lieb von dir, Stephan. Habe auch einen Gulden, wir

legen zusammen und verjuxen das schöne Geld gemeinsam!«

Vergnügt schlenderten wir zum nächsten Café am Hafen, bestellten uns ein Eis, ließen uns die Sonne ins Gesicht scheinen und baumelten mit der Seele. Dabei hielt ich Riccardas Hand in der meinen und wir tauschten verliebte Blicke aus. Nach dem Eis bot ich Riccarda eine Zigarette an. »Was, du rauchst?«, fragte sie erstaunt.

»Na ja, manchmal. Es ist unter uns Marinezöglingen so Sitte.«

Riccarda lehnte entschieden ab. »Ich kann unmöglich in der Öffentlichkeit rauchen, wo denkst du hin, Stephan!«

Da wurde mir mein Fehltritt erst bewusst. Ich war eben zu viel in der Marineakademie eingesperrt und hatte zu wenig Umgang mit der Außenwelt. Wie konnte ich nur einer Dame in der Öffentlichkeit eine Zigarette anbieten?

»Entschuldige, Riccarda, wie dumm von mir. Stört es dich, wenn ich rauche?«

»Keineswegs, ich rauche ja auch, allerdings heimlich.«

Ich zündete mir eine Offizierszigarette an, zog den Rauch genüsslich in meine Lungen und blies ihn wieder aus. »Du rauchst heimlich?«

»Ja, was glaubst du denn, wenn mein Vater das erfahren würde, das gäbe ein Theater!«

»Ja, freilich«, antwortete ich, ich war ja schon so lange von elterlicher Beobachtung befreit, dass ich auf diese Idee gar nicht kommen konnte. Meine Eltern rauchten beide nicht. Vater schon von Berufs wegen nicht. Wäre viel zu gefährlich, in der Tischlerwerkstätte zu rauchen und so hat er es sich erst gar nicht angewöhnt. »Ich glaub, mein Vater hätt auch keine rechte Freude, wenn er es wüsste«, meinte ich verschmitzt zu Riccarda gewandt. Wieder gelang es mir nicht, von recht allgemeinen Themen abzukommen und mich dem eigentlich Interessanten zuzuwenden. Irgendwie warf mir Riccarda nicht recht »das Hölzl« oder, ich bemerkte es einfach nur nicht. Die Zeit verging uns wie im Fluge und es begann langsam dunkel zu werden. Riccarda am Arm führend, machten wir uns demnach auf den Heimweg. Als ich mich wie immer vor dem Haustor verabschieden wollte, nahm Riccarda das Heft in die Hand. Sie schlang ihre Arme um meinen Hals und küsste mich auf den Mund. Nachher sah sie mir tief in die Augen, ich stand stocksteif da. »Wenn ich auf dich gewartet hätte, wäre es heute wieder nichts geworden!«, sagte sie gespielt vorwurfsvoll. Rudi hatte recht gehabt, schoss es mir durch den Kopf. Es ist doch gar nicht so schwierig. Ich löste mich aus meiner Erstarrung und nahm nun meinerseits Riccarda in den Arm und küsste sie leidenschaftlich, so lange, bis sie nach Luft rang. Und dann geschah das Unglaubliche. Sie nahm mich an der Hand und zog mich ins Haus. Zum ersten Mal betrat ich das Haus meiner Angebetenen! So lange hatte ich davon geträumt und jetzt ging alles so schnell, so mühelos. Mir klopfte das Herz bis zum Hals. Auf Zehenspitzen schlichen wir in ihr Zimmer im ersten Stock. Es war unerhört mutig von ihr, mich mitzunehmen. Allerdings auch von mir, mitzugehen! Nicht auszudenken, was es für einen Skandal gäbe, wenn man uns erwischte! Da stand ich nun in den Gemächern einer jungen Dame und staunte. Zu lange schon hatte ich mich nicht mehr in einem schön möblierten Zimmer, mit Leuchtern von der Decke, Tapeten an den Wänden und Vorhängen vor den Fenstern, aufgehalten. Ich hatte schon ganz vergessen, wie vernünftig lebende Menschen wohnen. In diesem Moment merkte ich, wie sehr ich die Segnungen des zivilen Lebens vermisste.

»Gefällt es dir?«, unterbrach Riccarda mein Staunen.

»Ja, ganz außergewöhnlich gut sogar«, schwärmte ich. Ich legte meine Hände an ihre schlanke Hüfte und zog sie zu mir. Wir wiederholten, was uns schon vor dem Haus so gut gefallen hatte, nur entspannter, weil vor fremden Blicken sicher. Doch es half nichts, ich durfte keinesfalls den Zapfenstreich versäumen und so schwer es mir fiel, ich musste mich von Riccarda lösen. Auf leisen Sohlen begleitete sie mich nach unten und wir drückten uns einen letzten Kuss, der für eine ganze Woche reichen musste, auf die Lippen. Im Laufschritt hieß es jetzt zurück in die Akademie. Der wachhabende Bootsmann wollte gerade das Tor schließen, als ich gerade noch rechtzeitig durchschlüpfte. Ich erntete einen recht bösen Blick, doch der Bootsmann sagte nichts. Im Schlafsaal musste ich dann Rudi alles erzählen. »Soo, geküsst habt ihr euch, auf ihr Zimmer hat sie dich mitgenommen, na ja, immerhin«, sagte er etwas enttäuscht.

»Was ist, ist doch sensationell, oder?«

»Wird schon werden, Stephan. Bei dir dauert das halt alles ein bisschen länger.«

Als alles bereits schlief, lag ich wach im Bett und konnte nicht einschlafen. Ich dachte an … Gabriella. In drei Teufels Namen, was hatte sie mir da für ein Gift injiziert! Ich wäre der unerfüllbare Traum ihrer schlaflosen Nächte! Auffressen möchte sie mich? Warum muss denn das so unerfüllbar sein, dachte ich. Da war ich bei Riccarda mühsam einen gewaltigen Schritt weitergekommen und war ihr in Gedanken auch schon untreu. Ich war damals eben knapp über siebzehn Jahre alt, völlig unfertig, mitten in der Pubertät steckend und schnell zu begeistern. Meine Liebe zu Riccarda hatte keinen Sprung bekommen, doch Gabriella war auch nicht zu verachten. Jetzt, wo sie es mir gesagt hat, war es mir auch aufgefallen. So führte ich in meinen Gedanken einen rechten Gewissenskrieg. Einen Konflikt, den Rudi Auffahrt nie mit sich führen musste. Er hätte kurzerhand beide genommen und sich über seinen Erfolg tierisch gefreut. Die beiden Mädchen mussten ja nichts voneinander wissen. Über diesen Gedanken war ich dann doch eingeschlafen. Zum Schluss war mir noch eingefallen, dass ich mich in der Früh um neun bei Professor von Aggstein zur Wiederholung einzufinden hätte.

Pünktlich klopfte ich an das Privatgemach von Professor Aggstein, sein Offiziersdiener öffnete mir. Ich erklärte ihm, dass ich mich beim Hauptmann zu melden hätte und bat, vorgelassen zu werden. Hauptmann von Aggstein rief schon aus dem Zimmer heraus. Er empfing mich im Morgenrock. Darunter hatte er die Uniformhose an und seine Stiefel. Sah lustig aus, musste er aber vermutlich wegen seines Holzbeins. »Setzen Sie sich, Federspiel.«
Ich setzte mich und harrte der Dinge, die da kommen würden. Er hatte meine Schularbeiten vor sich liegen. »Ich sehe schon, mein lieber Federspiel, Sie haben nicht die geringste Ahnung von der Materie, die ich unterrichte. Das müssen wir ändern. Nachdem Sie in fast allen anderen Gegenständen ein ausgezeichneter Schüler sind, können wir nicht riskieren, dass Sie in Mathematik durchfallen. Werde Ihnen also ein bisschen Nachhilfe erteilen müssen!«
Ich nickte nur dankbar.

»Die Bestimmung des Azimuthwertes ist eine ganz wesentliche Sache! Sie wissen warum?«
»Ja, er ist nötig, um den genauen Schiffsstandort zu errechnen und die Deklination des Kompasses zu erhalten.«
»Sehr richtig«, lobte er mich. »Warum sind die Werte des Kompasses ungenau?«
»Die magnetischen Störfelder auf einem Schiff lassen den Schiffskompass ungenaue Werte liefern. Auch auf Holzschiffen, da ja die Nägel aus Kupfer gefertigt und auch sonstige Metallteile vorhanden sind.«

»Genau, und damit unser Schiff auch sein befohlenes Ziel erreicht, benötigen wir noch andere Navigationsmöglichkeiten, als den Kompass. Bekanntlich nimmt man zur See das Kompass-Azimuth eines Gestirnes, um durch Vergleich mit dem wahren Azimuthe, welches man aus zur selben Zeit beobachteten Höhen berechnet, die Gesamtabweichung des Kompasses zu erhalten. Da für diesen Zweck eine Genauigkeit des Resultates auf Zehntel von Graden genügt, wird man in Bezug auf die Wahl des Beobachtungsmomentes in erster Linie die vorteilhafteste Handhabung des Peilkompasses berücksichtigen und von der sonstigen Position des Gestirnes absehen dürfen.«

Mir war jetzt schon schwindlig, aber der Hauptmann dozierte ungerührt fort. »Anders in Fällen, wo es sich darum handelt, das wahre Azimuth eines Gestirnes mit möglichster Schärfe zu bestimmen. Bei Aufnahmen zum Beispiel, namentlich bei solchen, wie sie der Seeoffizier oft auszuführen gezwungen ist, wenn ihm keine anderen als die gewöhnlichen nautischen Instrumente zur Verfügung stehen, kann in Ermangelung eines Theodoliths oder Passage-Instrumentes, das wahre Azimuth der Standlinie oder irgendeines Objektes mit großer Genauigkeit bestimmt werden, indem man an einem Endpunkte der Standlinie beobachtend, mit der Höhe des Gestirnes verbunden, von wiederholt dessen Abstand vom anderen Ende der Standlinie oder dem Objekte dessen Azimuth bestimmt werden soll, misst.« Von Aggstein musterte mich. »Alles klar?«

»So weit ja, Herr Hauptmann«, erwiderte ich.

»Aus dem sphärischen Dreiecke, dessen eine Seite die Distanz zwischen Mire und Gestirn, dessen zweite Seite die Zenitdistanz des Gestirns und dessen dritte Seite die Zenitdistanz der Mire ist – auf den Horizont des Beobachtungsortes bezogen, leicht auf Grundlage eines Nivellementes zu berechnen –, bestimmt man nun den Winkel am Zenit, oder die Azimuthaldifferenz zwischen Gestirn und Objekt. Da man nun aus den Gestirnhöhen und der als bekannt vorausgesetzten Ortsbreite und Poldistanz, das wahre Azimuth des Gestirns berechnen kann, so hat man unmittelbar das verlangte wahre Azimuth der Standlinie, oder des Objektes. Ist doch ganz einfach, oder?«

»Zu Befehl, Herr Hauptmann«, erwiderte ich schmunzelnd.

Ich erhielt eine freundschaftliche Tachtel und von Aggstein dozierte weiter. »Auch um die magnetische Abweichung unter Umständen zu finden, welche nicht gestattet, den Meridian astronomisch zu bestimmen, wird man namentlich in höheren Breiten, die eine Amplitudenbestimmung unzuverlässig erscheinen lassen, ein möglichst genaues, wahres Azimuth aus den Höhen eines Gestirnes zu erhalten trachten, um dasselbe den Peilungen des Azimuthkompasses gegenüberzustellen. In allen solchen Fällen wird man diejenige Lage des Gestirns zur Vornahme der Beobachtung wählen müssen, welche die geringstmögliche Einflussnahme der unvermeidlichen Fehler in den Bestimmungsstücken des sphärischen Dreiecks zwischen Zenit, erhöhtem Pol und Gestirn, auf das das Azimuth des Letzteren verbürgt, sowie nur ein Gestirn observieren, welches eine solche günstige Lage darbietet.«

Jetzt ging es ans Eingemachte, denn jetzt kritzelte von Aggstein die kompliziertesten Formeln auf das Papier vor mir. Die Berechnung des Winkels mit Sinus, Cosinus und Tangens, faselte etwas von Differenzialquotienten und der Differenzialgleichung, von Stundenwinkeln und parallaktischen Winkeln und Vertikalkreisen.

Die Zenitdistanz ist nicht geeignet, Aufschluss über den verlangten Zustand zu geben; denn, in welchem Punkt des Vertikalkreises das Gestirn sich auch befinden möge, dadurch wird am Azimuth nichts geändert; wir wollen daher diesen als Funktion des Stunden- und parallaktischen Winkels darstellen.

Es ist:

$$\frac{\sin s}{\sin z} = \frac{\sin \pi}{\sin \psi}, \text{ also } \frac{1}{\sin z} = \frac{\sin \pi}{\sin s \sin \psi} \text{ und } \frac{1}{\sin \psi} = \frac{\sin s}{\sin z \sin \pi} \; ;$$

substituieren wir einmal den Wert für

$\dfrac{1}{\sin z}$ und einmal jenen für $\dfrac{1}{\sin \psi}$ in die Grundgleichung,

so erhalten wir:

$$\cos \omega = \sin \pi \frac{\cos p - \cos \psi \cos z}{\sin^2 \psi \sin s} \text{ und } \cos \omega = \sin s \frac{\cos p - \cos \psi \cos z}{\sin^2 z \sin \pi} \; ;$$

Differenzieren wir aus früher angeführten Gründen die eine Gleichung nach π und die andere nach s, und nennen wir die gebrochenen Koeffizienten A und B, so würde…

Mich packte die Verzweiflung. Der Vortrag war langweilig und einschläfernd wie ein Wartesaal, und trocken wie ein Rehleder. In der Folge rechneten wir ein paar Beispiele gemeinsam durch. Langsam gelang es mir, ein Beispiel auch selbstständig zu rechnen, weil ich die Formeln richtig angewandt hatte. Doch blieb das richtig errechnete Ergebnis ohne Bedeutung für mich, da ich damit nichts anzufangen wusste. Darüber war es Nachmittag geworden, wir beide hatten aufs Essen vergessen. Von Aggstein befahl seinem Diener, aus dem Offizierscasino zwei Portionen zu bringen. »Nun, Stephan, wir haben trotzdem einen Fortschritt erzielt. Sie können den Azimuth wenigstens errechnen, auch wenn Sie mit dem Ergebnis noch nicht viel anfangen. Das lernen Sie spätestens in der Praxis, auf dem Schulschiff.

Fürs Erste ändere ich Ihre Note von ungenügend auf genügend. Und nächste Woche nehmen wir uns die Ballistik vor!« Ich war vollkommen geschafft, schlang meine Portion hinunter, als hätte ich seit Wochen nichts mehr gegessen. Dazu kam, dass das Essen aus dem Offizierscasino mit dem Fraß, den wir Zöglinge erhielten, nicht zu vergleichen war. Belustigt sah mir von Aggstein dabei zu. »Sie müssen eben zusehen, alle Prüfungen pünktlich zu schaffen, auf dass Sie bald Offizier sind. Dann erhalten Sie immer Portionen in dieser Qualität.«

Ich nickte nur dienstbeflissen mit vollem Mund.

»Navigationsoffizier werden Sie vermutlich keiner werden.«

»Ich möchte ohnedies lieber Gesamtdetailoffizier werden«, antwortete ich scherzhaft.

»Gesamtdetailoffizier, soso, na wenn es weiter nichts ist«, lachte der Hauptmann.

»Ja«, sagte ich, es ist das Sprungbrett zum Kapitän.

»Richtig, aber das Sprungbrett zum Gesamtdetailoffizier, ist der Navigationsoffizier, Sie Schlaumeier!«

»Verdammt, immer liegen Probleme im Weg.«

»Ja, ja, das ganze Leben, ein einziger Spießrutenlauf«, seufzte von Aggstein gespielt. »Was wir jetzt alles händisch ausgerechnet haben, müssen Sie später an Bord eines Schiffes nicht mehr alles rechnen. Abgesehen davon, erledigen Sie die Navigation nicht alleine. Im nautischen Almanach sind auf Tafeln die Distanzen vom Zentrum des Mondes bis zur Sonne und neun ausgewählten hellen Sternen verzeichnet. Diese Positionen sind im Abstand von drei Stunden angegeben, samt Weisungen, wie man die Berechnung durch die Erdatmosphäre und die Parallaxe in die Einzelheiten der Berechnung einbezieht. In der Praxis bedeutet das, dass man für eine genaue Beobachtung der Monddistanz zur Bestimmung der geografischen Länge vier Beobachter benötigt.

Der Hauptbeobachter misst mithilfe eines Sextanten den Winkelabstand zwischen Mond und der Sonne oder einem ausgewählten Stern, zwei weitere Beobachter notieren die genaue Zeit mittels der Decksuhr – sie ist mit Springfedern versehen. Sie ist zwar längst nicht so genau wie der Meereschronometer, aber sie kann kalibriert werden, wodurch sich die Ortszeit einigermaßen gut ermitteln lässt. Das Ergebnis bestimmt den Schiffsstandort auf etwa einen halben Längengrad genau. Das ist nicht besonders exakt, doch im Moment können wir es noch nicht besser – das zu Ihrer Beruhigung, trotzdem müssen Sie den Vorgang detailliert beherrschen, um das Ganze zu verstehen.«

»Das beruhigt mich tatsächlich einigermaßen, Herr Hauptmann. Ich hatte schon befürchtet, jeder Seeoffizier müsste auch Mathematikprofessor sein!« »Ach was«, lachte von Aggstein, »es gibt sehr viele Offiziere, die das nicht richtig beherrschen, besonders jene aus der Zeit, als die Akademie noch in Venedig war. Vor, während und zwischen dieser Zeit war die Ausbildung sehr mangelhaft. Erst jetzt, hier in Fiume, quälen wir euch mit diesen, zugegebenermaßen nicht einfachen, Rechnungen.«

Als ich fertig gegessen hatte, erhob ich mich, dankte meinem Lehrer herzlich und wurde freundlich entlassen. Ich lief regelrecht in den Schlafsaal und warf mich aufs Bett. Bleierne Müdigkeit legte sich über mich. Mathematik fand ich, musste anstrengender sein als Rudern auf einer römischen Galeere. Es dauerte nicht lange und ich war eingeschlafen, doch noch im Traum suchten mich die verfluchten Formeln heim, verfolgten mich und ich rechnete, als ginge es um mein Leben.

Ich zermarterte mir den Kopf, wie ich denn aus der Anstalt unbemerkt entkommen könnte, um Riccarda des Nachts zu besuchen. Der Schlafsaal lag im ersten Stock. Ich könnte mich ja abseilen, nur müsste jemand das Seil wieder einziehen und wenn ich zurückkomme wieder auswerfen. Ohne Verbündeten wird es also nicht gehen. Woher das Seil nehmen? Wo es verstecken? Es nützte nichts, ich musste Rudi einweihen. Der war natürlich von meiner verwegenen Idee sofort begeistert. Er konnte nicht glauben, dass mir das eingefallen war und dass ich zu so einem Abenteuer bereit wäre.

»Was die Akademie nicht fertiggebracht hat, nämlich einen schneidigen Soldaten aus dir zu machen, schafft ein Frauenzimmer!« Voller Verwunderung schüttelte er den Kopf. »Also das Seil, wir entwenden es aus dem Turnsaal. Wir kommen so selten dorthin, dass es sowieso niemandem auffallen wird, wenn eines davon fehlt. Ich würde dir halt raten, vorher ein wenig das Seilklettern zu trainieren. Der erste Stock ist nicht zu unterschätzen. Runter geht es ja, aber du musst auch wieder rauf und das nach einer anstrengenden Nacht«, dabei grinste er schmutzig. Das Seil verstecken wir in der Fensterleibung. Hinter meinem Bett ist eine Holzkassette locker geworden. Ich habe ein bisschen nachgeholfen. Dahinter ist ein recht geräumiger Hohlraum, da passt das Seil auch noch hinein.«

»Auch noch?«

»Ich hab was Wichtiges dort versteckt. Ein leeres Geheimversteck wäre ja sinnlos.«

»Was, was, was hast du da versteckt?«, rief ich voller Neugierde.

»Psst, nicht so laut, du Spinner, komm mit.« Er rückte sein Nachtkästchen ein wenig zur Seite, drückte die Holzverkleidung vorsichtig ein und siehe da, eine Flasche Schnaps kam zum Vorschein. Bei der Gelegenheit nahm er gleich einen Schluck und hielt auch mir die Flasche hin. Ich lehnte dankend ab.

»Nach der täglichen Haferschleimsuppe brauche ich einfach was für den Magen«, entschuldigte er sich. Er zuckte mit den Achseln und verstaute die Flasche wieder. »Pass auf, Stephan, wir ziehen das Ding gemeinsam durch. Eine Nacht reißt du aus, die andere ich.«

Das hatte ich befürchtet und ich wollte schon wieder einen Rückzieher machen, denn ich hielt Rudi bei einer so gefährlichen Sache für zu wenig zuverlässig. Aber einmal Feuer gefangen, gab er keine Ruhe mehr. Er besorgte das Seil, wir trainierten klettern und ich weihte Riccarda ein. Denn es war ja von wesentlicher Bedeutung, ob sie mich denn überhaupt empfangen würde! Zuerst hatte sie einen Riesenschreck bekommen, doch dann konnte sie diesem verlockenden Abenteuer doch nicht widerstehen.

Den Anfang machte ich. So gegen Mitternacht, als wirklich alles tief schlief, auch der Oberbootsmann Petrovic hatte endlich sein Buch weggelegt und das Licht gelöscht, öffneten wir leise das zuvor schon gelockerte Fenster, holten das Seil hervor, banden es an das eiserne Bettgestell und ließen es zum Fenster hinaus.

»Keine Sorge, ich halte dich schon! Punkt vier Uhr lasse ich das Seil wieder herunter, sei nur ja pünktlich, Stephan!«

»Du auch Rudi, verschlaf nicht, sonst steh ich recht blöd vor der Akademie!« »Mach dir darüber keine Gedanken, habe meine innere Uhr darauf eingestellt.«

Also kletterte ich vorsichtig auf das Fensterbrett und ließ mich an der Hausmauer hinunter. Ich blickte mich kurz um und lief so schnell mich die Füße tragen konnten zum Haus von Riccarda. In Riccardas Zimmer brannte noch schwach Licht und ich konnte ihren Schatten hinter dem Fenster erkennen. Kaum eine Minute später öffnete sich das Haustor, ich schlüpfte durch und befand mich selig in den Armen meiner Freundin. Dass wir uns nicht zum heimlich Rauchen trafen und auch nicht dem Kartenspiel frönten, ist wohl jedem klar. Ich war vom Erlebten so berauscht, dass ich auf jede Gefahr vergessen hatte. Dass ich mich unerlaubt von der Truppe entfernt hatte, mich unerlaubt in einem fremden Haus aufhielt und unerlaubt mit der Tochter desselben Dinge trieb, von denen ich noch vor ganz kurzer Zeit keine Ahnung hatte.

Nur schwer konnte ich mich aus den Armen meiner Geliebten lösen. Ich betrachtete voller Entzücken ihren makellosen, nackten Mädchenleib und konnte nicht fassen, dass ich bis jetzt ohne den gerade erlebten Genüssen gelebt hatte.

Als ich wieder in meinem eisernen Anstaltsbett lag, selig in mich hineinlachend, brauchte Rudi nicht zu fragen, was geschehen war. Es war alles glatt gegangen, keine Komplikationen aufgetreten, niemand hatte mich gesehen und vor allem, Rudi war wirklich pünktlich aufgewacht, um mir das Seil herunterzulassen. Umgekehrt war es nicht ganz so unkompliziert, wie eben alles mit Rudi. Er kam nach seinen Ausflügen oft sturzbetrunken zurück und hatte größte Mühe, den Schlafsaal in seinem Zustand zu erreichen. Ich stand tausend Tode aus und machte ihm die wildesten Vorwürfe, aber er hörte nicht. Zuerst suchte er eine seiner Flammen auf, amüsierte sich mit ihr, um danach eine nächtliche Kartenrunde zu besuchen, trank, verlor natürlich, musste Schulden machen und versank immer tiefer in diesem Sumpf. Ich beschloss, so leid es mir auch tat, meine nächtlichen Abenteuer einzustellen. Fünf Mal war es bereits gut gegangen, aber mit einem derartig undisziplinierten Partner konnte das auf die Dauer nur schiefgehen. Einen letzten Ausflug unternahm ich noch, erklärte meiner tieftraurigen Riccarda die Gründe für mein zukünftiges Ausbleiben. Zuerst wollte sie mir nicht recht glauben, doch dann sah auch sie ein, dass es unter diesen Umständen einfach zu gefährlich wäre, sich weiter auf diese Art zu treffen. Wir mussten uns etwas anderes einfallen lassen, ohne Rudi! In dieser Nacht liebten wir uns besonders intensiv. Wir waren auch schon ein sehr gut eingespieltes Paar und erlebten die herrlichsten Stunden miteinander.

Diesmal war die Trennung besonders schmerzlich. Unter vielen Küssen und Liebesschwüren verließ ich sie – und traf im Stiegenhaus auf ihren Herrn Vater. Namenloser Schrecken fuhr mir durch die Glieder. Er schrie mich an, was ich hier zu suchen hätte, packte mich an den Schultern und stieß mich in ein Zimmer. Dort erhielt ich ein paar kräftige Ohrfeigen und er sperrte mich ein. Jetzt war alles aus, dachte ich, meine Liebe zu Riccarda, mein Offizierspatent, meine ganze Karriere. Was hatte ich bloß getan, wozu hatte ich mich hinreißen lassen! Ausgerechnet mir musste so etwas passieren! Dem unvorsichtigen, leichtsinnigen Rudolf hätte so etwas passieren müssen. Was allerdings auch keinen Unterschied gemacht hätte, denn in jedem Fall würde diese Sache vor dem Marinekommando enden.

Um Himmels willen, da fiel mir Erzherzog Maximilian, mein Förderer ein. Dem Erzherzog eine derartige Schande zu bereiten, nein, das überlebe ich nicht. Dazu noch meine Eltern. Schlagartig wurde mir die ganze Tragweite meiner Situation bewusst. Am wenigsten fürchtete ich mich dabei vor dem Haslinger, der sich auch ganz unvermeidlich auf meinem Rücken austoben würde. Im ersten Stock hörte ich den Vater schreien und Riccarda heulen. Eine unmögliche Situation. Als sich die Türe wieder öffnete, betraten zwei Gendarmen den Raum, verhafteten mich und zerrten mich in einen Arrestantenwagen. Diesmal benötigte ich Rudis Seil nicht, um in die Akademie zurückzukommen. Dort wurde ich sofort dem Profosen übergeben, der mich in ein finsteres Loch steckte. Vorsichtig tastete ich mich durch den Raum und fand eine Sitzgelegenheit. Den Kopf zwischen die Beine eingeklemmt saß ich nun da in meiner Verzweiflung. Nackte Angst fiel mich an.

Punkt vier Uhr ließ Rudi das Seil herunter, welches der Inspektionsoffizier unten freundlich in Empfang nahm. Er lachte Zögling Rudolf Auffahrt höhnisch ins Gesicht. Der erstarrte zur Salzsäule. Wie war denn das möglich, wo kam denn der her? Als er sich umdrehte, blickte er in die grimmigen Gesichter des Oberbootsmannes, der bewaffneten Wache und des Profosen.

Recht unsanft landete er in der Zelle neben mir. »Was hat dieser Trottel bloß angestellt«, rief er zu sich selbst.

»Der Trottel, wie du ihn nennst, wurde vom Vater erwischt und hat den Haupteingang in Gendarmeriebegleitung genommen«, antwortete ich ihm durch die Gitterstäbe.

»Mein Gott, hast du mich jetzt erschreckt«, fuhr er auf.

»Mich schreckt heute Nacht glaube ich nichts mehr«, entgegnete ich. »Wenn sie uns hier wieder herauslassen, dann erst beginnt der eigentliche Schrecken, mein Lieber!«

»Was machen wir denn jetzt?«, flennte Rudi.

»Die Wahrheit sagen, was sonst?«

»Kommt nicht infrage, bist du verrückt, das kostet mich meine Karriere!« »Das kostet uns die Karriere«, verbesserte ich ihn. »Was glaubst du, soll ich denn leugnen, wenn ich ›in flagranti‹ vom Herrn Vater erwischt worden bin?« »Was, er hat euch beide erwischt, wie ihr gerade …?«

»Das Gott sei Dank nicht, aber was soll er sich denn denken, wenn ich kurz vor vier Uhr früh aus dem Zimmer seiner Tochter komme und sie splitternackt ist!«

»Schöne Scheiße!«

»Mach was du willst, Rudi, ich für meinen Teil werde dem Kommandanten die Sache so erzählen, wie sie ist und war. Wenn ich schon untergehe, dann wenigstens mit aufrechtem Kopf. Was ich getan habe ist nicht rückgängig zu machen.«

»Die Wahrheit ist nicht immer das Beste, vielleicht fällt uns irgendeine gute Geschichte ein, oder ich sag einfach, du hättest mich dazu verleitet, was ja tatsächlich auch stimmt und die Wahrheit ist.«

»Die Wahrheit, Rudolf, ist eine vielgeprügelte Frau. Von mir aus kannst du erzählen, was du willst. Denk einmal an den Oberbootsmann Petrovic, unseren Aufsichtsunteroffizier. Der wird auch eine ganz schöne Strafe ausfassen, weil er unser nächtliches Treiben nicht bemerkt hat.«

»Was geht mich der Petrovic an«, bellte Rudi, »sein Problem, wenn er nicht aufpasst!«

Ich hätte mich von allem Anfang an nicht mit Rudolf einlassen sollen. Jetzt in der Not erkannte ich erst, wie wenig er wert war und wie wenig Rückgrat er besaß. Auf ihn war einfach kein Verlass. Dummerweise wusste ich das vorher auch schon und erhielt hier nur mehr die traurige Bestätigung dafür. So komisch es klang, aber sein Kleinmut, seine Unaufrichtigkeit und Verschlagenheit machten mir wiederum Mut. Ich sah mich schon beim Rapport und wollte keinesfalls durch irgendwelche kleinen Lügen und Ausflüchte die Sache noch schlimmer machen, als sie ohnedies schon war. Was wir in unserer Aufregung nicht bedacht hatten, war, dass unser Gespräch in der Zelle selbstverständlich mitgehört wurde. Sie steckten uns aus gutem Grund in benachbarte Zellen!

Als Erstes wurden wir getrennt unserem Klassenvorstand, Korvettenkapitän Heiter, zum Verhör vorgeführt. Sah Professor Heiter schon im Normalzustand nicht eben so aus, blickte er diesmal wirklich grimmig drein. In Habtachtstellung gestand ich alles, ganz wie ich es mir vorgenommen hatte, ohne Umschweife. Der anwesende Kanzleiunteroffizier hatte alles mitgeschrieben. Als ich geendet hatte, erhob sich Professor Heiter, trat zu mir, spielte mit den Knöpfen auf meinem Uniformkragen und meinte nur: »Die sind weg, Zögling Federspiel! Sie dürfen abtreten.« Danach knöpfte er sich Zögling Auffahrt vor. Der hatte nur die einfache Auszeichnung zu verlieren. Ich wurde vom Profosen wieder zurück in die Zelle gebracht. Kurze Zeit später kam auch Rudolf. »Wie war's bei dir, erzähl!«

»Rudolf, bitte, lass mich in Ruhe, ich muss nachdenken.«

»Na, dann denk mal schön«, gab er beleidigt zurück.

Nachdem sie uns in unserem Loch ein wenig hatten dunsten lassen, wurden wir dem Schuldirektor, Fregattenkapitän Julius Wissiak vorgeführt. Einzeln. Den Schuldirektor hatte ich, seit ich an der Akademie studierte, erst ein einziges Mal zu Gesicht bekommen. Für uns Zöglinge thronte er so hoch in den Wolken, dass er völlig unerreichbar schien. Nun, mir war er jetzt ganz nahe. Im Verhandlungszimmer, in das ich geführt wurde, saß der Direktor in der Mitte, neben ihm Klassenvorstand Heiter und zu meinem Schrecken Korvettenkapitän Schenck, unser grimmiger Deutschprofessor. Vor den älteren, in Würde ergrauten Herren, erzählte ich erneut mein amouröses Abenteuer, nur unterbrochen durch ein paar Zwischenfragen des Direktors. Ich hatte mir das alles sehr viel schlimmer vorgestellt. Keiner schrie mich an, keiner stieß Drohungen aus, alles verlief in größter Ruhe. Zum Abschluss fragte mich Direktor Wissiak, was mir an der ganzen Geschichte besonders leidtäte. Da fiel mir nicht meine bevorstehende Degradierung, der mögliche Rauswurf aus der Schule ein, sondern dass ich dem Erzherzog-Admiral Maximilian Schande bereitet hatte und meine einzige Angst darin bestünde, dem hohen Herrn vor die Augen treten zu müssen.

»Sie dürfen abtreten, Zögling Federspiel«, war die knappe Antwort des Direktors.

Stunde um Stunde verbrachte ich mit quälendem Warten in der Zelle. Neben mir schwätzte Rudolf Auffahrt lauter dummes Zeug. Ohrfeigen könnte ich mich, dass ich mich mit so einem Menschen eingelassen hatte. Er erzählte mir seine Version, die er beim Verhör zum Besten gegeben hatte. Sicher handelte es sich um eine für mich zurechtgeschneiderte Variante. Ich bat ihn lediglich den Mund zu halten, was er dann auch irgendwann tat, nachdem ich keine Antwort mehr gab.

Endlich hörte ich Schritte, es waren die des Profosen. Er holte mich aus der Zelle und übergab mich der Wache. Flankiert von den beiden, wurde ich wieder in den Gerichtssaal gebracht. Unter Bewachung musste ich quer über den Hof gehen! Viel peinlicher ging es nicht. Mittlerweile war unser Fall ja bereits schulbekannt und Gesprächsthema Nummer eins. Dem Rudolf trauten die Kameraden ja alles zu, aber mir, dem Bücherwurm, das war eine Sensation.

Mit weichen Knien, aber erhobenen Hauptes, stand ich wieder vor dem Hohen Gericht.

»Zögling Federspiel«, begann der Direktor, »Sie haben mit Ihrem Verhalten der kaiserlich-königlichen Marineakademie, wie der Marine insgesamt, sehr geschadet. Es liegt Anzeige gegen Sie vor, Unzucht mit einer Minderjährigen getrieben zu haben. Außerdem haben Sie sich unerlaubt entfernt, Marineeigentum entwendet und beschädigt. Noch niemals in der Geschichte der Akademie wurde ein Zögling von der Gendarmerie verhaftet – und insgesamt ist Ihre Tat ein Skandal!«

Jetzt hatte er doch geschrien. Ich rührte mich nicht, zuckte nicht mit der Wimper. Ich kam mir vor wie in einem bösen Traum. Alle meine Lehrer waren nun anwesend, ebenso das gesamte Schulkommando.

»Das Einzige, was Sie davor gerettet hat, von der Akademie zu fliegen, war die positive Fürsprache Ihrer Lehrer – obwohl auch diese Ihr ungebührliches Verhalten zutiefst verabscheuen und für einen zukünftigen Träger des Goldenen Portepees für unvereinbar halten – und der Umstand, dass Oberbootsmann Petrovic sich für Sie verwendet hat. Eigentlich war die Entlassungsbescheinigung für Sie schon ausgestellt, doch da trat der Oberbootsmann vor und beschwor uns, Sie nicht zu entlassen und Ihre Tat mit Ihrer Jugend zu entschuldigen! Er ist der Meinung, dass die Marine an Ihnen einen zukünftigen erstklassigen Offizier verlieren würde. Wenn sich ein Unteroffizier so für einen zukünftigen Offizier einsetzt, dann muss das einen gewichtigen Grund haben.

Außerdem haben Sie uns ehrlich geantwortet, haben nicht nach Entschuldigungen gesucht und sich mannhaft zu Ihrer Tat gestellt. Das Gericht ist zu folgendem Urteil gekommen: Sie erhalten ein Ungenügend in der Konduite, verlieren demnach die doppelte Auszeichnung und die damit verbundenen Zuwendungen. Und das Recht auf freien Ausgang, Sie erhalten Rationskürzung für drei Monate, drei Wochen schweren Arrest und fünfzehn Stockhiebe.«

Beim letzten Wort zuckte ich unmerklich zusammen.

»Das Urteil ist sofort zu vollstrecken!«

Der Oberbootsmann trat, in seine schönste Uniform gekleidet, vor. Er trennte mir mit einer Schere die goldenen Knöpfe vom Kragen – er tat dies sehr vorsichtig, er hätte sie mir auch herunterreißen können, wie dies bei ähnlichen Anlässen oft der Fall war – und trat wieder zurück. Danach übernahm mich die Wache und brachte mich zurück in den Arrest. Dort erhielt ich dann meine fünfzehn Stockhiebe auf den nackten Hintern. Dazu musste ich mir die

Hose ausziehen und mich bäuchlings auf ein extra dafür konstruiertes Holzgestell legen.

Nach dem fünften Schlag drohte ich das Bewusstsein zu verlieren. Außer einem gepressten Stöhnen ließ ich jedoch nichts von mir hören. Ich war nicht einmal imstande weiter mitzuzählen. Ich war mir nicht mehr sicher, ob es sich wirklich um den Haslinger handelte oder ob der Offizier mit seinem Säbel zuschlug.

Mit einem Schwall eiskalten Wasser wurde ich geweckt. Also hatte mich am Ende doch eine gnädige Ohnmacht aufgesucht. Außerdem hatte ich mich, mit Verlaub gesagt, angeschissen. Die Uniform des exekutierenden Offiziers wurde dabei ein wenig beschmutzt, auch der Profose hatte etwas abbekommen, ein Kotfetzen war ihm ins Gesicht geflogen, worüber ich trotz meiner enormen Schmerzen innerlich lachen musste.

Der erste Teil meiner Bestrafung war also erledigt. Der Wundarzt kümmerte sich um mein in Streifen geschlagenes Hinterteil. Danach durfte ich mich in meiner schönen Zelle auf den Bauch legen. Nicht lange allerdings, da untertags die Pritsche hochgeklappt wurde und nur zum Schlafen heruntergenommen werden durfte. Ich musste also den ganzen Tag stehen, durfte nichts lesen und wurde nur einmal am Tag, in Häftlingsmontur und an Händen gefesselt, im Hof der Anstalt spazieren geführt. Auf diese Schande hätte ich gerne verzichtet, aber sie war offensichtlich Teil der Strafe.

Rudolf Auffahrt bekam ich nicht mehr zu Gesicht. Er hatte die gleichen Stockhiebe erhalten wie ich und ist zusätzlich von der Schule geflogen. Er hatte drei voneinander abweichende Aussagen gemacht, in denen er mich teilweise schwer beschuldigte, sich dabei aber öfters widersprach. Da er sich niemals Sympathien geschaffen hatte, hatte er keinen Fürsprecher. Und die Flasche Schnaps, die vom Profosen gefunden worden war, brach ihm dann endgültig das Genick. Zusätzlich waren auch noch seine Spielschulden aufgeflogen. Er hatte die Schuldscheine sinnigerweise unterhalb der Schnapsflasche aufbewahrt. Von Rudolf Auffahrt habe ich auch später nie wieder etwas gehört.

Die Anzeige wegen Unzucht wurde nicht weiter verfolgt, da wir beide minderjährig waren und somit nicht straffähig. Der Verlust und das Getrenntsein von Riccarda trafen mich härter als alle anderen Strafen. Weder konnte ich sie sehen, noch von ihr hören oder lesen, noch wusste ich, wo sie sich aufhielt. Nachdem ich ja, praktisch für den Rest meiner Schulzeit, Ausgangsverbot hatte, konnte ich auch nicht mit ihren Freundinnen in Kontakt treten, um etwas zu erfahren. Ein überaus bitteres und jähes Ende unserer kurzen, aber intensiven Beziehung, für Riccarda als auch für mich.

Je länger ich stehend meinen Arrest verbrachte, desto ungerechter kam mir die Strafe, die uns beide getroffen hatte, vor. Was hatten wir denn schon groß verbrochen? Dass wir einander liebten? War das ein Verbrechen? Mir wollte das nicht ganz in den Sinn, doch half es nichts, ich musste damit fertig werden. Zum ersten Mal hatte ich wirklich grausame Seiten des Lebens entdecken müssen. Ich hatte das Gefühl, dass meine Kindheit endgültig vorbei war. Ich hatte ein Mädchen und verlor es wieder, ich stand vor Gericht, wurde verurteilt, erhielt eine Prügelstrafe und war gegenwärtig Häftling. Wahrlich, so sieht keine Kindheit oder Jugendzeit aus.

Mein erster Besucher in der Haft war Oberbootsmann Franz Petrovic. Dabei hatte ich Gelegenheit, mich für sein engagiertes Eintreten aufrichtig zu bedanken und mich für die Unannehmlichkeiten zu entschuldigen, die er durch mich hatte. Er winkte nur ab, sagte, er hätte seine Pflicht getan und nach seiner Überzeugung gehandelt, weiter nichts. Er brachte mir die Mitschriften meiner Kameraden vom Unterricht mit, damit ich das Versäumte schon während der Haft nachlernen konnte. »Keine Sorge, ist vom Professor Heiter genehmigt«, beschwichtigte er meine Bedenken sofort. »Weitere Verfehlungen können wir uns im Moment nicht leisten«, lachte er!

Allerdings befand sich bei den Mitschriften auch ein Roman, den der Oberbootsmann daruntergeschummelt hatte. Als ich es mit Freude bemerkte, sagte er: »Fühle mich wieder richtig jung bei der Verübung solcher kleiner Streiche, allerdings ist eine Bedingung daran geknüpft.« »Welche, Herr Oberbootsmann?«

»Ich habe vom Kommando deine Uniform zur Verwahrung zurückbekommen, habe sie reinigen lassen und sie liegt in deinem Kästchen wieder für dich bereit. Im Futter der Uniform ist das Signum Laudis eingenäht! Seine Exzellenz, der Kommandant, würde zu gerne wissen, wie du zu dieser Auszeichnung kommst!«

»Hat er Sie damit beauftragt, es herauszufinden?«, fragte ich amüsiert.

»Nicht direkt, aber indirekt schon, allerdings finde ich es besser, wenn du es ihm selbst erzählst.«

»Ich hoffe, ich werde keine Gelegenheit mehr haben, vor die Augen des Kommandanten und Direktors treten zu müssen.«

»Kann ich verstehen. Würdest du mir dieses Geheimnis trotzdem verraten?«

»Selbstverständlich, Herr Oberbootsmann, es ist ja gar kein Geheimnis und es hat auch nur für mich persönlich große Bedeutung. Die Medaille ist ein Schlüssel!«

»Ein Schlüssel sieht meiner Erfahrung nach aber doch etwas anders aus«, meinte Petrovic verwundert.

»Sie ist nur im übertragenen Sinn ein Schlüssel. Sie sperrt für mich den Park des Erzherzog-Admirals Ferdinand Max, nämlich Miramare, auf. Sie gewährt mir jederzeit Zutritt zu dieser einzigartigen Anlage. Der Erzherzog allerhöchst persönlich hat sie mir zu dieser Verwendung geschenkt.«

»So ist es also wahr, was man sich über dich erzählt, dass der kaiserliche Herr dein Protegé ist!«

»Nun, er ist mein Freund!«

Jetzt hätte sich der Oberbootsmann gerne gesetzt, wenn eine Sitzgelegenheit vorhanden gewesen wäre. »Dein waaas, dein Freund?«

»Ja, ich hoffe sehr und bete zu Gott, dass er es noch immer ist, nach dem, was ich angestellt habe.«

»Ich bin ziemlich sicher, dass er es nicht weiß, denn freiwillig erzählt ihm der Kommandant den Vorfall ganz sicherlich nicht. Dass solche Dinge an seiner Schule vorkommen, wirft auch auf ihn ein schlechtes Licht, und wer will schon vor dem Oberkommandanten und Erzherzog schlecht dastehen!«

»Ihr Wort in Gottes Ohr, Herr Oberbootsmann! Es wäre mir auch ganz lieb, wenn ich es ihm selbst erzählen könnte, denn eines Tages würde er ja doch draufkommen.«

»Deine Ehrlichkeit in Ehren, Stephan, sie hat dich auch vor dem Regimentsrapport gerettet, aber die Geschichte dem Erzherzog-Admiral zu erzählen, das würde ich mir doch gut überlegen.«

»Erzähle ich es ihm nicht, würde immer etwas zwischen ihm und mir stehen und das kann ich nicht zulassen.«

»Ganz wie du meinst, mein Junge. Jedenfalls sage ich dem Kommandanten, dass ich nicht herausgefunden habe, was es mit dem Signum Laudis auf sich hat und du es ihm selbst erzählen möchtest.« »Eigentlich möchte ich das gar nicht.«

»Wenn du ihm die Geschichte erzählst, ist es ganz sicher

nicht von Nachteil für dich. Seine Exzellenz wird dir sein Offiziersehrenwort geben, dass er es niemandem weitererzählt und das ist sicherer als die Bank von London.« »Wie auch immer, Herr Oberbootsmann, vorerst sitze ich einmal, vielmehr stehe ich.«

»Sitzen kannst du vermutlich eh nicht«, scherzte der Unteroffizier.

»Ich hatte schon vorher vor dem Haslinger einen Riesenrespekt, aber ich schwöre, ich tue nie mehr wieder etwas Unrechtes, denn diese Qualen will ich nicht mehr erleiden müssen!«

»Mach dir nichts draus, Stephan, das ist noch an keinem guten Offizier vorbeigegangen, nicht einmal an Tegetthoff, Petz oder Sterneck, ich bin ganz sicher. Du musst daran denken, dass du später, als Offizier, die Prügelstrafe über deine Untergebenen aussprechen kannst oder vielleicht auch musst. Es ist daher erforderlich, dass du weißt, was es für den Betroffenen bedeutet, diese Strafe aufzuerlegen! Die Erfahrung des Haslingers gehört praktisch zu deiner Ausbildung dazu.«

»Haben Sie mit dem Haslinger auch Bekanntschaft gemacht, Herr Oberbootsmann?«

»Ja, einmal, da war ich noch Steuer-Gast, mit zwei Sternen. Ich hatte meinen Unterbootsmann während einem komplizierten Manöver beschimpft, weil er die, meiner Ansicht nach, völlig falschen Kommandos gab. Er brachte mich dafür vor den Kapitän zum Rapport und ich wurde zu fünfzehn Stockhieben, genau wie du, verurteilt. Verabreicht hat sie mir unser Linienschiffs-Leutnant, der aber, dem Himmel sei Dank, auf meiner Seite gestanden hatte. Er hatte erkannt, dass meine Kritik gerechtfertigt gewesen war. Nur beschimpfen hätte ich den Vorgesetzten nicht dürfen! Die Schläge fielen also verhältnismäßig sanft aus. Sehr viel später hatte ich die Genugtuung, dass ich den betreffenden Unterbootsmann, auf einem anderen Schiff eingesetzt, im Range überholte. Er ist niemals Oberbootsmann geworden!

Ich muss jetzt gehen, bringe dir in ein paar Tagen die neuesten Mitschriften deiner Kameraden. Also, nimm es nicht zu schwer.«

»Danke«, rief ich dem Oberbootsmann Petrovic nach, und weg war er.

Es war tröstlich zu wissen, dass meine Kameraden mich nicht vergessen hatten und die Zuneigung des Oberbootsmannes freute mich außerordentlich. Ich begann nun bei Kerzenlicht die Arbeiten meiner Kameraden zu studieren. Ich studierte sie viel genauer, als sie das selbst taten, denn ich hatte absolut nichts anderes zu tun. Ich las und las und am Abend, wenn die Wache mein Bett herunterließ, las ich im Liegen weiter. Licht hatte mir der wachhabende Bootsmann in Form einer Kerze zur Verfügung gestellt, reglementwidrig selbstverständlich. Jetzt, da ich mich der Solidarität meiner Mitschüler versichert wusste, tat ich meinen täglichen Ausgang mit gefesselten Händen durch den Schulhof viel selbstbewusster und erwiderte die Grüße nunmehr erhobenen Hauptes.

Besonders interessiert studierte ich die Unterlagen des Geschichtsunterrichtes und der aktuellen Politik. In Italien gärte es wieder einmal. Seit dem Sieg Feldmarschall Radetzkys bei Custozza, im Jahre 1848, war so weit Ruhe in Oberitalien eingekehrt. Freilich nur hergestellt durch militärische Gewalt und Überlegenheit. Doch seit einiger Zeit gärte es wieder recht kräftig. Die Einigkeitsbestrebungen, das sogenannte Risorgimento, von Graf Camillo Cavour und dem Freischärler Giuseppe Garibaldi ins Leben gerufen, machte wieder von sich hören. Im Auftrage König Vittorio Emanuele II. bemühte sich Graf Cavour um den

Beistand Frankreichs im Kampfe gegen Österreich. In Napoleon den III. lachten sie sich ja einen ganz besonders geeigneten Verbündeten an. Napoleon war gegen die Großmacht Österreich, und besonders unsere aufstrebende Seemacht war ihm ein Dorn im Auge. Desgleichen aber war er auch gegen Preußen, denn dieses strebte ein einheitliches Deutschland, allerdings unter der Führung Preußens, an und nicht wie bisher unter der Österreichs. Ein geeinigtes Deutschland unter Preußens Führung musste Napoleon zwangsläufig gefährlich werden. Ein Bündnis mit Italien gegen Österreich, ein provozierter Krieg, sollte den Sieg garantieren. Ein derart geschwächtes Österreich kann Preußen im Falle eines französischen Angriffes nicht wirksam beistehen. Ein geschwächtes Österreich war aber auch Preußen sehr recht, denn dann konnte es Österreich viel leichter aus dem deutschen Bund verdrängen und selbst die Vorherrschaft übernehmen. Somit gibt es vermutlich auch keine Einmischung Preußens in den oberitalienischen Krieg! Für Frankreich wäre es am besten, wenn Österreich einen Zweifrontenkrieg führen müsste, war es doch ein allzu gefährlicher Gegner. Ist Österreich einmal in Italien besiegt, hatte Frankreich nur mehr einen großen Gegner, Preußen. Österreich, zweimal gedemütigt, würde sich im Kriegsfalle weder auf die eine noch auf die andere Seite stellen, sondern sich vermutlich neutral verhalten, seine Wunden leckend. Das mögen die Gedanken sein, die Kaiser Napoleon III. bewegten. Er, der nur eine Seite kannte, nämlich die eigene, war ein denkbar schlechter Bündnispartner, aber in Allianz mit Piemont-Sardinien gegen Österreich, stand uns ein doch recht potenter Feind gegenüber. Vor allem hatte zum jetzigen Zeitpunkt unsere Flotte der italienischen und der französischen nichts Vergleichbares entgegenzusetzen. Würde die französische Flotte in die Adria anrücken, die kaiserliche Kriegsmarine könnte es nicht verhindern. Es hätte eine verhängnisvolle Blockade von Venedig und Triest zur Folge, was unseren Handel schwer treffen würde, von der militärischen Schmach einmal ganz abgesehen. König Emanuele II. wollte die österreichische Herrschaft in Oberitalien unbedingt brechen. Österreich wurde als Usurpator angesehen. Dabei ging es dem Land unter österreichischer Herrschaft nicht schlecht! Österreich tat alles, um die Wirtschaft zu fördern und das Land aufzubauen. So war es ja in allen Ländern, in denen Österreich herrschte. Dieselben wurden nicht ausgebeutet, sondern gefördert. Eben ganz nach der bewährten österreichischen Devise, Leben und Leben lassen. Doch die Länder wollten selbstständig sein, wollten nicht von Österreich abhängig sein, so sanft das Joch Österreichs auch war, sie wollten es nicht leiden. Oder war es auch nur die große Politik? Und den Bewohnern der einzelnen, von Österreich beherrschten, Landstriche war es vermutlich ganz egal? Was kümmerte sie ein geeintes Italien? Was war denn Italien überhaupt? Sie lebten in ihren Grafschaften und Herzogtümern, wie sie dies schon immer taten, unbekümmert, wer denn gerade Graf oder Herzog war. Sie kamen aus ihrer Umgebung nicht hinaus, wollten auch gar nicht. Rom war endlos weit weg. Und doch war hier etwas, was sie doch mehr begeisterte, als bei Österreich zu sein. Die Nachrichten deuteten jedenfalls auf einen bevorstehenden Zusammenstoß mit Österreich hin. Wann dies stattfinden sollte, war noch ungewiss. Zuerst einmal mussten die Diplomaten ihr Pulver verschießen und auf ihrer Ebene scheitern, dann würden die Militärs sprechen. Allerdings, und das bereitete mir Sorgen, hatten wir keinen Radetzky mehr, denn der große Feldmarschall war vor Kurzem verstorben und der geniale Diplomat Metternich schickte sich gerade an, dem Beispiele Radetzkys zu folgen. Ob der junge Kaiser Franz Josef, bar seiner so erfahrenen Ratgeber, die Situation beherrschen würde? Aber was war denn schon beherrschbar in Italien. Ob dies nun Karl der Große, Friedrich Barbarossa oder sonst ein großer Herrscher war, der sich bemüßigt gefühlt hatte dieses Land zu beherrschen und zu befrieden, scheiterte doch kläglich. Italien war und blieb ein unbeherrschbares Land, blieb unregierbar, blieb immer unberechenbar. Mailand war eben Mailand, Florenz eben Florenz und der Rest von Italien kümmerte sie nicht. Dieses Beispiel ließ sich auf unzählige andere ehemalige Stadtstaaten erweitern. Wenn Österreich doch nur mehr Geld in die Kriegsmarine investieren würde! Mir fielen die Worte meines Vaters wieder ein, als er mich darauf aufmerksam machte, dass ich als Offizier der Kriegsmarine den Rest meines Lebens mit töten und getötet werden verbringen werde. Jetzt, als ein Krieg vor der Haustüre stand, waren mir die mahnenden Worte Vaters so gegenwärtig wie nie zuvor. Ein etwas unangenehmes Gefühl begann mich zu beschleichen. Ich wollte doch die Welt sehen, fremde Länder bereisen, neue Kulturen kennenlernen, aber beschießen wollte ich sie nicht. So war das eben. Ich konnte das eine nicht ohne das andere haben. Gute Ausbildung auf der einen Seite genossen, bedeutete auf der anderen Seite, dass ich meinen Mann werde stehen müssen, wenn es so weit ist.

Ich legte die Geschichtemitschriften zur Seite und begann, mich der Mathematik zu widmen. Mathematik quälte mich zwar, aber der Gedanke in den Krieg ziehen zu müssen, quälte mich noch mehr. Ein schöner zukünftiger kaiserlicher Offizier war ich, der sich schon in die Hosen machte, lange bevor noch der erste Schuss abgegeben war! Beschämt musste ich feststellen, dass ich nicht der geborene Held war. Wenn ich da an die Gespräche meiner Kameraden dachte, denen man entnehmen konnte, dass sie schon darauf brannten als Offiziere in einer Seeschlacht eingesetzt zu sein, sich Orden und Auszeichnung zu verdienen, womöglich Beförderung außer der Tour zu erhalten! Mich konnte man damit gar nicht reizen. Oft waren es gerade jene, die den Mund diesbezüglich besonders weit offen hatten, die nicht einmal die einfache Auszeichnung am Kragen trugen, also die Klassenletzten. In Ermangelung einer durch geistige Anstrengung erhaltenen Auszeichnung, wollten sie eine durch persönlichen Mut und Kaltblütigkeit und durch Draufgängertum erwerben. Ich jedenfalls würde ihnen dabei nicht im Wege stehen, würde jedem frischgebackenen Helden den Vortritt lassen.

Teilweise mit mathematischen Problemen befasst, teilweise aber auch in trüben Gedanken versunken, schreckte mich mein Oberbootsmann Petrovic durch seinen Besuch auf. »Stell dir vor, Stephan, der Erzherzog-Admiral hat für kommende Woche seinen Inspektionsbesuch an der Akademie angesagt!«

»Das ist ja furchtbar, Herr Oberbootsmann, da sitze ich ja noch!«

»Deshalb komme ich ja, um dir diese Nachricht zu überbringen. Vielleicht sollten wir den Direktor dazu überreden dich früher zu entlassen, damit kein unnötiges Aufsehen erregt wird.«

»Das wäre natürlich schön für mich, aber ich fürchte, dass das keine so gute Idee ist. Erstens will ich keine Protektion vom Direktor und auch nicht vom Erzherzog-Admiral, auf alle Fälle würde über meine vorzeitige Entlassung gesprochen werden und das möchte ich nicht. Ich sitze die Strafe, die ich erhalten habe einfach ab, dann kann mir keiner einen Vorwurf mehr darüber machen. Da ich ohnedies vorhabe, alles dem Erzherzog zu erzählen, macht es keinen Unterschied, ob ich dies in Gefangenschaft tue, oder in Freiheit.« »Du bist aber ein sturer Bursche, Stephan, wirklich.« Er zuckte resignierend mit den Schultern. »Wie auch immer, hier die neuesten Mitschriften, eine neue Kerze und natürlich ein neuer Roman.«

»Danke, Herr Oberbootsmann! Sagen Sie, wie sieht es mit der politischen Entwicklung aus, was meinen Sie, wird es Krieg geben?«

»Die Zeitungen überschlagen sich mit den verschiedensten Meldungen, in Militärkreisen erzählt man sich dies und das. Meiner Meinung nach wird es Krieg geben, es war ja nur eine Frage der Zeit. Radetzky ist gestorben, vor dem brauchen sie sich nicht mehr zu fürchten und Gyulay, sein Nachfolger, ist keine große militärische Leuchte. Sie werden es versuchen, ganz sicher, denn es ist eine gute Gelegenheit, ihr Vorhaben durchzusetzen.«

»Warum wurde Gyulay für diesen Posten ausersehen, wenn er, wie Sie sagen, keine große Leuchte ist, Herr Oberbootsmann?«

»Weil er ein Günstling von Graf Crenneville, dem Generaladjutanten des Kaisers, ist. Deshalb.«

»Verstehen Sie nun, Herr Oberbootsmann, warum ich keine Protektion in Anspruch nehmen will? Ein jeder würde sagen, na klar, mit des Erzherzogs Hilfe ist alles möglich. Es reicht mir, dass der Erzherzog mein Freund ist. Ich bin sein Diener, nicht umgekehrt!«

»Sturer Bock, aber du hast ja recht, bin auch durchs Leben gekommen und hatte niemals Protektion.«

Der Tag des Besuches des Erzherzog-Admirals rückte immer näher. Es herrschte große Betriebsamkeit in der Akademie. War ohnedies immer alles sehr sauber und ordentlich, so sollte es anlässlich des Besuches des Oberkommandanten besonders glänzen. Ich hörte meine Kameraden unaufhörlich draußen im Hof exerzieren, Gewehrgriffe üben. Ununterbrochen schallten die Kommandos durch die Luft, bis zu mir in meinen Kotter. Als positiv denkender Mensch, sah ich in meinem unfreiwilligen Aufenthalt sogar einen Vorteil, in dem ich nicht mitexerzieren musste. Wenn ich am Soldatischen etwas hasste, dann war es ganz besonders das geistlose Marschieren in Reih und Glied, habtacht stehen, rührt Euch, rechts schaut, Vergatterung und so vieles mehr. Das blieb mir jetzt erspart.

Tags darauf war es besonders ruhig, kein Laut drang zu mir in meinen Keller. Ein untrügliches Zeichen, dachte ich, die Ruhe vor dem Sturm, der Erzherzog ist im Anmarsch und wird jederzeit erwartet. Und so war es auch. Als die Volkshymne, das Gott Erhalte, gespielt wurde, wusste ich, mein Erzherzog war da. Ich freute mich unheimlich und gleichzeitig hatte ich auch Angst vor der Begegnung mit ihm. Aber wie kam ich denn auf die Idee, dass er mich hier im Gefängnis besuchen würde! Wenn man ihm verschwiege, dass ich hier langsam verrotte, würde er ohne mich zu sehen wieder abreisen. Vielleicht wäre das sogar besser, aber, ach was, ich hatte das Gerichtsverfahren gut durchgestanden, würde auch den prüfenden Blick meines Mentors aushalten.

Die Stunden vergingen, aber er kam nicht. Ich hockte mich in die Ecke der Zelle. Tausend Dinge gingen mir durch den Kopf, an lesen war nicht zu denken, und so kroch die Zeit dahin, wie eine Weinbergschnecke bergauf.

Im Büro des Schuldirektors gratulierte der Erzherzog Ferdinand Maximilian dem Schulleiter für die mustergültige Führung der Schule und für die schönen Fortschritte, die die gemeinsamen Bemühungen gebracht hätten. Fregattenkapitän Wissiak fiel ein Fels vom Herzen.

»Herr Fregattenkapitän, da fällt mir ein, den Arrest habe ich nicht besucht.« »Da haben Kaiserliche Hoheit allerdings nicht viel versäumt«, bemühte sich der Direktor, vom Schlag gestreift, den Kommandanten von seiner Idee abzubringen.

»Es wird ja keinen Häftling geben«, lachte Maximilian.

»Nun, ja, es ist so, Kaiserliche Hoheit«, stotterte Wissiak, »einen haben wir schon.«

»Ja, um Himmels willen, warum erfahre ich das denn nicht?«

»Ehrlich gestanden, Kaiserliche Hoheit, wir waren mit den Vorbereitungen auf Ihren Besuch so beschäftigt, dass wir ganz auf unseren Häftling vergessen haben.«

»Soo, na gut, wie heißt denn der Unglückliche?«

Fregattenkapitän Wissiak dachte nur, Augen zu und durch. »Zögling Stephan Federspiel, Kaiserliche Hoheit!«

In des Erzherzogs Gesicht ging eine jähe Veränderung vor. »Waas? Federspiel? Dieser nette Junge sitzt im Gefängnis? Das kann ich nicht glauben! Sind Sie ganz sicher, dass es Stephan Federspiel, Zögling im vierten Jahrgang ist, der da sitzt?«

»Ganz sicher, Kaiserliche Hoheit.«

»Wie lange sitzt er denn schon?«

»Zwei Wochen, Kaiserliche Hoheit.«

»Wie lange muss er noch?«

»Eine Woche, Herr Admiral!«

Maximilian kam aus dem Staunen nicht heraus. »Was hat der Junge denn angestellt, dass er eine derart lange Haftstrafe zu verbüßen hat?«

»Zögling Federspiel hat gemeinsam mit einem Kameraden die Retraite … und dann gab es da eine Anzeige … und die Gendarmerie, besonders der unerlaubte Ausgang …«

Voller Ungeduld blickte der Erzherzog den Schulkommandanten ins Gesicht. Dieser drehte sich kurzerhand um, ging zum Aktenschrank, entnahm ihm meine Akte und überreichte sie dem Erzherzog. »Hier, Kaiserliche Hoheit, lesen Sie selbst.«

Während Maximilian in der Akte las, versuchte Wissiak im Gesicht des Kommandanten zu lesen. Wenn nun wirklich etwas dran ist, an dem Verhältnis von Federspiel und dem Erzherzog, würde es sicher gleich ein Donnerwetter geben. Zum einen, weil wir ihm die Sache verschweigen wollten und zum anderen … na, wer weiß. Leise rann ihm der Schweiß den Rücken herunter. Die Strafe ist sicher zu hart ausgefallen, das gibt eine unangenehme Revision, na ja, Linienschiffs-Kapitän werde ich wohl nicht werden.

Maximilian blickte von der Akte auf. »Recht haben Sie getan, Herr Fregattenkapitän, ein unglaubliches Verhalten!«

»In der Tat, sehr unglaublich, Kaiserliche Hoheit«, erwiderte Wissiak trocken, aber erleichtert.

Sehr freundlich dreinblickend meinte Maximilian, »die Liebe ist eben doch stärker als jedes Reglement und jede Vorschrift. Ist sie doch die stärkste Kraft, die uns Menschen antreibt.«

»Gewiss, Kaiserliche Hoheit!«

»Ich werde also unserem Schwerverbrecher einen Besuch abstatten und ihm ordentlich die Leviten lesen!« Maximilian erhob sich, der Schuldirektor wollte ihn begleiten, doch Maximilan wehrte ab. »Bitte lassen Sie mich alleine gehen, ich kenne den Weg. Es reicht ja, wenn der Häftling einen hohen Herrn vor sich sieht. Erzherzog und Exzellenzherr gemeinsam ist vielleicht ein bisschen viel auf einmal.«

»Zu Befehl, Kaiserliche Hoheit!«

Und so schlenderte Maximilian durch die leeren Gänge der Akademie, lediglich die wachhabenden Korporale präsentierten das Gewehr vor ihm und er dankte dafür leutselig. Endlich gelangte er zum Profosen. Der glaubte seinen Augen nicht zu trauen, als er des Oberkommandanten, völlig ohne Begleitung, ansichtig wurde, sprang von seinem Sessel auf und machte allerschneidigst seine Meldung.

»Haben Sie hier einen Stephan Federspiel unter Verwahrung, Herr Feldwebel?«

»Jawohl, Kaiserliche Hoheit!«

»Ich bitte darum, ihn besuchen zu dürfen!«

»Selbstverständlich, zu Befehl!«

Mein Herz hüpfte höher, als ich die freundliche Stimme von Herrn Maximilian hörte! Er hatte mich also nicht vergessen und mich trotz meiner misslichen Lage und meinem Vergehen besucht. Ich hörte das Schließgeräusch, nicht ganz wie sonst, denn der Profose dürfte aus Nervosität nicht gleich in das Schlüsselloch gefunden haben. Ich war von meiner Ecke aufgesprungen und zur vergitterten Türe gelaufen.

»Danke, Herr Feldwebel, ich möchte mit dem Häftling alleine sprechen, schließen Sie hinter mir wieder ab.«

»Zu Befehl, Kaiserliche Hoheit!«

Da stand er nun vor mir, der Erzherzog-Admiral, in voller Gala und ich in Häftlingsmontur, total zerknittert, unfrisiert und machte insgesamt einen recht jämmerlichen optischen Eindruck. Als er mich so sah, musste er lachen. »Ja, was machst du denn für Sachen, Stephan, und vor allem wie siehst du aus? Empfängt man so den Oberkommandierenden der kaiserlichen Flotte?«

»Melde gehorsamst, Herr Admiral, mein Bursche ist ernsthaft erkrankt, bin daher mit der Instandhaltung meiner Montur etwas überfordert!«

»Wie lange hat der freche Kerl denn noch vor krank zu sein?«

»Noch eine Woche, Herr Admiral!«

»So, noch eine Woche, na, das ist ja zu erwarten! Übrigens, Stephan, wir sind unter uns.«

»Sie sind über alles unterrichtet, Herr Maximilian, und mir nicht böse?«

»Ich bin über alles unterrichtet und dir nicht böse. Du verbüßt hier deine Strafe, damit hat es sich, alles Weitere ist für mich unrelevant. Du hast etwas riskiert, bist dazu gestanden und trägst die Folgen wie ein Mann, lauter Offizierstugenden.«

»Danke, Herr Maximilian!«

»Allerdings hätte ich die Akademie fast verlassen ohne dich zu sehen, da ich nur durch eine zufällige Frage auf den Häftling der Akademie gestoßen bin! Ehrlich gestanden hätte ich erwartet, dass das Gefängnis leer ist, denn anlässlich einer Inspektion wird vorher oft ein Generalpardon erlassen, freilich nur bei nicht allzu schweren Fällen. In deinem Fall war das natürlich nicht möglich«, lachte Maximilian! »Ich kann dich leider hier nicht herausholen, es wäre weder für dich noch für mich gut. Es würde zu sehr nach Protektion riechen und das haben wir, denke ich, nicht nötig. Die eine Woche stehst du schon noch durch. Wie kommst du hier mit dem Lehrstoff voran?«

»Herr Oberbootsmann Petrovic versorgt mich regelwidrig mit den Mitschriften meiner Kameraden und bringt mir auch immer eine Kerze dazu.«

»Ach ja, Oberbootsmann Petrovic. Habe gelesen, wie er sich für dich eingesetzt hat, erstklassiger Mann, der Oberbootsmann, von solchen bräuchten wir mehr! Übrigens, der Schuldirektor Wissiak hat entdeckt, dass du dir das Signum Laudis ins Futter deines Waffenrockes genäht hast und will unbedingt wissen, was es damit auf sich hat. Er hat sich schon den Kopf darüber zerbrochen, da keiner deiner Vorfahren Militär war und du dir die Auszeichnung ja noch nicht hast verdienen können. Ich habe mich unwissend gezeigt und ihm empfohlen, er möge sich bei dir persönlich erkundigen.«

»Den Oberbootsmann, Herr Maximilian, hat er diesbezüglich auch schon befragt, aber auch er hat es ihm nicht erzählt.«

»Ja, kennt der Oberbootsmann denn das Geheimnis?«

»Ja, Herr Maximilian, ich habe es ihm verraten, nachdem er mich so tapfer aus meiner Malaise herausgehauen hatte.«

»Recht hast du getan und denk immer daran, ein guter Oberbootsmann hält im Falle des Falles das ganze Schiff zusammen. Jeder Kapitän ist gut beraten, mit seinem Oberbootsmann auf gutem Fuß zu stehen und dass du das schon jetzt erkannt hast, lässt in Bezug auf deine Karriere die schönsten Hoffnungen hegen. Neben deinen sehr guten Schulergebnissen, freilich.«

»Danke, Herr Maximilian! … Wird es in Italien Krieg geben, Herr Maximilian?«

»Ja, leider wird er kaum zu verhindern sein. Ich kann dir nicht sagen wann er ausbrechen wird, aber dass er ausbrechen wird, ist für mich Gewissheit.« »Wie wird sich die Flotte verhalten, Herr Maximilian?«

»Wenn es nach meinem Freund Tegetthoff geht, dann offensiv. Er bestürmt mich Tag und Nacht, die Flotte nur ja nicht im Hafen zu belassen, wenn es zum Krieg kommt. Nur, die Flotte ist noch nicht so weit. Wir sind viel zu schwach, um auch nur der kleinen sardinischen Flotte die Stirne bieten zu können, geschweige denn einer hochgerüsteten Französischen.«

»Also doch Napoleon III.«

»Das ist ein Erzschuft, sage ich dir, der wird uns und dem Rest von Europa noch einiges aufzulösen geben. Die Napoleons sind offensichtlich geborene Unruhestifter. Vielleicht erlöst uns das französische Volk von ihm, denn in Frankreich steht nicht alles zum Besten. Es gibt übergroße Armut, die Wirtschaft funktioniert nicht und Napoleon III. versucht, durch außenpolitische Erfolge von seinen innenpolitischen Problemen abzulenken. Zur Stunde gelingt ihm das noch. Doch in Frankreich herrschen katastrophale Zustände.«

»Wenn wir aber im Kriegsfalle nicht auslaufen, Herr Maximilian, wird das wieder ein schlechtes Licht auf die k. k. Kriegsflotte werfen und wir werden weiter als Stiefkind und nicht gleichberechtigt mit der k. k. Armee behandelt werden.«

»Mit diesem Argument quält mich Wilhelm von Tegetthoff ununterbrochen und er hat ja durchaus recht. Gebe ich allerdings Befehl zum Angriff der Flotte, würde das mit großer Wahrscheinlichkeit deren totale Vernichtung bedeuten. Ohne militärisch etwas zu erreichen. Das kann ich nicht riskieren, weder politisch, finanziell und schon gar nicht menschlich. Es ist einfach zu früh. Das Dumme daran ist, es ist immer zu früh. Und so schwanke ich eben zwischen der berechtigten Forderung von Tegetthoff und meinen auch nicht unberechtigten Bedenken hin und her. Mobilmachen müssen wir im Kriegsfalle aber auf alle Fälle, und wenn wir nur die Häfen und die Küsten schützen.«

»Keine leichte Entscheidung, Herr Maximilian!«

»Nein, tatsächlich nicht, alles hängt von so vielen Faktoren ab. Ganz gleich, wie ich mich entscheide, am Ende werden sie mich dafür prügeln. Entweder die eine oder eben die andere Partei.«

»Keine gute Aussicht, Herr Maximilian!«

»Nein, führwahr, keine gute Aussicht, aber ich halte das schon aus. Stephan, ich muss jetzt wieder gehen, mach mir einen Gefallen und benimm dich in Zukunft besser, damit wir uns nicht wieder im Gefängnis miteinander unterhalten müssen!«

»Zu Befehl, Herr Maximilian!«

Erzherzog Maximilian reichte mir die Hand und marschierte sporenklirrend aus dem Gefängnis. Während des ganzen Gespräches waren wir gestanden, da es ja keine Sitzmöglichkeit gab. Ab sofort hatte ich eine, denn der Erzherzog hatte beim Hinausgehen dem Profosen befohlen, mir die Pritsche auch untertags herunterzulassen. Ein

Komfortgewinn, der nicht zu beschreiben war! Daraufhin suchte Maximilian den Oberbootsmann Petrovic auf, bedankte sich bei ihm und drückte ihm unauffällig einen Golddukaten in die Hand. »Passen Sie mir auf Zögling Federspiel gut auf, damit er mir nicht verkommt, in dem finsteren Loch!«

Der Erzherzog war schon wieder weg und Petrovic starrte den Golddukaten an, den er nun besaß. Aus den Händen Seiner Kaiserlichen Hoheit, dachte er, den kann ich nicht einmal ausgeben, muss ihn mir aufheben, so etwas passiert mir sicher nie wieder!

Teil II

Reise nach Brasilien

—4—

Am 20. Juli 1858 hatte Kaiser Napoleon III. in Plombières seinem Besucher, dem Conte Camillo Cavour, seines Zeichens Erster Minister des Königs Victor Emanuele von Sardinien, seine Hilfe versprochen. Seine Hilfe im Kampf gegen Österreich. Falls sich Italien unter sardinischer Führung einigen wolle, stellte er französische Waffenhilfe in Aussicht. Dafür versprach ihm Cavour, im Falle des Gelingens, die Abtretung von Savoyen und Nizza an Frankreich. Kein ungefährlicher Handel, denn Nizza war die Geburtsstadt von Giuseppe Garibaldi, der eine wesentliche Stütze des Risorgimentos und somit ein Kampfgefährte Conte Cavours war. In der Neujahrsansprache des Kaisers Napoleon III. richtete derselbe an den österreichischen Gesandten, Alexander Freiherr von Hübner, eine recht eindeutige Botschaft. Es war fast eine Kriegserklärung. Er bedauerte, dass das Verhältnis zu Österreich nicht mehr so gut sei wie zuvor. Was das zu bedeuten hatte, war Freiherrn von Hübner vollkommen klar und er telegrafierte auch entsprechend nach Wien. König Viktor Emanuele von Sardinien legte in seiner Ansprache noch ein Schäuflein nach, indem er von einem »Schmerzensschrei Italiens« sprach, der nicht mehr zu überhören wäre und er daraufhin nicht mehr gleichgültig bleiben könne.

Aufgrund dieser eindeutigen Aussagen verhängte Österreich über die Lombardei das Kriegsrecht und zog Truppen in Oberitalien zusammen. Erzherzog Ferdinand Maximilian, der Generalgouverneur des Lombardo-Venetianischen Königreiches, wurde kurzerhand von Kaiser Franz Josef abberufen. Ein Schock für die Bevölkerung. Die umsichtige Persönlichkeit und die milde Herrschaft Ferdinand Maximilians hatten ihm die Herzen der Menschen zufliegen lassen. Auch Conte Cavour wusste seinen Gegner entsprechend zu würdigen: »*Endlich können wir wieder aufatmen. Der Mann, der unser schlimmster Feind in der Lombardei war, den wir am meisten gefürchtet haben, und dessen Fortschritte wir täglich beobachten mussten, wurde entlassen. Schon durch seine Beharrlichkeit, seinen fairen und liberalen Geist, hatte er viele unserer Anhänger für sich gewonnen. Die Lombardei wurde nie so florierend, so gut verwaltet. Dann Gott sei Dank, interveniert die liebe Wiener Regierung. In ihrer gewohnten Art gelingt es ihr alles zu vermasseln, und ihre Chancen zu ruinieren, indem sie den Bruder des Kaisers abruft.*

Das Ultimatum an Sardinien, sofort abzurüsten, verhallte ungehört und so rückte General Franz Graf Gyulay, der Nachfolger Ferdinand Maximilians, in Piemont ein. Darauf hatte Napoleon nur gewartet. Er nahm diesen Umstand zum Anlass, Österreich habe mit diesem Schritt Frankreich den Krieg erklärt – was natürlich völliger Unsinn war – und ging gemeinsam mit den sardinischen und garibaldischen Truppen in die Offensive. Das passierte am 24. April 1859.

Für uns Marinezöglinge bedeutet dies zum einen, dass wir um die schöne Feier der Ausmusterung am 18. August, dem Geburtstag des Kaisers, umfielen, weiters unsere Einschiffung auf ein Schulschiff entfiel und drittens, dass wir vorzeitig ausgemustert wurden und auf die Kriegsschiffe der k. k. Kriegsmarine befohlen wurden. Die Angehörigen des vierten Jahrganges, dem auch ich angehörte, wurden zu Fregattenfähnrichen befördert, sofern sie die doppelte Auszeichnung besaßen. Das betraf nur vier Zöglinge. Die anderen Zöglinge wurden zu Seekadetten erster Klasse und ich zum Seekadett zweiter Klasse ernannt. Die anderen

Jahrgänge wurden zu provisorischen Seekadetten ausgemustert und die Schule hinter uns geschlossen, denn es gab keine Zöglinge mehr. Auf diese Weise nahm meine Schulzeit ein abruptes Ende. Eine schöne Schande war das. Die vier Zöglinge, die die doppelte Auszeichnung hatten, rannten jetzt mit dem goldenen Portepee als Offiziere umher und ich schied als Seekadett zweiter Klasse aus. Auch konnte ich nicht in den allgemeinen Jubel einstimmen, da ja Krieg war und mir dieser Umstand durchaus Sorgen bereitete.

Da waren ganz unterschiedliche Reaktionen zu bemerken: Die einen brannten bereits darauf in See zu stechen, um die Franzosen und Italiener auf den Meeresgrund zu schießen und zu rammen, die anderen sahen nur ihre neue schöne Uniform, spielten sich mit dem Portepee und konnten sich vom Spiegel nicht trennen – vor dem man übrigens Nummern hätte ausgeben können. Und einige wenige, so wie ich, die sich ernsthafte Sorgen machten. Unsere österreichische Escadre, angeführt von Contre-Admiral Ludwig von Fautz, bestand aus 44 Schiffen und 33 Lagunenfahrzeugen und verfügte über insgesamt 1018 Geschütze. Auf französisch-sardinischer Seite standen uns Einheiten in der Stärke von 399 Schiffen mit insgesamt 8301 Geschützen gegenüber! Diese uns bedrohende Übermacht entsprach 18 zu 1. Dabei war das Linienschiff »Kaiser« noch gar nicht fertiggestellt und konnte daher an den bevorstehenden Kämpfen auch nicht teilnehmen.

Unter diesem Aspekt betrachtet, stand die Sache 25 zu 1 gegen Österreich! Für den Handel Österreichs waren Venedig, Triest und die Dalmatinische Küste von eminenter Bedeutung. Das durfte nicht verloren gehen. Erzherzog Maximilian hatte recht, wenn er meinte, dass unsere Flotte unmöglich den Kampf mit dem Feind aufnehmen könne. Es wäre reiner Selbstmord.

Wilhelm von Tegetthoff, zuvor eingesetzt an der Donaumündung Sulina, um dort für Ordnung zu sorgen – ein Nest angefüllt mit zwielichtigem Gesindel, ausschließlich auf Diebstahl und Betrug aus –, war glücklich dieser ungastlichen Gegend entkommen, mittlerweile zum Korvettenkapitän befördert und Chef der Marinesektion in Triest geworden. Kurz vor Ausbruch des Krieges wurde er als Kommandant auf die Schraubencorvette »Erzherzog-Friedrich« befohlen und ging an die Küste Marokkos ab. Es galt Nachforschungen anzustellen, was mit mehreren österreichischen Kauffahrtschiffen geschehen war. Angeblich waren sie von Piraten aufgebracht und die Mannschaften in Sklaverei verschleppt worden. Eine Arbeit, die er gerade noch beenden konnte, es hatte sich herausgestellt, dass es sich hierbei um ein Gerücht gehandelt hatte und Schiffe und Mannschaften wohlauf waren. Es kam in dieser Gegend immer wieder zu Übergriffen durch Piraten, sodass die Meldung durchaus ernst zu nehmen war. Tegetthoff wurde, mit seiner Corvette »Erzherzog-Friedrich« in Venedig angekommen, mit Material- und Waffentransporten nach Ancona eingesetzt. Es wurden schwimmende Barrikaden errichtet, die Hafeneinfahrten vermint.

Ich erhielt meine Kommandierung auf die »Erzherzog-Friedrich«. Auf diese Weise hatte ich erstmals Gelegenheit, Tegetthoff von Angesicht zu Angesicht zu sehen. Er war übler Laune, kaum ansprechbar. Man sah ihm an, dass diese defensiven Vorbereitungen nur dazu dienten, die Flotte nicht am Kampf teilnehmen zu lassen. Eine Zeit lang kreuzten wir an den Küsten des Kirchenstaates, danach bewachten wir mit zwei anderen Schraubenkorvetten gemeinsam die Sperre von Spignon.

Endlich erhielten wir Befehl, uns nach Venedig zu begeben und die Stadt im Falle einer Invasion von See her zu verteidigen. Der Kaiser sandte an seinen Bruder, Erzherzog Maximilian, die Botschaft: *»Ich zähle auf meine brave Marine.«*

Maximilian antwortete: *»Die Marine gibt Gut und Blut für Kaiser und Vaterland.«*

Eine neuerliche Offiziersdelegation unter Führung von Tegetthoff erreichte beim Erzherzog-Admiral trotzdem nichts. Der defensive Charakter wurde angesichts der drückenden Übermacht beibehalten. Tegetthoff tobte. Es war mein erster Einsatz auf See und gleich ein Kriegseinsatz, wenngleich wir auch niemals Feindkontakt hatten, worüber ich, ganz im Gegensatz zum Kommandanten, nicht unglücklich war.

Mein Lehrer, Hauptmann von Aggstein, hatte recht behalten. In der Praxis lernte ich die Geheimnisse der Navigation recht schnell. Zu meinem anfänglichen Schrecken war ich dem Team des Navigationsoffiziers zugeteilt worden. Doch viel größere Probleme als die Navigation, bereitete mir die zeitweilig auftauchende Seekrankheit. Dabei war die See ruhig. Ich wollte mir gar nicht vorstellen, wie schlecht mir bei hohem Seegang werden würde. Obwohl ich nur zum Seekadetten zweiter Klasse ernannt wurde, war ich bereits Ranghöher als ein Oberbootsmann. Wenngleich dessen Position trotzdem eine weit wichtigere war, als die meine. Trotzdem, zum ersten Mal seit Eintritt in die Marineakademie, wurde ich als wirklich Erwachsener behandelt und die Matrosen leisteten die Ehrenerweisung vor mir. Ein großartiges Gefühl, das mich manchmal vergessen ließ, welchen Zweck unsere Fahrten hatten.

Hatte ich in der Marineakademie ein eisernes Bett und ein kleines Kästchen für meine paar Habseligkeiten, einen Waschraum, wenn auch einen spartanischen, so hausten wir hier auf dem Schiff noch um ein Vielfaches unbequemer. Die Kadettenmesse war so klein, dass nicht alle Bewohner derselben gleichzeitig aufstehen konnten. Die Waschgelegenheit reichte gerade für eine Katzenwäsche, eine richtige Dusche suchte man freilich vergebens. Wenigstens bei der Verpflegung brauchte ich mich nicht umzustellen, sie war genauso miserabel, wie in der Akademie. Es hätte mich nicht gewundert, wenn der Akademiekoch und sein Personal ebenfalls auf die »Erzherzog-Friedrich« kommandiert worden wären. Allerdings gab es eine tägliche Ration Rum, auch für die Kadetten.

Anfangs genoss ich die Zeit an Bord der »Erzherzog-Friedrich«, stand an der Reling und spürte den Fahrtwind, den Geruch des Meeres und beobachtete jede Einzelheit der Küstenlandschaft, die an mir vorüberzog. Nach der langen Zeit des Eingesperrtseins in der Akademie, kam ich mir wie ein freier Vogel im Wind vor. Doch das war freilich ein Trugschluss, denn die Enge an Bord und vor allem die Kleinheit des Schiffes war bedrückend. Ein paar Schritte nur und man war am Ende desselben angelangt. Eine Reise von etlichen Monaten auf so einem Schiff, ohne Ausgang, war für mich derzeit noch unvorstellbar. Mit meiner Einteilung zum Stab des Navigationsoffiziers hatte ich freilich das große Los gezogen, denn ich tat Dienst auf der Brücke. Einer meiner ehemaligen Mitschüler, jetzt Fregattenfähnrich, war dem Batterieoffizier zugeteilt und tat demnach Dienst in den Batteriedecks. Ich konnte nicht anders, heimlich hatte ich Schadenfreude! Keine bösartige, denn das wäre nicht meine Art gewesen. Doch sah ich in Gedanken den Kameraden eitel wie ein Geck vor dem Spiegel als Offizier paradieren, war mir jetzt Genugtuung in der höheren Verwendung widerfahren.

Bei Magenta, am 4. Juni 1859, und bei Solferino, am 24. Juni 1859 unterlag die k. k. Armee den alliierten Truppen. Die zögerliche Führung von General Gyulay hatte versagt, daran hatte auch der alte Feldmarschall von Heß, ein Kampfgefährte und Vertrauter des verstorbenen, schon jetzt legendären Radetzky, nichts mehr ändern können. Nicht die Tapferkeit der Soldaten, nicht die Einsatzbereitschaft der Offiziere hatten den Krieg verlieren lassen, es war die Führung, die versagt hatte. Napoleon III. war über den Erfolg selbst verwundert, denn er meinte, *»noch so eine Schlacht und wir kehren ohne Armee nach Hause«*. Kaiser Franz Josef, an vorderster Front zugegen, war über die schrecklichen Ereignisse erschüttert. Von ihm ist der Ausspruch erhalten*: »Lieber eine Provinz verlieren als etwas so Schreckliches noch einmal erleben zu müssen!«* Es zeigt ganz deutlich, wie sehr der österreichische Kaiser mit seinen Soldaten gelitten hatte. Er hätte weiter kämpfen lassen können, wer weiß, die Franzosen wären womöglich noch unterlegen, doch unter Bezugnahme zu seinem Ausspruch ist erkenntlich, warum er sich zu einem so schnellen Waffenstillstand und späteren Frieden von Villafranca hat hinreißen lassen. Kaiser Franz Josef I. war kein Säbelrassler, er trachtete, die Wohlfahrt seiner Völker zu sichern, er wollte nicht, dass sie auf dem Schlachtfeld verbluteten. War er auch der militärische Verlierer, der moralische Sieger war er ganz gewiss. Dazu wollte er den Krieg ja auch gar nicht, er war ihm aufgezwungen worden. Feldmarschallleutnant Ludwig Ritter von Benedek siegte am San Martino und sicherte, trotz gegebenen allerhöchsten Rückzugsbefehl, den Abmarsch der österreichischen Truppen, indem er am Schlachtfeld aushielt, bis die k. k. Armee in Sicherheit war. Erst dann trat auch er mit seinem VIII. Korps den Rückzug an und gab die Höhe von San Martino der nachrückenden, tapfer kämpfenden sardinischen Armee preis. Ein Sieg und ein Verhalten, welches ihm die höchsten Würden eintrug. Benedek hatte die österreichische Flagge hochgehalten, in der allerhöchsten Bedrängnis, er und sein VIII. Korps wurden die Helden von Solferino. Die Verleihung des Militär-Maria-Theresien-Ordens an Benedek, war nur das äußere Zeichen.

Die k. k. österreichische Kriegsmarine konnte nichts zu diesen Heldentaten beitragen. Wilhelm von Tegetthoff war am Boden zerstört. Er schwor sich, niemals wieder eine derartige Schmach ertragen zu wollen. Österreich stand nach dem verlorenen Krieg nicht länger in der Lombardei. Das Risorgimento hatte einen weiteren Erfolg errungen. Venedig und Triest aber verblieben bei der Monarchie, das war auch die Rettung der Flotte gewesen. Wilhelm von Tegetthoff kehrte an seinen Schreibtisch im Marineoberkommando zu Triest zurück. Dort bearbeitete er mit verbissener Emsigkeit das trockene Thema der Marineorganisation. Es handelte sich hierbei um die Gagen der Offiziere, einer Änderung der Uniformen und neben vielem anderem auch die Entsendung von Kriegsschiffen in das ferne Ausland. Das erschien Wilhelm von Tegetthoff, wie auch seinem Vorgesetzten dem Erzherzog-Admiral Maximilian, ganz besonders wichtig. Es galt, durch das repräsentative Erscheinen von österreichischen Kriegsschiffen in fremden Häfen, den Außenhandel zu fördern. Die k. k. Kriegsflotte gewährte Schutz für die Handelsschifffahrt, und zwar nicht nur für die eigene. Feinde der Handelsschifffahrt, Piraten, wurden aufgebracht, egal, ob sie österreichische oder Schiffe anderer Nationen bedrohten. Überhaupt ging das Denken der beiden sehr stark in Richtung ziviler Ziele. Forschung und Handel standen bei Maximilian und Tegetthoff ganz zuoberst auf der Liste. Es war nicht der Krieg, der sie anspornte, sondern die k. k. Marine sollte nachhaltige Leistungen für Österreich erbringen. Wo der Krieg aber stattfand, da wollten beide nicht fehlen! Besonders Tegetthoff nicht. Vorerst aber war der Krieg einmal beendet. Leider unvorteilhaft für Österreich und schmachvoll für die k. k. Kriegsmarine. Nach dem Verlust der Lombardei war auch das Amt eines Generalgouverneurs von Lombardo-Venetien aufgelassen worden, und Maximilian konnte sich wieder voll seiner geliebten Marine zuwenden. Ganz im Gedanken, die Volkswirtschaft anzukurbeln, lag ihm auch die Ausfuhr von Waren nach Südamerika am Herzen. Brasilien war ein Ziel, das sich anzufahren lohnte, stand doch das brasilianische Kaiserhaus unter Kaiser Don Pedro II. mit dem österreichischen in verwandtschaftlicher Beziehung.

Er entschloss sich also, dieses Land zu bereisen. Als Reisebegleiter wählte er sich als Adjutanten Korvettenkapitän Wilhelm von Tegetthoff aus, der mit fliegenden Fahnen seinem »trockenen« Job am Schreibtisch entfloh und endlich wieder schwankende Planken unter seinen Füßen spüren konnte. Auch die Gattin des Erzherzogs, Charlotte, reiste mit.

– 5 –

Wie konnte ich meiner Freude größeren Ausdruck verleihen, als dass ich meinem Herrgott dankte, auf den Raddampfer »Kaiserin-Elisabeth«, 1854 in London gebaut, kommandiert worden zu sein, welcher nach Brasilien gemeinsam mit den hohen Herrschaften und mit Tegetthoff abging! Eine zivile Fahrt, kein Kriegseinsatz und das ganze gleich zu einem so fernen Ziel – BRASILIEN.

Ein ganz modernes Schiff, gebaut, als ich gerade die Marineakademie besuchte! Ich durfte diese Reise wenigstens als Seekadett erster Klasse antreten, ich wäre aber auch als einfacher Matrose gefahren. Hauptsache fort! Am 14. November 1859 schifften wir uns in Triest ein.

Zuvor hatte ich Gelegenheit, ein paar Tage bei meinen Eltern zu verbringen. Bislang hatten wir fast nur brieflichen Kontakt gehabt, abgesehen von ein paar gegenseitigen Besuchen. Ich musste vom Krieg erzählen, der für die Flotte nicht wirklich stattgefunden hatte, von meinen Erlebnissen an der Akademie und vom Erzherzog selbstverständlich. Ich verschwieg auch nicht mein Abenteuer mit Riccarda, welche mir sehr fehlte, ich dachte in Permanenz an sie, und verheimlichte auch nicht die Verurteilung und Strafe. Vater fragte nur: »Hast du dir das alles so vorgestellt, mein Sohn?«

»Nein, Vater, viel romantischer! Aber die Realität hat mich eben eingeholt. Jetzt aber geht es nach Brasilien! Vater, stell dir vor, ins ferne Brasilien, Südamerika!!!!«

Doch Vater hatte keinen Begriff für so ferne Länder, dazu war er viel zu bodenständig. »Vielleicht, wenn ich in deinem Alter wäre, Stephan, würde ich mich auch dafür begeistern können, doch mein Leben hat sich anders gestaltet. Dessen ungeachtet freue ich mich schon sehr auf deinen Bericht von der Reise. Auf diese Weise kann ich in meiner Werkstatt bleiben und doch an einer Weltreise teilnehmen.«

Die freien Tage in Triest nützte ich, um im Park von Miramare spazieren zu gehen, wie damals an der Mole zu sitzen und aufs Meer hinauszublicken. Ein bisschen mehr als vier Jahre waren vergangen, als ich zum ersten Mal, hier im Park, mit Erzherzog Maximilian Kontakt hatte. In nur vier Jahren wurde ich vom Kind zum Mann, war durch eine harte Schule gegangen und stand kurz davor Offizier zu werden. Auf der »Erzherzog-Friedrich« hatte ich mich gut bewährt, erntete das Lob meines Navigationsoffiziers für braven Einsatz und fleißige, kompetente Mitarbeit. Er hatte das Lob vor dem Kommandanten Wilhelm von Tegetthoff ausgesprochen, was mir einen Handschlag des Kapitäns einbrachte. Ich hatte Tegetthoff als recht jähzornigen Mann kennengelernt, von aufbrausendem Wesen und voll Temperament. In der Aktion allerdings, besonders wenn Schwierigkeiten auftraten, war er der ruhende Fels in der Brandung. Da war er wie ausgewechselt. Nichts konnte ihn aus der Ruhe bringen, präzise erteilte er seine Befehle. Doch die Angriffslust flackerte in seinen Augen. Ich war zwar nicht als Fregattenfähnrich ausgemustert worden, wie einige meiner Kameraden, doch hatte ich unter dem Kommando von Tegetthoff auf seiner Brücke mehr gelernt, als alle meine ehemaligen Schulkameraden gemeinsam. Die Kommandierung auf sein Schiff war mehr wert, als die Beförderung. Hier hatte sicher Erzherzog Maximilian seine Hand im Spiel und ohne ihn hätte ich auch keine Kommandierung auf die »Kaiserin-Elisabeth« nach Brasilien erhalten, wieder dem Navigationsoffizier zugeteilt.

Diesmal hatte ich kein Buch über einen Seefahrer oder Entdecker bei mir, sondern die Geschichte der Kaiserin Leopoldine, Tochter des Kaisers Franz, welche mit Don Pedro, dem Thronfolger des Königs von Brasilien verheiratet worden war.

Erzherzogin Leopoldine wurde 1797 in Wien geboren. Sie wuchs abwechselnd in Schönbrunn und in Laxenburg auf. Ihre Kindheit fiel mitten in die Wirrnisse der Napoleonischen Kriege und war voller Unruhe und Angst. Häufige Umzüge waren vonnöten, da der Kaiser, auf der Flucht vor Napoleon immer wieder gezwungen war, die Residenz zu wechseln. Dieses Wanderleben fand ein jähes Ende, als ihre ältere Schwester, Marie Louise, mit Kaiser Napoleon verheiratet wurde. Sie selbst wurde einige Jahre später mit dem Thronfolger in Brasilien verheiratet, mit Don Pedro. Sie fügte sich in ihr Schicksal ohne zu murren, sie war ein gehorsames Kind ihres Herrn Vater, dem Kaiser. Fürst Metternich hatte dieses Eheprojekt eingefädelt. Du glückliches Österreich heirate, andere mögen Kriege führen …!
Zu dieser Zeit gehörte Brasilien noch zur Krone Portugals, doch der König von Portugal musste vor Napoleon fliehen. Also wich er nach Brasilien aus. Alleine dieser Umstand schon musste Leopoldine sympathisch sein, hatte die Familie der Braganzas doch das gleiche Schicksal wie die Familie Habsburg – nämlich Napoleon!
Die Braganzas waren den Habsburgern im Stande ebenbürtig, jedoch von einer Primitivität und Unbildung, die seinesgleichen suchte. Leopoldine aber war es gelungen, sich in Don Pedro zu verlieben und das nur durch ein Bild, welches ihr von ihm gezeigt wurde. Sie selbst war keine allzu schöne Frau, hatte die typische Habsburgerlippe, war von kleiner Gestalt und wirkte insgesamt ein wenig farblos. Aus tiefblauen Augen blickte sie jedoch freundlich in die

Welt. Sie hatte ein überaus gewinnendes Wesen, war herzensgut und wie alle Habsburger, sehr gebildet. Die Hochzeit fand in der Wiener Augustinerkirche statt. Sie wurde »per procuram« geschlossen. Eine absolute Kuriosität, wie ich fand und es hätte mich sehr interessiert, wer denn ursprünglich auf die Idee gekommen war, eine Hochzeit auf diese Art zu feiern. Don Pedro befand sich in Rio de Janeiro, Leopoldine in Wien. Also fungierte als Bräutigam der Erzherzog Karl, ihr Onkel, stellvertretend für Don Pedro. Die Wiener nannten dies die »Brasilianische Hochzeit« und das wurde zum geflügelten Wort.

Nach der Hochzeit reiste sie mit dem Segelschiff zu ihrem Ehemann nach Rio. 84 Tage hatte die Überfahrt gedauert und für die bisher seeunerfahrene Leopoldine war sie ganz sicher keine reine Freude. Von Seekrankheit geplagt, wie dies fast jeder »Landratte« passierte, durch Stürme auf See, die ihr sicher große Angst eingejagt hatten und dazu die sehr beengten Verhältnisse an Bord. Dies 84 Tage lang auszuhalten, war keine leichte Prüfung. Sie kam wohl als gereiftere Frau in Rio an.

In einem Brief an ihren geliebten Vater beschrieb sie ihre ersten Eindrücke aus dieser neuen Welt. Sie preise die Landschaft als paradiesisch, verglich sie mit der Schweiz und schilderte ihrem Vater den Empfang als überaus herzlich. Die Kanonen hatten endlos lange Salut geschossen, sodass sie schon ganz taub war. Erfreut nahm Don Pedro seine Frau in Empfang, verliebte sich ebenfalls in sie und sie schenkte ihm in regelmäßiger Reihenfolge Kinder. Inzwischen kam das Paar in die Mühle der Politik. Brasilien forderte von Portugal Unabhängigkeit und 1821 brach auch noch eine Revolution aus. Sie endete mit der Abreise des alten Königs nach Portugal und Don Pedro rief das brasilianische Kaiserreich aus. In dieser Zeit war Don Pedro permanent mit der Armee unterwegs, ließ Leopoldine als

Regentin zurück. Es konnte nicht anders sein, als dass sich Don Pedro irgendwann eine Mätresse zulegte. Sie wurde ihm mit der Zeit wichtiger als seine Ehefrau. Noch dazu demütigte er Leopoldine vor den Augen der Mätresse, er schlug sie sogar. Leopoldine wollte sich zu ihrem Vater nach Wien begeben, was einen großen Wutausbruch Don Pedros zur Folge hatte.

Die arme Leopoldine starb fern der Heimat, einsam und verlassen, erst neunzwanzig Jahre alt, an gebrochenem Herzen. Eine Tragödie. Doch Leopoldine hatte als Regentin die Herzen der Brasilianer gewonnen und noch heute verehrt man sie dort.

Viel mehr Literatur fand ich leider nicht über Brasilien, nur auf der Landkarte fuhr mein Finger immer wieder von Triest nach Rio de Janeiro. Die Bibliothek in Triest und auch die Marinebibliothek hatte nichts über dieses ferne Land anzubieten.

Zu meiner Verabschiedung hatten meine Eltern einen großen Tisch beim »Blauen Hirschen« bestellt und sämtliche Freunde der Familie waren gekommen. Der Stephan ist bald Offizier und fährt nach Brasilien, unglaublich. Jetzt war der Vater stolz auf seinen Sohn, auch wenn er nicht Tischler und Drechsler geworden war.

Die »Kaiserin-Elisabeth« war ein Raddampfer, hatte 792 Pferdestärken, 164 Mann Besatzung und 6 Geschütze. Ein verhältnismäßig kleines Fahrzeug für eine so große und lange Reise. Als Galionsfigur hatte das Schiff unsere Kaiserin Elisabeth und sie war sehr gut getroffen, die junge Ehefrau unsers obersten Kriegsherren, Franz Josef. Schlank und schnittig sah er aus, unser Dampfer, ganz wie auch unsere geliebte Kaiserin selbst.

Das Schiff hatte zwei Masten und in der Mitte erhob

sich der Schornstein. Links und rechts desselben befanden sich die gewaltigen Schaufelräder, die uns nach Brasilien »schaufeln« sollten. Erzherzog Maximilian schwebte schon damals ein Reich jenseits des Ozeans vor, einem noch unerschlossenen Reich, dem er seinen Stempel aufdrücken konnte, wo er sich beweisen konnte, sprich, eine echte Aufgabe.

Auf der Reise gerieten die beiden ungleichen Freunde, Erzherzog Maximilian und Korvettenkapitän von Tegetthoff ein paar Mal ordentlich in Streit. Der geradlinige, zielbewusste Tegetthoff musste zwangsläufig mit dem träumerisch veranlagten und romantischen Stimmungsmenschen Maximilian in Konflikt geraten. Sie stritten sich nur über Fachthemen, über die Marine und deren Neuorganisation. Tegetthoff war noch immer zornig darüber, dass er im vergangenen Krieg keinen Einsatz gegen die feindliche Flotte hat unternehmen dürfen, zusehen hat müssen, wie alle Häfen vom Feind blockiert waren und der Feind ungehindert in der Adria kreuzen konnte, wohin er wollte. Maximilian in seiner vornehmen, zurückhaltenden Art allerdings verhinderte, dass es zu einem ernstlichen Konflikt mit Tegetthoff kam. Er gab eben oft nach, des lieben Friedens willen. Er wusste, dass Tegetthoff ein genialer Mann war und wollte es sich mit ihm nicht verscherzen. Tegetthoff wiederum wusste über sein überbordendes Temperament Bescheid. Er musste sich nicht nur einmal bei seinem Vorgesetzten entschuldigen. Eine Entschuldigung, die Maximilian immer gerne annahm und bei einem Glas Cherry wurden die Feindseligkeiten dann begraben. Auf dem so beengten Raum eines Schiffes bleibt kaum etwas unbemerkt, schon gar nicht auf einer so langen Reise. Wenn sie auch versucht hatten im Verborgenen zu streiten, das ganze Schiff wusste darüber Bescheid. Manchmal hatte ich den Eindruck, dass sich die beiden großartig ergänzten.

Was der eine zu wenig an Temperament und Willen hatte, hatte der andere zu viel. Tegetthoff drängte den Erzherzog, wo es nötig war und der Erzherzog bremste dessen Ungestüm, wo es taktisch und politisch besser war zuzuwarten. Eines aber hatten sie gemeinsam: Die Liebe zur See und zur Marine, das einte sie.

Da ich Dienst beim Navigationsoffizier tat, war ich natürlich immer über den genauen Schiffsstandort informiert. Wir näherten uns dem Kreis, der die Nord- von der Südhalbkugel teilt, dem Äquator. Diese große Linie, auf der Tag und Nacht immer gleich lang sind und die Dunkelheit dem Licht mit ungewöhnlicher Schnelligkeit folgt. Mit jedem Tag stand die Mittagssonne etwas höher am Himmel und ein freudiges Gefühl und eine ungeduldige Erwartung breiteten sich auf der »Kaiserin-Elisabeth« aus.

Es ging um die Äquatortaufe, und das war ein allgemeines Gaudium. Jeder, der zum ersten Mal den Äquator passierte, wurde getauft. Nun geschah dies nicht so wie in der Kirche, mit ein paar Tropfen Wasser auf der Stirne, sondern man wurde, an Tauen gebunden, in den Atlantik geworfen und dreimal untergetaucht und wieder hochgezogen. Jetzt galt es zuallererst festzustellen, wer denn an Bord noch Neuling war und getauft werden musste. Wie sich nach näherer Prüfung herausstellte, waren fast alle Besatzungsmitglieder noch ungetauft. Auch Erzherzog Maximilian und Tegetthoff standen auf der Liste der zu Taufenden. Es gab allerdings die Möglichkeit, sich davon freizukaufen. Mit ein paar Rationen Rum oder ähnlichem als Straftarif Geeignetem, war dies möglich. Allerdings nur unter besonderen Bedingungen. Erzherzogin Charlotte hatte zwei Hunde mit, die natürlich auch getauft werden mussten, genauso wie die Erzherzogin selbst. Nun war es natürlich völlig ausgeschlossen, die Erzherzogin samt ihren Hunden in den Atlantik zu tauchen. Ergo dessen kaufte der

Erzherzog sie, wie auch sich selbst, frei. Er übernahm auch für Tegetthoff den Tarif und betätigte sich als Taufpate für ihn. Unsere Schiffskatze hätte auch getauft werden müssen, doch sie roch den Braten und verkroch sich geschickt und unauffindbar.

Von der Mannschaft allerdings konnte sich keiner freikaufen, es sei denn, er wollte nie wieder mit den Kameraden ein Wort wechseln. Ich kannte das Zeremoniell aus meinen Büchern über die Seefahrer und ängstigte mich dementsprechend mehr, als meine ahnungslosen Kameraden. Nachdem das Gesuch, die Zeremonie an den zu taufenden Neulingen durchzuführen, beim Kapitän eingereicht wurde, unterschrieben mit »die Schiffsbesatzung«, wurde nach der Genehmigung zur Durchführung geschritten. Das fantasievolle Treiben fand unter der Befehlsgewalt des prächtig kostümierten Meeresgottes Neptun statt. Von der Besatzung nahm es keiner in Kauf, schräg angesehen zu werden oder auch auf seine Wochenration Rum zu verzichten! An einem Holzbalken, den der Täufling zwischen den Beinen einklemmte, wurde er festgebunden und an einem weiteren musste er sich mit den Händen festhalten. Ein dritter Holzbalken befand sich über seinem Kopf in gemessenem Abstand, damit er sich daran nicht verletzen konnte. Nachdem der Täufling an diesem Apparat festgebunden war, gab der Oberbootsmann mit seiner Trillerpfeife das Signal und die Reise ins Wasser des Atlantiks, auf der Höhe des Äquators, ging los.

Ich holte tief Luft, bevor ich in den Fluten landete, jedoch der Sturz von Bord erregte mich derart, dass ich die Luft wieder ausblies. Der erste Tauchgang kam mir wie eine Ewigkeit vor, ich ruderte unter Wasser um mein Leben. Kaum in die Höhe gezogen, schwer hustend und nach Luft ringend, ging es wieder in die Fluten zurück. Mich packte die Panik unter Wasser, ich drohte zu ertrinken, doch da wurde ich auch schon wieder hochgezogen. Aber ich konnte nicht genügend Luft holen, da ich wieder zu viel Wasser geschluckt hatte. Ich wollte schreien, mich nicht mehr unterzutauchen, aber besonders dafür fehlte mir die Luft und schon wieder war ich im Atlantik. Zum ersten Mal in meinem Leben hatte ich Todesangst und ein viertes Mal Untertauchen hätte ich meiner Ansicht nach auch nicht überlebt. Als ich wieder an Bord gehievt worden war, mehr tot als lebendig, musste man mich forttragen, was unter großem Gelächter geschah. Das war aber weiter nicht demütigend, denn vielen war es nicht anders ergangen. Jedenfalls war es eine hervorragende Unterhaltung, zumindest für die Zuseher, und eine willkommene Abwechslung auf der ansonsten recht eintönigen Seereise.

Nachträglich waren wir alle stolz auf uns selbst, dieses Abenteuer heil überstanden zu haben. Dazu muss man sagen, dass nicht alle schwimmen konnten. Ich konnte es leidlich, hatte es erst auf der Marineschwimmschule in Pola erlernt, doch war ich ohne Übung. Manche konnten es gar nicht. Für diejenigen bedeutete die Taufe ein ganz besonderes Schrecknis. Des Nachts konnte man noch den einen oder anderen im Schlafe zucken sehen. Wohl wurden jetzt die Erlebnisse der Taufe im Schlafe verarbeitet.

6

Als Erstes landeten wir in Bahia. Wir unternahmen einen ausgedehnten Ausflug in den Urwald. Einheimische Führer erklärten, wie wir Wasser aus speziellen Pflanzen gewinnen konnten und wie man sie anschneiden musste, zeigten uns Gewässer, in denen man ohne Gefahr baden konnte und andere, in denen es nicht anzuraten war. Die Luftfeuchtigkeit war so groß, dass ich glaubte, reines Wasser zu atmen. Ich hatte kein trockenes Kleidungsstück mehr, weder am Körper noch im Tornister. Im Wald war die Feuchtigkeit nahezu erträglich, aber wehe man kam auf eine Lichtung, dort brannte die südliche Sonne unbarmherzig herunter. Trocken jedoch wurde man trotzdem nicht. Vorsorglich hatte ich Gewehr und Säbel ordentlich eingeölt, um die Waffen vor Rost zu schützen. Ich tat dies mit Olivenöl, mit dem wir auch die Geschütze an Bord vor Korrosion schützten und die Lederriemen elastisch hielten. Nach einer Weile beschlich einen das Gefühl, am lebendigen Leibe zu verfaulen.

Die Nacht verbrachten wir in Hängematten, die Führer hatten dafür gesorgt. Was für eine Nacht! Aus tausenden leuchtenden Augen wurden wir aus dem Urwald angestarrt, aus tausenden Kehlen erklangen die unterschiedlichsten und für unsere Ohren völlig fremden Töne. Denn kaum war es finster geworden, begann der Urwald zu leben. Vor Aufregung konnte ich ohnedies nicht schlafen, war auch zum Wachdienst eingeteilt, und so versuchte ich, die verschiedensten Geräusche der Waldbewohner zu unterscheiden. Es war so finster, dass ich die Hand vor

Augen nicht sah. Der Waldrand aber und die Bäume waren über und über mit Augensternen beleuchtet. Manche Bäume waren voller kleiner Äffchen, die allerliebst anzusehen waren, aber ein durchaus aggressives Wesen an Tag legten! Einmal warf ich eine kleine Banane, die ich selbst geerntet hatte, in eine mit diesen Äffchen besetzte Baumkrone. Die Tiere stritten sich auf Mord und Brand um diese kleine Banane, so als wären sie am Verhungern. Außerdem stahlen sie gerne. Man musste höllisch aufpassen, wenn man etwas Essbares in deren Gegenwart auspackte. Mit einer schier unglaublichen Geschwindigkeit entrissen sie einem, was immer man vorhatte selbst zu verspeisen. Nach erfolgreicher Enteignung unterhielten sie ein infernalisches Freudengeschrei. Zu gerne hätte ich eines dieser Äffchen in die Finger gekriegt, um es ausgiebig zu streicheln. Das war nicht nur unmöglich, sondern natürlich auch gefährlich. Zudem waren die Tiere derart verlaust, dass man die kleinen Insekten auf den zierlichen Affenkörpern herumspringen sah. Sie kratzten sich auch unaufhörlich und litten sichtlich unter den Parasiten. Einen Affen zu entlausen wäre wohl damit verbunden gewesen, ihn zum lebenslangen Freund zu haben.

Nun, was verliere ich mich da über die possierlichen Äffchen, es gab noch unzählige andere exotische Dinge und Tiere zu bewundern. Mit kleinen Booten befuhren wir einen Fluss und machten Jagd auf Piranhas. Sehr kleine, jedoch überaus gefährliche Raubfische. Angeblich sollen sie einen Menschen in nur ein paar Minuten bis zum Skelett abnagen können! Mit entsprechendem Respekt hielt ich meine Angel in den Fluss. Erzherzog Maximilian war natürlich ein Jäger und Fischer und kannte sich selbstredend gut in diesen Fertigkeiten aus. Er amüsierte sich köstlich über meine zaghaften und ungeschickten Handgriffe! Besonders, als ich einen dieser Piranhas tatsächlich am Haken hatte und nicht wusste, was ich denn nun tun sollte. Vor Angst, dieses kleine Tier könnte mich, während ich es vom Haken nehmen wollte, zum Skelett abnagen! Hier sorgte ich für allgemeine Heiterkeit und auch Tegetthoff, der sonst eher ernst war, konnte sich das Lachen nicht verbeißen. Einer der einheimischen Führer half mir endlich und ich hing meine Angel wieder aus – in der Hoffnung nichts mehr zu fangen! Doch dieses Gewässer war so fischreich, dass ich schon nach kurzer Zeit erneut vor dem zuvor beschriebenen Problem stand! Ich erbeutete einen Katzenfisch, er sah aus wie ein Wels mit seinen langen Barthaaren, jedoch sehr viel kleiner als ein Wels und sehr viel größer als ein Piranha. Mein eingeborener Helfer übernahm meinen Fang und erledigte das grausige Tötungsgeschäft.

Am Abend saßen wir wieder am Lagerfeuer, es blieb mir unerklärlich, wie die Einheimischen bei dieser Luftfeuchtigkeit und der überhaupt allgemeinen Nässe ein Feuer zustande gebracht hatten! Ich versah wieder meinen Wachdienst, ohne auch nur das Geringste zu sehen und musste an meine Eltern denken. Sie würden gar nicht glauben können, dass ihr Sohn im brasilianischen Urwald, aus tausenden Augen beobachtet, den Schlaf des österreichischen Erzherzogs und seiner Begleitung bewachte! Zwecks Abwechslung im monotonen Wachdienst wollte ich mir eine Zigarette anzünden, doch leider, der Tabak war so feucht, dass er nicht brennen wollte. Sogar durch das metallene Zigarettenetui war die Feuchtigkeit gekrochen! Ebenso waren die Streichhölzer unbrauchbar geworden. Die Uniform klebte an mir, als wäre sie meine zweite Haut geworden. Diese extreme Feuchtigkeit war unangenehm, doch da man ihr nirgendwo entkommen konnte, musste man sich wohl oder übel an sie gewöhnen. Interessant war auch, dass es täglich um Punkt zwölf Uhr mittags für eine halbe Stunde regnete, und zwar in einer Stärke, dass man meinte zu ertrinken. Einen derartigen Wolkenbruch hatte ich in Österreich zeitlebens nicht erlebt. Nicht nur die Wassermengen begeisterten mich, sondern auch die Pünktlichkeit dieses Naturereignisses. Nach diesem täglichen Regenguss dampfte die Erde, als würde sie kochen. Ich hatte es aufgegeben, mein Lorenz-Gewehr trocken zu halten, sollte es rosten, es war einfach ausgeschlossen dies zu verhindern. Mit Hingabe pflegte ich lediglich die beweglichen Teile mit Olivenöl und in den Lauf hatte ich den Korken einer Weinflasche gesteckt. Ich hätte vermutlich ohnedies keinen Schuss abgeben können, denn wenn Zigaretten und Streichhölzer unbrauchbar geworden waren, war es das Schließpulver allemal!

Zurück an Bord, wurde ich in der Kadettenmesse von meinen Kameraden mit Fragen bestürmt und ich kam aus dem Erzählen gar nicht mehr heraus. Manchmal hatte ich das Gefühl, sie glaubten mir kein Wort, zu exotisch kam ihnen das alles vor.

7

Die weitere Fahrt brachte uns nach Rio de Janeiro, wo Erzherzog Maximilian und Erzherzogin Charlotte, sowie Wilhelm von Tegetthoff als der Adjutant Maximilians, vom Kaiser empfangen wurden. In den Gesprächen ging es in erster Linie um volkswirtschaftliche Fragen, die mit dem Außenhandel Österreichs zusammenhingen. Ich selbst durfte freilich nicht von Bord gehen, wie auch nicht die übrigen Besatzungsmitglieder. Wir hatten die Aufgabe, das Schiff zu bewachen. Mit dem Fernglas studierte ich jeden Quadratzentimeter des Strandes und des Hinterlandes. Stundenlang war ich damit beschäftigt und in meiner Fantasie ging ich diese herrlichen Strände entlang. Es war ein Jammer, dass ich nicht von Bord durfte. Sosehr ich den Kapitän auch bestürmt hatte, mich auf eine Einkaufsfahrt mitzunehmen, er lehnte es ab. Da ich schon einmal von Bord gedurft hatte, wären jetzt andere an der Reihe. Das verstand ich natürlich und trotzdem war es hart. Würde ich jemals wieder in dieses Paradies kommen können? Als dann die Rückkehrer des Ausfluges von den hinreißend schönen und sehr zugänglichen Frauen berichteten, sie in allen Einzelheiten schilderten, musste ich an mein Abenteuer in der Akademie denken, als ich zum Fenster hinausgeklettert war. Gerne hätte ich das wieder getan, nur diesmal war es unmöglich und die Vernunft hätte mich trotz aller Verlockung daran gehindert.

Alsbaldigst kam ich aber auf andere Gedanken, da mich Wilhelm von Tegetthoff in seine Kabine befahl. Er war darangegangen, einen ausführlichen Bericht über den

Besuch beim Kaiser Pedro II. und über seine Eindrücke von Brasilien anzufertigen. Er tat dies im Auftrag des Erzherzogs. Er konnte sich besonders gut konzentrieren, wenn er in der Kabine, die Hände auf dem Rücken verschränkt, auf und ab schritt und laut diktierte. Meine Aufgabe war es mitzuschreiben. Tegetthoff sprach und ich schrieb. Ich verwendete dazu Kurzschrift, anders wäre ich nicht mitgekommen, trotzdem war es ein Auftrag, der nicht leicht auszuführen war. Tegetthoff nahm keine Rücksicht auf den Umstand, dass das gesprochene Wort, in die Schriftform gepresst, etwas länger dauerte. Kurzschrift war mein Steckenpferd, ich hatte es als Freifach an der Akademie besucht, was mir jetzt sehr zugutekam. Verlangte ich manchmal eine Wiederholung, war der Kapitän sehr ungehalten und unwirsch, weil ich ihn in seinen Gedanken unterbrochen hatte. So rann mir nicht nur wegen der enormen Hitze und Luftfeuchtigkeit der Schweiß unter meinem Waffenrock in Strömen, sondern auch wegen der Nervosität und der Anspannung. Hatte Tegetthoff endlich geendet, musste ich mich an die Übersetzung von Kurzschrift in Normalschrift machen. Drei lange Tage harrte ich bei ihm aus. Doch gegen Ende war ich schon so routiniert, dass ich mich an diese Tätigkeit durchaus hätte gewöhnen können. Als ich Tegetthoff die Reinschrift vorlegte, er sie durchlas, war er sehr zufrieden mit mir. Er hatte noch etliche Änderungen, schrieb sie an den Seitenrand und beauftragte mich, sie durchzuführen. Mir war das sehr willkommen, denn auf diese Weise war ich sinnvoll beschäftigt. Dabei war es gar nicht so leicht, einen Text auf den schwankenden Planken eines Schiffes in Schönschrift abzufassen. Als ich meine Letztfassung abgegeben hatte, belobigte mich Tegetthoff und entschuldigte sich bei mir für seine häufige Ungehaltenheit während des Diktates.

So war er eben, der Wilhelm von Tegetthoff, ein im Grunde liebenswerter, zwar etwas unnahbarer und manchmal unleidlicher Mensch, doch immer bestrebt, mit seinen Mitmenschen gut auszukommen. Es bereitete ihm nicht die geringste Schwierigkeit, sich bei einem einfachen Seekadetten zu entschuldigen, wenn er das Gefühl hatte, es wäre nötig.

Der Bericht wurde dem Erzherzog Maximilian vorgelegt und ging nach ein paar weiteren Änderungen und Zusätzen an den Kaiser in Wien ab. Mein Bericht, ich hätte zerplatzen können vor Stolz. Natürlich hatte ich ihn nur geschrieben und nicht erdacht, trotzdem hatte ich glühende Wangen beim Gedanken daran, wenn der Kaiser auf seinem Schreibtisch in der Hofburg zu Wien, seine erlauchten Augen auf die Zeilen, aus meiner Feder stammend, richten würde.

– 8 –

Von Brasilien heimgekehrt, ich war zum Fregattenfähnrich befördert worden, nunmehr endlich Offizier mit dem goldenen Portepee – die Epaulette ohne Bouillons hatte ich ja schon als Seekadett erster Klasse getragen –, kehrte ich, versehen mit einem Urlaub von vier Wochen, nach Hause zu meinen Eltern zurück. Braun gebrannt und in neuer Uniform stand ich in der Türe zur Werkstätte meines Vaters. Der blickte nur von seiner Arbeit auf und sagte: »Guten Tag, Sie wünschen Herr Offizier?« Erst beim zweiten Hinsehen erkannte er mich. »Stephan, du bist zurück, nein, hast du dich verändert, ich hätte dich jetzt fast nicht erkannt!« Er ließ alles liegen, umarmte mich und schleppte mich zu Mutter. Ich kam gar nicht zum Erzählen, da Vater mir atemlos berichtete, dass er an der Errichtung des Linienschiffes »Kaiser«, welches in Pola auf Kiel gelegt worden war, mitarbeitete. Er hatte einen sehr schönen Auftrag erhalten und sicher hatte dabei der Erzherzog seine Hand im Spiel gehabt.

»Das haben wir dir zu verdanken, Stephan, und deinen guten Kontakten«, lachte Vater glücklich. »Ich habe drei zusätzliche Mitarbeiter einstellen müssen, was sagst du dazu? Wir arbeiten in Schicht, um die geforderten Termine einhalten zu können!«

»Ist ja großartig, Vater, was werdet ihr mit dem vielen Geld machen, welches ihr jetzt verdient?«

»Nichts«, sagte Mutter amüsiert, »wir haben keine Zeit es auszugeben«! »Lass dich ansehen, Junge, gut siehst du aus, schneidig, mit deinem Säbel und dem Portepee!«

»Ein Geschenk von Erzherzog Maximilian!« Ich zog den

Säbel aus der Scheide. »Seht her, hier steht sein Name eingraviert.«

Vater strich mit dem Finger über den Namenszug des Erzherzogs. »Allerhand, Gratulation, mein Sohn! Kannst du mit diesem Mordwerkzeug auch umgehen?«

»Im Ernstfalle habe ich es, dem Himmel sei Dank, noch nicht ausprobieren müssen, doch im Fechtunterricht an der Akademie machte ich keine schlechte Figur.«

Das Beste am ganzen Urlaub war die Kochkunst meiner Mutter. Endlich, endlich konnte ich mich ordentlich satt essen, überfressen hätte ich mich können. Was gab es da nicht für lang entbehrte Köstlichkeiten! Schweinebraten, Haussülze, Koteletts in Knoblauchsauce, Rindsuppe mit extra viel Nudeln, gebackene Forelle, gekochter Karpfen, Zwetschkenröster, Marillenknödel, Apfelstrudel, Kaiserschmarren und so vieles mehr. Mutter war über meinen übergroßen Appetit ganz verwundert. »Bekommt ihr denn bei der Marine nichts zu essen?«

»Doch, Mutter, aber es ist ziemlich wenig und du würdest es darüber hinaus nicht als solches bezeichnen.« Ich erklärte Mutter den Speiseplan und die Speisenfolge, was sie mit Stirnrunzeln zur Kenntnis nahm. »Warum ist das so spartanisch?«

»Mutter, denk an die beengten Verhältnisse auf so einem Schiff. Es gibt nicht genug Lagerkapazität, um täglich so feudal aufzukochen, wie du es gewohnt bist. Es muss eben viel improvisiert werden. Auf offenem Meer kannst du nicht am Markt einkaufen gehen, da muss man haushalten! Zusätzlich ist jeder Vorrat in Salz konserviert. Sauerkraut ist das einzige ›frische‹ Gemüse, das im Überfluss vorhanden ist.«

»Verstehe, natürlich, trotzdem, den ganzen Tag an der frischen Seeluft und dann gibt es eine Schleimsuppe?«

»Reine Gewöhnungssache, Mutter, auf der Akademie haben sie uns bereits darauf vorbereitet.«

»Sag, wie viel Personen waren auf dem Schiff nach Brasilien, sagtest du?« »Hundertvierundsechzig.«

»Ihr müsst euch ja gegenseitig auf die Zehen gestiegen sein, auf so einem kleinen Dampfer!«

»Ja, es gibt tatsächlich keine Intimsphäre an Bord, du bist keinen Augenblick alleine, teilst alles mit den anderen. Es erfordert von jedem Einzelnen große Disziplin, damit in so beengten Verhältnissen kein Streit ausbricht.«

−9−

Wilhelm von Tegetthoff kehrte nach Brasilien wieder an seinen Schreibtisch bei der Marineleitung in Triest zurück. Zuallererst galt es zu kontrollieren, ob die vor seiner Abreise nach Brasilien befohlenen Arbeiten erledigt worden waren, wie weit sie umgesetzt worden sind. Die Ungeduld Tegetthoffs ließ ihn an der Geschwindigkeit seiner Mitarbeiter oft verzweifeln. Noch immer herrschte in großen Teilen der Marine der Schlendrian. Kaum war er aus dem Haus gewesen, schalteten alle ein paar Gänge zurück und waren wieder in die alte, gemütliche Gangart verfallen. Jetzt da er wieder im Hause war, wieder an den Schalthebeln saß, spürten alle den heißen Atem Tegetthoffs im Nacken und versuchten aufzuholen, was sie versäumt hatten. Die Kessel standen sozusagen wieder ordentlich unter Dampf und auch Tegetthoff sprühte vor Tatendrang.

In dieser, seiner überschwänglichen und auch aufbrausenden Art, war er bei einer Sitzung, deren Vorsitz der Erzherzog unterhielt, zu weit gegangen. In einem leidenschaftlichen Ausbruch seines Temperamentes hatte er vergessen, wen er vor sich hatte und wen er angriff. Er hatte das Wohlwollen des Erzherzog-Admirals überfordert. Das zeitweilige Ausscheiden des Linienschiffs-Kapitäns von Tegetthoff aus der näheren Umgebung des Admirals war unumgänglich geworden. Tegetthoff erhielt das Kommando über die Fregatte »Radetzky« und ging als Geschwaderkommandant in die Levante ab. Zu seinem Geschwader gehörten die Korvette »Erzherzog-Friedrich«, sowie die Kanonenboote »Velebich« und »Wal«.

Nach dieser verhängnisvollen Sitzung erklärte der Erzherzog Ferdinand Maximilian: *»Da ich Tegetthoff meinen Platz nicht einräumen kann, werde ich ihn stets, allerdings fern von meiner Person, an Stellen verwenden, an denen sein Wirken ebenso nutzbringend für die Marine sein wird. Mein Vertrauen werde ich ihm stets bewahren!«*

Es stellte der Vornehmheit des Erzherzogs ein glänzendes Zeugnis aus. Von den Fähigkeiten Tegetthoffs zutiefst überzeugt, hatte er doch keine andere Wahl, denn Wilhelm von Tegetthoff hatte den Bogen überspannt.

Teil III

Einsatz in der Levante

– 10 –

Ich erhielt meine Kommandierung auf die »Radetzky« und mein Urlaub war somit beendet. Er hatte zwei Wochen länger gedauert, als ursprünglich geplant. Wieder war ich dem Navigationsoffizier dienstzugeteilt. Infolge der Unruhen, die in Syrien ausgebrochen waren, denen viele Christen zum Opfer gefallen waren, haben die Seemächte in die syrischen Gewässer größere Flottenabteilungen entsandt, um Ruhe und Ordnung wiederherzustellen. Die Regierungen von London und Paris forderten auch Österreich auf, sich an dieser Aktion zu beteiligen. Wir kreuzten an der syrischen Küste, fanden jedoch keinen Anlass einzugreifen.

Unterdessen gärte es in Italien weiter. Das Risorgimento griff weiter um sich. Giuseppe Garibaldi war mit seinen rotgekleideten Freischaren in Neapel einmarschiert und die sardinische Armee vereinnahmte sich den größten Teil des Kirchenstaates und besetzte ganz Süditalien. König Viktor Emanuele von Sardinien wurde zum König von ganz Italien ausgerufen. Mit der Ausnahme von Venetien und des übrig gebliebenen Kirchenstaates, vereinigte er nunmehr ganz Italien unter seiner Herrschaft. Mit Recht befürchtete die Monarchie nun Übergriffe auf die ihr verbliebenen italienischen Gebiete. Die Flotte wurde in Alarmbereitschaft versetzt und überwachte ab sofort die Küste von der Po-Mündung bis nach Cattaro. Auch wir wurden zurückberufen, um den Raum von Gravosa bis Antivari zu schützen. Zusätzlich erhielten wir Auftrag, den südlichsten Teil der österreichischen Küste, die Bucht von Budna, möglichst genau zu vermessen. Das Gespenst des Krieges begleitete uns auf allen Fahrten. Wir hatten permanent erhöhte Alarmbereitschaft, die Wachen waren verdoppelt. Es war ein anstrengender Dienst, keiner an Bord bekam genügend Schlaf. War ich nicht gerade auf der Brücke beim Navigationsoffizier, so versah ich Wachdienst als diensthabender Wachoffizier.

Ende des Jahres 1861 beruhigte sich die Lage wieder und wir wurden nach Pola zurückbeordert. Die Überwachung war aufgehoben. Wilhelm von Tegetthoff ging wieder nach Triest, zurück an seinen Schreibtisch. Dort focht er, wie es eben seine Art war, manchen Strauß mit oppositionell denkenden Zeitgenossen aus. Besonders mit Oberst Karl Moering, der partout der Meinung war, dass die Flotte eben bloß ein Handlanger der Landarmee wäre und nur zum Schutz der Küsten tauge. Mit großer Leidenschaft lieferte er sich mit Moering einen Kampf, ausgetragen mit der Feder. Es hätte nicht viel gefehlt und es wäre zum Duell der beiden gekommen, Moering hatte schon seine Sekundanten bestimmt.

Mitten in der fieberhaften Arbeit, in der Tegetthoff steckte, und im leidenschaftlichen Kampf gegen Moering, brach in Griechenland die Revolution aus. König Otto war gezwungen worden das Land zu verlassen und kehrte in seine bayerische Heimat zurück. Tegetthoff wurde als Kommandant der »Novara« mit seinem Geschwader in die griechischen Gewässer abgesandt. Es ging um den Schutz von österreichischen Staatsangehörigen und dem österreichischen Handel. Auch ich war auf der »Novara« und konnte es kaum fassen. Auf dem Schiff, auf dem Erzherzog Maximilian einst Matrosendienste geleistet hatte. Auf dem es ihm so gut gefallen hatte, dass er sein Arbeitszimmer auf Schloss Miramare dem der »Novara« nachempfand.

In Griechenland wurden wir durchaus feindlich empfangen. Es schien so, als wäre Griechenland der Sammelplatz des Abschaumes der Bevölkerung Italiens geworden. Mit ein paar Kameraden war ich in Piräus in ein Kaffeehaus gegangen. Einer meiner Kameraden regte an, wir könnten Billard spielen, was wir auch taten. Als wir zu unserem Tisch zurückkamen, war auf die Tischplatte »Morte agli Austriaci« geschrieben worden. Wir griffen an unsere Säbel, sahen uns um, doch niemand schien sich zu dieser Botschaft zu bekennen. Doch blickten wir in durchwegs feindlich gesinnte Augen.

An Bord der »Novara« zurückgekehrt, erstatteten wir Linienschiffs-Kapitän Tegetthoff sofort Bericht. Er blickte dabei nur lächelnd auf und zeigte uns einen Brief, den er erhalten hatte. Es war ein anonymer Drohbrief, in dem die österreichische Escadre aufgefordert wurde, sofort die griechischen Gewässer zu verlassen. Daraufhin wurde der Befehl erlassen, dass sich niemand mehr in Zivilkleidung von Bord begeben dürfe, die Offiziere nie mehr alleine, sondern nur mehr in größerer Gesellschaft, das Seitengewehr umgeschnallt, das Schiff verlassen dürften. Ich zog es vor an Bord zu bleiben, es bereitete mir kein Vergnügen, mich privat in feindlicher Gesellschaft zu bewegen. War es doch wirklich keine Freude in einem Kaffeehaus zu sitzen und lauter Feinde um sich herum zu wissen. Gerade das aber spornte etliche meiner Kameraden an. Sie warteten nur darauf angepöbelt zu werden, um den Säbel ziehen zu können. Ich dagegen suchte keinen Streit. Der Kommandant, Wilhelm von Tegetthoff, beorderte mich des Öfteren in die Kapitänskajüte und ich half ihm bei der Abfassung von Berichten, kümmerte mich um die Korrespondenz, verfertigte von ihm diktierte Befehle. Der Kommodore hatte sich daran gewöhnt, mich als administrativen Gehilfen, sozusagen als Sekretär, zur Hand zu haben. Wir waren einander nicht unähnlich. Beide konnten wir uns stundenlang irgendeinem Thema widmen oder einfach nur ein Buch lesen. Ich hatte den Eindruck, dass Tegetthoff, trotz seiner allgemeinen Beliebtheit, ein sehr einsamer Mensch war. Und das war ich auch. Es war mir nicht gelungen, wirkliche Freunde zu gewinnen. Weder an der Akademie und noch weniger im wechselnden Marine-Seedienst. Kaum hatte ich eine Kommandierung auf See, wurde ich auch schon wieder auf ein anderes Schiff kommandiert, zu einem neuen Einsatz, mit neuer Besatzung. Der einzige Mensch, dessen ständiger Reisebegleiter ich sein durfte, war der Kommandant Tegetthoff. Ähnlich veranlagt wie er, war es ganz zwangsläufig, dass wir uns anfreundeten. Und so wagte ich es auch, den Kommodore zu fragen, ob ich mir das Buch, welches auf seinem Schreibtisch lag, ausborgen dürfte. Es enthielt die genaue Beschreibung der Seeschlacht von Abukir und von Trafalgar. Also eine Geschichte über die großen Erfolge und das Leben des legendären Admirals Horatio Nelson. Lächelnd überließ er es mir mit der Aufforderung, dass wir, nach dem ich es studiert hatte, darüber diskutierten. Frauenbekanntschaften waren mir auch fremd. Ich hatte zum einen kaum Gelegenheit welche zu knüpfen, zum anderen stand mir Riccarda im Wege. Gab es wirklich einmal eine Frau, die sich für mich interessierte, stellte sich im entscheidenden Moment Riccarda zwischen mich und meine neue Bekanntschaft und das war es dann eben. Für einen ständig seefahrenden Menschen war es ohnedies schrecklich schwierig, eine Liebesbeziehung zu unterhalten. Schnelle Abenteuer in einem Hafen, wie sie meine Kameraden zuhauf erlebten, das wäre einfach gewesen. Käufliche Liebe gab es überall, wo ausgehungerte Seeleute eintrafen. Doch das wollte ich nicht, konnte ich auch gar nicht. Es hätte mir nicht nur keine Freude, sondern auch keine Befriedigung verschafft. So blieb ich lieber an Bord und las. Wie Tegetthoff es auch tat. Nur hatte er mehr Abwechslung als ich, denn er erhielt häufig Besuch. Besonders vom österreichischen Gesandten, der ihn über die Neuigkeiten informierte. Leider erschien kaum eine Zeitung in einer gängigen Sprache, also französisch, italienisch, englisch oder deutsch. Tegetthoff musste sich also durch seine Offiziere, die gezielte Landgänge unternahmen und eben durch den Gesandten, ein Bild von der Lage machen. Der Thron von Griechenland war vakant geworden, König Otto hatte ihn fast dreißig Jahre lang innegehabt. Griechenland machte sich auf die Suche nach einem neuen Monarchen. Auch Erzherzog Maximilian kam hierfür in Betracht.

Wie dem auch sei, ich wurde durch die Lektüre des Buches von Tegetthoff in das Jahr 1798 katapultiert. Das Jahr der Seeschlacht von Abukir – Admiral Horatio Nelson gegen Admiral Brueys d'Aigalliers, England gegen Frankreich. Die französische Flotte lag in der Bucht von Abukir, deren Einfahrt von Untiefen recht gut gesichert war. Viele Matrosen hatten Ausgang oder waren mit Arbeiten an Land beschäftigt. Sie suchten dort nach Verpflegung und bohrten Brunnen, um Trinkwasser zu finden. Zusätzlich mussten sie Aufgaben für das an Land befindliche, französische Expeditionsheer erledigen. Der Weg vom Land zur Küste betrug etliche Meilen, war also weit.

Admiral Nelson war auf der verzweifelten Suche nach den Franzosen, aber auch Admiral Brueys hatte keine Ahnung, wo die Engländer sich aufhielten. Jedenfalls fühlte er sich in der gut geschützten Bucht recht sicher.

Eines seiner Kundschafterschiffe meldete dem Admiral, dass die Engländer mit ihrer Flotte im Anmarsch wären. Admiral Brueys beorderte die Landgänger sofort zurück und ließ erste Vorkehrungen für ein Seegefecht einleiten. Vieles konnte dabei nicht ausgeführt werden, da er an Personalmangel litt. Zwischen den Schiffen wurden keine Ankerketten gespannt, wie dies befohlen war, und die Stückpforten der landseits blickenden Kanonen waren durch Kisten, Taue und anderes Material verlegt. Allerdings neigte sich der Tag dem Ende zu und es war aufgrund der Dämmerung mit einem englischen Angriff keinesfalls zu rechnen. Bei schlechten Lichtverhältnissen war ein Angriff völlig ausgeschlossen, bei Dunkelheit gar undurchführbar.

Horatio Nelson allerdings wagte das Unmögliche, er griff an. Um 17 Uhr 30 Minuten ließ Nelson zur Bildung einer Schlachtlinie Signal setzen. Ein typischer Befehl englischer Kapitäne und bezeichnend für die Kampfweise der Briten. Er hieß so viel wie, »macht was ihr für richtig haltet«. Sie fuhren in den Hafen ein und rollten die Linie der französischen Kriegsschiffe auf. Eines nach dem anderen wurde angegriffen und viele von ihnen zerstört. Etliche Engländer hatten die Franzosen unterlaufen und griffen sie von der Landseite her an. Ein unglaubliches Manöver, besonders wegen der vielen Untiefen. Nur ein einziges englisches Schiff lief auf und die Franzosen wurden auf einer Seite angegriffen, auf der sie es keinesfalls vermutet hätten. Die Stückpforten waren noch nicht gefechtsklar gemacht und die Mannschaften waren bei Weitem noch nicht vom Landgang eingerückt, als die Breitseiten der Engländer in ihre Schiffskörper hineinschossen.

Es wurde eine verheerende Niederlage der Franzosen.

Admiral Horatio Nelson wurde durch einen Musketenschuss am Kopf verwundet und er war sicher, dass sein Tod unmittelbar bevorstünde. Er ließ sich unter Deck tragen, um zu sterben. Doch dort stellte sich die grässliche Wunde als harmloser heraus, als sie aussah. Ein großer Hautfetzen hatte sich über das Auge gelegt, was Nelson zeitweilig einseitig erblinden ließ. Versorgt und behandelt durch den Schiffsarzt, übernahm er kurze Zeit darauf wieder das Kommando.

1805 traf Admiral Horatio Nelson auf die alliierte französisch-spanische Flotte. Napoleon wollte die französische Invasion der Britischen Inseln. Die Flotte sollte das Vorhaben entsprechend unterstützen und einleiten. Vizeadmiral Pierre Charles de Villeneuve, der schon in der Schlacht von Abukir keine gute Figur gemacht hatte, erhielt den Auftrag, aus dem von den Briten blockierten Hafen auszubrechen. Damals hatte er sein Nichteingreifen damit gerechtfertigt, dass er keine entsprechenden Befehle erhalten hätte. Also ein Mann von geringer Entschlusskraft und ohne selbstständiges Denken. Eigenschaften, die ein Matrose haben darf, aber ein Admiral?

Um die Kampfkraft zu verstärken, sollte sich Admiral Villeneuve in Toulon mit der verbündeten spanischen Flotte bei Cadiz vereinen, um dann zu den Westindischen Inseln zu segeln. Dort sollten die britischen Besitzungen angegriffen werden. Um dies zu ermöglichen, war es notwendig, die französischen Truppen bei Martinique zu verstärken. Danach sollte die nunmehr vereinte Flotte nach Brest segeln, um die geplante Invasion zu ermöglichen. Großbritannien versuchte dieses Vorhaben durch eine Blockade der Häfen von Brest und Toulon zu verhindern, doch die Vereinigung der feindlichen Flotten gelang. Die britische Mittelmeerflotte unter Admiral Horatio Nelson nahm die Verfolgung auf, es gelang ihm aber nicht, seinen Gegner zum Kampf herauszufordern. Admiral Villeneuve nützte seine bedeutende Überlegenheit nicht aus und blieb praktisch untätig. Nelson hatte den neunzehn Linienschiffen nur seine neun entgegenzusetzen. Auch später, in Barbados angekommen, nützte Villeneuve seine Chance nicht und flüchtete mit seinem Verband Richtung Europa.

Als Napoleon davon erfuhr, war er außer sich und wollte den Admiral absetzen lassen. Erst als dieser erfuhr, dass bereits ein Nachfolger für ihn unterwegs war, wurde er aktiv. Am 21. Oktober standen sich 33 Schiffe unter Kommando von Admiral Villeneuve, und 27 britische und dem Kommando von Nelson, gegenüber. Nelson schrieb in das Logbuch vor Schlachtbeginn:

»Bei Tageslicht sahen wir die vereinigte Flotte des Feindes zwischen Ost und Ostsüdost. Wir langweilten uns zu Tode. Ich ließ die Segel setzen und die Gefechtsstationen bemannen. Der Feind fuhr südwärts: um sieben ermüdet der Feind. Möge unser großartiger Gott, den ich verehre, meinem Land und der Wohlfahrt Europas, einen großen und glorreichen Sieg bescheren. Und möge kein Fehltritt einen Makel erzeugen. Möge Menschlichkeit in der Flotte nach dem Sieg das überlegene Merkmal der britischen Flotte sein. Ich selbst werde mein Leben ihm, der mich erschaffen hat, widmen und möge sein Licht über meinen Bestrebungen, meinem Land zu dienen, stehen. In seine Hände und der gerechten Sache, das Land zu verteidigen, gebe ich mich. Amen. Amen. Amen.

Kurz vor Schlachtbeginn ließ Nelson signalisieren: *»England erwartet, dass jedermann seine Pflicht tut!«*

Nelsons Schlachtplan ging auf, die französischen und spanischen Schiffe sahen sich unvermittelt in einen Nahkampf verwickelt. Die bessere Nahkampfausbildung der Engländer und die zuverlässig wie ein Uhrwerk arbeitende britische Artillerie entschied die Schlacht vor Trafalgar. Die Briten hatten ihr Land mit tödlichem Eifer und Heldenmut verteidigt. Demgegenüber hatte die französisch-spanische Allianz nichts Entsprechendes entgegenzusetzen. Am Ende der Schlacht war ein Großteil der napoleonischen Flotte zerstört oder erobert. Siebzehn Schiffe fielen als Prisen in die Hände der Briten. Die Royal Navy hatte etwa 499 Tote und 1240 Verwundete zu beklagen. Auf der anderen Seite fielen 4400 Seeleute und knapp 2600 wurden verwundet. Admiral Villeneuve wurde gefangen genommen und Admiral Horatio Nelson fiel. Er konnte den Schlachtausgang und die Meldung vom britischen Sieg gerade noch entgegennehmen. So viel war ihm vergönnt, doch dann erlag er seiner Verletzung, einer Schusswunde in der Schulter, welche die Lunge durchbohrt hatte. An Bord der »Victory«, seinem Flaggenschiff, verstarb der Admiral, umgeben von seinen Offizieren.

Atemlos hatte ich das Buch zur Seite gelegt. Was hatte nun gesiegt in diesen beiden Schlachten? Die besseren Kanonen? Die besseren Schiffe? Die bessere Taktik? Meine lebhafte Fantasie malte mir die schrecklichsten Bilder. Ich sah, wie die Stückkugeln durch die Bordwände detonierten und die dahinter befindlichen Besatzungen in Stücke rissen, wie explodierende Schiffe, deren Pulverkammern getroffen waren, die vielen Menschen an Bord in Sekundenbruchteilen ins Jenseits beförderten. Ich sah die vielen Ertrinkenden und die vielen Schwerverwundeten nach der Schlacht, in ihrem Blut liegend, vor Schmerzen brüllend, ohne große Hoffnung auf kompetente ärztliche Hilfe. Vater hatte recht. Hätte ich zuvor so ein Buch gelesen, ich wäre tatsächlich zur Handelsmarine gegangen. Doch jetzt war es zu spät. Jetzt war ich einem neuen Nelson dienstzugeteilt, einem, und das war mir jetzt klar, der diesem, seinem großen Vorbild nacheiferte. Wilhelm von Tegetthoff wollte der österreichische Horatio Nelson werden! Ich würde, ob ich wollte oder nicht, dabei sein. Ich ging in die Offiziersmesse und stürzte einen großen Becher Rum hinunter. Das tat ich sonst nicht, doch meine finsteren Gedanken verlangten nach Betäubung.

Ich konnte nicht immer an Bord bleiben, es wurde mir einfach zu eng und so schloss ich mich einer Gruppe von Offizieren an. Die Wahlen zum Nationalkongress waren gerade auffallend ruhig über die Bühne gegangen. Hie und da gab es Klagen, dass die Regierungsorgane ihren Einfluss missbrauchten und zu unerlaubten Mitteln schritten, um die Kandidatur der Regierung durchzusetzen. Zusätzlich wurde für die vielen Thronprätendenten geworben. Prinz Alfred von England hatte die Nase vorne. Griechenland sollte unbedingt eine Monarchie bleiben und die Bevölkerung wünschte nur einen Dynastiewechsel, was bei einer konstitutionellen Monarchie ja keinen so großen Unterschied macht – doch, des Volkes Wille. Prinz Alfred wurde besonders deshalb favorisiert, da man der Meinung war, dass dann der Einverleibung der ionischen Inseln von Seite Englands kein Stein in den Weg gelegt werden würde. Außerdem erwartete das Volk, dass gemeinsam mit Prinz Alfred eine zahlreiche Einwanderung von Pfund Sterling ins Land kommt.

Wer immer der neue Herrscher von Griechenland werden würde, er hätte alle Hände voll zu tun um die Misswirtschaft, die Korruption, das Nichtfunktionieren der öffentlichen Ordnung, der öffentlichen Verwaltung und die Unfähigkeit der Regierung zu beheben. Eine kaum lösbare Aufgabe, denn nicht einmal auf die griechische Armee konnte sich der neue Herrscher verlassen, sie war in Disziplinlosigkeit verfallen. Zusätzlich waren die Staatsfinanzen zerrüttet. Dies alles war vielleicht ein Grund, warum König Otto so kampflos den Thron geräumt hatte. In den dreißig Jahren seiner Regierung war es ihm nicht gelungen, Ordnung zu schaffen, warum sollte es ihm ausgerechnet nach einer überstandenen Revolution gelingen! Auf der Straße wurden wir von den Menschen irrtümlich für englische Offiziere gehalten. Sie riefen uns »Zito Alfred« und »Zito

Viktoria« zu. Gleichzeitig wurden die anderen Nationen beschimpft, so auch Österreich. Wir ließen die Leute in ihrem Glauben, dass wir Engländer wären und versuchten ein Gespräch. Doch nur ein Gendarm konnte leidlich italienisch und ein anderer ein wenig englisch. Der eine, dessen einzige Kenntnis von England war, vor Jahren einmal eine Lotsenfahrt nach England gemacht zu haben, favorisierte deshalb Prinz Alfred, weil die Lebensqualität in England eine viel größere wäre, als die in Griechenland. Besonders nämlich deshalb, weil den Kunden in englischen Wirtshäusern Kredit gegeben würde, in Griechenlands Wirtshäusern hingegen musste man seine Zeche schon im Vorhinein bezahlen. Daran hatte selbstverständlich der gewesene König Otto Schuld! Mit Prinz Alfred würde sich diese Sitte ganz sicher auch in Griechenland ändern. Ein gewichtiger Grund, wie wir fanden, um sich für Prinz Alfred einzusetzen.

Der andere Gendarm wiederum klagte, dass es ihm nach achtzehn Dienstjahren unter der alten Regierung nicht gelungen sei, sich wenigstens zum Korporal hinaufzuarbeiten, woran freilich auch die Regierung und der alte König schuld waren. Unter einem König Alfred würde er ganz sicher eine ordentliche Lohnerhöhung erhalten und zum Korporal aufsteigen!

Wir versuchten, bei diesen Vorträgen ernst zu bleiben und unterdrückten unser Lachen. Doch hatten wir später im Kaffeehaus über die kindlichen Vorstellungen der einfachen Leute viel Spaß.

Wilhelm von Tegetthoff schilderte in einem Schreiben an Erzherzog Maximilian die griechischen Zustände und riet ihm dringend davon ab, die griechische Krone im Falle eines ernsthaften Angebotes anzunehmen. Wieder durfte ich an dem Bericht mitarbeiten, was mir besondere Freude bereitete, da auch ich mir nicht vorstellen konnte, wie Erzherzog Maximilian mit den herrschenden Zuständen hier fertig werden sollte. Und darüber hinaus würden wir unseren großen Förderer verlieren. Erzherzog Maximilian bedankte sich in einem Schreiben bei Tegetthoff für seinen so ausführlichen Bericht. Als Sekretär Tegetthoffs erhielt ich ihn aus seiner Hand und durfte ihn lesen:

Lieber Linienschiffs-Kapitän Tegetthoff!

Ich habe Ihren letzten vertraulichen Bericht, den ich Seiner Majestät im Privatwege zur Einsicht unterbreitet habe, mit grossen Interesse zur Kenntnis genommen, und wurde durch ihn in jenen Anschauungen zu meiner persönlichen Genugthuung bestärkt, welche mich leiteten, als ich seinerzeit das widerholt von England durch das Organ der Königin und Lord Palmerston gestellte Anerbieten der griechischen Krone mit Entschiedenheit zurückwies.
Die tiefe Verkommenheit des unglücklichen Griechenvolkes erfüllt mich mit ernster Besorgnis für den zukunftslosen Träger ihrer Krone, noch mehr aber für die Folgen, welche den nachbarlichen adriatischen Uferstaaten aus den bevorstehenden Eruptionen erwachsen müssen.
Ich lege daher grosses Gewicht auf die genaue Kenntnis der Situation in jenen Gewässern, welche Ihre Berichte mir übermitteln.

Miramare, den 8. Juni 1863   *Ferdinand Max.*

»Na, das haben wir doch gut gemacht«, meinte Tegetthoff. »Wir haben unseren geliebten Kommandanten vor einem schweren Fehler bewahrt. Ich hätte es nicht gelitten, wenn der Erzherzog die Krone angenommen hätte, für den Fall dass er sich gegen die anderen Kandidaten durchgesetzt

hätte!« »Soll sich Georg mit Griechenland ärgern«, ergänzte ich, »wenn er schon so wild darauf ist.«

Es wurde nämlich nicht der englische Favorit Prinz Alfred König, sondern der dänische Prinz Christian Wilhelm
als König Georg I. ausgerufen.

»Nun, Herr Fregattenfähnrich Federspiel, warum hat
Admiral Horatio Nelson gegen die Franzosen zweimal so
glänzend gesiegt? Ich bitte um Ihr Referat!«

»Das wird ein sehr kurzes Referat, Herr Kapitän: Horatio
Nelson hatte zu jeder Zeit das Heft in der Hand, ergriff
die Initiative, war Jäger und nicht Gejagter, riskierte mit
seinem Angriff bei bevorstehender Dunkelheit extrem viel
und schuf damit ganz neue Aspekte des Seekrieges. Dazu
muss man aber sagen, dass Nelson wirklich recht unfähige
und vor allem sehr unentschlossene Gegner gehabt hat,
und dadurch auch sehr großes Glück. Wäre die französische Flotte von einem engagierten Admiral geführt worden, womöglich wäre es Nelson schlecht ergangen, besonders vor Abukir.«

Linienschiffs-Kapitän Tegetthoff hatte sich in seinem Sessel zurückgelehnt und mir aufmerksam zugehört. »Kon-
kret, in einem Satz, was war es, Stephan?«

»Training, Motivation, Entschlusskraft und eiserner Wille
aller Beteiligten!« »Alles sehr richtig, Herr Fähnrich«, lobte
mich Tegetthoff. »Was nützen dir die stärksten Panzer und
die weittragendsten Kanonen, wenn du dem Feind dauernd
ausweichst. Wir werden vermutlich auch durch noch so
großen Einsatz und noch so großer Bemühungen niemals
die geforderten Gelder für die Flotte bewilligt erhalten, wir
werden feindlichen Flotten immer technisch und zahlenmäßig unterlegen sein. Also gilt es, unsere Mannschaften
so gut zu drillen, so gut auszubilden, sie derart zu motivie-
ren, wie dies in keiner anderen Flotte der Welt stattfindet.
Mögen unsere Schiffskörper aus Holz sein, doch drinnen

muss ein Herz aus Eisen schlagen, dann werden wir gewinnen! Ich hätte 1859 auch gegen die Franzosen gewonnen, ich versichere es dir. Ich hätte sie derart angerannt, wie sie sich das in ihren kühnsten Träumen nicht hätten vorstellen können. Alleine das Moment, dass uns der Feind ohnedies nicht ernst genommen hat, hätte ich ausgenützt, um ihm zu zeigen, was es heißt, sich mit Tegetthoff anzulegen … Doch der Erzherzog hat mich ja nicht lassen!«

Ich runzelte leicht die Stirne und Tegetthoff bemerkte dies.

»Ich weiß, Stephan, der Erzherzog ist ein großartiger Mann, ein Geschenk Gottes für uns und die Flotte, doch manchmal ist er mir zu vorsichtig, er müsste öfters hart dreinschlagen. Er müsste mir öfter die Initiative überlassen, mich als Mann fürs Grobe einsetzen! Er ist einfach zu freundlich, zu rücksichtsvoll, ein ausgesprochen netter Zeitgenosse, zuvorkommend zu jedermann, voll Guten Willens mit viel Liebe in seinem Herzen!«

»Ja, Herr Kapitän, das ist wohl die beste Beschreibung des Erzherzogs, aber er muss vorsichtig auftreten und kann nicht immer die ›Kaiserliche Hoheit‹ ins Treffen führen. Er möchte durch logische, stichhaltige Argumente überzeugen. Stellen Sie sich vor, Herr Kapitän, die Sache 1859 gegen Frankreichs Flotte wäre schiefgegangen. Sie und ich und womöglich wir alle wären gefallen. Was wäre mit dem Erzherzog passiert, der ein derartiges Risiko durch den Einsatzbefehl zu einem Himmelfahrtskommando eingegangen ist? Was wäre mit der Dynastie geschehen, mit dem Kaiser selbst?«

»Natürlich, ich weiß schon, ich habe zuallererst die Flotte im Kopf und Maximilian hat zusätzlich noch andere Sorgen, trotzdem, beim nächsten Mal, bei nächster Gelegenheit schlage ich zu und zeige, was die kaiserlich-königliche österreichische Flotte zu leisten vermag!«

Unsere Mission in Griechenland war beendet, die Situation entschärfte sich wieder, König Georg I. hatte das Zepter fest in der Hand, wenigstens vorläufig.

Für österreichische Schiffe und Staatsangehörige bestand keine Gefahr mehr, also begab sich unsere Escadre in die Levante, liefen Port Said, Jaffa und Beirut an. Wir liefen auch die Reede von Abukir an. Tegetthoff studierte die Bucht ganz genau. Wir alle hatten das Gefühl, dass er hier anlegen ließ, um den Triumphplatz seines großen Vorbildes Nelson zu besuchen. Tegetthoff war so mit sich und der Bucht beschäftigt, wirkte nach außen hin wie abwesend. Keiner von uns wagte es, ihn in dieser Situation anzusprechen. Es schien als hielt der Kapitän Zwiesprache mit Nelsons Geist, der für ihn über dem Wasser zu schweben schien.

Teil IV

Kaiser von Mexiko

Krieg gegen Dänemark

Kaiser Maximilian I. von Mexiko

– 11 –

Französische Truppen, geführt von General Forey, hatten
im Jahre 1863 die Hauptstadt von Mexiko besetzt. Napoleon III. hatte sich eingebildet, das Land vom Diktator Benito
Juarez zu befreien. In seinem Größenwahn hatte er sich
zum Schirmherrn der lateinischen Welt aufgeschwungen.
General Forey war es dazu gelungen, durch eine ihm ge-
horchende Versammlung von Notablen, Mexiko zum Kaiserreich zu erklären. Doch noch fehlte ein Kaiser. Da fiel
Napoleon III. Erzherzog Ferdinand Maximilian ein, von
dem er annehmen musste, dass ihm die Führung einer
kleinen und unbedeutenden Flotte keine rechte Befriedigung bereitete. Sein Ansinnen fiel bei Maximilian und
ganz besonders bei seiner Frau Charlotte auf fruchtbaren
Boden. So gutgläubig Maximilian auch war, eine Volksabstimmung in Mexiko wollte er aber auf alle Fälle durchführen lassen. Er wollte wissen, ob er tatsächlich willkommen war. Sie wurde durchgeführt, allerdings durch starke
französische Einwirkung auf das Volk ordentlich geschönt,
sodass sie letztendlich, wie Napoleon befohlen hatte, positiv ausging. Maximilian hinterfragte das Zustandekommen
des Ergebnisses nicht. Napoleon versprach dem Erzherzog
und künftigen Kaiser von Mexiko ein Detachement von
25000 französischen Soldaten zu seinem Schutz im Land
zu belassen. Alleine schon die Tatsache, dass es nötig war,
ein starkes französisches Kontingent an Soldaten zurückzulassen, hätte Maximilian stutzig machen müssen. Kaiser
Franz Josef bekniete seinen Bruder jedoch umsonst, die
Krone nicht anzunehmen, Maximilian beharrte auf sei-

nem Entschluss. Franz Josef blieb nichts anderes übrig, als seinen Bruder zu bitten, die Erzherzogswürde von Österreich aufzugeben, was einem Ausscheiden aus dem Hause Habsburg gleichkam. Das offizielle Österreich musste sich von diesem Schritt distanzieren, es war eine Privatangelegenheit des Bruders des Kaisers und lag nicht im Interesse Österreichs. Womöglich käme sonst noch jemand auf die Idee, Mexiko wäre eine österreichische Kolonie, was einer Annexion gleichgekommen wäre.

Dieser Schritt ging nicht ohne Schmerzen vor sich. Es gab einen heftigen Streit und auf beiden Seiten wurden Tränen vergossen. Die Abreise Maximilians war für den 14. April 1864 festgesetzt. Die »Novara« stand ihm hierfür zur Verfügung. Als wir erfuhren, dass unser Oberkommandant sein Kommando niedergelegt hatte, um die Krone Mexikos anzunehmen, bat ich Linienschiffs-Kapitän von Tegetthoff um Urlaub. Ich wollte unbedingt meinen Gönner und Freund persönlich verabschieden. Tegetthoff hatte Verständnis dafür und genehmigte mir diesen Urlaub, wies mich aber ob der drohenden Kriegsgefahr an, nach der Verabschiedung sofort wieder zur Escadre einzurücken. Wie ich das bewerkstelligen sollte, sollte meine Sache sein. Er wollte mich an Bord sehen, wenn es gegen Dänemark losginge.

Gerne wäre er selbst dabei gewesen, um seinen Freund den Erzherzog zu verabschieden, doch er war unabkömmlich. Dem Mann, mit dem ihn so viel verband und mit dem er so viel gestritten hatte, hätte er gerne ein letztes Mal die Hand gedrückt. So erfolgreich hatte er ihm das griechische Abenteuer ausgeredet, zum mexikanischen ist er nicht befragt worden. Er hätte auch kein Urteil abgeben können, war er doch niemals dort gewesen und hatte keine Ahnung von den dort herrschenden Verhältnissen. Aber hatte Maximilian eine Ahnung? Oder stützte er sich nur

178

auf die Erzählungen eines Napoleons, eines Erzschwind-
lers? Napoleon würde ich nicht einmal glauben, wenn er
bei Gott schwört, dachte Tegetthoff erzürnt.

Mit dem nächsten Lloyddampfer ging ich nach Triest ab.
Kapitän Tegetthoff gab mir einen Brief an den Erzherzog
mit.

Durchlauchtigster Erzherzog, Gnädigster Herr!

*Ich erlaube mir, die huldigste Nachsicht Eurer Kaiserlichen
Hoheit, von der mir Höchstdieselben bis in jüngster Zeit
zahlreiche Beweise zu geben geruhten, anzurufen, indem
ich es wage, Eurer Kaiserlichen Hoheit aus Anlass der gestern über Neapel hier eingetroffenen Nachricht, dass höchstdieselben am 10. Juni als Kaiser von Mexiko proklamiert
werden, meine ergebensten Glückwünsche in tiefster Ehr-
furcht zu Füßen legen und zugleich den Gefühlen höchster
Trauer Ausdruck zu geben, die alle Angehörigen der Marine
über den ihr bevorstehenden Verlust ihres unersetzlichen
und unvergesslichen Chefs erfüllen werden.*

Wilhelm von Tegetthoff

– 12 –

Als ich mein tränennasses Gesicht wieder erhob, stand Kaiserin Charlotte vor mir. Sofort straffte sich mein Körper, stand wieder Habtacht. »Servus, Stephan«, erwiderte die Kaiserin meinen Gruß, »schön, dass du gekommen bist! Brav vom Tegetthoff, dass er dich zu unserer Verabschiedung hat reisen lassen.«

»Jawohl, Majestät! Ich wäre aber auch ohne Genehmigung gereist, und wenn ich hätte schwimmen müssen, Majestät!«

»Ja, das glaube ich dir fast. Gott schütze dich, Stephan.«

»Gott schütze Eure Majestät, gnädige Frau«, erwiderte ich und zog erneut den Hut.

Die Kaiserin legte mir die Hand auf die Stirne und segnete mich. All dies geschah in ganz kurzen Augenblicken. Die Zeit war an mir vorbeigerast. Gerne hätte ich die geliebten hohen Herrschaften zurückgehalten. Als Maximilian und Charlotte das Boot bestiegen hatten und zur »Novara« gerudert wurden, die anliegenden Schiffe Salut schossen, hatte ich laut Befehl meine Matrosen kehrtmachen lassen, befahl anzulegen und gemeinsam mit den angetretenen Formationen schossen wir ebenfalls Salut. Wie in Trance befahl ich erneut Laden und Feuer, so lange, bis das Kommando zum Feuer einstellen kam.

Vater und Mutter waren natürlich auch zur Verabschiedung des Fürstenpaares gekommen. Sie hatten mich genau beobachtet. Erst jetzt erkannten sie, welch inniges Verhältnis mich mit dem Kaiserpaar verband. Es war niemandem verborgen geblieben, dass sich der Kaiser und die Kaiserin von mir im Besonderen verabschiedet hatten. Doch jetzt war es einerlei, wir mussten nicht mehr auf das Gerede Acht geben, denn Maximilian war nicht mehr Oberkommandant und nicht mehr Erzherzog von Österreich, sondern eben Kaiser von Mexiko, einem von Österreich weit entfernten, exotischen Land.

Freudlos saß ich bei Mutter in der Küche. Ganz anders als sonst, konnten mich ihre hier produzierten Köstlichkeiten diesmal nicht locken. »Was ist denn los, mein Junge, so kenne ich dich ja gar nicht! Maximilian ist ja nicht aus der Welt, auch wenn er weit weg ist.«

»Das ist traurig, Mutter, dass Maximilian und Charlotte nicht mehr bei uns sind, und traurig ist auch, dass ich morgen in den Krieg ziehe.«

»Was um Himmels willen«, fiel Mutter aus allen Wolken, »in welchen Krieg denn?«

»Es gibt Krieg gegen Dänemark und die österreichische Flotte ist auf dem Weg dorthin. Ich habe Kommando auf die ›Schwarzenberg‹, Flaggenschiff von Escadre-Abteilungskommandant Wilhelm von Tegetthoff.«

»Wo befindet sich die ›Schwarzenberg‹?«

»Auf dem Weg in die Nordsee, Mutter. Ich muss es schaffen, irgendwie auf dem Landweg dorthin zu kommen. Im Marinekommando erhalte ich weitere Befehle.«

Vater war gerade in die Küche gekommen und hatte unsere letzten Worte noch gehört. »Was bedeutet das, Stephan? Österreich zieht gegen Dänemark in den Krieg? Was hat denn mein Sohn dort zu suchen?«

»Tja, Vater, jetzt ist das eingetroffen, wovor du mich früher so eindringlich zu warnen versucht hast! Ich fahre zu meiner Feuertaufe.«

Vater ließ sich in einen Stuhl fallen, was durchaus als

eine Belastungsprobe für denselben galt. Ich griff nach meinem Zigarettenetui. »Habt ihr etwas dagegen, wenn ich rauche?«

Zuerst waren beide sehr verwundert, dass ich mir dieses Laster angewöhnt hatte, doch dann griff Vater in mein Zigarettenetui und nahm sich, obwohl strikter Nichtraucher, selbst eine Zigarette heraus. Ich gab ihm Feuer und zündete dann meine eigene Zigarette an.

»Rauch ruhig, mein Sohn«, sagte Vater, von Hustenanfällen unterbrochen, »Schiffe sind von Wasser umgeben, da ist ein Brand leicht zu löschen, und außerdem ist Rauchen wohl das geringste Gesundheitsrisiko, das du bei deinem Beruf eingehst.«

So saßen wir schweigend einander gegenüber, rauchten, Vater hustete zwischendurch, Mutter starrte zum Küchenfenster hinaus. »Wann musst du weg, Stephan?«, unterbrach Mutter die eingetretene Stille.

»Jetzt, Mutter, ich muss mich sofort im Kommando melden, sollte eigentlich schon dort sein.«

»Knie nieder«, befahl Vater. Also kniete ich. Er erhob sich, legte mir seine Hände auf und segnete mich. »Hier hast du meinen väterlichen Segen, Stephan, gemeinsam mit dem erhaltenen kaiserlichen Segen. Möge Gott dich beschützen und gesund nach Hause bringen. Amen!«

Unter vielen Tränen verabschiedete ich mich von meinen Eltern und lief regelrecht aus dem Haus, in Richtung Marinekommando. Ich hatte mich kein einziges Mal umgewandt, da ich fürchtete, es würde Unglück bringen. Wie ich feststellte, war ich nicht der Einzige, der sich im Kommando einfand und einen Einrückungsbefehl hatte. Was war es für eine Freude für mich, als ich dort Oberbootsmann Petrovic begegnete. Ich schüttelte ihm freudig die Hand, was von einigen Offizierskameraden mit einem schrägen Blick geahndet wurde. Fraternisierung mit der Mannschaft, dachten sie vermutlich, aber uns beiden war das einerlei. »Ihre Kommandierung, Herr Oberbootsmann?«, fragte ich erregt.

»Schwarzenberg«, erwiderte er stolz.

»Ich auch, Herr Oberbootsmann, ich auch«, rief ich glücklich.

»Nachdem die Akademie aufgelassen wurde«, erzählte er, »habe ich mich freiwillig gemeldet, sie hätten mich sonst in den Ruhestand versetzt. Ohne meine Marine kann ich aber nicht leben. Im Ruhestand würde ich sofort aus Gram sterben, da sterbe ich lieber für Österreich und des Kaisers Sache!« Dabei lachte er aus ganzem Herzen.

»Federspiel«, dröhnte es durch den Saal.

»Jawohl«, rief ich und lief zum Inspektionsoffizier. Dabei rempelte ich einen Kameraden rüde an. Ich drehte mich sofort um, reichte dem Gerempelten meine Hand und bat um Vergebung. »Hast es eilig, Kamerad?«, erwiderte dieser.

»Wie man es nimmt, Kamerad, mein Name wurde gerade aufgerufen.«

»Ahh, du bist der Federspiel, freut mich, Rottauscher mein Name, meld dich schnell, dann gehen wir auf ein Bier!«

»Gut, bin gleich zurück.«

Nachdem ich meinen Befehl auf die »Schwarzenberg« erhalten hatte, marschierten mein neuer Freund und ich in das Offizierskasino. »Bin der Max«, erhob Rottauscher sein Glas.

»Freut mich, Stephan«, und ich prostete ihm zu. »Sei nicht bös, dass ich dich so angerempelt habe, war mit meinen Augen und Gedanken woanders.« »Was tust dir an, Stephan, so haben wir uns wenigstens kennengelernt! Mich würde ja brennend interessieren, was du mit dem Kaiser von Mexiko zu schaffen hast!«

Ich lächelte nur geheimnisvoll. »Wohin bist du kommandiert, Max?«

»Auf die ›Huszar‹!«

»Ohh, das ist dumm, da sind wir getrennt, ich bin auf der ›Schwarzenberg‹.« »Hast du etwas anderes erwartet, Stephan, bei deinen Kontakten?«

»Was ist das immer, mit meinen Kontakten, was gehen da für Gerüchte um?«

»Was heißt Gerüchte, es war doch für jedermann ersichtlich, dass du mit dem Kaiser Maximilian recht vertraut bist!«

»Sag, Max«, wechselte ich das Thema, »du bist Fregattenfähnrich wie ich, auf der Marineakademie habe ich dich nirgends gesehen und wie mir scheint, dürften wir doch ungefähr gleich alt sein …«

Max Rottauscher grinste nur spitzbübisch. »Ich bin einen anderen Weg als du gegangen. Den direkten, wenn du so willst. Ich war vom ersten Tag meines Eintritts in die Marine auf See, bin als Marine-Eleve zur Marine gekommen und habe meine Ausbildung auf See erhalten. Ich wurde auf die ›Novara‹ kommandiert. Bei meiner Ausbildung ging es darum, möglichst schnell Praxis und Theorie zu erlernen. Mit großartigen Studien, wie du sie erfahren hast, hat man sich bei uns nicht aufgehalten.«

»Hier könnten wir voneinander profitieren, Max! Du vermittelst mir, soweit es möglich ist, dein praktisches Wissen und ich dir mein theoretisches. Auf der Bahnfahrt nach Lissabon werden wir ja genügend Gelegenheit haben, damit zu beginnen!«

»Lieber Stephan, ich fürchte das wird nichts, denn die ›Huszar‹ wird Pola nicht verlassen. Ich habe keine Kommandierung auf ein in der Nordsee kämpfendes Schiff erhalten, leider. Bin bloß wegen unserem gewesenen Oberkommandanten nach Triest geschickt worden.«

Ich hätte gerne mit Max getauscht und wäre in Pola geblieben. Max dagegen beneidete mich für das unerhörte

Glück zur Escadre abzugehen und am bevorstehenden Krieg teilnehmen zu dürfen. »Nun, dann beginnen wir eben gleich hier, der Zug geht erst in etlichen Stunden«, meinte ich trotzdem vergnügt. Ich bat Max, mir von seiner Elevenzeit zu erzählen. Max war ein ganz anderes Kaliber als ich, ein wirklich harter Bursche und man merkte ihm an, dass seine Erzählungen nur zu wahr waren. Je länger er erzählte, desto mehr bezweifelte ich, ob ich eine ähnliche Ausbildung und Behandlung wie er sie erfahren hatte, glücklich überstanden hätte.

»Bei mir zu Hause«, begann Max, »galt das Axiom, dass Kinder ihre Eltern apodiktisch zu lieben hätten, ohne dafür eine andere Gegenleistung, als hie und da eine Tracht Prügel, zu erhalten. Die Menschen außerhalb der Familie nahmen ebenso wenig Rücksicht auf unser zartes Alter und unsere noch ungefestigte Gesundheit. Meine Familie ist ein altes Soldatengeschlecht. Soweit wir zurückschauen können, haben alle männlichen Familienmitglieder in der Armee gedient. Ich sollte zu einer Ausnahme werden und wurde in die Marine gesteckt. Mich, den man als embryonales Material für künftige Seeoffiziere in der Marine übernahm, war erst dreizehn Jahre alt und wurde, wie es den Anschauungen meiner neuen Erzieher entsprach, schon aus Prinzip schlecht behandelt. Denn aus der Art wie man physisch durchhielt, schloss der Vorgesetzte, ob man ein Muttersohn war, oder würdig des Kaisers Rock zu tragen. Bevor ich die goldene Armlitze erhielt, galt es für mich ein Leben durchzumachen, wie es einem normalen Matrosen entsprach. Obwohl die Matrosen schon erwachsene Männer waren und entsprechend gewappnet waren, diesen Umgang zu ertragen. Viele der mit mir eingetretenen See-Eleven sind ob dieser Behandlung jung gestorben oder lungenkrank aus dem Dienst entlassen worden. Sie waren für den Beruf eben als für untauglich befunden worden.

Zuerst wurde ich auf die ›Novara‹ eingeschifft. Meine Kameraden und ich sollten auf diesem Schiff eiligst Theorie und Praxis erlernen, da man sich nicht mit allzu vielen Studien aufhalten wollte. Die Kadettenmesse der ›Novara‹ maß vier Meter im Geviert. Zwei faustgroße Seitenlichter erhellten sie. Dort stolperten wir hinein, über die finsterste Stiege der Welt. Es herrschte eine stickige Atmosphäre. In einem Eck brannte eine Laterne, die ihr trübes Licht auf die Höhlenbewohner scheinen ließ. Die alten Kameraden lagen bäuchlings auf den Bänken umher und schnarchten. Als wir mit einigen Schritten Lärm zu machen gewagt hatten, schrien sie unter gut kalibrierten Flüchen auf, als gelte es, ihr Heiligstes zu verteidigen und schliefen augenblicklich wieder aufs Behaglichste weiter. Erst als mit der Wachablösung Bewegung in die Gesellschaft der Höhlenmenschen kam, wurden wir Neulinge, die wir nun völlig verschüchtert und platt gedrückt an der Wand standen, gähnend gemustert. Danach wurde unser Gepäck durchstöbert. Mit dieser Rekognoszierung hatte es seine eigene Bewandtnis. Kommunismus war Recht und gute Sitte. Aber was im gleichaltrigen Jahrgang als Kameradschaft galt, wurde für die Jüngeren zur Steuer. Manchmal bekam man die Sachen wieder. Doch waren sie zu diesem Zeitpunkt bereits unbrauchbar geworden. Gutmütige entschuldigten sich wegen deren Zustand. Ernstere Naturen erstatteten die entliehenen Dinge schweigend zurück und Egoisten forderten einen auf, Reparaturen vornehmen zu lassen …

Ist es bei euch auf der Akademie auch so zugegangen, Stephan?«

»Nein, Max, es gab auch bei uns etliche eigenartige Regeln und Gebräuche, doch so unfair behandelten wir uns gegenseitig nicht. Übrigens, ich war auch auf der ›Novara‹, in der Levante eingesetzt, unter Tegetthoff.«

»Ja, du privilegierter Snob«, scherzte Max, »aber da war die ›Novara‹ schon umgebaut und die Kadettenmesse entsprechend erweitert worden! Unter einem Tegetthoff hatte ich bis zur Stunde noch nicht dienen dürfen, dafür unter anderen großartigen Kommandanten, jedenfalls hielten sie sich dafür. Auf alle Fälle ist Wilhelm von Tegetthoff ein Gewinn für die Marine und ganz besonders auch für die Marineeleven und Marineakademiker, denn ohne das Genie Tegetthoff, würden die alten herz- und hirnlosen Kommandanten weiter das Zepter führen! Gerade Leute wie ihr, Stephan, Fähnriche aus der Akademie, werden den alten groben Kerlen das Wasser durch ihr Fachwissen schnell abgegraben haben, denn sie können euch wenig entgegensetzen. Durch euch, mit Tegetthoffs und Erzherzog Maximilians Methoden erzogenen, wird ein neuer Geist in die Marine einziehen. Ich beneide dich sehr um diese Ausbildung und trotzdem will ich meine Erlebnisse nicht missen.«

»Erzähl weiter, Max, sei so gut,« ermunterte ich meinen neu gewonnenen Freund.

»Ich hatte auch Glück, Stephan, denn auf der ›Novara‹ ging es niemals so zu, wie auf anderen Schiffen. Wir machten recht wenig Bekanntschaft mit dem ›Haslinger‹ und auch sonst traktierte man uns weit weniger, als auf vergleichbaren Schiffen. Das wurde uns aber erst bewusst, als wir die Erzählungen von Kameraden hörten. Sie wurden permanent, wegen jeder Kleinigkeit, geschlagen, oder wurden bis zur Besinnungslosigkeit untergetaucht. Uns gab man lediglich Kopfstücke oder aß uns die Rationen weg. Strafen, die uns hart erschienen waren, bevor wir die Schilderungen von anderen Kameraden kannten. Jedenfalls steckte man uns auf die ›Novara‹, weil wir Grünschnäbel etwas lernen sollten. Die Maßregel war jedoch höchst verfehlt. Einige der Offiziere waren zwar mit dem Unterricht betraut, doch sie kümmerten sich wenig darum. Es blieb bei uns, die Dinge, soweit wir dies vermochten, zu begreifen und zu ergründen. Durch zusehen und zuhören versuchten wir hinter die Geheimnisse der Navigation und der komplizierten Segelmanöver zu gelangen und die Finessen der artilleristischen Kunst zu durchschauen. Im Grunde war der Dienst eine in starre Regeln gepresste Sache, bei der mehr Wert auf das Formelle als auf den Geist gelegt wurde. Beim Artillerieexerzieren war die Hauptsache, dass die Geschütze gut glänzten, wodurch freilich ein exaktes Zielen fast unmöglich war. Ferner die Tatsache, dass die Handspacken, mit denen man die Geschütze richtete, auf den Befehl ›Batterie‹ wie ein einziger Schlag krachend auf Deck gestellt wurden. Was auf das folgende Kommando ›Feuer‹ geschah, interessierte schon weit weniger, was aber nun das eigentlich Wesentliche gewesen wäre. Übrigens mutete man uns Eleven keinerlei militärische oder nautische Kenntnisse zu. Unsere Aufgabe blieb es, beim Deckwaschen eine Partie Leute zu beaufsichtigen, beim Segelexerzieren saßen wir in den Marsen und schrien ›presto, presto‹, ohne auch nur das Geringste davon zu verstehen. Und bei der Wache fungierten wir als Zweite, standen neben dem Wachkadetten und meldeten die Stunden. Selbst das Aufschreiben der Urlauber war den Eleven verwehrt, da dies offenbar eine gewisse Sachkenntnis verlangte. Glück hatten wir aber, denn man ließ uns den Dienst viertourig halten. Vier Stunden Dienst und zwölf Stunden frei. Diese Konzession an uns wurde bestaunt, denn ein wirklich schneidiger Erster Leutnant ließ seine Kadetten vier auf, vier ab machen, das ist in einem fort vier Stunden Wache, vier Stunden frei, durch Tag und Nacht. Derlei kommt einer Tortur ziemlich nahe, da man nie richtig schlafen kann.

Solange die Fregatte ›Novara‹ in Pola zur Ausbesserung saß, hatte ich nur zweimal wichtige Dienste zu versehen, die mich mit nicht wenig Stolz erfüllten«, lächelte Max verschmitzt. »Einmal durfte ich Süßwasser an Bord schaffen, das zweite Mal Besen holen. Letzteres, in diesem dürren Land, die einfachere von beiden Aufgaben. Das Detachement hieb sich aus dem Strandgestrüpp die nötige Anzahl Bündel heraus und fuhr wieder heim. Pflicht des Kommandanten, also in diesem Falle meine, war es nur, die Gesellschaft wieder nüchtern an Bord zu bringen, da es billigen und schlechten Wein bei jedem Leuchtturmwächter zu erstehen gab. Du siehst also, Stephan, ich war mit lauter wichtigen und überaus schwierigen Aufgaben betraut.«

Ich lachte amüsiert über Maxens Vortrag. »Weiter, Max, weiter«, beschwor ich ihn und bot ihm eine Zigarette an.

»Den Winter über«, fuhr Max fort, »wurden wir auf S.M. Brigg ›Huszar‹ untergebracht. Ich kann dir sagen, das war echt hart. Das ›Lotterleben‹ auf der ›Novara‹ war uns schon nach ganz kurzer Zeit auf der ›Huszar‹ abgegangen, doch es sollte danach noch schlimmer kommen. Wir waren etwa fünfzig Mann in einem Raum zusammengepfercht, der bloß zehn Meter breit und ebenso lang war. Unsere Kadettenuniform tauschten wir durch Matrosenkleider und wurden entsprechend eingesetzt. Die Aufgaben, die wir bis dahin nur zu beaufsichtigen hatten, mussten wir jetzt selbst durchführen. Bei jedem Wetter. In den Pfützen fror das Wasser und trotzdem putzten wir in aller Morgenfrühe bei Laternenschein das Deck. Mit erfrorenen Knöcheln reinigten wir Essgeschirr und Besteck und mussten uns bei jeder Witterung in Baljen mit eisigem Seewasser waschen, während unsere nackten Oberkörper dem Seewind ausgeliefert waren. Keiner der Offiziere fragte, was wir See-Eleven zu essen bekamen, und Klagen darüber wurden als Verweichlichung angesehen. Der Schiffskoch aber, dem das Kostgeld ausbezahlt wurde, machte guten Profit. Manchmal wurde uns selbst im Hafen Salzfleisch

189

serviert, welches oft schon recht faul war und entsprechend schmeckte. Wenn wir es angeekelt zurückschoben, erhielten wir es tags darauf erneut als Gulasch kredenzt. Als wir das durchschaut hatten, warfen wir diese Portionen gleich über Bord. Insgesamt herrschte unter uns eine allgemeine Rücksichtslosigkeit. Jeder versuchte, so gut wie möglich zu überleben und hatte kaum mehr ein Auge für die Probleme des Nächsten. Versagte einer beim Segelexerzieren und musste die ganze Mannschaft deshalb Strafdienst versehen, verprügelten wir denselben mit großer Hingabe. Obwohl es aufgrund der herrschenden Verhältnisse jeden von uns hätte treffen können und keiner absichtlich Fehler machte oder versagte.

Nach diesem mörderischen Dienst wurden wir unter Deck befohlen, um unsere Studien weiterzuführen. Bei fast völliger Dunkelheit, eisiger Kälte und meist leerem Magen, saßen wir über unsere Bücher gebeugt und versuchten, ein wenig vom Geschriebenen aufzufassen. Wir hatten die Möglichkeit zu frieren, oder im Stockdunklen zu sitzen. Denn die Luke, die auch als Ausgang diente, war die einzige Öffnung. Verschlossen wir sie mit Segeltuch war es stockdunkel, dafür nicht so erbärmlich kalt, ließen wir sie offen, konnten wir lesen, dafür froren wir wie die Schneider. Über eine Heizung verfügten wir nicht. Dazu war die Luft, vom fettigen Petroleumrauch der wenigen Lampen, stickig. Nur direkt vor einer solchen Lampe war Lesen möglich, demnach gab es ein rechtes Gerangel um die Plätze.

Nicht alle von den fünfzig Insassen konnten in Hängematten schlafen, da hierfür der Platz einfach nicht reichte. Die Kleider unter dem Kopf zusammengerollt, schliefen die Allermeisten auf dem Boden. Aber nicht nur wir hungerten und froren. Auch die Ratten. Sie waren eine echte Plage an Bord. Sie benagten in ihrem Hunger die

Ledersohlen der Schlafenden und wenn sie eine Zehe er-
wischten, so störte sie das auch nicht. Du kannst dir vorstellen, wie du aus dem Schlaf schreckst, wenn dich so
ein Rabenvieh in die Zehe beißt! Saßen wir endlich an der
Back zusammen, welche acht Personen fasste, mussten wir
aus ein und derselben Schüssel gemeinsam essen. Während die eine Partei mit der Laterne leuchtete, schlang die
andere ihre Hälfte in den Magen. Dann wurde getauscht.
Was nicht immer ohne Streit vonstattenging. Eines der
unangenehmsten Dinge aber war die Sodpumpe, die vor
der Türe arbeitete. Nicht das Geräusch wäre es gewesen,
sondern der von ihr ausgehende Latrinengeruch, der unser
Essen würzte!«

Hatte ich vorher mit meinem Schicksal in der Marineakademie gehadert, so beschlich mich gegenüber Max Rottauscher direkt ein schlechtes Gewissen. Derartige Zustände
wären an der Akademie undenkbar gewesen.

»In diesem Zusammenhang fällt mir eine lustige Geschichte ein«, unterbrach mich Max in meinen Gedanken. »Stell dir vor, da kam doch eines Tages die Mutter
eines unserer Kameraden, eines Grafen St. Genois, mit ga-
loniertem Diener an Bord. Der Gesuchte war nicht anwesend, und so standen wir im Kreis wortlos um die Besucher
und bestaunten sie. Da wir Matrosenkleidung trugen, hielt
uns der Diener für Matrosen, und fragte uns mit seiner
herablassenden Art, wo sich denn die Appartements des
Herrn Grafen befänden. Einer von uns nahm den Diener
unterm Arm und schleppte ihn hinunter in unsere Kei-
sche. Dort wies er auf eine armselige Kiste und sprach mit
höhnischem Pathos: ›Hier, mein Herr, befinden sich die ge-
suchten Appartements.‹ Du kannst dir nicht vorstellen, wie
wir uns vor Lachen zerkugelten, als wir das entsetzte Gesicht des Dieners sahen, und erst das der Gräfin hättest du
sehen sollen! Diese Geschichte amüsierte uns noch lange

und wir spielten sie immer wieder durch, indem einer von uns den Diener mimte und ein anderer die Gräfin.«

Nach einer kurzen Pause erzählte Max weiter. »Unsere sechsundzwanzig Gulden Gebühren bekamen wir nicht zu sehen, denn der erste Leutnant verwaltete sie. Er bezahlte mit ihnen unsere Auslagen für Uniform und Kost und vom Rest teilte er Taschengeld für jeden Landgang aus. Damals hatten wir wenigstens zu essen und wir wussten, wo wir schlafen konnten. Zusätzlich hatten wir unsere Fernrohre und Sextanten versetzt, was uns Bargeld einbrachte. Das war allerdings immer eine recht komplizierte Prozedur. Derlei Geschäfte wickelten wir beim Juden namens Schloß, der auf einem verschlissenen Sofa im Café Specchi saß und stets den Gekränkten und Übervorteilten spielte, ab. Er hatte schon ein ganzes Lager voll von Sextanten und Fernrohren. Gerüchten zufolge verkaufte er sie mit sattem Gewinn an Kapitäne der Handelsmarine. Was er mit seinem Gewinn anstellte, blieb ein Geheimnis, denn er saß tagtäglich auf dem mehr als abgewohnten Sofa, hatte täglich den gleichen Kaftan an und machte nur geringe Zeche im Kaffeehaus. Von der vorgeschriebenen Ausrüstung, Sextant, Fernrohr und Schiffstagebuch besaßen wir allesamt nur das Letztgenannte, denn das war nichts wert!

Während du also gemütlich mit den hohen Herren nach Brasilien gefahren bist, hausten meine Kameraden und ich in einem abgetakelten Kriegsschiff, einer Hulk. Da man nicht wusste, was man mit uns anfangen könnte, wurden wir auf ein Schiff im Hafen verfügt, auf dem offiziell ein Kurs hätte stattfinden sollen. Es gab natürlich keinen Kurs und wir waren uns auf diesem Schiff völlig uns selbst überlassen. Wir lungerten im Schilf herum, trieben allerlei Schabernack in der Stadt, wohnten vielmehr im Hinterzimmer des Café Gaudenz an der Piazza Municipio. Es war der letzte Ort, an dem wir noch Kredit erhielten. Wir verbrachten die Zeit mit rauchen, Milchkaffee trinken und mit Kekse essen – denn die erhielten wir vom Wirt gratis. Ansonsten ernährten wir uns von Eiern und Brot und hatten trotzdem das bohrende Gefühl der Angst, ständig über unsere Verhältnisse zu leben. So waren wir darangegangen, unsere Kleidungsstücke zu versetzen, was im Rückblick recht lustige Auswirkungen hatte. Einer meiner Kameraden ging bei jedem Wetter im Mantel spazieren, denn außer seiner Unterwäsche hatte er kein einziges Kleidungsstück mehr. Ich selbst ging als Hinkender durch die Straßen, da ich den Absatz auf meinem linken Stiefel verloren hatte und eine Reparatur nicht leistbar war. Also, ich kann dir sagen, wir waren eine recht zerlumpte und ausgehungerte Gesellschaft. Auf diese Weise wurden wir für das Hafenadmiralat eine unerträgliche Last. Wir erregten durch unser Aussehen, unseren Geruch und unser Verhalten ständig Anstoß.

Eines Tages fing man uns ein und schiffte uns auf die S. M. S. ›Adria‹ ein. Die Fregatte lag vor Pola und wurde als Strafschiff gekennzeichnet. Ein Entkommen von diesem Schiff war unmöglich. Wir mussten die Quarantäneflagge hissen, was wir unter dreimaligem Hurra taten. Nur langsam verging uns auf diesem Schiff der Spaß, denn wir waren tatsächlich Gefangene. Weil wir so gar nichts anderes tun konnten, begannen wir unsere Studien wieder aufzunehmen. Man schickte uns auch Lehrer, die uns zwar mehr schlecht als recht unterrichteten, doch besser als nichts war es allemal. Als dann der Frühling vom Sommer abgelöst worden war und die Sonne erbarmungslos auf Deck herniederbrannte, baten wir, uns aus unserer Gefangenschaft zu erlösen und auf Reise zu schicken. Unser Vorschlag wurde angenommen, wir wurden auf die Goelette ›Saida‹ eingeschifft und erhielten sogar einige Matrosen für die niedrigsten Aufgaben beigestellt. Unter dem Kommando von Fregattenkapitän Martinovsky bemannten wir das Schiff und stachen in See. Dass Kapitän Martinovsky keine große Freude mit diesem Kommando hatte, lag auf der Hand. Das Schiff war so klein, dass wir nicht einmal Platz für unsere kleinen Holzkisten hatten. So stopften wir Ausgangsuniform, Kappe und Wäsche kunterbunt in Teerleinwandsäcke. Du kannst dir sicher vorstellen, wie unsere Kleidung nach dieser Lagerung beschaffen war. In den Häfen, die wir anliefen, pflegten wir als eine Art Maskengesellschaft aufzutreten. Den Mützen fehlten die Rosetten und Flottenrock und Hosen bestanden aus mehr Falten, denn Stoff und schienen als Vogelscheuchen verwendet worden zu sein. Unserem Kommandanten ging der Ruf eines sonderbaren Kauzes voraus. Er war von ungestilltem Tatendrang und einer raubritterhaften Ader gepeinigt, der nur die Extreme als eines rechten Mannes würdig empfand. Früher war er ein starker Zecher, hatte es ihm kurz zuvor gefallen Abstinenzler zu werden und nun die ganze Welt zum Wasser zu bekehren. Seine Impulsivität ließ ihn seine Kadetten umarmen, um sie im nächsten Augenblick mit dem Füsilieren zu bedrohen. Kurz, er rang sich aufs Leidenschaftlichste durchs Leben und prügelte sich mit diesem, wo und wie immer er konnte.«

Mit wachsendem Staunen hörte ich der Erzählung von Max zu.

»Lass dir seine größte Don-Quichotiade erzählen! Als Kommandant der Brigg ›Montecuccoli‹, welche in Megline stationiert war, pflegte er trotz aller Warnungen seine im Sturmschritt gelaufenen Landspaziergänge ohne Pistole und ohne Bedeckung durchzuführen. Eines Abends, von Banditen überfallen, wurde er trotz seiner verzweifelten Gegenwehr niedergeworfen, ausgeplündert und überdies nackt an einen Baum gebunden und geprügelt. Martinovsky brüllte trotz angedrohten Todes derart vor Wut, dass eine vorbeiziehende und wohlbewaffnete Gesellschaft angelockt wurde und die Räuber verscheuchte. Aber kaum befreit, rannte er in die Nacht hinaus, den Räubern hinterher, um wenigstens einen von ihnen zu erwischen und an ihm ordentlich seine Wut zu kühlen. In seinem adamitischen Kostüm, auf der Suche nach den Übeltätern, durchrannte er die morgendlich erwachenden Straßen von Megline. Doch er fand die Räuber nicht. In seinem aufgebrachten Zustand ließ er sich von seinen Leuten an Bord rudern. Kaum dort angekommen, rief er zum Gefecht, ließ die Geschütze ausrennen und feuerte eine Breitseite auf den Ort. Die Granaten pfiffen über die Häuser von Megline und krepierten im dahinter liegenden Wald, um einige Föhren zu fällen! Und stell dir vor, dieser Mann empfing uns als unser Kommandant auf der ›Saida‹, so als hätten wir ihm die größte Beleidigung seines Lebens angetan! Seine Worte, mehr geschrien als gerufen, werden mir wohl immer in Erinnerung bleiben.« Max erhob sich aus dem Fauteuil, stellte sich vor mich, machte ein grimmiges Gesicht und fuchtelte mit den Fäusten durch die Luft:

»Wissen Sie, wer ich bin? Ich bin der Fregattenkapitän von Martinovsky. Ich habe das Panzerschiff ›Salamander‹ kommandiert! Ich! Und jetzt muss ich Ihrethalben auf dieser Tabakschachtel sitzen! Ich danke Ihnen!«

»Bravo«, rief ich, »an dir ist ein Schauspieler verloren gegangen!«

»Danke, verehrtes Publikum«, und Max setzte sich wieder. »Willst noch was hören?«

»Ja, ja, Max, erzähl weiter«, bat ich ihn, »noch was Lustiges, bitte!«

»Na gut, dann erzähle ich dir von unserem Schiffsarzt und von unserem Lotsen Garofolo: Der Schiffsarzt, ein alter Burschenschafter mit unzähligen Schmissen im Gesicht, sollte eigentlich Geografie, Naturwissenschaften und Hygiene unterrichten. Er befand sich in einer ewigen Biergemütlichkeit, stolperte stets über seinen Säbel und tat jeden Atemzug, aus seinem Fett hervorschnaufend, als wäre es sein letzter. Statt seinen beauftragten Unterrichtsfächern unterrichtete er uns im Singen von Burschenliedern und im Saufkomment. Es gab niemanden von uns, der bei ihm durchfiel, wie du dir unschwer vorstellen kannst! Der Lotse Garofolo – Nelke –, schon siebzig Jahre alt, hieß eigentlich Braikovich, doch alle Welt nannte ihn Garofolo, weil diese alte Mumie niemals ohne einer roten Nelke im Knopfloch an Land umherstelzte. Seine nautischen Kenntnisse waren von fatalistischer Natur. Fragte man: *›Braikovich, was ist das Stück Land dort in der See?‹*, so dachte er einige Minuten nach und sagte dann fest: *›Das ist zweifellos eine Insel.‹* Oder wenn man sich erkundigte, woher morgen der Wind kommen werde, umzeichnete er ebenso überzeugt einige Male den ganzen Horizont und erklärte dann: *›Von dort.‹*

Die eigentliche Mission und Aufgabe der Goelette ›Saida‹ bestand darin«, fuhr Max in seiner Erzählung fort, »aus uns buntem und undisziplinierten Haufen Seekadetten, spätere Seeoffiziere zu machen. Kapitän Martinovsky allerdings verfolgte andere, eigene Ziele. Nachdem wir ja in piratenverseuchtem Gebiete unterwegs waren, wollte er auch Jagd auf dieselben machen. Immerhin befanden wir uns auf einem k. k. Kriegsschiff, aber wir bezeichneten es nur mehr, nach den Worten des Kapitäns, als S. M. S. k. k. Kriegs-Tabaksdose.

Die Piraten entzogen sich uns beharrlich, sie wollten nicht und nicht erscheinen, um sich von uns versenken zu lassen. Ein Jammer. Dafür verspürten wir bald eine andere Probe von Kapitän Martinovskys Hartnäckigkeit. Wir hatten vor Gravosa geankert, um Süßwasser und Lebensmittel einzuschiffen, als sich dunkles Gewölk im Südosten sammelte und die Goelette mit ersten nervösen Zuckungen ein böses Wetter witterte. Sprühregen fiel ein, das Deck schwamm und die Berge Griechenlands deckten sich in Schleier. Für unseren Kapitän die rechte Stimmung, sich dem Meer in die Arme zu werfen. Obwohl der Ankerplatz durch die vorgelagerte Halbinsel gut geschützt war, begannen schon einige zu erklären, dass ihnen der fette Frühstückskakao gar nicht mehr mundete. Das war ein Fest für meinen standhaften Magen, denn nun schlang ich sechs Portionen nacheinander hinunter. Aus dem kräftigen Südost wurde aber ein veritabler Sturm, dessen Brandung wir von den Riffen her donnern hörten. Die ›Saida‹ ächzte an ihren Ketten, und Lotse Braikovich, der die Pläne seines Gebieters ahnte, erging sich in stets deutlicheren Anspielungen auf einen faulen Scirocco und eine mistige See. Er tat dies, indem er auf Deck umherspazierte, mit den Fingern vor seinem Antlitz manövrierte und laute Monologe hielt: ›Unter solchen Aussichten bleibe man zweifellos besser bei einem Glas schwarzem Weins hinter der Halbinsel.‹ Das goss Öl in das Feuer von Fregattenkapitän Martinovsky. Er nannte den Alten ein feiges Weib, einen Esel und wünschte ihn zum Teufel. Der Kapitän befahl den Anker zu lichten und die Goelette, vom letzten Halt befreit, schoss mit stürmischer Grazie hinaus auf die See. Es war das erste wirklich böse Wetter, das wir erlebten. Die See riss uns an sich, indes ein träges Anwälzen der Wogen von Südosten her kam, überdrückt von Wolkenbänken, deren abgerissene Fetzen wie Florfahnen niederhingen. Die Ausfahrt passierend, machte die ›Saida‹ eine Verbeugung, um im nächsten Augenblick mit einem hastigen Sprung eine hohe Welle zu erklimmen. Der Stoß des aufklatschenden Buges schüttelte das Schiff und bordüberwehende Gischt nässte die bereits an der Seekrankheit laborierenden Kameraden. Nun gab es einen Stoß von der Seite, dass die Goelette wie wund überkrängte und das Wasser aus den Speigatten sprudelte,

Taurollen zu gleiten begannen und mit ihnen alles, was nicht solche Bewegung gewohnt war. Unser Kommandant und die ›Saida‹ waren in ihrem Element. Immer gieriger wühlte sich das schlanke Schiff in die Wogen, immer höher steigend, immer rascher stürzend, dass es oft schien, als wolle es sich geradewegs in die kochenden Massen bohren, die sich vorn eröffneten und im nächsten Augenblick schon als unwiderstehlicher Strom über Deck ergossen. Die meisten unserer Gesellschaft, wachsbleich, klammerten sich an Gegenstände, oder wurden erbarmungslos wie Gliederpuppen umhergeschleudert, während Kanonenkugeln, die aus ihren Halterungen polterten, nach den Seekranken Kegel schoben. Fregattenkapitän Martinovsky jedoch kommandierte unbarmherzig: ›Drittes und letztes Reff in das Marssegel und die Besan.‹ Doch nur die uns zugeteilten zehn Matrosen und zwei alte Kadetten enterten auf. Sie alleine waren imstande, unter 30 Grad Schwankung diese Pendelarbeit ohne Lebensgefahr zu verrichten. Kapitän Martinovsky tobte. Er schwor, nicht eher umzukehren, als nicht alles auf den Beinen wäre. Da stürzten sich die Gesunden über die Kranken. Seither scheint mir, dass das beste Mittel gegen die Seekrankheit Prügel wären. Denn schon bald danach erscholl der Befehl zum Abfallen und die Goelette flog, den Sturm im Rücken, wieder Gravosa zu.«

»Lieber Max«, sagte ich anerkennend, »mit solchen Geschichten kann ich aus der Akademie nicht aufwarten. Im Vergleich zu dir habe ich nichts erlebt. Mir ist sogar auf dem Weg nach Brasilien ein böser Sturm erspart geblieben, nicht jedoch die Seekrankheit. Deshalb kann ich nachfühlen, was deine Kameraden mitgemacht haben müssen, unter einem solch unbarmherzigen Kapitän zu dienen!«

»Ich könnte dir noch viel erzählen, Stephan, aber du Glücklicher fährst ja jetzt zu Tegetthoff und darfst in den Krieg. Danach müssen wir uns unbedingt wiedersehen, damit du mir alles genau erzählen kannst. Ich dagegen fahre wieder nach Pola, um meinen langweiligen, sinnlosen Dienst aufzunehmen. Du kannst dir nicht vorstellen, wie sehr ich dich beneide, Stephan!«

Ich versuchte zu lächeln und zu relativieren. Es konnte nur die extreme Langeweile sein, dass Max sich so sehr den Krieg herbeiwünschte, doch andererseits war es doch unser Beruf, gab es keinen Krieg, waren wir eigentlich nicht berufstätig. So gesehen gab es für einen Soldaten, für einen Offizier, nichts Besseres als den Krieg, denn nur hier konnte er zeigen, was er kann, was er gelernt hatte und ob er wirklich Schneid hatte. Ich wollte einfach nur ferne Länder sehen, wollte reisen, Vater hatte recht gehabt, ich hätte zum Lloyd gehen sollen. Dort wäre ich meinem Naturell gemäß besser aufgehoben gewesen, als bei der Kriegsmarine. Doch es half nichts, ich war k. k. Fregattenfähnrich und hatte Kommandierung zu Tegetthoff auf die ›Schwarzenberg‹. Einem Geschwaderführer, von dem ich ja wusste, dass er darauf brannte, endlich ins Gefecht zu kommen, endlich beweisen zu können, was in der österreichischen Flotte steckt. Mir blieben nur wenige Minuten, um mich von Max zu verabschieden, denn schon kam der Befehl zum Abmarsch. Mit tausend Glück- und Ordenswünschen versehen, verließ ich das Casino.

Kutschen brachten uns auf den Bahnhof, die Lokomotive stand schon unter Dampf und ich bestieg den Zug, bezog mein Abteil. Ich drückte meinen Kopf seitlich ans Fenster, sodass mein Atem die Scheibe beschlug und ich betrachtete das militärische und zivile Treiben am Bahnsteig. Auffällig viele Frauen bevölkerten den Perron. Es waren die Mütter, Ehefrauen und Freundinnen der abreisenden Matrosen, Unteroffiziere und Offiziere. Es gab Tränen, aber auch zum Sieg aufmunternde Zurufe. Meine Eltern waren zu Hause geblieben. Ich hatte sie dringend darum gebeten. Wir hatten uns zu Hause voneinander verabschiedet. Ausgerüstet mit dem elterlichen Segen, wollte ich keine weitere, ergreifende Zeremonie am Bahnsteig. Unwillkürlich griff ich nach meinem, im Futter meines Waffenrockes eingenähten, Signum Laudis. Der Segen des Kaisers und der Segen meiner Eltern werden mich schon beschützen! Ich musste nur fest daran glauben, dass sie stärker wären, als die Kanonenkugeln, Granaten und Gewehrkugeln des Feindes. Außerdem verfügte ich über den ungeheuren Vorteil, direkt zu Wilhelm von Tegetthoff befohlen zu sein, den bevorstehenden Krieg also an der Seite des Escadre-Abteilungskommandanten zu bestehen. Das Oberkommando lag bei Contre-Admiral von Wüllersdorf. Das Epizentrum des Angriffes, das Auge des Wirbelsturmes allerdings, lag bei Tegetthoff, da gab es für mich keinen Zweifel. Das hatte er mir ja schon entsprechend angedroht, bzw. aus seiner Sicht versprochen! Im Auge des Hurrikans ist es totenstill und sicher. Genau dort werde ich mich aufhalten.

– 13 –

Das Seegefecht vor Helgoland

Brest, 23. April 1864

Meine Anreise war als eine Strapaziöse zu bezeichnen. Zuerst hieß es, Tegetthoff läge in Gibraltar und sein Weg würde ihn mit seiner Escadre nach Lissabon führen. Das verhielt sich auch so, doch waren die Informationen veraltet. Als wir aufbrachen, befand sich der Kapitän schon längst am Kap Finisterre und war schon unterwegs von Vigo nach Brest. Es herrschte extrem schlechtes Wetter. Tegetthoff kam nur langsam voran. Allerdings noch viel langsamer war der Escadre-Commandant Contre-Admiral von Wüllerstorff-Urbair unterwegs. Das lag keinesfalls am Admiral, sondern war auf eine Vielzahl von widrigen Umständen zurückzuführen. Spätestens in Brest sollten sich die beiden Flottenverbände vereinigen, doch davon konnte keine Rede sein. Das Linienschiff »Kaiser« war zu spät fertig geworden und verzögerte daher die geplante Abreise. Das war allerdings nur das erste der vielen ungeplanten Ereignisse. Technische Gebrechen, Schäden, angerichtet durch die Stürme und die schwere See, verzögerten das Fortkommen des Geschwaders von Wüllerstorff-Urbair immer wieder. Während sich Tegetthoff bereits in Brest aufhielt, befand sich sein Kommandant erst in Gibraltar. Eine schwere Probe für Tegetthoffs ungeduldiges und aufbrausendes Gemüt. Ein Monitor der preußischen Marine brachte mich endlich auf die, gegen die schwere See kämpfende, »Schwarzenberg«. Ich hatte bereits nicht mehr ernsthaft damit gerechnet, meinen Befehl ausführen zu können. Kaum an Bord angekommen, wurde schon Signal zur Weiterfahrt gesetzt. Um 14:50 des heutigen

Tages hatte ein Telegramm des Marineoberkommandos den Kommandanten erreicht, welches seine angespannte Stimmung auf der Stelle löste:

»*Infolge Allerhöchsten Befehles haben Sie sich mit unterstehenden Schiffen mit Vorsicht nach Texel zu begeben. Die dort liegenden preußischen Schiffe werden sich unter Ihr Kommando stellen. Wenn Sie sich dann – und nach den über das dänische Blockadegeschwader einzuholenden Nachrichten – für stark genug halten, einen Erfolg erzielen zu können, so trachten Sie um jeden Preis, die Blockade vor Hamburg zu brechen. Eile tut not!*

Das musste bedeuten, dass Linienschiffs-Kapitän und Escadre-Abschnitts-Kommandant Wilhelm von Tegetthoff auf sich allein gestellt war. Mit dem rechtzeitigen Eintreffen von Admiral Wüllerstorff war also nicht mehr zu rechnen. Einen jeden anderen hätte diese Nachricht in Panik versetzt. Nicht so Tegetthoff. Jetzt endlich konnte er alleine agieren. Jetzt lag die Initiative bei ihm. Eine Situation, maßgeschneidert für Wilhelm von Tegetthoff. Er hatte freie Hand, es gab keine befehlsbedingten Grenzen mehr für ihn. In entsprechender Hochstimmung traf ich den Kommandanten auch an, als ich mich auf der Brücke zum Dienst meldete. »Sie kommen gerade rechtzeitig, Fregattenfähnrich Federspiel, endlich habe ich die Möglichkeit in den Krieg einzugreifen. Unsere Armee hat gemeinsam mit der preußischen Armee einen Sieg nach dem anderen erkämpft und steht vor weiteren Erfolgen. Wir stehen nahe vor bevorstehenden Konferenzen, welche die Einstellung der Feindseligkeiten zur Folge haben könnten. Dies würde uns zwingen zurückzukehren, ohne auch nur einen Schuss abgegeben zu haben, ohne die tapferen Aktionen unserer glorreichen k. k. Armee unterstützen zu können. Das wäre höchst peinlich und für den Fortbestand der k. k. Marine das allerschädlichste Ereignis!«

»Jawohl, Herr Kapitän«, erwiderte ich pflichtgemäß. Natürlich hatte er vollkommen recht, doch mir wäre ein Waffenstillstand durchaus willkommen gewesen.

Trotz Kohlenmangel lief Tegetthoff aus. Jetzt sollte es, von technischen Pausen abgesehen, kein Halten mehr geben. Tags darauf wurde nördlich von Dover ein Zwischenstopp eingelegt, um ausgiebig Kohlen zu bunkern. Erschwerend kam hinzu, dass England insgeheim aufseiten Dänemarks stand. Wir wurden zwar nicht als Feinde behandelt, aber mit Argusaugen beobachtet. Unser Kanonenboot »Seehund« lief in den englischen Hafen Ramsgate ein, um Kohlen an Bord zu nehmen. Die englischen Kanal-Lotsen stellten sich aber so ungeschickt an, dass »Seehund« gegen die Hafenmole gedrückt wurde und schwer beschädigt in die Werft abgehen musste. Der Backbordanker und ein Kran waren gebrochen, einige Auflager, Außenbordplanken und die Backbordboote wurden beschädigt. Ob dies nun absichtlich oder unabsichtlich geschah, bleibt dem Betrachter überlassen. Die beiden englischen Hafenlotsen verdrückten sich jedenfalls so schnell sie konnten. Flucht wäre eine durchaus angebrachte Bezeichnung dafür gewesen.

Tegetthoff hatte Sorge, dass ein eventueller Waffenstillstand seine Operationen zunichtemachen könnte. Er beschloss daher, nicht auf die Wiederherstellung des Kanonenbootes »Seehund« zu warten. Die Escadre lief am 30. April Richtung Texel aus. Tags darauf erreichten wir Den Helder und vereinigten uns mit den preußischen Kanonenbooten »Blitz« und »Basilisk« und dem Radaviso »Preußischer Adler«, alle kommandiert von Korvettenkapitän Gustav Klatt.

Seit meiner Einschiffung kämpfte ich mit leichter Seekrankheit. Das Wetter meinte es ja nun wirklich nicht gut mit uns. Ich dachte schon, ich hätte diese überaus lästige Begleiterscheinung der Seefahrt schon unter die Füße gebracht. Doppelt schwierig war, dass ich mir natürlich nichts anmerken lassen durfte. Ein seekranker Seeoffizier war wohl wirklich das Allerletzte. Ich konnte mich damit trösten, dass ich beileibe nicht der Einzige mit diesem Makel war. Etliche der jungen Seekadetten, die zu lange in der Marineakademie auf festem Boden zugebracht hatten und zu abrupt den Lebensraum wechselten, erging es ähnlich. Zum heimlichen Gaudium der Mannschaft. Diese Leute kamen ja hauptsächlich aus Dalmatien und anderen Küstenländern. Seit frühester Kindheit war das Meer ihre Heimat und Aufenthaltsort gewesen. Nur Oberbootsmann Petrovic vertraute ich mich an, obwohl es gar nicht nötig gewesen wäre, denn er sah es mir an der Nasenspitze an. »Machen Sie sich nichts daraus, Herr Fähnrich«, lachte er nur, »mich hat es selbst ein bisschen, habe zu lange Landratte gespielt.« Wie früher, im Schlafsaal der Marineakademie, unterhielt ich mich nachts mit Petrovic, sofern keiner von uns beiden Wache hatte. Er erzählte mir von den sechsundsechzig Tagen die nötig waren, von Rhodos nach Den Helder zu gelangen. Von der ewigen Warterei auf das Geschwader von Wüllerstorff-Urbair, welches trotz größter Anstrengungen nicht recht vorwärtsgekommen war und von dem dänischen Schiff, welches sie als Prise aufgebracht hatten. »Wo war das?«, fragte ich Petrovic neugierig.

»Auf unserer Reise von Gibraltar nach Lissabon, am 16. März«, antwortete der Oberbootsmann. »Der Kapitän des dänischen Handelsschiffes ›Grethe‹, Jans Jansen, hatte keine Kenntnis vom Kriegszustand Dänemarks mit Österreich und Preußen. Daher hatte er ganz selbstverständlich die dänische Flagge gehisst und segelte uns ahnungslos

in die Arme. Allerdings verursachte die Aufbringung der
›Grethe‹ die allergrößten diplomatischen Verwicklungen in
Portugal. Doch Tegetthoff meisterte diese Probleme gran-
dios. Die ganze portugiesische Flotte hatte ihm nicht widerstehen können, so sehr vertrat er seinen Standpunkt.«

»Was geschah mit der Besatzung der ›Grethe‹?«, fragte
ich nach.

»Sie wurde als kriegsgefangen erklärt und unser Linienschiffs-Fähnrich Karl Ritter Seemann von Treuenwart
übernahm das Kommando der Prise. Zum allergrößten
Schrecken von Tegetthoff hat sich der dänische Kapitän
der ›Grethe‹ erschossen. Er hatte die Schmach, die ihm
angetan wurde, nicht verwinden können. Ich sah unseren
Kommandanten bei der Überbringung dieser schrecklichen
Nachricht schwer geschockt. In diesem Moment hätte er
gerne alles rückgängig gemacht, doch das ist ja leider unmöglich. Danach war er für einen ganzen Tag nicht mehr
an Deck erschienen.«

»Eine solch tiefe Betroffenheit würde man dem nach
außen hin so kalten Mann nicht zutrauen!«

»Ich hatte jetzt mehr als zwei Monate Gelegenheit ihn
kennenzulernen, Herr Fähnrich, innen ist unser Kommandant ein sehr sensibler Mensch und er führt einen heftigen
Kampf gegen sich selbst, wenn er harte Entscheidungen
treffen muss. Aber er gewinnt immer. Als der Erzherzog
Maximilian nach Mexiko abreiste, war er ebenfalls den
ganzen Tag über nicht an Deck gekommen. Er hatte sich
in seiner Kabine eingeschlossen.« »Der Erzherzog war sein
bester Freund, die beiden standen sich unglaublich nahe,
das konnte ich auf der Reise nach Brasilien erkennen.«
»Das wäre Ihnen lieber, Herr Fähnrich, so eine Forschungs-
reise, statt eines Kriegseinsatzes, oder?«

»Das haben Sie ganz richtig erkannt, Herr Oberbootsmann! Könnten wir nicht per Du sein, Herr Oberboots-

mann, wenn wir unter uns sind? Es ist doch lächerlich, wenn wir uns dauernd siezen und mit Dienstgrad ansprechen. Jetzt, wo ich der Ranghöhere bin, darf ich Ihnen das doch anbieten, oder nicht?«

Der Oberbootsmann hielt mir freundlich lächelnd seine riesige, schwielige Hand entgegen. »Franz!«

»Stephan«, schlug ich freudig ein. Franz begann in seiner ultrakleinen Behausung, in der keiner von uns beiden aufrecht stehen konnte, herumzukramen. Eingepackt in einem Haufen Fetzen wühlte er eine Flasche Rotwein hervor. Im Nu war sie entkorkt und die herrliche rote Flüssigkeit in zwei hölzerne Becher eingeschenkt. »Prost, Stephan, auf unseren Sieg!«

»Auf unseren Sieg und auf Kaiser Maximilian!«, erwiderte ich. Wir leerten die Becher in einem Zuge und tranken dann auf das Wohl unseres Kaisers und auf das Wohl von Wilhelm von Tegetthoff. Danach schenkte Franz Petrovic die Becher noch einmal voll und wir tranken auf unser Wohl. »Hast du Angst, Stephan?«

»Ja, Franz, sehr große Angst sogar!«

»Wenn man halbwegs ein Hirn im Kopf hat, muss man auch Angst vor einem solchen Vorhaben haben! Auch wenn es schwerfällt, Stephan, denk nur an deine Aufgaben und an die Durchführung der Befehle, die du erhältst. Denk an nichts anderes. Zermartere dir nicht den Kopf, was sein könnte, denn du würdest dir immer nur die schlimmsten Dinge vorstellen. Die Fantasie ist noch viel brutaler als die Realität. Das Ärgste an der Fantasie ist, dass sie jederzeit abrufbar ist. Immer wieder kannst du dir die schlimmsten und furchtbarsten Geschehnisse vorstellen und sie ablaufen lassen. Die Realität gibt es jeweils nur einmal. In der Realität kannst du nur einmal sterben. In der Fantasie andauernd und ununterbrochen! Auch wenn dich das im Moment vielleicht nicht sehr tröstet, denk darüber nach.

Es funktioniert ganz gut und du brauchst nicht zu glauben, dass die anderen, und auch ich, nicht ebenfalls Angst hätten. Doch jeder hat seine eigene Methode, um seine Angst zu bezwingen.«

Ich nahm noch einen tiefen Schluck vom Roten und starrte am Oberbootsmann vorbei. Nach einer Weile unterbrach ich die eingetretene Stille. »Wo genau bist du eingesetzt, Franz?«

»Ich bin dem III. Offizier, dem Batterieoffizier dienstzugeteilt. Ich kümmere mich darum, dass der Munitionsnachschub vom Bauch des Schiffes bis zu den Geschützen funktioniert, feuere die Besatzung an, organisiere die Befehlsweitergabe, bin verantwortlich für nötige Löscharbeiten nach Granattreffern und dergleichen mehr.«

»Im gefährlichsten Teil des Schiffes also«, ergänzte ich.

Der Oberbootsmann legte seine kräftige Hand auf meine Schulter. »Das wird nicht unser letzter Krieg sein, mein Freund, wir überleben das. Auf unserer Brust ist noch genug Platz für Auszeichnungen, die wir uns unter Tegetthoffs Kommando holen werden. Dein Signum Laudis ist so einsam«, lächelte er schelmisch, »das darf nicht so bleiben!«

Unter ständiger Begleitung und Beobachtung der britischen Flotte fuhren wir nach Cuxhaven. Der britische Avisodampfer »Black Eagle« ließ uns nicht aus den Augen. Das große Interesse der Briten für unsere Escadre bezeugte uns einmal mehr, dass die Briten aufseiten der Dänen standen und gleichzeitig, dass unsere beiden Fregatten für die Engländer eine unbekannte Größe darstellten. Zudem wurde der von Tegetthoff auf die »Black Eagle« entsandte Linienschiffs-Leutnant Karl Paschen nur vom wachhabenden Offizier der »Black Eagle« empfangen. Dem Kapitän des Avisodampfers, Sir Leopold McLintock, einem Freund Tegetthoffs, war dieses Verhalten vermutlich sehr peinlich, jedoch konnte er nicht gegen seine Befehle handeln. Auf diese Weise war, auch ohne Worte, alles gesagt. Wir konnten nun sicher sein, dass alle unsere Bewegungen ohne Verzug dem dänischen Flottenkommando übermittelt würden. Doch auch wir hatten unser Agentennetz. Konsularagent Kröger versorgte uns laufend mit Meldungen über die einzelnen Vorhaben des Feindes. Nicht immer trafen die Nachrichten zu, oftmals saß Kröger gezielten Falschmeldungen auf. Zu allem Unheil liefen wir beim Auslaufen aus Cuxhaven, durch Unachtsamkeit des Lotsen, unterhalb des dritten Feuerschiffes auf Grund. Erst nach zwei Stunden harter Arbeit und mithilfe der einsetzenden Flut kam die »Schwarzenberg« wieder frei. Eine überaus gefährliche Situation, im Angesicht des Feindes festzuliegen. Der Lotse musste vor Tegetthoff geschützt werden, sein Leben hing an einem seidenen Faden. Als wir dann endlich die offene See erreichten, war kein dänisches Kriegsschiff auszumachen. Wieder eine Fehlinformation Krögers? Tegetthoff hielt die Gefechtsbereitschaft für seine Schiffe aufrecht und blieb die ganze Nacht auf See. Endlich, am Morgen des 7. Mai, wurde eine Fregatte ausgemacht. Sie fuhr ohne Flagge zu zeigen. Tegetthoff ließ unverzüglich das Signal »Allgemeine Jagd« setzen und nahm die Verfolgung auf. Es wurden volle Segel gesetzt und aus den Maschinen alle Kraft geholt. Dicke Rauchwolken entströmten unseren Kaminen. Die »Schwarzenberg« stürmte mit einer Geschwindigkeit von dreizehn Meilen allen voran. Wir näherten uns stündlich um etwa zwei Meilen der feindlichen Fregatte. Ich gebe zu, hier packte mich wie alle anderen an Bord das Jagdfieber. Zu oft waren wir in Gefechtsbereitschaft versetzt worden und es ereignete sich nichts. Diesmal allerdings hatten wir ein lohnendes Ziel vor uns. Als wir uns auf zweieinhalb Meilen genähert hatten, wurden die Bugkanonen ausgerannt. Sie verfügten über eine Reichweite von knapp über zwei Meilen. Wir konnten erkennen, dass an Bord des Feindes ebenfalls alle Vorbereitungen für ein Gefecht getroffen wurden. Da hisste das bislang flaggenlose Schiff plötzlich die britische Flagge. Kapitän Tegetthoff stand die Mordlust in den Augen, als er diesen Betrug erkennen musste. Die Jagd wurde abgebrochen, die Kanonen wieder eingerannt und zur Beruhigung der Mannschaft wurde eine Zusatzportion Rum ausgegeben. Sie waren mit gezogenen Säbeln in die Wanten geklettert und schwangen dieselben unter den unflätigsten Verwünschungen in die Richtung des britischen Schiffes. Tegetthoff ließ sie eine Zeit lang gewähren, er wäre ja selbst zu gern zu ihnen hinaufgeklettert und hätte seinem Zorn Luft gemacht. Es war einfach zur Kenntnis zu nehmen, dass England große Interessen in dieser Gegend hatte. Eine starke Seemacht Österreich, oder gar Preußen, konnte es nicht dulden. Doch diese Täuschung stand weit unter der Würde des Empires.

Am 9. Mai erhielt Tegetthoff Kunde des Geheimdienstes, dass sich dänische Schiffe bei Helgoland aufhielten. Sofort telegrafierte er an das Marineoberkommando:

> »War im Begriffe nach Cuxhaven zurückzukehren, als ich erneute Nachricht über dänische Schiffe bei Helgoland erhielt. Gehe daher wieder in See.«

Die Escadre stellte wieder volle Gefechtsbereitschaft her. Tegetthoff erhoffte sich, nach über drei Monaten Krieg gegen Dänemark, endlich eine Entscheidung über die Seeherrschaft herbeizuführen. Gegen Mittag entdeckten wir von der Brücke aus die Rauchschwaden der dänischen Schiffe. Auch die Dänen entdeckten uns. Der dänische Flottenkommandant ließ seine Schiffe »Niels Juel«, »Jylland« und »Hejmdal« im Abstand von einem Kabel eine Kiellinie bilden.

»Was sagen Sie zu diesem Manöver, Herr Fähnrich?«, fragte mich Tegetthoff unvermittelt. Jetzt machte sich die gute Artillerieausbildung durch Hauptmann von Aggstein bezahlt. »Wenn ich anstelle von Orlogskapitän Suenson wäre, würde ich alles tun, um mein Feuer konzentrisch wirken zu lassen. Da die Breitseitengeschütze nur einen sehr geringen Bestreichungswinkel haben, muss Suenson seine Schiffe so aufstellen, wie er es gerade getan hat.«

Tegetthoff nickte anerkennend. »Was wird sein bevorzugtes Ziel sein, Herr Fähnrich?«

»Die ›Schwarzenberg‹, Herr Kapitän!«

»Leutnant Waldstätten«, rief Tegetthoff seinen I. Offizier und Escadre-Adjutanten, »lassen Sie die Kriegsflagge auf den Schiffen hissen und signalisieren sie Dwarslinie.«

»Jawohl, Herr Kapitän«, antwortete Heinrich Baron von Waldstätten knapp und machte sich an die Durchführung. Tegetthoff starrte geradeaus auf den Feind, danach beobachtete er, wie die Kriegsflagge auf allen Schiffen gehisst und das Manöver durchgeführt wurde. »Leutnant Waldstätten, setzen Sie folgendes Signal:

»Unsere Armeen haben Siege erfochten, tun wir das Gleiche.«

Mit Hurra wurde der Empfang des Signals auf den Schiffen der Escadre quittiert. Tegetthoff zog seine Mütze und winkte seiner Mannschaft zu. Schon ertönten die Kommandos der Bootsmänner, »Klar Schiff zum Gefecht!«. Die tausendfach eingeübten Handgriffe saßen punktgenau, ganz wie im Manöver. Doch diesmal war es kein Manöver, kein harmloses Scheibenschießen. Die Konfrontation war unvermeidlich geworden. Suensons Kurs verhinderte einen möglichen Rückzug unserer Flotte nach Cuxhaven und unser Kurs verunmöglichte einen Rückzug der Dänen nach Helgoland. Wir nahmen uns systematisch gegenseitig die Rückzugsmöglichkeit und das konnte nur Kampf bis zum Äußersten bedeuten. Das dänische Landheer war schwer geschlagen und praktisch besiegt. Die dänische Flotte und ihr Kapitän Suenson wollten diese Scharte unter allen Umständen auswetzen. Vielleicht wäre der Ausgang des Krieges noch einmal zugunsten der Dänen umzukehren.

Auf eine Distanz von 18,5 Kabel herangekommen, eröffnete die »Schwarzenberg« um 14:00 Uhr das Gefecht mit den Pivot-Geschützen. Der erste Schuss traf die Fregatte »Niels Juel«, das Flaggenschiff Suensons. Aus dem Bauch unseres Schiffes dröhnte das Hurra der Mannschaft. Sie steckten die Köpfe aus den Stückpforten, um besser sehen zu können. Zunächst entwickelte sich ein Passiergefecht. Fasziniert stand ich auf der Brücke, lauschte dem Pfeifen der Granaten und bewunderte die aufsteigenden Wassersäulen beim Einschlag derselben. Die Dänen verfügten ausschließlich über gezogene Geschütze. Die Projektile unserer glatten Vorderlader hatten nicht annähernd diese Reichweite und Durchschlagskraft. Wollten wir wirklich Schaden beim Feind anrichten, so war es unumgänglich, die Distanz zu ihm zu verringern. Vor diesem Befehl, den Tegetthoff unweigerlich geben musste, fürchtete ich mich außerordentlich. Es dauerte gar nicht lange, da ließ er die entsprechenden Signale setzen und während wir uns sukzessive bis auf zwei Kabel angenähert hatten und währenddessen ein wohlgenährtes Geschützfeuer unterhielten, erhielt die Schwarzenberg ihren ersten schweren Treffer. Eine Granate war durch eine Geschützpforte gerast und krepierte Mittschiffs. Die gesamte Bemannung des Geschützes wurde außer Gefecht gesetzt. Dicker schwarzer

Rauch drang aus der Wunde, die dem Schiff geschlagen wurde. Sogar auf der Brücke wurde uns zeitweise die Sicht genommen. Die Löschmannschaften hatten den Brand aber bald unter Kontrolle. Die Distanz, in der wir uns gegenüberstanden, war so mörderisch gering und das Feuer der Kanonen so präzise, dass von uns in kurzer Zeit eine ganze Reihe von derartigen Treffern verkraftet werden musste. Eine Geschützbesatzung nach der anderen fiel aus. Über dem Banjerdeck, oberhalb des Einganges zur vorderen Pulverkammer, explodierte eine Granate. Sie steckte das Segeldepot in Brand. Tegetthoff hatte die Ruhe weg. Er deckte meinen mir vorgesetzten Navigationsoffizier, Linienschiffs-Leutnant Alfons Henriquez und dadurch auch mich, derart mit Befehlen für die durchzuführenden Manöver ein, dass ich ganz darauf vergaß, in welcher Hölle ich mich eigentlich befand. Ich bekam alles nur als Beobachter mit, als handelte es sich um ein Schauspiel. Ich hörte die Granaten pfeifen, hörte sie einschlagen und explodieren, sah den Rauch und das Feuer, lauschte den Befehlen der Offiziere und Bootsmänner, erledigte mechanisch meine Aufgaben, erstattete ebenso Meldung. Ich hatte längst aufgehört, die Treffer zu zählen, ich glaube so etwa bis sechs war ich gekommen. Der Gegner stand so nah, dass auch unsere Marineinfanterie zum Einsatz kommen konnte. Sie legten ihre Gewehre über die mit Sandsäcken geschützten Bordwände und versuchten alles, was an Bord des Feindes lebte, zu treffen. Natürlich waren die Brücke und die Offiziere ihr bevorzugtes Ziel. Atemlos kam Linienschiffs-Fähnrich Kalmar auf der Brücke an: »Herr Kapitän, es brennt in der Nähe der Pulverkammer!« »Nun, so lösche man«, war Tegetthoffs lapidare Antwort. Kalmar rannte schnurstracks wieder zurück zum Brandherd, doch er kam nicht weit, er stürzte plötzlich wie tot zu Boden, vermutlich von einer Kugel aus einem Infanteriegewehr getroffen. Fast gleichzeitig raste eine Granate durch die Bordwand an Deck, riss etliche Marineinfanteristen in Stücke, durchflog das gesamte Deck in der Breite und durchschlug auf der anderen Seite neuerlich die Bordwand, um endlich ins Meer zu stürzen und dort zu krepieren. Die Granate hatte in der hölzernen Schiffswand zwei fürchterliche Löcher hinterlassen und eine blutige Spur über das Deck gezogen. Getrennt von den getroffenen Infanteristen lagen deren Arme und Beine, fürchterliches Gebrüll drang an mein Ohr und ich musste mich auf der Stelle übergeben. Die blutspritzenden Torsos zuckten, wer noch Arme hatte, fuchtelte damit um Hilfe ringend herum, bei einigen waren es nur blutige Stumpfe die gespenstisch zur Höhe gereckt wurden.

Immer mehr Geschütze fielen aufgrund von Treffern aus. Der Kapitän packte mich an der Schulter und schrie mich an: »Rennen Sie in die Batteriedecks, machen Sie mir Meldung über die Löscharbeiten und den Zustand der Batterien!« Er schrie nicht, weil er etwa erregt gewesen wäre, nein, Tegetthoff war in diesem Chaos aus Eisen, Holz und Blut die Ruhe selbst geblieben! Er schrie, um den gewaltigen Lärm der Geschütze und Explosionen zu übertönen. Ich stürzte die Stufen von der Brücke hinab, lief über das Deck, vorbei am brennenden Segeldepot, weiter zum Abgang in den Bauch des schon arg malträtierten Schiffes. Sicht und Atem waren mir durch Rauch und Pulverdampf genommen. Ich rutschte ans Geländer gelehnt hinab, stolperte bei der Hälfte über meinen Säbel und stürzte in die Tiefe. Ich landete angenehm weich – auf einer zerfetzten Leiche. Aus sämtlichen natürlichen und durch das Gefecht künstlich entstandenen Löchern, spritzte mir das warme Blut aus dem Körper des Gefallenen entgegen. Namenloses Grausen packte mich, ich versuchte mich aufzurappeln, dabei trat ich dem bemitleidenswerten Kameraden im Halbdunkel auf den Kopf, welcher meinem Gewicht nicht standhielt und zerbarst. Blutige Gehirnmasse ergoss sich über meine Uniformhose und Schuhe. Das Geräusch des berstenden Schädels und das Gefühl, welches sich dabei durch meine Schuhsohlen auf mich übertrug, ließen sich nicht in Worte kleiden. In Panik rannte ich weiter, die Löcher in der Bordwand waren teilweise so groß, dass ich das offene Meer sehen konnte. Schon wieder stürzte ich, in einer riesigen Blutlache ausrutschend, um in einer noch größeren bäuchlings zu landen. Meine Nase streifte einen abgetrennten Arm und dessen Finger kitzelten mich im Gesicht.

Ich war endgültig aufgewacht, war nicht mehr länger Besucher eines Schauspiels. Ich hatte auf der Brücke nicht annähernd mitgekriegt, was sich bei einem jeden Treffer im Bauch unseres Schiffes abspielte. Die ehemals weißen Wände waren rot vom Blut der Getöteten und an den Wänden klebten zuckende Fleischstücke, herausgerissen aus vor Schmerz brüllenden Menschen. Ich hatte kaum noch einen nicht blutbefleckten Teil an meiner Uniform. An mir rannen die übelsten Flüssigkeiten herunter. Mageninhalte, Darminhalte, Gehirne, Blut, Urin und was weiß der Himmel, was ein Körper noch so für Flüssigkeiten verlor, wenn er von einer Granate in Putzfetzen gerissen wurde. Knöcheltief watete ich durch diese Säfte zu ein paar unverdrossen feuernden Geschützen. Statt sechs Matrosen pro Geschütz waren oft nur mehr drei oder zwei im Einsatz. Spontan stellte ich mich zum schwächsten bemannten Geschütz und gliederte mich in den Arbeitsablauf ein. Unsere Vorderlader mussten nach jedem Schuss durch ein Takel aus der Stückpforte geholt werden. Dann wurden zuerst das in einem Wollsack befindliche Pulver und danach die gusseiserne Kanonenkugel eingeführt. Damit diese bei der nächsten Bewegung des Schiffes nicht wieder aus dem Rohr herausrollen konnte, musste ein Tauring derselben vorgeschoben werden. Also neuerlich der Ladestock an-

gesetzt werden. Dreimal musste die Setzstange gebraucht
werden, bis endlich das Geschütz wieder hervorgeholt werden konnte, der Pulversack aufgestochen und der kapsel-
artige Zünder aufgesetzt war. Mit Takeln und hölzernen
Handspacken wurde die Seiten- und Höhenrichtung des
Geschützes gegeben, bis man schließlich so weit war, den
Schuss abfeuern zu können. All diese Arbeiten verrich-
teten wir im Eilzugstempo. Schuss um Schuss gaben wir
ab, bis plötzlich eine enorme Explosion unsere Tätigkeit
beendete. Eine Granate war durch die Stückpforte gedrungen und tötete jeden Mann unserer Nachbarkanone. Durch
die Druckwelle der Explosion wurde ich einige Meter vom
Geschütz fortgeschleudert, ein stechender Schmerz fuhr
mir durch den Kopf und durch die Beine. Danach wurde
es dunkel um mich herum. Plötzlich zerrte mich jemand
am Arm. Ich schlug die Augen auf, sah nichts, da ein ge-
töteter Kamerad auf mir lag. In seinem Rücken steckte ein
großer Holzsplitter, von der durchschlagenden Granate aus
der Bordwand mitgerissen. Er hatte ihn mit seinem Körper
für mich abgefangen und mich so unabsichtlich gerettet.
Ich war ihm sehr dankbar dafür, doch konnte ich es ihm
nicht mehr sagen. Noch immer zerrte jemand an meinem
Arm und ein anderer hievte den Toten von mir herunter.
»Stephan, um Himmels willen, bist du in Ordnung?«, rief
eine mir wohlbekannte Stimme.

»Franz, bist du es?«, fragte ich unsicher in die schwarze
Luft, die mich umgab, hinein.

»Ja, ich bin es.« Er zerrte mich unter dem Toten hervor
und trug mich ein paar Meter zur Seite, an einen noch
halbwegs unversehrten Platz.

»Sind meine Füße noch dran, Franz?«

»Du hast ein paar Splitter in die Waden bekommen, nichts
Ernstes.« Mithilfe des Oberbootsmannes Petrovic kam ich
wieder auf die Beine. Etwas unsicher stand ich da, leicht

zitternd. »Du siehst schrecklich aus, Franz!« »Du auch, schlimmer noch als ich«, versuchte er einen Scherz.

»Ich muss dem Kapitän Bericht erstatten, ich muss auf die Brücke zurück.« »Vergiss die Brücke und vergiss deinen Befehl fürs Erste, wir müssen auf den Feind feuern. Du siehst ja, zwei Drittel der Geschütze sind ausgefallen.«

Ein dritter Halbtoter gesellte sich zu uns und wir begannen die Verwundeten und Toten, die rund um die Geschütze lagen, zur Seite zu schaffen. Die Verwundeten schrien aus Leibeskräften, vor Schmerzen und um Wasser. Einem besonders Unglücklichen war eine Schiffsplanke durch den Leib gegangen und hatte Ober- und Unterleib voneinander getrennt. Der Körper wurde nur noch durch die Wirbelsäule zusammengehalten. Der Mann war noch bei Bewusstsein und aus seinen Augen blickte blankes Entsetzen. Ich fühlte mich außerstande, den so schrecklich Zugerichteten anzufassen und fortzutragen. Ich konnte einfach nicht. Franz erledigte das, dabei brüllte der Ärmste vor Schmerzen.

»Nicht nachdenken, nur die Befehle ausführen«, ermahnte ich mich. Kanone laden und abschießen, erneut laden und erneut abschießen, und so weiter. Der Schweiß lief mir über die Stirn und vermischte sich mit dem getrockneten Blut der toten Kameraden. Es herrschte eine furchtbare Hitze, meine Kehle war wie ausgetrocknet und ich glaubte zu ersticken.

An Bord musste ein weiteres Feuer ausgebrochen sein, es regnete Funken zu uns herab. Wieder fegte eine Granate durch die Stückpforte der benachbarten Kanone. Sie forderte keine Opfer mehr, die Besatzung war zuvor schon außer Gefecht gesetzt worden. Eine weitere schlug unter uns ein. Die Detonation hob den Boden und wir wurden wie Spielbälle durch den Raum geworfen. Kaum auf den Beinen, stürzte ich wieder zu unserem Geschütz. Franz zog mich weg und befahl mir, zu laufen was die schlotternden Beine hergaben. Ich verstand nicht gleich, da meine Ohren vom Geschützdonner fast völlig taub waren. Gerade rechtzeitig hatte er mich weggezerrt, denn schon schlug die Granate direkt bei dem von uns zuvor noch bedienten Geschütz ein. Die Druckwelle ließ uns die Treppe hinunter in den zerschossenen Schiffsbauch stürzen. In den kräftigen Armen von Oberbootsmann Franz Petrovic landete ich recht sanft, doch ein nachfolgendes Holzteil raubte mir das Bewusstsein. Der Inhalt eines Löscheimers brachte mich wieder ins Leben zurück, aber in was für eines! Infolge eines Granattreffers war unser Fockmast in Brand geraten. Der geteerte Mast brannte wie eine riesengroße Fackel und an Löschen war nicht zu denken, da sämtliche Löschschläuche zerschossen waren. Diese Meldung brauchte Tegetthoff nicht erst überbracht werden, es war unübersehbar.

Meine Meldung über den Zustand in den Batteriedecks würgte er gleich ab, als er meines erbarmungswürdigen Zustandes ansichtig wurde. »Sind Sie verwundet, Fähnrich?«

»Nur leicht, Herr Kapitän.«

»Dann helfen Sie beim Löschen des Fockmastes.« Ich hatte zwar keine Ahnung, wie ich dort von Nutzen sein konnte, doch wendete ich wie befohlen. Sich in der Nähe des brennenden Fockmastes aufzuhalten war lebensgefährlich, da andauernd brennende Holzteile oder glühende Eisenteile, wie Mastringe und dergleichen herabstürzten. Fähnrich Kalmar, den ich zuvor noch fallen gesehen hatte, stieg gerade von der Vormarsraa ab. »Du lebst, Kamerad, ich dachte, du wärst tot«, rief ich ihm zu.

»Nur ein Streifschuss, bin schon wiederhergestellt. Der Schädel brummt mir zwar noch, aber es geht schon. Wir müssen unbedingt den Schlauch von der Maschinenpumpe zum Einsatz bringen, die Wasserbaljen sind alle zerschossen!«

»Außerdem müssen wir uns vor den herabfallenden Teilen schützen«, rief Oberbootsmann Petrovic. »Wir sollten uns ein Dach bauen.«

Aus Tischen und Bänken der Messe zimmerten wir rund um den Fockmast ein recht stabiles Dach. Jetzt konnten wir uns unter dem Mast zumindest halbwegs sicher bewegen. In Ermangelung eines weitertragenden Wasserschlauches konzentrierten wir uns nur mehr auf den erreichbaren Teil des Mastes. Der Wind aus Südost war unserer Fahrtrichtung annähernd entgegengesetzt, so drohte das Feuer auch auf die anderen Masten überzugreifen. Auch das Achterschiff war bedroht. Kapitän Tegetthoff blieb nichts anderes übrig, als vom Wind abzufallen. Fregatte Radetzky deckte mit seinem Schiffskörper eine Zeit lang unseren Rückzug und feuerte dann kräftig auf die »Niels Juel«. Mittlerweile wurde auch unser so schön gezimmertes Schutzdach durch schwere herabfallende Teile durchschlagen. Ein weiterer Aufenthalt in der Nähe des Mastes wäre demnach Selbstmord und auch völlig sinnlos gewesen. Die Vormarsstenge war herabgestürzt und blieb brennend im Deck stecken. Ungeachtet der großen Gefahr, kletterte ein Marsgast mit einem Pumpenschlauch an die Vormarsstenge heran und löschte. Unser Geschwader nahm Kurs gegen Helgoland. Die dänischen Schiffe sandten uns noch einige Kugeln nach, wir antworteten aus unseren Heckgeschützen. Einer unserer letzten Schüsse verursachte einen Schaden an der Ruderanlage der »Jylland«. Die Dänen machten sich sofort an die Reparatur des Schadens, doch als er behoben war, hatten wir schon einen zu großen Vorsprung. Gegen 16:30 Uhr wurde das Feuer gegenseitig eingestellt.

Wir hatten eindeutig die größeren Schäden und die größeren Verluste erlitten. Das konzentrische Feuer Kapitän Suensons hatte die »Schwarzenberg« schwer zugerichtet.

Die Idee, sich auf ein Schiff zu konzentrieren, um dort die größten Schäden anzurichten, als sich um alle Schiffe gleichzeitig zu kümmern, war voll aufgegangen. Doch auch die dänische Flotte war schwer getroffen und war vorerst nicht in der Lage, den Kampf fortzusetzen. Es blieb beiden nichts anderes übrig, als den Kampf zu unterbrechen, wenigstens vorerst. Jetzt, als die Kanonen schwiegen, keine Granattreffer mehr durch ihre Explosionen das Trommelfell malträtierten, jetzt erst, konnte man den ganzen Jammer, den das Gefecht unter der Mannschaft angerichtet hatte, vernehmen. Grauenvoll und anklagend brüllten die Verwundeten überall auf dem Schiff. Vom Hurra nach den ersten Schüssen war nichts außer namenlosem Schmerz geblieben. Unvorstellbare Verletzungen, körperlich als auch seelisch, waren geschlagen worden. In der kurzen Zeit von nur zweieinhalb Stunden, die mir wie wenige Minuten vorkamen. Ein unglaubliches Geschehen, komprimiert wie die Füllung einer Granate, war durch mein Hirn, meinen Körper und durch meine Seele gerast. Mein Inneres sah so aus, wie mein Äußeres. Zerstört. Zerrissen. Blutig. Ich war zwar nahezu unverletzt und glücklich am Leben geblieben. Glücklich? Ich hatte noch alle meine Gliedmaßen, die funktionsfähig am Körper hingen. Auch verspürte ich kaum Schmerzen, die mir meine vielen kleinen Blessuren verursachen müssten. Ich hörte nur die Verwundeten schreien, wenn die Ärzte Amputationen ohne Betäubung vornahmen, hörte die Knochensägen bei ihrer Arbeit, hörte das Prasseln des noch immer wie eine Riesenfackel brennenden Mastes. Mir war schlecht, ich konnte aber nicht mehr kotzen, denn mein Magen und auch die Galle waren bereits entleert.

Die Explosionsgefahr war gebannt, das Feuer bei der Pulverkammer gelöscht. Es berührte mich nicht. Mir wäre fast lieber gewesen, das ganze verdammte Schiff mit all den bemitleidenswerten Geschöpfen darauf, wäre in die Luft geflogen. Die Worte meines Vaters dröhnten mir im Ohr. »Töten und getötet werden wird dein lebenslanges Geschäft bleiben.« Es war mir zwar erspart geblieben, einen anderen Menschen töten zu müssen, obwohl Entern durchaus ein Ziel von Tegetthoff gewesen wäre. Glücklicherweise ist uns ein Kampf Mann gegen Mann erspart geblieben. Ich ließ mich in eine Taurolle fallen, um ein wenig zu verschnaufen, doch war ich in der Sekunde eingeschlafen. Ich erwachte erst wieder, als ich auf dem improvisierten Operationstisch eines preußischen Armeechirurgen lag. Der Arzt und seine Helfer waren gerade darangegangen, mich vorsichtig auszuziehen, um nach meinen Verwundungen zu sehen. Ich war ja von Kopf bis Fuß blutig. Vor Schreck tat ich einen Schrei und wurde von den Helfern gleich wieder niedergedrückt. »Ich bin ganz gesund«, schrie ich, »um Himmels willen, nichts amputieren!« Der Arzt, übermüdet und bereits abgestumpft, zog mich weiter aus und begutachtete ungerührt meinen geschundenen Körper. Als er die Holzsplitter in meinem Bein entdeckt hatte, entfernte er dieselben, ohne darauf Rücksicht zu nehmen, dass ich dabei Höllenqualen litt. Es kostete die Helfer des Chirurgen alle Kraft, mich auf dem Tisch zu halten. Das Stück Holz, welches mir zwischen die Zähne geschoben worden war, hatte ich schon nach kurzer Zeit durchgebissen. Ich habe keine Erinnerung mehr daran, wie lange die Operation dauerte. Zwischendurch verlor ich immer wieder das Bewusstsein, so wie in der Marineakademie, bei der Bestrafung mit dem Haslinger. Die Desinfektion der Wunden mit Alkohol war dann die Krönung des Schmerzes. Es fühlte sich an, als würden meine Beine in siedendes Wasser getaucht. Die Sanitätshelfer packten mich und verfrachteten mich recht unsanft auf eine Pritsche, auf der ich dann in Ruhe gelassen wurde. Von vor Schmerz wimmernden

Kameraden umgeben, erlöste mich bald narkoseähnlicher Schlaf. Ich träumte von meiner geliebten Riccarda, von Vater und Mutter und Hauptmann von Aggstein. In meinen Traumbildern sah ich auch Kaiser Maximilian, während ich das Signum Laudis fest in meiner träumenden Faust hielt. War es ein guter Dienst, den mir der Erzherzog Maximilian erwiesen hatte, als er mir die Laufbahn an der Marineakademie ermöglichte? Wusste er, was mich erwarten würde? Hatte er eine Ahnung von den Schrecknissen, die ich durchleben musste? Ich glaube nicht, denn er hatte noch niemals als Teilnehmer eine Seeschlacht erleben müssen. Er konnte nicht wissen, was es bedeutete, zusehen zu müssen, wie einem Kameraden das Hirn aus dem zerschmetterten Schädel lief. Der freundliche, hochgebildete und sensible Erzherzog hätte mir wissentlich solches Leid niemals angetan. Er war doch der gleiche Träumer wie ich, träumte von der weiten Welt, einer guten und friedlichen Welt. Hedonistisch veranlagt, verabscheute er jede Gewalt und den daraus resultierenden Schmerz.

Als ich erwachte, blickte ich in die freundlichen Augen des Oberbootsmannes Franz Petrovic, diesem unverwüstlichen Haudegen. Er hielt meine Hand und lächelte mich an. »Ich hab dir doch gesagt, dass wir das überleben werden«, scherzte er. Mein Signum Laudis hielt er mir baumelnd vor die Augen. »Du hast in deinem Traum die ganze Zeit danach gerufen und vom Erzherzog gesprochen.«

Dankbar griff ich nach meinem geliebten Erinnerungsstück.

»Ich habe es für dich gerettet, bevor deine Uniform verbrannt wurde.« »Meine Uniform ist verbrannt worden?«, rief ich entgeistert, »sie war ein Geschenk Seiner Majestät!«

»Es tut mir leid, Stephan, aber die Ärzte nehmen darauf keine Rücksicht. Sie haben sie einfach aufgeschnitten, um schneller zu deinen Verwundungen zu gelangen. Und zusätzlich war sie derart zugerichtet, dass jede Reinigung oder Reparatur sinnlos gewesen wäre.«

»Hauptsache, das Signum Laudis gibt es noch«, stöhnte ich zufrieden. »Danke, lieber Franz!«

»Du warst sehr tapfer, Herr Fähnrich, meine Hochachtung! Es würde mich nicht wundern, wenn du die Goldene erhalten würdest.«

»Ich war nicht tapfer, Franz, ich war gar nicht bei mir. Hätte es eine Möglichkeit zum Davonlaufen gegeben, ich wäre garantiert gelaufen.«

»Ach was, einen Schmarren wärst du gelaufen, du hast unerschrocken gekämpft.«

»Wie du meinst, Herr Oberbootsmann, sag, wie geht es Kapitän Tegetthoff, ist er am Leben?«

»Du meinst ganz sicher Herrn Contre-Admiral Tegetthoff!«

»Contre-Admiral?«

»Ja, Seine Majestät der Kaiser, hat unseren Kommandanten vor wenigen Stunden zum Contre-Admiral befördert.«

»Ja, haben wir denn gewonnen?«

»Nun, das ist nicht so ganz sicher, jedenfalls ist die Seeblockade gebrochen und es sieht so aus, als bliebe es auch dabei.«

»Hilf mir auf, Franz, ich muss zum Admiral, gratulieren.«

»Im Nachthemd wird es nicht gehen, Stephan, ich besorge dir zuerst eine neue Uniform.«

»Ach so, natürlich, meine Uniform, wo ist mein Säbel?«

»Alles in Sicherheit, Stephan, bin gleich wieder bei dir.«

Angekleidet in meiner neuen, vom Oberbootsmann beschafften Montur, machte ich mich humpelnd auf den Weg zur Brücke. Das Deck des Schiffes war schon wieder recht gut hergerichtet und die Spuren des Kampfes fachmännisch getilgt. Ich meldete mich bei meinem vorgesetzten Offizier, Linienschiffs-Leutnant von Henriquez, zurück zum Dienst. Sofort entdeckte ich die Eiserne Krone III. Klasse an seiner Brust.

»Gratuliere herzlich, Herr Leutnant!«

»Dank dir, Stephan, warst mir eine große Stütze in der Schlacht, hast dich sehr gut gehalten.«

»Danke, Herr Leutnant. Möchte dem Herrn Admiral meine Aufwartung machen, würdest du mich anmelden?«

»Geh zuerst zum Gesamtdetailoffizier von Waldstätten, er ist zum Fregatten-Kapitän befördert worden, er nimmt dich dann mit zum Contre-Admiral.« Freundlich drückte mir mein Chef die Hand und schob mich in Richtung des I. Offiziers. Nachdem ich schneidig – soweit meine körperliche Verfassung dies zuließ – Meldung vor dem frischgebackenen Kapitän gemacht hatte, betrat ich die Räumlichkeiten des Kommandanten. Kaum war ich des Admirals ansichtig geworden, winkte er mir auch schon zu. »Komm weiter, Fähnrich, ich ersticke im von mir so gehassten Papierkram. Die Kugeln haben zu fliegen aufgehört, jedoch nur, um einem ganzen Hagel von Papierbögen Platz zu machen.« Tegetthoff saß in seiner alten Uniform eines Linienschiff-Kapitäns am Schreibtisch. Die neuen Distinktionen und der Orden der Eisernen Krone II. Klasse lagen gemeinsam mit dem Telegramm Seiner Majestät am benachbarten Sekretär. Als ich gratulieren wollte, unterbrach mich der Admiral sofort. »Es gibt nichts zum Gratulieren, Fähnrich, wir müssen uns um die vielen Verwundeten kümmern, müssen sehen, dass sie in Krankenhäuser gebracht werden. Die eigentlichen Helden dieser Seeschlacht sind die einfachen Seeleute aus Dalmatien, Venedig, Triest, und wo auch immer sie herkommen mögen. Ihnen soll unsere ganze Ehre gebühren. Ohne diese tapferen, kampfbereiten Matrosen wäre ein Erfolg unmöglich gewesen! Jetzt gilt es, alles zu tun, um ihnen wirksam zu helfen.« Auf der Fregatte »Schwarzenberg« waren 32 Mann gefallen, 44 Schwerverwundete und 25 Leichtverwundete zu beklagen. »Radetzky« hatte fünf Tote, acht Schwerverwundete und 16 Leichtverwundete beim Einlaufen in Cuxhaven an Bord. Die Bevölkerung kümmerte sich rührend um unsere Blessierten. Sie unternahmen alles Menschenmögliche, um die Leiden der Bedauernswerten zu lindern. Spontan wurden Sammlungen durchgeführt, Lebensmittel wurden an Bord gebracht, Verbandsmaterial und Lazarettutensilien besorgt. Der Hamburger Senat spendete für die Verwundeten und die Hinterbliebenen 10 000 Mark. Aus Hamburg, Oldenburg, Hannover reisten Menschen an, um unsere Escadre zu besichtigen. Das Oberdeck von »Radetzky« und »Schwarzenberg« wurde zur Besichtigung freigegeben, jedoch nicht die Unterdecks. Das wäre undenkbar gewesen. Zu furchtbar war der Anblick, der sich hier bot, es musste vor der Öffentlichkeit verborgen bleiben. Obwohl die Fregatte »Schwarzenberg« 93 Treffer in den Rumpf erhalten hatte, waren diese Schäden, von außen betrachtet, nicht sofort zu erkennen. Die Kanonenkugeln drangen durch das Holz des Schiffes ein. Dabei wurden armlange zackige Holzspäne herausgerissen. Sie verursachten die grässlichsten Verwundungen. Nach dem Durchmarsch der Projektile durch die Schiffswand, schlossen sich die Fasern des Holzes wieder und der angerichtete Schaden blieb optisch gering. Von außen wenigstens. Im Inneren des Schiffes sah es natürlich ganz anders aus. Jedenfalls waren die Reparaturen im vollen Gange, es musste so schnell wie möglich wieder Gefechtsbereitschaft hergestellt werden. Wir befanden uns ja nach wie vor im Krieg und mussten gewahr sein, einen möglichen Angriff abzuwehren. Der Vorderteil der »Schwarzenberg« war halb verkohlt. An einer Stelle war die Bordwand auf etwa acht Meter aufgerissen, sodass man das Gerippe des Schiffes sehen konnte. Durch einen weiteren Senatsbeschluss wurde Geld zur Reparatur aller Schäden an unseren Schiffen bereitgestellt.

Admiral Tegetthoff war in den ersten Wochen nach dem Gefecht nicht nur mit der Wiederherstellung seiner Escadre beschäftigt, sondern auch mit der Erstellung von Gefechtsdarstellungen, dem Abfassen von Kondolenzbriefen an Angehörige der Gefallenen und dem Empfang von Delegationen an Bord. Ich half dem Admiral bei seiner Korrespondenz. Den Eltern des gefallenen Seekadetten Julius Belsky schrieb Tegetthoff Folgendes:

Cuxhaven am 29. Mai 1864

Euer Wohlgeboren!
Seine k. k. Apostolische Majestät der Kaiser habe mit allerhöchster Entschließung datiert Schönbrunn den 21. laufenden Monats nebst mehreren anderen Auszeichnungen, Ihrem, beim Seegefechte von Helgoland gefallenen Sohn, den Seekadetten Julius Belsky, die Goldene Tapferkeitsmedaille zu verleihen und zugleich anzubefohlen geruht, dass diese Medaille seinen Angehörigen übersendet und belassen werde. Indem ich diesem letzten Befehl unseres allergnädigsten Herrn und Kaisers nunmehr nachkomme, fühle ich mich gedrungen, Euer Wohlgeboren meine vollste Bewunderung über das heldenmüthige Benehmen Ihres gefallenen Sohnes während des erwähnten Gefechtes auszudrücken, welches gütigst in den Annalen der k. k. Kriegsmarine bis in die spätesten Zeiten fortleben wird. Möge Euer Wohlgeboren für den herben Verlust, der sie betroffen hat, das Bewusstsein trösten, dass Ihr Sohn im Kampf für seinen Kaiser

und Vaterland und die Ehre seiner Flagge ein ruhmvolles
Ende gefunden hat. Genehmigen Euer Wohlgeboren den
Ausdruck besonderer Hochachtung und aufrichtigster und
inniger Teilnahme.

Wilhelm von Tegetthoff
Contre-Admiral

Ob meine Eltern nach Erhalt eines solchen Schreibens
Trost empfunden hätten? Nun, ich war ja noch einmal da-
vongekommen und sie mussten kein Kondolenzschreiben
empfangen. Auch der Admiral sah ein, dass derlei Schreiben nur wenig bewirken würden, doch mehr konnte man
einfach nicht tun. Kein noch so freundliches und anteil-
nehmendes Schreiben konnte einen Sohn wieder lebendig,
oder einen zum Krüppel geschossenen wieder gesund machen. In diesem Bewusstsein diktierte mir Tegetthoff sehr
viele solcher Schreiben. Diese Arbeit ließ mich die erlebten
Schrecknisse der Seeschlacht verdrängen, denn vergessen
konnte ich sie nicht. Ich hatte an meine Eltern nur einen
recht kurzen Brief geschrieben, dass ich wohlauf wäre und
alles gut überstanden hätte. Ich beschrieb die Reise nach
Helgoland und Cuxhaven, erzählte von den Menschen
hier und beschrieb die Umgebung. Vom Krieg erwähnte
ich kein Wort. Wozu sollte ich sie unnötig ängstigen? Oft
schreckte ich in der Nacht aus einem Albtraum auf, stieß
mir dabei den Kopf an einem Balken und glaubte schon
wieder mitten im Gefecht zu sein. Ich war beileibe nicht
der Einzige, dem es so erging. Manche Kameraden sprachen von der Schlacht im Schlaf, andere erwachten, schrei-
end um Hilfe rufend, oder Befehle brüllend. Manchmal
trank ich vor dem zu Bett gehen eine ordentliche Portion
Rum, um mich zu betäuben, um durchschlafen zu können. In manchen Nächten meldete ich mich freiwillig zur

Wache. Ich musste einfach beschäftigt sein, durfte keine Gelegenheit haben, zu viel nachzudenken. Sehr heilsam fand ich auch die Gespräche mit Franz Petrovic. Manchmal spielten wir die halbe Nacht Karten oder diskutierten über den Inhalt eines Buches. Der Oberbootsmann war mein einziger echter Freund an Bord. So sehr ich mich mit dem gewesenen Erzherzog-Admiral Maximilian angefreundet hatte, so wenig wollte mir dies mit Contre-Admiral Tegetthoff gelingen. Wir arbeiteten zwar eng und gut zusammen, doch über die tägliche Arbeit hinaus hatten wir kaum ein Gesprächsthema. Wilhelm von Tegetthoff war ein überaus verschlossener Mensch und durchaus als Stoiker zu bezeichnen. Nichts brachte ihn aus der Ruhe. Wohl ärgerte er sich oft über den überbordenden österreichischen Bürokratismus, über die überaus umständliche Befehlsstruktur, die immer der Realität hinterherhinken musste und über die Unabänderlichkeit mancher Schildbürgerei. Privat allerdings war ihm nichts zu entlocken. Er schrieb seitenlange Briefe an seine Freundin, Baronin von Lutteroth. Mit ihr alleine tauschte er sich aus. Kam ein Brief von der Baronin an, zog sich der Admiral für längere Zeit zurück, um ihn zu studieren und auf der Stelle zu beantworten. Auf seine Art liebte er diese Dame. Sie war ganz offensichtlich sein Lebensmensch. Dafür beneidete ich ihn und immer dachte ich an Riccarda. Was war wohl aus ihr geworden? Wir hatten keinen Kontakt zueinander, konnten keinen haben. Ich dachte auch an Kaiser Maximilian und Kaiserin Charlotte, auch zu ihnen fehlte mir der Kontakt. Ich fühlte mich einsam. Das ewige Einerlei an Bord, dann und wann ein kleiner Spaziergang im Hafen und der Besuch einer Kneipe. Ich begann ernsthaft den Austritt aus der k. k. Kriegsmarine zu erwägen und mich in Mexiko am Kaiserhof zu bewerben. Endlich kam ein Brief von Kaiser Maximilian, gerichtet an Tegetthoff.

Endlich zeigte der Admiral einmal eine nervöse Regung. Er war richtig aufgeregt, als er das Schreiben seines Freundes in Händen hielt. Die gleiche Aufregung hatte er an mir bemerkt und er las in meinen Augen die dringende Bitte, den Brief lesen zu dürfen. Er deutete nur mit dem Kopf in meine Richtung und wir verschwanden in seiner Kajüte. Nach hastigem Öffnen des Kuverts, überflog er den Inhalt und begann dann laut vorzulesen:

Chapultepec, den 20. Mai 1864

Wenngleich durch den weiten Ocean vom theuren Vaterland und der mir so lieben österreichischen Kriegsmarine getrennt, werde ich doch nie aufhören, alle Freuden und Leiden derselben wärmstens mitzufühlen. Ich war demnach freudig gerührt, als ich die Nachricht über das für Österreich so ehrenvolle Seegefecht, welches Sie mit den stärkeren Dänen bestanden aus den Zeitungen erfuhr, bei welchem Anlaß selbst die Dänen der Bravour der österreichischen Marine die rühmliche Anerkennung zollten.

Sie haben mit den Ihnen unterstehenden Offizieren und der tapferen Mannschaft bewiesen, was die k. k. Marine selbst in den vorherrschenden ungünstigen Verhältnissen zu leisten vermag, und was sie in besseren Umständen Österreich zu nützen in der Lage sein wird.

Sie haben den jahrelangen Opfern, die Seine Apostolische Majestät der Marine gebracht, und unser aller redlichen Bemühungen diese wichtige Branche des Staates zu schaffen und zu heben, durch Ihre Umsicht, Tapferkeit und das brave Verhalten der zwei Schiffe die Krone aufgesetzt. Nehmen Sie meinen herzlichsten und tiefgefühltesten Glückwunsch für den dem Kaiser und dem Vaterlande geleisteten großen Dienst entgegen.

*Beiliegend übersende ich Ihnen, als Zeichen meiner
aufrichtigen Bewunderung das Diplom des Großoffiziers
meines Guadelupe-Ordens, und schließe 10 000 Francs bei,
die Sie unter die Verwundeten und an die Witwen und
Waisen der Gebliebenen im Namen Ihres ehemaligen Chefs
verteilen wollen.*

Ihr Ihnen wohlgewogener Maximilian

*P.S.: Einen herzlichen Gruß an Stephan Federspiel, ich
hoffe sehr, er ist wohlauf!*

Jetzt lachte der Kommodore von einem Ohr zum anderen.
»So weit weg, in einer anderen Welt und doch hat er uns
nicht vergessen, ist sein Interesse bei uns!«, rief er glücklich.

»Steht da wirklich, ein herzlicher Gruß an Stephan Federspiel, Herr Admiral?«

»Ja, da sehen Sie selbst«, Tegetthoff hielt mir das weitge-
reiste Papier unter die Nase. »Schreiben Sie sich die Adresse
ab, damit Sie zurückschreiben können, Fähnrich Federspiel.«

Das tat ich natürlich auf der Stelle, bat mich zurückziehen
zu dürfen und rannte atemlos in meine Kabine.

Ich schrieb dem Kaiser, erzählte ihm Details aus der
Schlacht, sprach von meiner Sehnsucht nach Miramare,
vermied es aber, meine Idee nach Mexiko zu gehen, zu
formulieren. Vielleicht gab es zukünftig auch ein paar ver-
nünftige Aufgaben in der k. k. Marine für mich. Von See-
gefechten hatte ich für den Rest meines Lebens genug. Ich
konnte nicht umhin und erzählte dem Kaiser auch eine
überaus lustige Begebenheit mit Tegetthoff:

Ein paar Tage nach dem Seegefecht wurde Contre-Admiral Tegetthoff von Oberst Graf Bellegarde und Haupt-

mann des Generalstabes Gründorf von Zebegeny aufgesucht. Sie überbrachten die Glückwünsche des k. k. Heeres. Korvettenkapitän Baron Waldstätten begrüßte die beiden Offiziere und unterrichtete sie über alle Einzelheiten des Seegefechtes. Tegetthoff inspizierte einstweilen die Tafel im Salon der »Schwarzenberg«. Als alles zu seiner Zufriedenheit war, ließ er bitten. Er nahm die überbrachten Glückwünsche sehr ernst und mit kurzem Dank entgegen. Oberst Bellegarde und Hauptmann Gründorf waren sehr erstaunt, dass man die Spuren der Verwüstung so schnell hatte beheben können. Der Salon sah aus, als befände man sich mitten im schönsten Frieden. Tegetthoff war zwar ein überaus bescheidener Mann und seine Lebensführung war so sparsam, dass es, seiner gesellschaftlichen Stellung entsprechend, oft hart an der Grenze des noch Machbaren war. Auf der anderen Seite, wenn es nötig war, verstand er es aber auch zu repräsentieren. Die Tafel war prachtvoll gedeckt und die Gläser bestanden aus feinem Kristall. In der Mitte des hufeisenförmigen Tisches war ein schönes Kunstwerk aufgestellt. Es war ein großer Tafelaufsatz mit den Gestalten von schönen Wassernymphen. Sie reckten kriegerisch Speere in die Luft. Es war ein Geschenk seiner Kameraden gewesen. Tegetthoff sah älter aus, als er an Jahren zählte. Sicher trugen der mächtige Backenbart und die bereits sehr hohe Stirne dazu bei. Aber auch sein ernstes Wesen und seine verschlossene, nachdenkliche Art ließ ihn gereifter aussehen.

An der Tafel wollte kein rechtes Gespräch in Gang kommen. Tegetthoff schwieg, offensichtlich mit ernsten Gedanken befasst. Der Braten wurde serviert und schweigend eingenommen. Danach erhob sich Tegetthoff, um den Trinkspruch auf den Kaiser auszubringen. Gerade als er dies tun wollte und alle ihr Glas erhoben hatten, stürzte ein menschlicher Körper durch die Deckenluke auf den Tisch herab. Sein Hinterteil landete genau auf den speerbewaffneten Najaden, des in der Mitte des Tisches aufgestellten Kunstwerkes. Alles Geschirr und die Kristallgläser gingen dabei ebenfalls zu Bruch. Stöhnend lag Linienschiffs-Leutnant Eugen Gaal de Gyula auf dem Tisch. Einen Moment lang traute sich keiner zu rühren, alles hielt die Luft an, bis sich endlich Baron Waldstätten und Leutnant Henriquez ermannten, dem vom Himmel gefallenen vom Tisch herunter auf die Beine zu helfen. Jetzt traten auch alle anderen Anwesenden zum Verunglückten und erkundigten sich nach seinen Verwundungen. Nur Tegetthoff stand da wie eine Marmorsäule, verzog keine Miene. Er fragte den Leutnant nur kurz: »Haben Sie sich verletzt?« Gaal stand so stramm er nur konnte, starrte einen Moment auf die verbogenen Speere der Najaden, um dann sofort Meldung zu machen.

»Nein, Herr Commodore!«

»Gut, dann gehen Sie wieder auf Ihren Posten.«

Damit war für Tegetthoff die Angelegenheit erledigt. In Windeseile wurde die Tafel wiederhergestellt. Tegetthoff beobachtete die Arbeiten und als sie abgeschlossen waren, fuhr er in seinem Trinkspruch auf das Kaiserhaus fort, brachte seinen Toast aus, als wäre nichts geschehen. Angesichts der eisigen Ruhe, die der Admiral ausstrahlte, traute sich keiner auch nur zu lächeln. Erst später als wir wieder unter uns waren und Tegetthoff sich wieder seinen Arbeiten widmete, lachten wir uns krumm. Die Tränen liefen uns über die Wangen, ob dieser einzigartigen komischen Vorstellung unseres Kollegen Leutnant Gaal. Aber noch lustiger fanden wir die stoische Haltung unseres Kommandanten. Kaum hatten wir uns ein wenig beruhigt, da brachte ich den Kameraden das Bild der verbogenen Speere ins Gedächtnis zurück und wieder lachten wir aus ganzem Herzen. Dieser Vorfall wirkte bei uns auch wie ein Ventil, denn zu lachen hatten wir bei Gott in der letzten Zeit nichts gehabt. Leutnant Gaal war natürlich nicht zurück an seinen Posten gegangen, sondern direkt in die Sanitätsstation. Er hatte doch erheblichere Verletzungen durch die Najaden erlitten. Als wir ihn besuchten, war der Admiral bereits bei ihm gewesen. Wenn Tegetthoff auch äußerlich keine Regung gezeigt hatte, so ging ihm der Unfall seines Mitarbeiters doch sehr nahe. Tegetthoff war eben ein Stoiker. Durch unerwartete Ereignisse ließ er sich nicht im Geringsten aus der Ruhe bringen. Als wir Eugen sahen, mussten wir natürlich neuerlich lachen und er lachte mit uns, zwar mit leicht schmerzverzerrtem Gesicht, aber auch ihm rannen die Tränen über die Wangen. Möglicherweise auch vor Schmerz. Der Stabsarzt bat uns dann freundlich, wir sollten uns zum Teufel scheren und gefälligst in der Offiziersmesse weiterlachen. Das taten wir auf der Stelle.

Die Dachluke war normalerweise durch ein Glasdach abgedeckt. Vor dem Gefecht war das Glas aber entfernt und durch ein grünes Tuch ersetzt worden. Leutnant Gaal hatte Wache, machte einen Schritt rückwärts, blieb mit dem Schuhabsatz am Rand der Luke hängen und stürzte hinab zu seinem großen, ungeplanten Auftritt. Kleine Ursache, große Wirkung.

Nachdem sich Armee und Flotte noch erfolgreich mit dem renitenten dänischen Kapitänleutnant Hammer herumschlug, er hatte sich mit etwa 150 Mann und einigen Fahrzeugen der Küstenschutzflottille auf den Inseln Föhr, Sylt, Römö, Fanö, Wyk verschanzt, konnte auch dieses Problem am 19. Juli durch seine Kapitulation gelöst werden. Die mit Dänemark vereinbarte Waffenruhe wurde bis zum 31. Juli verlängert, denn am 26. Juli hatten die Friedensverhandlungen in Wien begonnen. Der Krieg war damit für uns beendet.

Zu meinem Leidwesen blieb die österreichische Flotte allerdings bis zum 21. September präsent. Vom »Land ohne Sommer« hatte ich die Nase schon gründlich voll. Immer seltener unternahm ich Landausflüge und zudem war mir längst der Lesestoff ausgegangen. Wenigstens beschäftigte mich der Admiral mit Schreibarbeiten. Auf diese Weise war ich über die politische Lage zwangsläufig recht gut informiert. Die Zusammenarbeit mit unserem Verbündeten Preußen, gestaltete sich zunehmend schwieriger. Österreich gehörte die Sympathie der allermeisten Norddeutschen Staaten, doch Preußen zeigte ganz unverhohlen die Absicht, über kurz oder lang die Vorherrschaft zu übernehmen. Die Verwaltung des geteilten Schleswig-Holsteins wurde gemeinsam übernommen. Feldmarschallleutnant Freiherr von Gablenz wurde mit der Verwaltung von Holstein beauftragt. Wir konnten uns des Gefühls nicht erwehren, dass Gablenz vor einer langfristig unlösbaren Aufgabe stand. Contre-Admiral Tegetthoff schrieb am 19. August an Vice-Admiral von Fautz:

Sehr gut übrigens, dass ein Paar Schiffe bleibend in diesen Gewässern stationiert werden; in Bremen und Hamburg hat Österreich Sympathien, dies ist positiv und das zeitweise Erscheinen der Kriegsflagge kann nur dazu beitragen, die Leute zu ermuntern sich nicht gänzlich Preußen in die Arme zu werfen. Unser guter Alliierter scheint ohnedies die besten Absichten zu haben, uns über den Löffel zu balbieren; solange jedoch unsere Schiffe hier sind, wird es den Bewohnern der Küste in Erinnerung bleiben, dass sie österreichischen Schiffen und nicht den preußischen die Befreiung von der dänischen Blockade verdanken. Überhaupt gibt es hier im Norden gar manche, denen die offen zur Schau getragenen Annexionsgelüste Preußens nachgerade Besorgnisse einflößen und sie daher eine Kräftigung des Ansehens Österreichs sehnlichst wünschen.

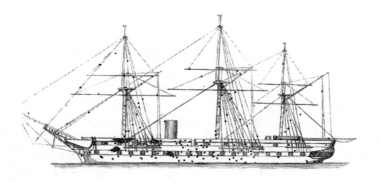

*Trefferbild – ca. 80 Treffer – der Fregatte »Schwarzenberg« an Backbord
(nach dänischen Angaben)*

Teil V

Die Zeit vor Lissa

Tegetthoff kehrte als europäische Berühmtheit nach Österreich zurück. Allen Unkenrufen zum Trotz. Schrieben doch die österreichischen Zeitungen anfangs sehr negativ über die Aktion in der Nordsee. Die »Morgenpost« sprach von einem *Misserfolg*, die »Glocke« von einer *Schlappe* und das »Volksblatt« von einem *verhängnisvollen Tag*. Sie hatten sich von der britischen österreichfeindlichen Haltung offenbar anstecken lassen. Dort schrieb die »Times«, *dass Österreich freilich einen bedauerlichen Misserfolg gehabt, jedoch wenigstens die Flagge nicht geradezu mit Schande bedeckt hat*. Die »Triester Zeitung« fand als eine der wenigen Blätter lobende und ehrende Worte für die Leistungen der Escadre.

Das alles focht Wilhelm von Tegetthoff nicht im Geringsten an. Er machte aus seiner Verachtung für Zeitungsschmierer kein großes Hehl. Mochten sie gut oder schlecht über ihn schreiben, das Einzige, was zählte, war der tatsächliche Erfolg und die Meinung und das Wohlwollen seines obersten Kriegsherrn, dem Kaiser. Der Kaiser hätte ihm wohl kaum als Dank für Feigheit vor dem Feind zum Flaggenoffizier befördert. Und tatsächlich verstummten die Falschmeldungen in dem Moment, als Tegetthoff Admiral geworden war.

In Wien fand Tegetthoff drastisch veränderte Verhältnisse vor. Das Marineministerium war aufgelassen worden und als Kriegsmarinesektion dem Kriegsministerium eingegliedert. Vice-Admiral von Fautz, kein ausgesprochener

Freund Tegetthoffs, wurde Sektionschef. Admiral Freiherr von Wüllerstorff-Urbair wurde als Minister ins Handelsministerium berufen. Ein Feind mehr, ein Freund weniger. Tegetthoff musste um den Erfolg der Neuorganisation der Marine fürchten. Doppelgleisigkeiten, unterschiedliche Ansichten, blanke Unwissenheit über die Belange und Notwendigkeiten der Marine bei der Armee mussten zwangsweise zum Konflikt führen. In einem Binnenland wie Österreich hatten die Landstreitkräfte naturgemäß das Übergewicht, der Marine blieb nur der Part des Juniorpartners. Die Stimmung, die Tegetthoff in der Marine vorfand, war denkbar schlecht. Von Erzherzog Leopold, dem Generalinspector und gleichzeitig Flotteninspector der Armee, erwarteten die Seeoffiziere keine große Fachkenntnis in Marinebelangen. Einen Laien, eine Landratte an die Spitze der Flotte zu stellen, war wohl die denkbar schlechteste Entscheidung. Zu allem Übel hatte der Erzherzog dem Linienschiffs-Kapitän von Poeckh noch vor Tegetthoff zum Admiralspatent verholfen. Von Poeckh war zwar dienstgradgleich mit Tegetthoff, jedoch dienstälter. Poeckh, bekannt als allen Neuerungen mit großer Skepsis gegenüberstehend, und Tegetthoff bekannt für das gerade Gegenteil – er könnte dem Diensteifer und dem Elan des Helden von Helgoland arg im Wege stehen.

Tegetthoff hatte sich an mich und meine Dienstleistung gewöhnt. In der Tat hatte er unendlich viel zu tun und zu schreiben. Es galt, die Angelegenheiten der Kriegsmarine im Kriegsministerium so gut und so vehement wie möglich zu vertreten. Für mich wäre es ein großartiges Erlebnis gewesen, Wien mit seinen vielfältigen Zerstreuungen kennenzulernen. Alleine, ich kam in kein Theater, nicht in die k.k. Hofoper, sah vieles nur flüchtig und nur von außen. Mein Chef nahm mich praktisch rund um die Uhr in Anspruch. Einmal wenigstens, als ich auf den Contre-Admiral wartete, kam ich ins Café Griensteidl bei der Michaelerkirche, mit Blick zur Kaiserresidenz, und ins Café Central im Palais Ferstel in der Herrengasse. Er hatte mit dem Minister des Äußeren, Graf Mensdorff und Erzherzog Leopold und dem Vorstand des Marinedepartments, von Fautz, Besprechungen in der Hofburg. So richtig wohl fühlte ich mich dort allerdings nicht, da ich in meiner Marineuniform wie ein Fabeltier angestarrt wurde. Wäre mir ein Einhorn aus meiner Stirne gewachsen, die Verwunderung meiner Umgebung hätte nicht größer sein können. Weit und breit kein Wasser und trotzdem rennt ein Seeoffizier durch die Stadt. Entweder ein Verirrter oder ein Verwirrter, mussten die Leute sich denken. Offiziere grüßten mich zwar höflich, doch Gespräch wollte keines so recht in Gang kommen. Ich hatte wenig Ahnung von den Belangen des Landheeres und die anderen praktisch keine von denen der Kriegsmarine. Eine politische Diskussion war unter k. k. Offizieren verpönt. Für uns gab es nur den Kaiser und die Armee, oder die Flotte. Dazu kam, dass Tegetthoff mit jedem Tag schlechtere Laune bekam, was bei dem ihm eigenen Temperament schlimme Folgen für seine Umgebung hatte. Er kämpfte gegen Windmühlen. Seine Ausführungen und Argumente wurden wohlwollend aufgenommen, um sie gleich darauf wieder zu vergessen. Fast einmütig lautete die Antwort: »Man dürfe sich nicht in Auslagen stürzen, ohne von deren Nothwendigkeit Gewissheit zu haben.«

Tegetthoff erlaubte sich die Bemerkung: »... dass, wenn man auf die Mobilisirung und Erhaltung der Armee reflectire, die runden Ziffern mit 100 Millionen und einer Million pro Tag bezeichnet werde, die für die Flotte erforderlichen Summen gar nicht in Betracht kommen können.«

Umsonst, er trat auf der Stelle. Tegetthoff speiste mit dem Chef des Generalstabes, Freiherren von Henikstein und Baron Biegeleben. Ersterer hörte den Ausführungen Tegetthoffs mit ziemlicher Gleichgültigkeit zu, und Zweiter verlor es nach anfänglich gezeigtem Interesse bald. Das frustrierte ihn enorm. Alleine Erzherzog Albrecht teilte Tegetthoffs Ansichten. Er war der Ansicht, dass die Flotte große Dienste im Kampf gegen Italien leisten konnte.

In einer solchen Lage flüchtete sich Tegetthoff immer in intensive Korrespondenz mit seiner Baronin von Lutteroth, der er sein ganzes Leid klagte. Er schrieb lange Briefe und erhielt ebensolche zurück. Das war mein Glück, denn befasste sich Tegetthoff mit seiner Baronin, erhielt ich Ausgang. Dem Himmel sei Dank, dass auch Baron Sterneck sich häufig um Tegetthoff und seine persönlichen Belange kümmerte. An meiner Miene las er ab, wie der Admiral gelaunt war und wappnete sich entsprechend.

»Herr Linienschiffs-Kapitän«, sprach ich Baron Sterneck an, »der Admiral braucht ein Kommando, er muss aus Wien weg!«

»Richtig, Herr Leutnant, das sehe ich auch so.«

»Der Admiral hat das Gefühl, dass er in Ungnade gefallen ist.«

»Unsinn, Herr Leutnant, er ist keineswegs in Ungnade. Der Kaiser hält große Stücke auf Wilhelm von Tegetthoff. Es sind ganz einfach im Moment die falschen Leute an den Hebeln tätig. Wir müssen uns in Geduld üben, das ändert sich wieder.«

»Das ist es ja gerade, Herr Kapitän, Geduld ist ein Fremdwort für den Escadre-Commandanten. Er ist wie ein Kessel, der ständig aufgeheizt wird und kein Ventil zur Entlastung hat.«

Baron Sterneck sah mich an, atmete tief ein, hielt ein wenig inne und betrat daraufhin »mit Gott« tapfer das Arbeitszimmer von Wilhelm von Tegetthoff. Sterneck und Tegetthoff verstanden sich glänzend, was mir ein Rätsel war. Die beiden Charaktere konnten unterschiedlicher nicht sein. Baron Sterneck war ein liebevoller Ehemann und Familienvater, was er auch ausstrahlte. Tegetthoff hingegen ein einsamer Eigenbrötler, unnahbar, jähzornig und arbeitssüchtig. Irgendwie ergänzten sich die beiden hervorragend. Immerhin kam ja auch ich gut mit meinem Chef aus, meistens wenigstens. Ich hatte gelernt, mit seinen Marotten und seinem Jähzorn umzugehen. Unsere gemeinsame Freundschaft zu Kaiser Maximilian war dabei sicherlich sehr nützlich. Nach einer Stunde etwa stand Baron Sterneck mit heiterem Gesicht wieder bei mir im Vorraum. Er strich sich entspannt durch seinen Vollbart und gleichzeitig kramte er in seiner Uniformjacke nach einer Virginia. Erwartungsvoll, Feuer bereithaltend, blickte ich den Kapitän an.

»Er hat genug, die Segel in Wien werden gestrichen. Wir gehen zum Geschwader in die Levante ab«, frohlockte Sterneck und saugte gierig an der von mir befeuerten Zigarre. »Was sagen Sie dazu, Federspiel?«

»Zu Befehl, Herr Kapitän«, antwortete ich heiter, »wann geht's los?«

»Wir stechen noch im Jänner in See!« Mit einem Lied auf den Lippen, verließ Baron Sterneck unser Domizil. Es war in der Tat eine gute Nachricht, doch sah es nicht ein wenig nach Flucht aus? Flucht vor der überbordenden Bürokratie, den Intrigen, den Hofschranzen und Speichelleckern, den ewigen Besserwissern, Flucht vor Fautz und Poeckh? In den Augen dieser Modernisierungsverhinderer war Tegetthoff ein »Altarzertrümmerer« und »Bilderstürmer«! Tegetthoff hatte seine Aufgabe in Wien erledigt. Mehr war im Moment nicht zu tun und auch nicht zu erreichen. Man musste auf bessere Zeiten hoffen und ihnen hellen Blickes entgegensehen.

– 15 –

Triest

13. Jänner 1865

Escadre-Commandant Contre-Admiral Wilhelm von Tegetthoff hisste seine Flagge auf der »Schwarzenberg«. Gemeinsam mit »Radetzky«, den Kanonenbooten »Kerka«,
»Hum«, »Dalmat«, »Wall« und »Reka« wurde das Levan-
tegeschwader gebildet. Unser Befehl lautete: »Ausbildung
von Offizier und Mannschaft, sowie Sicherung der adriatischen Gewässer«. Also eine Friedensmission, genau das
Richtige für mich. Von umherfliegenden Kanonenkugeln,
pfeifenden Granaten und detonierenden Bomben wollte
ich nichts mehr hören und sehen.

Es war mir gerade eine Woche lang vergönnt gewesen, bei
meinen Eltern zu verbleiben. Glücklich waren sie nicht über
mein unstetes Leben. Wenn ich persönlich auch nur Unwe-
sentliches von Helgoland berichtet hatte, so hatten sie über
die Zeitungen doch recht genaue Kenntnis von der Schwere
der Seegefechte erhalten. Mutter war in mich gedrungen, sie
wollte mehr wissen, Details, welche Aufgabe ich hatte, ob
ich jemanden töten musste und vieles andere mehr, doch ich
verblieb auf Allgemeinplätzen und antwortete ausweichend.
Ich konnte ja nicht wissen, ob durch die von mir abgege-
benen Kanonenschüsse nicht doch einer oder womöglich
mehrere Gegner getötet wurden. Meine körperlichen Verwundungen verschwieg ich, und hoffte, meine seelischen
blieben unentdeckt. Vater bereitete dann der Fragerei ein
Ende. »Stephan wird schon wissen, warum er nicht darüber
sprechen will, lass ihn bitte zufrieden! Die Geschichte ist
noch viel zu jung, so etwas muss erst verarbeitet werden.«

Dafür war ich Vater wirklich dankbar gewesen. Was ich erlebt hatte, konnte ich doch unmöglich meiner Mutter erzählen. Stattdessen erzählte ich von unserer neuen Aufgabe, die keine besonderen Gefahren in sich barg. Das beruhigte meine Eltern und war auch ein weit angenehmeres Thema. »So, die Kriegsmarine verfolgt Handelsinteressen«, stellte Vater erstaunt fest, »vielleicht wird es ja doch noch etwas mit einer Anstellung beim österreichischen Lloyd?« So ablehnend, wie ich vor Helgoland auf dieses Ansinnen reagiert hätte, reagierte ich nun nicht mehr. Zustimmend allerdings auch nicht. Vater hatte meine kurze Unsicherheit bemerkt, ohne sich selbst etwas anmerken zu lassen.

Mein Vater arbeitete seit vielen Jahren für die Marine. Seine Leistungen waren dort hochgeschätzt. Für Politik allerdings interessierte er sich kaum. Er las zwar die Zeitungen, doch wollte es ihm nicht gelingen, rechten Durchblick in dem Gewirr von Meldungen, Kommentaren und Meinungen zu erhalten. Das ging den meisten Menschen so, die täglich angestrengt ihrem Brotberuf nachgingen, um sich und ihre Familien am Leben zu erhalten. Da blieb einfach zu wenig Zeit, um sich mit dem Weltgeschehen eingehend auseinanderzusetzen. Während Vater und ich die Werkstätte aufräumten, bat er mich, ihm zu erklären, ob es stimme, dass ein Krieg ins Hause stehe. Ich hatte ja nichts anderes zu tun, als mich mit den politischen Gegebenheiten zu beschäftigen und als Mitarbeiter von Tegetthoff war ich natürlich bestens informiert. Ohne meinen Vater schulmeistern zu wollen, begann ich auf seine Frage hin aus der Schule zu plaudern. Ich musste ein wenig ausholen, um die Zusammenhänge transparent zu machen. Also begann ich mit dem deutsch-dänischen Krieg, an dem ich vor zwei Jahren teilgenommen hatte.

Seit 1864, nach dem deutsch-dänischen Krieg, werden die beiden Herzogtümer Schleswig und Holstein von Österreich und Preußen gemeinsam verwaltet. Österreich steht in Holstein und Preußen in Schleswig. Bismarck ist das ein Dorn im Auge, denn er will beide Herzogtümer besitzen und sie dem Königreich Preußen einverleiben. Den Holsteinern ist das aber gar nicht recht, sie möchten viel lieber eigenständig werden. Der Augustenburger Herzog Friedrich VIII. bietet sich an, die Regentschaft zu übernehmen und findet auch große Zustimmung in der Bevölkerung. Bismarck tobt über diesen Zustand und beschuldigt die österreichische Regierung gegen Preußen zu hintertreiben. In Kiel residiert, als österreichischer Statthalter von Holstein, Feldmarschallleutnant Ludwig Freiherr von Gablenz, ein hochdekorierter Truppenführer mit viel diplomatischem Geschick. Er hat die Aufgabe, die augustenburgische Volksbewegung zu tolerieren, ohne Preußen zu provozieren. Dieses Problem ist aber scheinbar unlösbar, denn der Reichskanzler Otto von Bismarck will um jeden Preis provoziert werden, sucht er doch einen Anlass für den Krieg gegen Österreich. Bismarck übermittelte daher in einer diplomatischen Note die Beschwerde an Wien, Österreich verhalte sich in Holstein aggressiv und leiste revolutionären Umtrieben Vorschub. Was natürlich blanker Unsinn und an den Haaren herbeigezogen ist. Er droht mit der Aufkündigung des bestehenden Bündnisses, dem Gasteiner Vertrag. Das »Grafenministerium« in Wien – Mensdorff und Esterhazy – fürchte ich, wird den perfiden Angriffen und Winkelzügen Bismarcks nicht Herr. Dazu kommt auch noch der unselige Erzschurke Napoleon III. der mit seiner undurchsichtigen Außenpolitik, die er oft ohne Beiziehung seiner zuständigen Minister führt, extreme Verwirrung stiftet. Bismarck hat mit Italien einen Angriffspakt geschlossen. Wenn Preußen

Österreich im Norden angreift, eröffnet Italien gleichzeitig im Süden die Feindseligkeiten. Geht natürlich nur, wenn Napoleon III. stillhält. Und so fordert Napoleon III. eben einmal das linke Rheinufer und dann wieder das Saarland oder Belgien, als Tribut für sein Stillhalten. Bismarck aber legt sich bislang nicht fest und lässt sich sämtliche Möglichkeiten offen. Zwei Spielernaturen, wobei Bismarck eindeutig die besseren Karten hat und meiner Meinung nach auch noch weit kaltblütiger ist. Für Napoleon III. ist es von eminenter Bedeutung, dass Bismarck unterliegt. Gewinnt er nämlich, ist Frankreich sein nächstes Ziel. König Viktor Emanuel jedenfalls drängt Bismarck zum Angriff, der aber lässt sich wiederum nicht hetzen, er sucht verbissen nach einem Kriegsgrund und wenn er durch Lüge zustande kommt. Hauptsache, es kommt zum Krieg. In seiner Blut- und Eisen-Rede hat er dies ja auch eindruckvoll vorgezeichnet:

»*Nicht auf Preußens Liberalismus sieht Deutschland, sondern auf seine Macht; Bayern, Württemberg, Baden mögen dem Liberalismus indulgieren, darum wird ihnen doch keiner Preußens Rolle anweisen; Preußen muss seine Kraft zusammenfassen und zusammenhalten auf den günstigen Augenblick, der schon einige Male verpasst ist; Preußens Grenzen nach den Wiener Verträgen von 1815 sind zu einem gesunden Staatsleben nicht günstig; nicht durch Reden und Majoritätsbeschlüsse werden die großen Fragen der Zeit entschieden, das ist der große Fehler von 1848 und 1849 gewesen, sondern durch Eisen und Blut.*«

Seine Devise: Österreich muss aus dem Deutschen Bund vertrieben werden, damit der deutschen Einheit nichts mehr im Wege steht! Eine Einheit, die natürlich mit Gewalt herbeigeführt werden soll, denn die allermeisten deutschen

Staaten sind mit Österreich verbunden und anerkennen dessen Vorsitz und nicht den preußischen.

»Heben wir Deutschland in den Sattel, reiten wird es schon können«,

sagte Bismarck in einer Rede. Ein Deutschland ohne Österreich, versteht sich. Du musst nämlich bedenken, Vater, Deutschland ist kein einheitlicher Staat, sondern nur eine Idee. 36 Staaten in Europa gelten als deutsche, weil sie entweder teilweise oder zur Gänze dem Deutschen Bund zugehörig sind. Der Deutsche Bund, geschaffen auf dem Wiener Kongress, im Jahre 1815. Man könnte sagen ein Verein, ohne wirklich bindendem Charakter. Vom einheitlichen Nationalstaat blieb man freilich bisher sehr weit entfernt und die Verwirklichung desselben wird auf der einen Seite erhofft und gewünscht und auf der anderen aber auch gefürchtet. Dazu kommt noch erschwerend hinzu, dass sich Preußen und Österreich von Anfang an um den Vorsitz streiten. In Österreich sieht man die Vorherrschaft in Deutschland als angestammtes Recht an und Kaiser Franz Josef fühlt sich als legitimer Nachfolger der Kaiser des Heiligen Römischen Reiches Deutscher Nation, wenngleich es dieses Reich längst nicht mehr gibt.

Gegner des Deutschen Bundes gibt es mit einigem Recht natürlich auch. Frankreich zum Beispiel kann an seiner Grenze unmöglich ein einheitliches Deutschland gebrauchen, es wäre viel zu mächtig und auch für Russland wäre ein Großdeutschland eine große Gefahr.

Deutschland besteht aus vier republikanischen Stadtstaaten, einer Landgrafschaft, neun Herzogtümern, acht Fürstentümern, einem Kurfürstentum, sieben Großherzogtümern, fünf Königreichen und dem Kaiserreich Österreich. Ein Fleckerlteppich, auch wenn die Souveränität einzelner Kleinstaaten nur auf dem Papier besteht. In diesem Zusammenhang fällt mir eine Anekdote aus den »Fliegenden Blättern« ein.

»Johann, wie ist das Wetter heut?«, fragte der König von Würthemberg. Johann streckte die Hand aus dem Fenster des Palastes. »Majestät, im Nachbarstaat regnet es«, war seine Antwort.

Damit will Bismarck ein für alle Mal aufräumen. Er will den Einheitsstaat gründen und unter preußische Führung stellen. Das Land hat sich jahrelang vorbereitet, um das zu erreichen. Die Industrialisierung wurde vorangetrieben, das Eisenbahnnetz großzügig ausgebaut, Altes wurde abgerissen und Neues gebaut, die Städte haben moderne Gas- und Wasserversorgung, das Schul- und Bildungssystem ist eines der fortschrittlichsten unserer Zeit. Die Hauptstadt Berlin kann sich mit Fug und Recht eine moderne Metropole nennen. Besonders die Armee wird gefördert, denn mit ihr soll das einheitliche Deutschland ja letztendlich geschaffen werden. In keiner Armee gibt es so hoch qualifizierte Generalstabsoffiziere, wie in der preußischen. Auch das Offizierskorps sind alles gebildete Männer, auch unter den einfachen Soldaten ist Analphabetismus eher eine Seltenheit. Alles wurde neu gemacht und alles ist auf Effizienz und Schlagkraft ausgelegt. Wie anders sehen da die Verhältnisse in unserem Österreich aus! Rückständigkeit, wohin man blickt und ein neoabsolutistisches System, das freilich nicht vernünftig funktionieren kann!

Wenn Preußen in Holstein einmarschiert, wird unser Gablenz weichen müssen. Seine militärischen Möglichkeiten lassen Widerstand zu einem sinnlosen Himmelfahrtskommando werden. Im vergangenen Jahr war es

Preußen gelungen, Österreich die Rechte am Herzogtum Lauenburg abzukaufen. Eine Transaktion, die der chronisch defizitären österreichischen Monarchie dringend benötigtes Kapital und Bismarck den Grafentitel einbrachte. Das Gleiche versuchte Italien mit Venedig zu erreichen. Dieses Geschäft kam allerdings nicht zustande, Franz Josef lehnte entrüstet ab. Dabei wäre es für Österreich ein glänzendes Geschäft gewesen. Venedig kostet ohnedies immer nur Geld und ist noch dazu permanent revolutionsschwanger. Es gab auch Gespräche, Holstein an Preußen zu verkaufen. Auch das kam nicht zustande, es wäre auch tatsächlich Verrat an den Holsteinern gewesen. Österreich ist in der Zange, es kann nicht aus. Unsere Nachbarn wollen den Krieg und sie sollen ihn auch bekommen. Italien wartet ungeduldig, dass Preußen Österreich den Krieg erklärt oder auch umgekehrt. In diesem Moment wird Italien Österreich den Krieg erklären, dass ist unter ihnen so vereinbart, denn Preußen fürchtet sich viel zu sehr vor uns. Sind wir allerdings in einen Zweifrontenkrieg verwickelt, kann Bismarck es wagen, sein Vorhaben umzusetzen.

So ist das, lieber Vater, jedenfalls ist das die Analyse aus dem Armee- und Marinekommando.

»Aber, Stephan, was will denn unsere kleine, schlecht ausgerüstete Flotte gegen die hochgerüstete italienische ausrichten«, fragte Vater mit sorgenvoll gerunzelter Stirne.

»Dieses Problem beschäftigt meinen Chef, Contre-Admiral Tegetthoff, Tag und Nacht. Während die Armee alle Maßnahmen für einen Krieg trifft, schläft man bei der Kriegsmarine tief und fest. Außer Tegetthoff scheint kaum jemand ernsthaft mit einer Kriegsbeteiligung der Marine zu rechnen.« Vater knallte die geballte Faust auf den Tisch. »Das kann doch nicht wahr sein«, brüllte er. »Wenn das, was du mir gerade erzählt hast, im Marinekommando diskutiert wird, ihnen die Situation also bewusst ist, müsste es doch dort wie in einem Bienenstock zugehen!«

Ich zuckte nur leise mit den Schultern. Vater hatte natürlich recht. »Es wird bald so zugehen, Tegetthoff hat den Finger am Abzug, Vater!«

Jetzt erst wurde Vater bewusst, dass damit meine unmittelbare Beteiligung an der Seite des Admirals verbunden war und ich mich in höchster Gefahr befand, an vorderster Front gegen die übermächtigen Italiener kämpfen zu müssen. Ich konnte seine berechtigten Sorgen an seinem bekümmerten Gesicht ablesen. Ich nickte nur und legte meine Hand auf meines Vaters Handrücken, als wollte ich sagen, denk nicht drüber nach, Vater, noch ist nicht Krieg, noch bin ich zu Hause, vielleicht löst sich alles in Wohlgefallen auf, vielleicht bleibt der Friede erhalten.

Weder mein Vater noch ich glaubten daran. »Stephan, erzähle nichts davon deiner Mutter, sie würde sich zu Tode ängstigen!«

»Keine Sorge, Vater, werde ich nicht, doch fürchte ich, wir werden es vor ihr nicht verbergen können, du kennst ja den speziellen Sinn der Frauen für das Unvermeidliche! Oder konntest du schon jemals etwas vor ihr verbergen?«

»Nein, ist mir nie gelungen, trotzdem, schweig einfach.«

»Jawohl, Vater, werde ich. Täusche ich mich und es kommt kein Krieg, dann stehen die Chancen auf eine Reise nach Ostasien gemeinsam mit Tegetthoff sehr gut! Es ist Tegetthoffs großer Traum, diese Länder zu bereisen und gleichzeitig Österreichs Handelsbeziehungen dorthin zu intensivieren. Es gilt, England und Amerika im Handel mit China und Japan ordentlich Konkurrenz zu machen. Stell dir vor, Vater, dein Sohn in China!« »In China, wo immer das genau sein mag, sähe ich dich jedenfalls sehr viel lieber, als auf einem Kriegsschiff, kämpfend gegen die italienische Flotte! Du, übrigens, Stephan, ist dir klar, dass die Italiener ihre Schiffe nicht mehr aus Holz bauen, sondern vornehmlich aus Eisen?«

»Ja, ich weiß, Vater, sie bauen Panzerschiffe mit schier unglaublicher Festigkeit und Kampfkraft. Alle Geschütze sind von großem Kaliber und zusätzlich mit gezogenen Läufen versehen. Unsere Flotte wird ebenfalls mit solchen Geschützen ausgerüstet. Sie sind bei Krupp bestellt und werden gerade gegossen. Nach Fertigstellung werden sie nach und nach an uns ausgeliefert. Ich beschäftige mich, im Auftrag von Tegetthoff, gerade mit dem neuen Exerzierreglement an diesen Geschützen. Sie sind ganz anders zu bedienen, als unsere bisherigen Kanonen. Die Geschützbedienungen müssen an dieser neuen Waffe erst ausgebildet werden. Auch das ist noch ein schönes Stück Arbeit!«

»Das glaube ich dir, Stephan. Hast du die Konsequenzen ermessen, was es für unseren Betrieb bedeutet, Eisen statt Holz in der Herstellung von Schiffen zu verwenden?«

Völlig mit meinen eigenen Problemen, den politischen und dem Dienstbetrieb der Marine beschäftigt, hatte ich in der Tat gar nicht daran gedacht. Es war ja nicht nur die italienische Flotte, die von Holz auf Eisen umstieg. Alle modernen Flotten auf der Erde folgten schön langsam diesem Trend. Vaters Betrieb war ein holzverarbeitender, eine Tischlerei und Drechslerei, auf den Holzschiffbau, beziehungsweise der Reparatur und Erhaltung von Holzschiffen, spezialisiert. In der Verarbeitung von Eisen hatte Vater weder Erfahrung noch Ausbildung oder gar die Möglichkeiten. »Nein, Vater, in der Tat, daran habe ich nicht wirklich gedacht. Doch werden die modernen Schiffe nicht vollständig aus Eisen gebaut, noch immer haben sie ein Korsett aus Holz. Das Eisen dient in erster Linie zur Armierung.«

»Das ist nur der Anfang, mein Sohn, bald schon werden

auf den Schiffen nur mehr einzelne Accessoires aus Holz bestehen, Verkleidungen vielleicht und Teile der Einrichtung, wirst sehen!«

»Was wirst du dann manchen, Vater?«

»Nachdem du den Betrieb ohnedies nicht übernimmst, ist es keine Tragik. Ich höre einfach auf. Was dann allerdings unsere Arbeiter machen werden?«

Ich hätte mir jetzt gerne eine Zigarette angezündet, doch war Rauchen in der Werkstätte meines Vaters selbstredend strengstens verboten. Einen Moment lang herrschte Schweigen zwischen uns. Beide gingen wir einer ungewissen Zukunft entgegen. Für mich als Seeoffizier war dieser Umstand zur Gewohnheit geworden. Jedoch für meinen Vater, der sein ganzes bisheriges Leben für die Kriegs- und Handelsmarine als Zulieferer und Dienstleister tätig gewesen war, sich und seiner Familie daraus ein sicheres Einkommen erwirtschaftete, bedeutete diese Entwicklung eine ernsthafte Bedrohung. »Da sieh her, Stephan, das Schreiben von Kaiser Franz Joseph hier an der Wand, die Belobigung für unsere fachmännischen Leistungen, so etwas kriegen wir in Zukunft nie wieder!«

»Wir werden sehen, Vater, vielleicht ergeben sich neue Möglichkeiten, an die wir im Moment nicht denken, die wir nicht sehen und erkennen können. Für einen Fachbetrieb wie den deinen, gibt es immer eine Zukunft. Auch wenn du eventuell verkleinern musst.«

»Ja, verkleinern, werde auf den Modellschiffbau umsteigen«, lachte Vater. »Lassen wir es für heute gut sein, Stephan, jeder Tag bringt seine eigene Müh und Plag und die Probleme von morgen lösen wir heute nicht!« Gelassenheit, dachte ich bei mir, das ist die Weisheit der Altvorderen. Auch bei Tegetthoff konnte ich, trotz allem Jähzorns und der ihm eigenen Arbeitswut, diese Eigenschaft entdecken. Wenn es darauf ankam, wenn es brenzlig wurde, blieb er die Ruhe selbst. Helgoland war der beste Beweis dafür gewesen. *»Herr Commodore, Treffer Mittschiffs, es brennt in der Umgebung der Pulverkammer!« »Nun, so lösche man«,* war sein lapidarer Kommentar auf diese Horrormeldung gewesen. Diesbezüglich hatte ich noch viel zu lernen.

Auf der »Schwarzenberg« war ich wieder dem Navigationsoffizier dienstzugeteilt und gleichzeitig in meiner Freizeit Schreiber und Sekretär des Kommandanten. Diese Tätigkeit ersparte mir den strengen Drill an den Geschützen und auch sonstige Unannehmlichkeiten. Da Tegetthoff unermüdlich arbeitete und meine Dienstleistung dabei in Anspruch nahm, war mir sogar der von mir so ungeliebte Wachdienst meist erspart. Am 28. August kreuzten wir mit unserer Übungsescadre vor Korfu. Da entdeckten wir ein dänisches Kriegsschiff. Die »Niels Juel«, einige Seemeilen von uns entfernt. Es näherte sich uns. Ich hielt mein Fernrohr auf das Schlachtschiff gerichtet. »Herr Admiral«, rief ich atemlos, »Herr Admiral, das Schiff führt die Kommandoflagge von Orlogskapitän Suenson!«

Tegetthoff riss mir das Rohr aus der Hand und überzeugte sich selbst. »Tatsächlich«, murmelte er erstaunt, »unser großartiger, heldenhafter Gegner.« »Federspiel, melden Sie dem ersten Offizier, Antreten zur Parade.« »Jawohl, Herr Admiral, Antreten zur Parade«, wiederholte ich den Befehl des Kommandanten.

Jetzt kam Leben in die »Schwarzenberg«. Alles rannte durch die Gegend, stürzte treppauf, treppab. Befehle wurden gebrüllt. Tegetthoff starrte noch immer durch das Fernrohr, als konnte er es nicht glauben. »Herr Admiral, Sie sind in Borduniform gekleidet«, erinnerte ich meinen Chef, »Sie sollten sich umziehen!«

Tegetthoff setzte das Fernrohr ab und sah an sich herunter. »Zu spät, ich werde den Orlogskapitän eben so empfangen müssen, da hilft nichts.«

Die einfache Bordkleidung entbehrte jeder Distinktion und war eben nur praktisch. Der Admiral begab sich zum Fallreep, kletterte hinunter und blieb auf der untersten Stufe in Erwartung seines Gastes stehen. Die Ehre dieses Empfanges wurde normalerweise nur dem Kaiser, oder Mitgliedern des Kaiserhauses zuteil. Die »Nils Juel« kam längsseits und ließ ein Boot, mit dem Kapitän an Bord, zu Wasser. Auf der »Schwarzenberg«, wie auch auf der »Nils Juel« war die Mannschaft zur Parade angetreten. Noch vor etwas mehr als einem Jahr lieferten sich die beiden Schiffe einen erbitterten Nahkampf, jetzt standen sie friedlich mit eingerannten Geschützen und geschlossenen Stückpforten nebeneinander.

Am 30. Oktober 1864 war ja zwischen Österreich und Dänemark Frieden geschlossen worden. Als der Orlogskapitän sein Schiff verließ, trillerten die Bootsmannspfeifen zum Gruß. Der weit ältere Suenson ließ es sich nicht nehmen, den viel jüngeren Tegetthoff zuerst zu besuchen. Als er den Offizier am Fallreep stehen sah, fragte er in französischer Sprache höflich an, ob denn der Contre-Admiral anwesend wäre. Er hatte Tegetthoff nicht als solchen erkannt, war er doch in Borduniform und viel jünger, als er sich das vorgestellt hatte. Tegetthoff gab gerührt zur Antwort: »C'est moi!« »Ich bin es!« Da fielen sich die beiden Gegner von einst mit feuchten Augen in die Arme und küssten einander auf beide Wangen. Damit bewiesen die einstigen Kontrahenten, dass sie niemals Feinde, sondern nur Gegner gewesen waren, die das Schicksal und die Politik aufeinandergehetzt hat. Während Tegetthoff, Suenson und die Stabsoffiziere der beiden tafelten, hatte die Mannschaft Gelegenheit, sich gegenseitig Besuche abzustatten. Es wurden Uniformteile, Kappen, Embleme und Hoheitszeichen ausgetauscht, man rauchte gemeinsam und unter Aufsicht wurde der eine oder andere Schluck getrunken. Auf beiden Schiffen waren Teilnehmer am Seegefecht von Helgoland anzutreffen. Die Verständigung war natürlich etwas schwierig, doch waren wir ein babylonisches Sprachengewirr ohnedies gewohnt, da machte es auch nichts aus, dass eine weitere Sprache, dänisch, dazukam.

Orlogskapitän Suenson zeigte sich überrascht, dass seine Kanonen viel mehr Schaden an unserer Escadre angerichtet hatte, als er annahm. Vermutlich war er darauf auch ein wenig stolz, zeigte es aber nicht. Wieder trillerten die Bootsmannpfeifen zum Gruß, diesmal auf der »Schwarzenberg«, als Orlogskapitän Suenson und sein Stab dieselbe verließen.

»So ein freundliches Treffen hätten die Preußen nicht zustande gebracht, Herr Admiral«, stellte ich versonnen fest, als wir der »Nils Juel« nachsahen. »Wohl kaum, Leutnant Federspiel. Mir tun die Holsteiner und Schleswiger schon jetzt leid, wenn ich daran denke, dass sie bald unter preußischer Fuchtel stehen werden.«

»Sie rechnen also fix damit, dass es so kommen wird, Herr Admiral?«

»Ja! Feldmarschallleutnant von Gablenz wird es nicht verhindern können. Marschieren die Preußen in Holstein ein, muss er es ihnen kampflos überlassen. Alles andere wäre Mord an seinen Soldaten und darüber hinaus Selbstmord. Ein sinnloses Unterfangen. Ich mache mir Sorgen um unsere Ostasien-Expedition«, meinte Tegetthoff. »Unsere außenpolitische Lage macht es kaum möglich, dass wir k. k. Kriegsschiffe ins so entlegene Ausland entsenden können.«

»Italien, Herr Admiral?«

»Ja, Italien und Norddeutschland, Preußen!«

»Für den Bruch der Gasteiner Konvention wird man

Preußen international an den Pranger stellen, meinen Sie nicht, Herr Admiral?«

»Wenn sie den Krieg gewinnen, nicht, verlieren sie ihn, dann möge ihnen Gott beistehen!«

Auf der »Schwarzenberg« ging nach dem unerwarteten Besuch Suensons wieder alles nach dem alten, ewig wiederholten und eingeübten Trott. Während die Geschützbesatzungen unter Deck exerzierten, die Marineinfanterie ihre Gewehre pflegte und die Leichtmatrosen das Deck scheuerten, stand ich, über meine nautischen Aufgaben und Berechnungen gebeugt, auf der Brücke. Ich vernahm auf dem hölzernen Deck das Patschen nasser Füße, die Deckwaschpumpe hustete Wasser. Die Mannschaften machten mechanisch ihre ewig gleichen Arbeiten, sangen dabei Seemannslieder in verschiedenen Sprachen, oder Pfiffen vor sich hin, soweit es der Bootsmann zuließ. Sie hatten Glück, Oberbootsmann Franz Petrovic versah Dienst als Deckoffizier. In Friedenszeiten war er kein so gestrenger Vorgesetzter. Er verstand wohl mit Zuckerbrot und Peitsche umzugehen. Die Mannschaft liebte und fürchtete ihn zugleich. Als Petrovic meiner ansichtig wurde, salutierte er mir zu, ich grüßte fröhlich zurück. Manchmal beneidete ich die einfachen Leute fast um ihren anspruchslosen und verantwortungsfreien Dienst. Höhepunkt des Tages war die Ausgabe der täglichen gewässerten Rumration und die karge Verpflegung. Darüber hinaus hatten sie nichts zu denken und nichts zu entscheiden. Sie konnten sorglos in den Tag hinein leben, befolgten brav ihre Befehle und führten die tausendmal eingeübten Handgriffe mechanisch wie ein Uhrwerk aus. Hatten sie dienstfrei, lagen sie dicht gedrängt in ihren Hängematten, schwatzten, rauchten, spielten Karten, spannen Seemannsgarn oder schliefen einfach.

»Leutnant Federspiel!«

»Zu Befehl, Herr Admiral!«

»Berechnen Sie den Kurs nach Alexandria!«

»Alexandria. Jawohl, Herr Admiral!« Und schon hatte mich mein Chef wieder aus meinen kindlichen Tagträumen herausgerissen. Alexandria, dachte ich bei mir, was suchen wir denn dort? Besuchen wir etwa den in Bau befindlichen Suezkanal? Unverzüglich begann ich meinen Befehl auszuführen und meldete mich mit dem Ergebnis bei Tegetthoff. »Herr Admiral, der gewünschte Kurs.«

»Danke, Leutnant, legen Sie die Berechnung dort auf den Sekretär.« »Jawohl, Herr Admiral!« Wie befohlen platzierte ich das Papier und wandte mich zum Gehen. »Vergebung, Herr Admiral«, begann ich etwas zögerlich. Tegetthoff sah von seinem Schreibtisch etwas missmutig auf. »Bitte?«

»Darf ich fragen, Herr Admiral, wie unser Befehl für Alexandria lautet?« Meine Neugier war selbstverständlich ungebührlich, das war mir bewusst, doch wollte ich zu gerne wissen, ob ich die Baustelle des Suezkanals sehen würde oder nicht.

»Nein, Herr Leutnant, dürfen Sie eigentlich nicht!«

Ich nahm sofort Haltung an und schlug die Hacken zusammen.

»Jawohl, Herr Admiral, bitte höflich um Entschuldigung!«

Das finstere Gesicht Tegetthoffs hellte sich etwas auf. »Na schön, Federspiel, bring mir die Berechnung.« Einmal duzte mich Tegetthoff, ein andermal sprach er mich wieder förmlich an, wie es ihm gerade einfiel. Ich löste mich aus meiner Erstarrung und brachte die Kursberechnung.

»Ihr ungebührliches Benehmen müssen Sie natürlich wiedergutmachen, Sie Naseweis«, schalt er mich. Dann vertiefte er sich in meine Berechnung. »Bei wem haben Sie eigentlich Unterricht in Mathematik erhalten?«

»Beim Artillerie-Hauptmann von Aggstein, Herr Admiral.« Mir wurde ganz heiß, hatte ich mich in der Eile verrechnet?

»Dem Mann ist zu gratulieren, er kann auf seinen ehemaligen Schüler stolz sein.«

»Verbindlichsten Dank, Herr Admiral!«, antwortete ich erleichtert.

»Also, zu Ihrer Frage: In Ägypten sind Unruhen ausgebrochen. Wir haben Befehl, mit unserer Escadre die österreichischen Interessen zu sichern und dort lebende und arbeitende Europäer zu schützen.«

»Vielen Dank, Herr Admiral, nehmen wir die Gelegenheit wahr, um den Suezkanal zu besichtigen?«

»Selbstverständlich, Herr Leutnant, ist dieses Bauwerk doch ein wesentlicher Bestandteil unserer bevorstehenden Ostasienmission.«

»Das freut mich außerordentlich, Herr Admiral.«

»Nun, wenn Sie das schon so freut, dann gebe ich Ihnen den guten Rat, sich eingehend mit diesem Thema zu befassen! Sie dürfen wegtreten!« »Jawohl, Herr Admiral«, und ich war weggetreten. Der gute Rat war selbstredend ein höflich formulierter Befehl. Nachdem der Kommandant keine weiteren Befehle für mich hatte, machte ich mich auf den Weg zur Unteroffiziersmesse. Dieselbe durfte ich, wenn überhaupt, nur dienstlich betreten. Einen dienstlichen Grund hatte ich nicht, also bat ich einen Maat, in der Messe nachzusehen, ob der Oberbootsmann zugegen wäre und ließe ihn höflich bitten. Es vergingen nur ein paar Augenblicke, da stand auch schon mein Freund Petrovic in der Türe. Wir begrüßten uns vorschriftsmäßig militärisch, was nur Theater für unsere Umgebung war. »Herr Oberbootsmann, was wissen Sie über den Suezkanal?«

»Ist das eine Prüfung, Herr Leutnant?«, fragte Petrovic verschmitzt zurück. »Nun ja, so ähnlich, Herr Oberbootsmann, der Geprüfte dürfte allerdings ich sein. Der Kommandant hat mir ans Herz gelegt, mich darüber schlauzumachen. Nachdem Sie jede freie Minute lesen, hoffe ich sehr, dass Sie mir über dieses Jahrhundertbauwerk etwas erzählen können.«

»Darf ich Sie in meine Kabine einladen, Herr Leutnant?«

»Mit dem größten Vergnügen, Herr Oberbootsmann.«

In der kleinen, stickigen Kabine begann Petrovic in seiner Seekiste herumzukramen und fand eine Flasche Wein. Flugs war sie entkorkt, zwei Gläser eingeschenkt. »Ich war ein bisschen vorlaut beim Admiral, wollte wissen, wie unsere Befehle lauten, als ich den neuen Kurs errechnete. Wir nehmen Kurs auf Alexandria! Dieser Fauxpas hat mir einen ordentlichen Rüffel und gleichzeitig diese Aufgabe eingebracht.«

Petrovic lächelte nur süffisant und hob sein Glas. »Prost, Stephan!«

»Prost, Franz«, erwiderte ich. In der Folge erzählte mir Franz, was er so über diesen künstlichen Wasserweg wusste. Beginnend in der Antike bis zu Ferdinand de Lesseps und Alois Negrelli. Dabei machte ich mir Notizen, fragte etliche Male nach und Franz antwortete und wiederholte geduldig. »Da fällt mir ein, Stephan, Tegetthoff hat ein Referat über den Suezkanal und seine Nützlichkeit für Österreich verfasst. Es wurde irgendwo abgedruckt – wenn mir bloß einfallen wollte, wo! Ich muss in meiner kleinen Sammlung, die ich an Bord gebracht habe, nachsehen und sage es dir sofort, wenn ich den Artikel gefunden habe.«

»Sehr gut, danke, Franz, ich durchstöbere einstweilen die Schiffsbibliothek nach etwas Brauchbarem zum Thema.« Oberbootsmann Petrovic schenkte noch einmal nach. Es brannte ihm auf der Zunge, nach dem Befehl »Kurs auf Alexandria« zu fragen. Doch er verbiss sich seine Neugier.

Es wäre derselbe Fehler gewesen, den Stephan gegenüber dem Admiral begangen hatte. Dabei hätte er Stephan auch noch in Versuchung geführt, sein im Grunde unerlaubtes Wissen preiszugeben.

In der Schiffsbibliothek wurde ich leider nicht fündig. Was ich im Lexikon über den Suezkanal fand, wusste ich schon von Franz. Wieder an Deck zurückgekehrt, lief mir auch schon der Oberbootsmann über den Weg. »Herr Leutnant Federspiel«, rief er mich.

»Bitte, Herr Oberbootsmann.«

»Habe folgende Meldung zu machen«, und reichte mir einen Zettel.

»Danke, Herr Oberbootsmann.«

»Zu Befehl, Herr Leutnant!« Als sich Franz wieder entfernt hatte, las ich seine Nachricht. »Österreichische Revue, Jahrgang 1865, drittes Heft.

Gruß P«.

Ich eilte in die Bibliothek zurück und erkundigte mich nach dieser Zeitschrift. Der Bibliothekar schüttelte den Kopf, »leider, entliehen vom Kapitän und noch nicht retourniert«. So machte ich mich auf den Weg zu meinem vorgesetzten Navigationsoffizier, Linienschiffs-Leutnant von Henriquez. Ich fand ihn wie immer auf der Brücke vor, vertieft in seine Berechnungen. »Wo treibst du dich herum, Stephan«, empfing er mich vorwurfsvoll, »wenn du nicht gerade beim Admiral bist, solltest du auf deiner Gefechtsstation sein!« »Jawohl, Herr Linienschiffs-Leutnant, bin allerdings mit einem Befehl des Kommandanten unterwegs.«

Von Henriquez verdrehte die Augen und stöhnte nur, »es ist ein Jammer mit diesen Protektionskindern«. Er wusste, dass man mich mit dieser Titulierung schwer treffen konnte und ich wiederum kannte ihn schon zu gut, um diesen Vorwurf ernst zu nehmen, denn er meinte es nicht so. »Welchen Befehl, Stephan?« Ich erzählte meinem Vorgesetzten, was geschehen war, ohne natürlich den Grund unseres neuen Kurses zu verraten. »Ich brauche einen Termin beim Herrn Kapitän von Waldstätten.«

»Mal sehen, was sich machen lässt, Stephan. Ich gehe zu ihm, bleib du so lange auf der Brücke und übernimm meine Wache.«

»Jawohl, Herr Leutnant, danke.«

Nervös stieg ich von einem Fuß auf den anderen. Würde der Kapitän für mich Zeit haben, würde er mir die Zeitschrift leihen, würde ich in der Zeitschrift das Gewünschte auch vorfinden? Was hatte Tegetthoff überhaupt mit mir vor? So viele Fragen gingen in meinem Kopf durcheinander.

»Tut mir leid, Stephan«, von Henriquez trat wieder an meine Seite, »der Kapitän ist beim Admiral zur Besprechung, das kann dauern. Ich spreche heute Abend mit ihm, in der Messe.«

Dem Linienschiffs-Kapitän von Waldstätten war ich nicht ganz grün. Mein Naheverhältnis zu Admiral Tegetthoff war ihm offenbar nicht ganz geheuer. Nun, Tegetthoff konnte nichts dafür, ich auch nicht. Wir beide befolgten nur den Befehl von Erzherzog Maximilian. Dementsprechend war ich Tegetthoff dienstzugeteilt und Tegetthoff wiederum hatte auf mich Acht zu geben. Das war der Wunsch unseres gewesenen Oberkommandierenden. Ich bemühte mich nach Kräften, die Erfüllung dieses Befehls für Admiral Tegetthoff so leicht wie möglich zu machen, in dem ich mehr als nur meine pure Pflicht erfüllte. Andererseits waren von Waldstätten und ich Kriegskameraden seit Helgoland. Mich nicht zu empfangen, mir in meinem Anliegen nicht weiterzuhelfen, wäre sehr unkameradschaftlich gewesen. In der Offiziersmesse hatte ich als jüngster Leutnant den am weitesten vom Kapitän entfernten Platz, sofern die Fähnriche nicht zu Tisch geladen waren. Mein Vorgesetzter allerdings, der II. Offizier, Navigationsoffizier von Henriquez, saß neben dem Kapitän. Während einer Pause in der Speisenfolge, flüsterte von Henriquez, mit einem Blick zu mir herüber, dem Kapitän etwas zu. Der Kapitän musterte mich dabei über den Tisch hinweg. Ich versuchte dabei so neutral wie möglich dreinzublicken. Von Waldstätten nickte nur und das Gespräch der beiden war damit beendet. Im Geiste sah ich mich schon lesend über den Bericht von Tegetthoff gebeugt. Doch der Kapitän hatte, wie mir von Henriquez berichtete, die Zeitschrift an den Kommandanten der »Radetzky«, Baron Sterneck, weiterverliehen. Da stand ich nun während meiner Wache an der Reling und starrte zu den Positionslichtern der »Radetzky« hinüber. Die »Schwarzenberg« zu verlassen, um bei Baron Sterneck wegen der Zeitschrift vorzusprechen, war mir unmöglich. Ohne ausdrücklichen Befehl durfte niemand das Schiff verlassen und einen solchen Befehl konnte ich unmöglich erhalten. Ich konnte dem Kapitän der »Radetzky« mit dem Postkutter eine schriftliche Bitte überbringen lassen, was natürlich etwas dauern würde. Also schrieb ich dem Baron sehr förmlich, siegelte den Brief und trug ihn fortan ständig bei mir, um ihn sofort zur Hand zu haben, wenn das Postschiff längsseits ging. Und weil ich schon einmal dabei war, richtete ich auch ein Schreiben an meinen ehemaligen Mathematiklehrer, Hauptmann Berthold Hoffmann von Aggstein. Ich kannte seine private Postanschrift nicht, also adressierte ich den Brief an das Marinekommando, mit der Bitte um entsprechende Weiterleitung. Ich wollte meinem Lehrer, der sich so viel Mühe mit mir gegeben hatte, unbedingt berichten, dass ich wider Erwarten dem Navigationsoffizier dienstzugeteilt war und Admiral Tegetthoff seine Zufriedenheit über meine Dienstleistung ausgedrückt hatte. Meinem

langsamen, aber stetigen Aufstieg zum Gesamt-Detailoffi-
zier war also der Weg gelegt und daran hatte Hauptmann
von Aggstein großen Anteil. Das Kompliment Tegetthoffs
an von Aggstein gab ich wörtlich wieder.

Alleine die Anwesenheit der k.k. Escadre vor Alexandria
beruhigte unsere Landsleute sehr. Ein Detachement Marineinfanterie ging von Bord und wurde zum Schutz der
österreichischen Gesandtschaft abgestellt. Wir kreuzten
vor der Küste, zeigten Flagge, verscheuchten Piraten, gaben
österreichischen Handelsschiffen Geleit und waren insgesamt einfach präsent. Die ausgerannten Kanonen und die
ständige Gefechtsbereitschaft der »Schwarzenberg« und
der »Radetzky« flößten allgemein großen Respekt ein.
Mit uns war nicht zu spaßen, zumal der Name Tegetthoff
alleine schon Angst und Schrecken bei eventuellen An-
greifern auslöste. Es gab eben Verbände, mit denen konnte
man sich durchaus anlegen und bei anderen wieder ließ
man es besser bleiben, oder überlegte sich dies dreimal.
In dieser Zeit gab es nicht viel für mich zu tun. Tegetthoff war häufig an Land, besuchte unseren Gesandten, die
Handelskammer und österreichische Einrichtungen. Vor
allem ging es ihm um die Herstellung von Kontakten, den
Handel mit Asien betreffend und um eine Genehmigung,
die Baustelle des Suezkanals zu besuchen. Baron Sterneck
übrigens hatte mir die Zeitschrift, versehen mit ein paar
freundlichen Zeilen, zukommen lassen. Die Information
von Oberbootsmann Petrovic war richtig gewesen. Es befand sich darin ein langes Referat aus der Feder Tegetthoffs,
welches ich umgehend zu studieren begann.

»Leutnant von Henriquez, Kurs Port Said errechnen!«
  »Kurs Port Said. Jawohl, Herr Kapitän!«
Fieberhaft begannen wir mit der Berechnung des be-

fohlenen Kurses. Wir kontrollierten einander gegenseitig. Stimmten unsere Ergebnisse am Ende überein, erstattete von Henriquez Meldung. Dabei hatten wir untereinander einen persönlichen Wettstreit. Es ging um Geschwindigkeit und natürlich um Genauigkeit. Im Moment lag von Henriquez aufgrund seiner längeren Erfahrung noch um Haaresbreite vor mir. Ich machte es ihm aber nicht leicht, immerhin ging es um eine Flasche Sekt des k. k. Hoflieferanten Hochriegl. Wir würden sie zwar ohnedies am Ende gemeinsam leeren, der eine vor Stolz und der andere eben aus gespieltem Gram.

»Danke, Herr Leutnant, schreiben Sie den Kurs auf die Tafel!«

»Jawohl, Herr Kapitän!«

»Signalgast, setzen Sie Signal über den neuen Kurs Port Said, im Kielwasser folgen!«

»Jawohl, Herr Kapitän.« Schon schossen die Signalflaggen in den Wind. »›Radetzky‹ meldete ›Verstanden‹«, Herr Kapitän.«

»Danke!«

»Rudergänger, Befehl vom Kapitän, neuer Kurs Port Said!«

»Jawohl, Herr Leutnant, neuer Kurs Port Said«, wiederholte der Maat am Ruder. Ich konnte meine Aufregung kaum verbergen, endlich den Suezkanal, kurz vor seiner Fertigstellung, zu sehen.

Der Suezkanal, dieser künstliche, 163 km lange Wasserweg vom Mittelmeer zum Roten Meer, führte über die gerade einmal 113 km breite Landenge von Suez. Im Prinzip wurde dieser Kanal schon von der Natur vorgezeichnet. Bereits die großen ägyptischen Herrscher Sethos I. und später sein Sohn Ramses II. hatten die Bedeutung des Kanals erkannt und machten sich an die Verwirklichung. Damals ging es in erster Linie um militärische Vorteile, denn sie konnten ihre Flotte aus dem einen Meer in das andere in ultrakurzer Zeit durch den *ta tenat (altägyptisch: der Durchstich)* bringen. Die Nachfolger dieser beiden großen Pharaonen vernachlässigten dann diese Idee und das Bauwerk versandete. Später, im 7. Jahrhundert vor Christus, bemühte sich ein Sohn des Pharao Psammetichs I., namens Necho, erneut diesen Kanal zu bauen, doch gemäß einem Orakelspruch, »weil er nur den Fremden nützen würde«, kam der Bau nicht recht voran. Darüber hinaus hatte er bis zu diesem Zeitpunkt schon 120 000 Menschenleben gefordert. Schon alleine dies zeigte, dass der Bau des Kanals unter keinem guten Stern stand und daher wieder aufgegeben wurde.

Erst ca. 150 Jahre später vollendete Darios I. das Werk Nechos und wurde später, unter der Herrschaft der Ptolemäer, noch bedeutend verbessert. Aber schon zu Kleopatras Zeiten und im Speziellen 100 nach Christus unter Kaiser Trajan, war der Kanal erneut versandet und dadurch unbrauchbar geworden.

Im 7. Jahrhundert nach Christus erneuerte Amr, der Feldherr des Kalifen Omar, den Kanal, um Lebensmitteltransporte zu ermöglichen. Aber schon 100 Jahre danach erlitt der Kanal das gleiche Schicksal wie schon zuvor, er versandete. Nur noch schwache Spuren zeugen heute von den vielen Anstrengungen von Pharaonen, Persern, Ptolemäern, römischen Kaisern und arabischen Kalifen.

Erst der große Philosoph und Mathematiker Leibnitz schrieb im Jahre 1671 an den König von Frankreich, Ludwig XIV., dass der Ausbau des Kanals zwischen dem Mittelmeer und dem Roten Meer von eminenter Bedeutung für die Schifffahrt und den Handel wären. Doch nichts geschah in dieser Richtung. Entweder war kein Geld vorhanden oder es wurden die Vorteile nicht erkannt. Der Kaiser der Franzosen, Napoleon I. zeigte 1798, nach seiner

Eroberung Ägyptens, großes Interesse am Suezkanal, doch entmutigten ihn Gutachten des Ingenieurs Lepére. Dieser meinte, dass der Spiegel des Roten Meeres um knapp zehn Meter höher liege, als der des Mittelmeeres. Dieses, später als falsch erwiesene Gutachten, schreckte den Kaiser vor weiteren Unternehmungen ab.

1841 wurde dieser Fehler durch neuerliche Messungen von britischen Offizieren der königlichen Marine korrigiert. Jetzt gab es auch österreichische Interessen an dem Kanal und Staatskanzler Fürst von Metternich begann sich zu engagieren, aber erst 1854 wurden die Pläne des österreichischen Eisenbahn-Ingenieurs Alois Negrelli ernsthaft in Erwägung gezogen. Es dauerte noch einmal zwei Jahre, bis die Pforte die Konzession zum Kanalbau nach Ing. Negrellis Ausführungen freigab. Es wurde eine Aktiengesellschaft unter dem Namen »*Compagnie universielle du canal maritime de Suez*« zur Verwirklichung des ehrgeizigen Projektes errichtet, ausgerüstet mit einem Privilegium für 99 Jahre Nutzungsdauer, um danach an Ägypten übergeben zu werden. Nach weiteren drei Jahren Vorbereitungszeit begannen endlich in Port Said, am Nordende des Kanals, unter großen organisatorischen Schwierigkeiten die Bauarbeiten. Was immer an Material benötigt wurde, es musste aus Europa herangeschafft werden. Ob Eisen, Holz oder Kohlen, nichts gab es vor Ort. Aber auch das Trinkwasser und die Verpflegung für die fast 30 000 Arbeiter musste mühsamst über weite Wege herangeschafft werden. Alleine diese enormen Nachschubswege kosteten Unsummen. Ägypten hatte keinerlei Infrastruktur zu bieten. Darüber hinaus brach 1862 auch noch die Cholera aus und sämtliche Arbeiter desertierten aus Angst vor dieser Krankheit von der Baustelle. Trotz aller vorgenannten Schwierigkeiten wurde am Bau des Kanals unverdrossen weitergearbeitet. Kein Wunder, dass Tegetthoff große Bewunderung für das Vorhaben aufbrachte, war er doch ein Mann, dem Schwierigkeiten niemals zu groß sein konnten um sie zu überwinden. Keine Herausforderung zu schwierig, um sie anzunehmen. Davon abgesehen, würde die erfolgreiche Fertigstellung dieses Kanals, noch dazu nach den Plänen eines Österreichers, für Österreichs Handel ungeahnte Möglichkeiten eröffnen.

Die politischen Ereignisse ließen uns für unsere friedlichen Aufgaben nicht viel Zeit. Beim Deutschen Bund krachte es in seinen Grundfesten ganz elementar. Kanzler Bismarck ließ keine Gelegenheit aus, um seinem scheinbar unverrückbaren Ziel, dem Krieg gegen Österreich, zuzustreben. Keine Falschheit, keine Lüge war zu groß, um ihm dabei zu helfen. Er musste den Krieg gewaltsam herbeiführen. Hatte Preußen einmal gewonnen, würde keiner mehr nachfragen. Dass Preußen gewinnt, dessen ließ er sein Auditorium niemals im Ungewissen. Er selbst war sich nicht ganz so sicher, sonst hätte er nicht große Geldmengen in verschiedenen Währungen für sich ins Ausland transferiert. Ging sein gewagtes und auch unrechtes Vorhaben nämlich schief, war Flucht sein einziges Heil. Ohne Zweifel wäre der Strang sein Ende, denn so viel Lügen und Gehässigkeiten den Bundesgenossen gegenüber, konnte in einer Niederlage nicht anders enden. Von Roon, der Kriegsminister, ein ausgesprochen kühler Rechner und Taktiker, war noch nicht überzeugt, ebenso wenig Seine Majestät, König Wilhelm. Der König stellte die größte Bremse in Bismarcks Plänen dar. Er hatte nicht nur Zweifel am Ausgang der von seinem Kanzler geplanten Aktionen, sondern war auch persönlich unsicher. War er doch mit dem österreichischen Kaiserhaus verwandt und darüber hinaus war König Wilhelm nur zu klar, dass ein Krieg zwischen Preußen und Österreich nichts anderes wäre, als ein Bruderkrieg. Krieg war immer schlimm, aber ein Bruderkrieg war im Grunde durch nichts zu rechtfertigen. Diese Skrupel plagten den König sehr zu Recht. Bismarck quälten dergleichen Sorgen nicht. Entsprechend heftige Kämpfe hatte er mit seinem Monarchen auszufechten. König Emanuele II. von Italien harrte zudem ungeduldig darauf, dass Bismarck endlich seine Ziele erreichen möge. Er und seine Streitkräfte zu Lande und zu Wasser scharrten in den Startlöchern, wollten Österreich in die Flanke fallen. Bismarck hatte sich so weit aus dem Fenster gelehnt, dass ihm selbst gegen besseres Wissen keine andere Wahl mehr blieb, als fortzufahren. Er wusste, dass sein Weg eine Einbahnstraße war, ein Weg ohne Umkehrmöglichkeit. Er musste ihn weitergehen, koste es, was es wolle. Dabei ging es ihm auch um Frankreich. Im allgemeinen Kriegschaos sollte nach Bismarcks Vorstellung auch Frankreich unter Napoleon III. untergehen, das war für den Kanzler fix. Napoleon waren die Gedankengänge von Bismarck durchaus nicht unbekannt, denn er setzte auf dessen Niederlage im Kampf gegen die gefährlichste Militärmacht der Erde, Österreich! Sein Stillhalteabkommen mit ihm war also ganz und gar nicht uneigennützig. Stellte er sich nämlich auf Preußens Seite, wäre Österreich verloren. Dieser Umstand konnte ihm nicht gefallen, denn Österreich hatte keine Interessen an Frankreich. Preußen dagegen sehr wohl. Sich mit Österreich gegen Preußen zu verbünden, war ihm aber trotzdem zu gefährlich. Österreichs Verbündete zeigten einfach viel zu wenig Entschlossenheit. Als Neutraler erhoffte er sich die besten Chancen aus dem Ergebnis des Krieges. Sollten sich die Deutschen doch gegenseitig ordentlich zerfleddern, er, Napoleon, würde seine Vorteile daraus schon ziehen.

Kaum, dass wir Port Said angelaufen hatten und Tegetthoff mit den Stabsoffizieren an Land gerudert war und die Baustelle inspiziert hatte, erreichte uns ein Telegramm aus Wien. Linienschiffs-Kapitän von Waldstätten bestätigte den Erhalt des Telegramms, durfte es aber nicht lesen, denn es war an den Escadre-Commandanten Contre-Admiral Wilhelm von Tegetthoff gerichtet. Kapitän von Waldstätten nahm es mit in seine Kabine und versperrte es in seinem Schreibtisch. Natürlich kamen wilde Spekulationen über den Inhalt des Schreibens in Gang. War es endlich der Befehl, eine Escadre nach Ostasien auszurichten, oder handelte es sich um die Organisation der lange ersehnten Nordpolexpedition? Wer würde bei diesen gewagten Unternehmungen dabei sein? Da war ich natürlich wieder ordentlich auf der Schaufel, denn das »Protektionskind« würde natürlich ganz selbstverständlich einen Befehl zu der einen oder anderen Unternehmung erhalten. Diesmal war es Kapitän von Waldstätten, der mich aufzog, doch er meinte es nicht scherzhaft, wie dies Leutnant von Henriquez getan hätte. Als der Kapitän wegsah, erhielt ich einen Rippenstoß von meinem vorgesetzten Offizier. »Gut pariert«, flüsterte er mir ins Ohr. »Keine Antwort ist auch eine Antwort!« Dabei hätte ich mir durchaus einmal eine deftige Antwort leisten können. Wenn ich schon so ein Protektionskind wäre, wer wollte mir dann an? Eine einzige Zeile von Kaiser Maximilian aus Mexiko hätte genügt und mir wäre Genugtuung widerfahren, so dachte ich voll Zorn bei mir. Doch niemals würde der Kaiser so etwas tun, kam ich gleich wieder von meiner Palme herunter, es würde die dummen Gerüchte und Redereien ja nur bestätigen. Waldstätten hin, Waldstätten her, dachte ich bei mir. Meine Freunde waren Tegetthoff und Baron Sterneck, und das war nicht zu überbieten. Und doch war Waldstätten der Kapitän. Hätte ich mir den Mund bei ihm verbrannt, wäre Admiral Tegetthoff nichts anderes übrig geblieben, als mir den Haslinger in öffentlicher Züchtigung zu verordnen. Davor hätte mich auch der Kaiser von Mexiko nicht bewahren können. Ich wollte das Achterdeck verlassen, doch Leutnant Henriquez hielt mich mit eisernem Griff am Arm zurück. Später weinte ich mich bei meinem Chef aus, weil mich die ewigen dummen Bemerkungen schmerzten. Ich wollte nach meinen Leistungen beurteilt werden und nicht nach meinen Kontakten. Ich war der einzige Offizier, der nach dem Seegefecht vor Helgoland weder befördert noch ausgezeichnet worden war, und das aus Sorge vor Protektionsgerüchten. Später wurde ich dann zum Fregatten-Leutnant innerhalb der Tour ernannt. Ich hinkte also immer anderen Kameraden im Dienstrang hinterher. Währenddessen die eine oder andere goldene Auszeichnung die Brust Gleichaltriger schmückte, blieb meine hartnäckig undekoriert. Ich hatte das Signum Laudis, dachte ich grimmig und tröstete mich damit. Meine Leistungen blieben nicht unentdeckt, aber Tegetthoff tat sich unheimlich schwer, sie entsprechend zu honorieren. Dafür hatte ich wenigstens immer den begehrtesten Posten inne und immer Kommandierung auf das Flaggenschiff. Das war auf die Dauer wohl mehr wert, als Auszeichnungen und vorzeitige Beförderung.

Meine Zeit würde noch kommen, meinte Henriquez sehr bestimmt. Nachdem er mir seine eigene Rumration verabreicht und ich die meinige ebenfalls hinuntergekippt hatte, sah die Welt für mich gleich wieder rosiger aus. Im Geiste sah ich mich schon als Navigationsoffizier und Linienschiffs-Leutnant, mit den entsprechenden goldenen Streifen, den Kurs nach Japan errechnen und auf die Schiefertafel schreiben. »Rudergänger! Neuer Kurs Tokyo!«, lallte ich. »Noch einen Rum, bitte, Herr Leutnant.«

»Kommt nicht infrage, du hast unser beider Ration von drei Tagen in dir. Du schläfst jetzt deinen Rausch aus und meldest dich morgen frisch und munter bei mir zum Dienst, alles klar?«

»Jawohl, Herr Leutnant, zu Befehl«, stammelte ich und schlief mitten im Satz ein. Ich hatte mich immer vom Alkohol ferngehalten, gerade nach Helgoland steigerte sich mein Konsum ein wenig, um die schrecklichen Erlebnisse leichter zu verarbeiten. Dieses Verhalten behielt ich aber nicht lange und daher vertrug ich auch nichts.

Als ich wie befohlen etwas verkatert meinen Dienst wieder antrat, konnte sich von Henriquez ein leises Schmunzeln nicht verkneifen. Meine etwas leise ausgefallene Meldung quittierte er mit einem überlauten »Danke, Herr Leutnant«, was mich mächtig zusammenzucken ließ und ihn daraufhin noch mehr erheiterte. »Heute wirst du bei der Kalkulation und Berechnung des Kurses Minuspunkte einstreifen«, lachte er heiter. »Die Flasche Hochriegl ist mir schon sicher«, stichelte er weiter.

Mich konnte das im Moment nicht wirklich erschüttern, denn nur Seekrankheit war wohl noch schlimmer als ein Kater. »Haben wir vom Inhalt des Schreibens an den Admiral schon Kenntnis?«

»Geh und frag den Admiral selbst! Kinder und Betrunkene dürfen alles«, kicherte Henriquez schadenfroh. »Nein, wir haben natürlich noch keine neuen Befehle erhalten, denke, der Kapitän wird uns demnächst informieren. Er ist gerade beim Admiral zum Frühstück.«

Ich hatte den Suezkanal nur von Ferne gesehen, was mich natürlich bedrückte und enttäuschte. Vom Deck der »Schwarzenberg« aus beobachtete ich mittels Fernrohr die Bauarbeiten. Die Baustelle war derart in eine dichte Staubwolke eingehüllt, dass ich, auch aufgeentert zum Krähennest, kaum mehr Details zu erkennen vermochte.

»Leutnant Henriquez!«
»Jawohl, Herr Kapitän!«
»Berechnen Sie Kurs nach Pola!«

»Nach Pola. Jawohl, Herr Kapitän!«

Wie zu erwarten, gewann mein Chef diesmal. Ich war nicht nur zu langsam, ich hatte mich noch dazu verrechnet. »Du kannst beim Rum bleiben, ich halte mich an Sekt«, frohlockte er. »Hochriegl Sekt vom k.k. Hoflieferanten, du verstehst?«

»Ist mir einerlei, Herr Leutnant, ich trinke ohnedies nie wieder was!«, antwortete ich zerknirscht.

Nach monatelanger Fahrt ging es wieder Richtung Heimathafen. Bei der 550 Mann starken Besatzung der »Schwarzenberg« herrschte Hochstimmung. Auf der »Radetzky« und dem Rest der Escadre dürfte es sich nicht anders verhalten haben. Die Unruhen in Alexandria waren niedergeschlagen, Ruhe und Ordnung waren wiederhergestellt und unser Aufenthalt in der Levante offenbar nicht mehr nötig. Die Mannschaften waren, wie es der Hauptzweck der Operationen verlangte, gut ausgebildet worden. Aus etlichen Landratten wurden brauchbare Seeleute geschmiedet und die jungen Fähnriche konnten ihr theoretisches Wissen in der Praxis beweisen.

Auf halbem Weg nach Pola bat Admiral Wilhelm von Tegetthoff alle Offiziere, mit Ausnahme der Fähnriche und der unabkömmlichen Wachoffiziere, auf die »Schwarzenberg« zur Abschlussbesprechung. Die Kommandanten aller Schiffe mit ihrer Begleitung gingen längsseits der »Schwarzenberg« und enterten einer nach dem anderen über das Fallreep hoch. Die Bootsmannspfeifen trillerten ununterbrochen, die Marinesoldaten präsentierten das Gewehr bei Ankunft der Kommandanten. Linienschiffs-Kapitän von Waldstätten begrüßte jeden persönlich und geschlossen ging man dann zum Achterdeck in die Räumlichkeiten des Admirals. Tegetthoff, wortkarg wie üblich, stand am Kopf der Tafel und setzte sich, als alle bei ihren Plätzen angekommen waren. Das war das Zeichen, ebenfalls Platz nehmen zu dürfen. Zur Rechten des Admirals hatte der Kommandant der »Radetzky«, Max Baron von Sterneck, Platz genommen und zur Linken unser Kapitän von Waldstätten. Nachgereiht die Kapitäne und Kommandanten der Escadre links und rechts der Tafel. Tegetthoff schwieg. Der erste Gang wurde aufgetragen. Die Stimmung war naturgemäß gespannt, durfte doch niemand das Wort vor dem Admiral erheben. Als alle Gläser gefüllt waren und Tegetthoff nicht mit der Wimper zuckte und keine Anstalten machte, sein Glas zu erheben, brach sein Freund Sterneck das Schweigen. Es musste ihn trotz seiner Freundschaft zum Admiral allen Mut gekostet haben. Er erhob sein Glas und brachte folgenden Toast aus: »Auf unseren Admiral Wilhelm von Tegetthoff, dem österreichischen Horatio Lord Nelson!« Alles war von den Sitzen aufgesprungen und hatte die Gläser zur Mitte der Tafel gestreckt. Danach wurde deren Inhalt vollständig, aber doch dem Anlass angemessen würdig, geleert. Das Eis war gebrochen. »Danke, lieber Freund«, zu Sterneck gerichtet, »danke, meine Herren Kapitäne und Offiziere«, sprach er seine Gesellschaft an. »Wir wollen die dargebotenen Speisen genießen.« Sein Gesicht war aufgehellt, doch blieb er nachdenklich. Erst als die Tafel aufgehoben und Weinbrand durch die Ordonnanzen eingeschenkt worden war, richtete Tegetthoff das Wort an seine Gäste: »Meine Herren, ich danke Ihnen für den hervorragenden Einsatz. Ich denke, wir haben unser Ziel erreicht. Die österreichische Marine hat vom Manöver gut profitiert. Wir sind zurückbefohlen nach Pola. Meine Hoffnungen auf Durchführung der geplanten Ostasienmission erfüllen sich leider nicht. Es tut mir leid, meine Herren, nicht an der Finanzierung oder an sonst einer bürokratischen Hürde liegt es, sondern am Verhalten Preußens. Die königlich preußische Armee ist in Holstein eingerückt. Unser tapferer Feldmarschall-Leutnant von Gablenz musste zum

Leidwesen der braven Holsteiner weichen. Die Gasteiner Konvention wurde somit gebrochen. Der Krieg ist noch nicht erklärt, aber damit ist bald zu rechnen. Was das bedeutet, meine Herren, ist hoffentlich jedermann klar. Die Bündnisse unserer Feinde sind kein Geheimnis. Erklärt Preußen Österreich tatsächlich den Krieg, und es sieht so aus, als werden sie das tun, erklärt uns Italien stehenden Fußes das Gleiche. Der Zweifrontenkrieg ist unvermeidlich. Das Armeeoberkommando hat mir die volle Beteiligung der Flotte zugesichert. Der Kaiser hat mich mit dem Kommando über die k. k. Flotte in der Adria betraut.«

Hochrufe wollten aufkommen, doch Tegetthoff wehrte energisch ab. »Unsere vordringlichste Aufgabe, angekommen in Pola, wird es sein, unsere Schiffe kriegsmäßig für den Kampf mit Italien auszurüsten.«

»Herr Admiral, wer kommandiert die Landstreitkräfte im Süden?«, warf einer der Kapitäne ein.

»Erzherzog Feldmarschall Albrecht, Herr Kapitän.«

»Um Himmels willen, warum denn Albrecht, was macht denn dann unser Benedek?«

»Feldzeugmeister Ludwig von Benedek übernimmt das Kommando der Nordarmee«, erklärte Tegetthoff trocken. Jetzt ging alles drunter und drüber, jeder erboste sich über diese Entscheidung, es wurde mit den Händen wild gestikuliert und verständnislos die Häupter geschüttelt. Sterneck brüllte einen lauten Befehl und augenblicklich konnte man eine Stecknadel fallen hören.

»Herr Admiral, warum wird so etwas Schwachsinniges befohlen? Benedek ist seit Jahren Oberkommandierender General der Südarmee, er kennt dort jeden Strauch, jeden Baum und jeden Hügel. Im Norden ist er doch ein absolut Fremder. Er hat in Italien schon unter Feldmarschall Radetzky erfolgreich gekämpft!«

»Mäßige dich, Herr Linienschiffs-Kapitän«, entgegnete

Tegetthoff, »wir, die Flotte, haben das nicht zu kommentieren, wenngleich ich mich eurer Meinung anschließe. Wir müssen uns um unsere eigenen Belange kümmern und da haben wir weiß Gott genug zu tun. Dass Erzherzog Albrecht die Südarmee befehligt, ist für uns nicht gar so schlecht, denn Albrecht ist uns wohlgesonnen.«

»Feldzeugmeister Benedek ist uns ebenfalls wohlgesonnen, Herr Admiral«, wendete Sterneck ein.

»Ja, ich weiß, und ich leide mit meinem Freund Benedek. Er hat keine leichte Aufgabe vor sich – vielleicht eine unlösbare. Das ist vermutlich auch der Grund, warum Albrecht, als kaiserlicher Prinz, nicht die Nordarmee befehligen kann. Kommt es nämlich zu einer Niederlage gegen Preußen und der Erzherzog wäre Feldherr, könnte das für die Dynastie letale Folgen haben.«

»Da lässt man lieber den armen Benedek ins Verderben rennen«, erboste sich Sterneck.

Da sprang Tegetthoff auf. »Was bildest du dir ein, Sterneck, den Kaiser zu kritisieren, unseren obersten Kriegsherrn. Der Kaiser steckt genauso in der Klemme wie wir. Wer hat denn die Gelder zur Ausrüstung und zur Fortentwicklung der Armee und der Flotte verweigert? Der Kaiser etwa? Das unselige Ministerium, der Hader zwischen den Kronländern, die ewig Gestrigen, die jede Erneuerung ablehnen, sind die wahren Schuldigen. Wir könnten ihnen hier und jetzt Namen geben, aber lassen wir das lieber. Ihnen allen sei gesagt, meine Herren, die österreichische Flotte wird ihr Bestes geben, auch ohne Geld. Wir werden unsere glorreiche Armee mit äußerster Kraft unterstützen und nach Möglichkeit wesentlich zum Siege beitragen. Unser oberster Kriegsherr, seine apostolische Majestät, Kaiser Franz Josef I., wird von seiner Flotte nicht enttäuscht werden, das erwarte ich von Ihnen, meine Herren Kapitäne und Offiziere! Amen. Amen. Amen.« Mit dem dreifachen

Amen hatte auch Nelson seinen Aufruf zur Schlacht vor Trafalgar besiegelt. Alles hatte sich von seinen Sitzen erhoben, den Säbel gezogen und begeistert »Für Österreich, Für den Kaiser«, ausgerufen. Als ich an der Tafel stand, mit gezogenem Säbel, betrachtete ich die eingravierte Widmung von Erzherzog-Admiral Ferdinand Maximilian. Außer Tegetthoff und mir hatte niemand der Anwesenden auf dem heiligsten Utensil aller Offiziere diesen begehrten Schriftzug eingraviert. Bei all dem heroischen Getue versuchte ich meine grenzenlose Enttäuschung über das Scheitern der Ostasienmission und der Nordpolexpedition zu verbergen. Gleichzeitig kroch in mir die Angst vor dem bevorstehenden Krieg hoch. Die italienische Flotte war mit der unseren nicht zu vergleichen. Italien hatte in den vergangenen Jahren gewaltig aufgerüstet. Die italienische Kriegsmarine hatte über 200 Millionen Goldfranken in die Kriegsflotte investiert. Lauter neue Panzerschiffe, aus Stahl gefertigt, bestückt mit modernster Artillerie konnten sie ins Treffen führen. Und wir? Holzschiffe, mühsam und halbherzig adaptiert, mit zu schwachen Maschinen, veralteter Artillerie mit viel zu kleinem Kaliber. Ein Seekrieg gegen Italien schien mir reiner Selbstmord zu sein. Ich versorgte meinen Säbel wieder, trank meinen Weinbrand aus und setzte mich schweigend, wie etliche andere auch. Die Diskussion hielt an, Emotionen gingen hoch, doch ich erlebte es als Zuseher, als Unbeteiligter, als wäre es ein böser Traum. Die apokalyptischen Bilder von Helgoland wurden plötzlich vor meinem Auge lebendig. Es war dumm von mir, zu glauben oder zu hoffen, dass es keinen Krieg mehr geben würde, an dem ich teilnehmen müsste. Ich bin Offizier der Kriegsmarine und Krieg ist mein Beruf, ob mir das nun passte oder nicht.

Teil VI

Die Seeschlacht bei Lissa

– 16 –

Tegetthoff stürzte sich mit unermüdlicher Energie in das von ihm zu bewältigende Titanenwerk. Das Marinekommando in Pola fand er in dornröschenähnlichem Schlaf vor, als befände man sich im tiefsten Frieden und keine noch so kleine Gewitterwolke würde ihn trüben. Der Bau der beiden Panzerschiffe »Erzherzog Ferdinand Max« und »Habsburg« war nur schleppend vorangegangen. Dazu kam, dass die bei Krupp bestellten gezogenen Kanonen, die als Bestückung für die beiden vorgenannten Schlachtschiffe gedacht waren, aufgrund der politischen Situation nicht mehr geliefert wurden. Und das, obwohl Österreich die Zahlung an Krupp bereits geleistet hatte. Es blieb nichts anderes übrig, als die beiden Schiffe mit glatten Rohren zu bestücken. Das Kaliber reichte keinesfalls aus, um die moderne italienische Panzerung zu durchschlagen, dafür sah Tegetthoff die Möglichkeit, glühende Kugeln verschießen zu können. Ein unerhörtes Wagnis auf Schiffen, deren Leib aus leicht brennbarem Holz bestand! Während des Gefechtes mussten ständig mehrere Feuer unterhalten werden, in dem die Kugeln glühend gemacht werden konnten. Ein Volltreffer in diese Öfen bedeutete das unvermeidliche Ende des Schiffes. Das seeuntüchtige Linienschiff »Kaiser«, ein Segelschiff noch aus der Zeit Nelsons, lag abgewrackt auf Reede. In Ermangelung anderer brauchbarer Fahrzeuge erweckte Tegetthoff das Schiff zu neuem Leben. Es musste kielgeholt werden, um die Kalfaterung zu erneuern, die Maschine benötigte eine Generalüberholung und eine bisher nicht vorhandene Panzerung musste erdacht werden. Die hölzernen Vordersteven wurden mit Eisenbahnschienen gepanzert, ebenso der Rammsporn. Der Rammsporn, eigentlich eine Nebenwaffe, wurde für uns zur Hauptwaffe. Wir mussten unser Heil im Nahkampf suchen, um den Nachteil unserer unzureichenden Artillerie auszugleichen und dem Gegner den Vorteil seiner weittragenden Geschütze zu nehmen. Ohne dem Plan Tegetthoffs vorzugreifen, war mir das jetzt schon klar. Kannte ich den Admiral doch gut genug, um zu erraten, was in ihm vorging. Jeden materiellen Nachteil würde er durch äußerste Entschlossenheit und wildesten Kampfgeist wieder wettzumachen versuchen. David hatte Goliath mit nichts anderem als einer Steinschleuder besiegt. Es war weniger die Steinschleuder gewesen, die siegte, es war der absolute Siegeswille Davids, und sein Gottvertrauen. Dazu kam auch noch die Überheblichkeit des übermächtigen Goliaths, die zu seinem Fall nicht unwesentlich beigetragen hatte. Mit ein bisschen Glück würden sich die Italiener aufgrund ihrer haushohen Überlegenheit gegenüber uns hochmütig verhalten. Damit die modernen italienischen Granaten aber nicht mir nichts dir nichts durch unsere hölzernen Schiffskörper durchschlagen konnten, kam Tegetthoff auf die Idee, Ankerketten zusammenzuschweißen und zwischen den Stückpforten herunterhängen zu lassen. Eine derartige Armierung ließ die Schiffe wie urzeitliche Gürteltiere aussehen. Wohl wusste Tegetthoff, dass derlei Maßnahmen eher psychologische Wirkung haben würden, als sie tatsächlichen physischen Schutz boten. Psychologische Sicherheit für seine Geschützbemannungen. Man fühlte sich doch etwas besser, wenn die feindliche Kugel als Erstes auf einen dicken Mantel von eisernen Ankerketten traf, bevor sie Gelegenheit hatte in die hölzerne Schiffswand einzudringen. Unsere langsam größer werdende Armada war aufgrund dieser Maßnahmen wirklich hässlich anzusehen.

Dazu kamen noch die unterschiedlichen Schiffstypen. Neben der riesigen »prähistorischen Kaiser« und der x-mal umgebauten »Radetzky« und »Novara«, lagen Raddampfer und Schraubenkanonenboote mit sehr wenig Kampfwert, wie »Hum«, »Dalmat«, »Wall«, »Seehund«, dann aber auch die neuen Panzerfregatten »Erzherzog Ferdinand Max«, »Habsburg« und »Prinz Eugen«.

Nicht wenige belächelten die Bemühungen Tegetthoffs, nannten sie aussichtslos. Das focht den Admiral nicht an, das Gegenteil war der Fall. Es spornte ihn zu noch größerer Aktivität an. Admiral Tegetthoff schien überall gleichzeitig zu sein. Er trieb die Arbeiten voran, feuerte die Mannschaften an, hielt vor den Offizieren zündende Ansprachen, bekniete die Hafenadministration betreffend Nachschub und bombardierte das Armeeoberkommando mit Forderungen und auch Ergebnissen seiner Tätigkeit. Das Ganze war vom Geiste Tegetthoffs beseelt und die Mannschaften sahen mit unerschütterlicher Zuversicht dem erfolgreichen Ausgang entgegen. Tegetthoff wurde seinem großen Vorbild, Lord Nelson, immer ähnlicher. Der körperlich schwache Nelson siegte durch seine sprühende Intelligenz und durch seine unermüdliche Tat- und Schaffenskraft. Er bestach durch seinen Mut und sein unerschütterliches Vertrauen, das er in seine Offiziere und Mannschaften setzte. Genauso verhielt sich auch Tegetthoff. Wenn das AOK ihn mit halbherzigen Befehlen versorgte, suchte und fand er Trost bei seiner Baronin von Lutteroth, die in Triest alles, was Tegetthoff und die Flotte tat, aufmerksam und mitfühlend verfolgte. Der Kriegsminister schrieb:

»Obwohl Seine Majestät der Kaiser, unser allergnädigster Herr, zuversichtlich erwarten, dass Allerhöchstdessen Flotte in aufopfernder Pflichterfüllung mit Allerhöchstdes-

sen Landarmeen wetteifern werde, so wird doch keineswegs
die bedeutende numerische Überlegenheit der gegnerischen
Flotte verkannt und aus diesem Grunde und bei dem mora-
lischen Einfluß, den die Existenz der österreichischen Flotte
auf die Operationen des Feindes an den Seeküsten zwei-
felsohne ausüben muß, bin ich von Seiner Majestät dem
Kaiser beauftragt, es Euer Hochwohlgeboren zur Pflicht zu
machen, keine Unternehmungen zu beginnen, welche die
k. k. Flotte auf das Spiel setzen, oder wo die zu erreichenden
Vorteile die voraussichtlichen Opfer nicht aufwiegen.«

Tegetthoff schäumte über die Geringachtung seiner Waffe.
Er tobte über den Kleinmut des Ministers und dessen Stab.
Das konnte nicht im Willen Seiner Majestät sein. Der Kaiser
war, wie so häufig, von den ihn umgebenden kleingeistigen
Speichelleckern unvollständig informiert oder bewusst ge-
täuscht worden. Tegetthoffs übergroßer Zorn entlud sich,
indem er sich noch mehr anstrengte, obwohl dies kaum
mehr möglich schien. Seine Tatkraft entzündete sich erst
recht, wenn Schwierigkeiten auftauchten. Er schlief nur
mehr zwischendurch, immer nur ein Stunde, manchmal
nur ein paar Minuten, um danach erfrischt zu erwachen.
Seine Antwort an den Kriegsminister konnte, nachdem
er sich beruhigt hatte, dann auch abgesendet werden. Die
vorangegangenen Entwürfe mussten ob der Schärfe ihres
Inhaltes vernichtet werden.

»Bei dieser Sachlage, bei Erwägung, dass die Escadre hoch-
wichtige Staatsinteressen, die Ehre ihrer Flagge und den
guten Ruf des eigenen Korps zu wahren haben würde, stellt
es sich wohl als eine gebieterische Notwendigkeit dar, sie in
Stand zu versetzen, um in der zweiten Hälfte des Juni mit
Kraft und Energie in den Gang der Ereignisse eingreifen
und durch einen gewichtigen Schlag ihr vielleicht Wochen

dauerndes, gewiß aber unverschuldetes, tatenloses Zuwarten
glänzend rechtfertigen zu können. Dass die Mannschaften
von dem besten Geiste beseelt sind und gewiß als echte öster-
reichische Seeleute kämpfen werden, glaube ich verbürgen
zu können. An den Schiffen wird mit voller Energie gear-
beitet und sie werden binnen kurzem verwendbar sein und
die Escadre sodann unter Anhoffung, dass das Kriegsglück
sie begleite, die Aufgabe übernehmen, das adriatische Meer
vom Feinde zu säubern.«

Tegetthoff

An die Baronin von Lutteroth:

»Ihr Briefchen war von altgewohnter Liebenswürdigkeit
diktiert und mir wieder ein Beweis, dass Sie mir Ihre
freundschaftlichen und wohlwollenden Gesinnungen un-
geschmälert bewahren. Ich bin daher auch gewiß, dass Sie
Nachsicht üben werden, wenn ich im Verlaufe dieser Zeilen
eine Bitte vorbringen werde. Vielen Dank für die herrlichen
Blumen. Sie duften in meiner Kabine. Ihr Geruch ist so
prachtvoll, dass Sterneck behaupten wollte, sie wären parfu-
miert. Wir konstatierten jedoch die Echtheit der Rosen. Nun
zu meiner Bitte: die bei Helgoland gemachte Erfahrung lehrt
mich, dass wenn auch das Schiff peinlich hergenommen,
die Kajüten des Chefs unversehrt bleiben können. Ich will
jedoch auf diese Erfahrung nicht allzu sehr pochen, beab-
sichtige einen Teil meines an Bord nicht unbedingt notwen-
digen Graffelwerkes vom Schiff wegzuhaben, und möchte
Ihre Liebenswürdigkeit in Anspruch nehmen, mir diesen
überflüssigen Ballast aufzuheben. Es ist darunter etwas
Silber, meine Prisengelder vom Dänischen Kriege usw. Ich
gebe mich der Hoffnung hin, dass mir die liebenswürdigste
aller Marinemamas diese Zudringlichkeit nicht übel neh-

men werde. Über unser Vorhaben bitte ich Sie keine über-
triebenen Besorgnisse zu hegen. Wir sind nicht so schwach,
wie die Öffentlichkeit zu glauben scheint. Wir liegen heute
24 Schiffe hier, darunter 6 Panzerschiffe; doch auch hinter
hölzernen Wänden pochen Herzen von Eisen. Sie werden
sich Ihrer Kinder – wenn Sie uns alte Esel schon so nennen
wollen – nicht zu schämen brauchen; hiefür bürge ich Ih-
nen. Unser Element ist die See und auf der See wollen wir
unseren Strauß ausfechten. Dass Triest bombardiert werde,
möchte ich verneinen. Gott erhalte und beschütze Sie, dies
ist der innigste Wunsch Ihrer zahlreichen Verehrer in der
Marine, unter denen sich zu den ersten zählt

Ihr aufrichtig ergebener
Tegetthoff.

Tegetthoff sorgte sich auch um seinen Bruder, welcher als
Oberst in der Nordarmee unter Feldzeugmeister Benedek
diente. Von der Nordarmee kamen anfangs widersprüch-
liche Horrormeldungen, doch sie verdichteten sich immer
mehr. Der Feldzug gegen Preußen schien für Österreich
keinen günstigen Verlauf zu nehmen. Unterdessen regte
sich auch in der königlich italienischen Flotte etwas. Admiral Persano, der sich auffallend still verhielt, rückte mit
seiner Escadre gegen Ancona vor. Gleichzeitig, am 20. Juni,
erhielt Contre-Admiral Wilhelm von Tegetthoff die italienische Kriegserklärung zugestellt. »Leutnant Federspiel!«
    »Jawohl, Herr Kapitän!«
    »Der Admiral lässt Sie bitten!«
    »Zu Befehl, Herr Kapitän!«
    Was so freundlich formuliert war, bedeutete natürlich
einen Befehl, dessen Befolgung keinerlei Aufschub duldete.
Ich fand den Admiral arbeitend an seinem Schreibtisch
vor. »Setz dich, Federspiel, ich muss dir einen Brief dik-

tieren«, sagte Tegetthoff gleich nach meinem Eintreten, ohne meine Meldung abzuwarten und ohne von seinen am Tisch ausgebreiteten Papieren aufzusehen. Ich tat wie mir befohlen und hielt mein Schreibzeug griffbereit. »Italien hat Österreich soeben den Krieg erklärt, die Flotte ist nach Ancona ausgelaufen und dort bereits angekommen. Wir schreiben an das Kommando der Südarmee, an Feldmarschall Erzherzog Albrecht:

»Erbitte Erlaubnis zur scharfen Rekognoszierung an der italienischen Küste und um genaue Weisung um den Grad der Freiheit in der Aktion!«

Tegetthoff.

»Der freien Aktion kein Hindernis im Wege, nur nicht über Lissa hinaus; Mündungen des Po und Küste Venedigs im Auge behalten!«

Albrecht.

»Verstanden!« »Meine und der Flotte herzlichsten Glückwünsche zum glänzenden Erfolg von Custozza!«

Tegetthoff.

Am 26. Juni verließen wir mit sechs Panzerschiffen, einer Schraubenfregatte, vier Schraubenkanonenbooten und zwei Raddampfern die Reede von Fasana in Richtung Ancona. Bedrückt dachte ich, jetzt geht es los. Ich sah es am entschlossenen Gesicht Tegetthoffs, er brannte regelrecht darauf, endlich ins Gefecht zu kommen. Besonders jetzt, nach dem Erfolg von Custozza brauchte auch die Flotte einen Sieg. Wenn Persano schon nicht zu einem Angriff zu bewegen war – er hätte genügend Möglichkeiten gehabt –, so musste Tegetthoff das Gefecht eben erzwingen. Auf Persano lastete mittlerweile recht großer Druck. Die italienischen Zeitungen zerrissen sich schon das Maul über ihn und seine unbegreifliche Untätigkeit. Obwohl ich mich auf diesen Kampf nicht freute, das zögerliche Vorgehen Admiral Persanos war selbst mir unerklärlich. Seine Riesenflotte war jetzt endlich ausgelaufen, um sich gleich darauf im sicheren Hafen von Ancona wieder zu verstecken. Diese Taktik wollte nicht so ganz in unsere Gehirne. In der Messe diskutierten wir lebhaft, um hinter das Geheimnis dieser speziellen Kriegslist zu kommen. Die Rolle Persanos war die des Angreifers, des Aggressors, und unsere die des Verteidigers. Was macht man mit einem Angreifer, der nie angreift? Ihn angreifen! Da stimmte ich mit Tegetthoff vollständig überein. Aus einem Abstand von etwas mehr als zwei Seemeilen beobachteten wir die königliche italienische Flotte. Die Schiffe standen teilweise unter Dampf und waren zum Auslaufen bereit. Sterneck drängte Tegetthoff zum Angriff, doch der Admiral ließ sich nicht drängen. Der Schock unseres Auftauchens fuhr den Italienern in die Knochen. Damit hatten sie nicht gerechnet. Auf allen unseren Schiffen war »Klar Schiff zum Gefecht« befohlen. Wie gelähmt klebte die italienische Flotte im Hafen. Auf den Schiffen herrschte die unglaublichste Hektik, doch Persano nahm den Kampf nicht auf. Er zog es vor, unter der schützenden Bedeckung der Festungsartillerie zu verharren. Wir schlichen uns beinahe auf Schussdistanz an. Danach kam der Befehl zum Wenden. Tegetthoff hatte erreicht, was er wollte. Er hatte Persano die Zähne gezeigt, ihn völlig überrascht. Es war ein moralischer Sieg gewesen, ohne einen einzigen Schuss abzugeben. Es musste die italienischen Schiffsbesatzungen frustrieren, dass die Österreicher so ungeniert aufkreuzen konnten und völlig unbehelligt wieder abzogen. Dass dieses Manöver gelungen ist, würde Admiral Persano vor einem Kriegsgericht zu erklären und verantworten haben, in diesem Punkt waren wir Offiziere uns einig. Es war ein »Gefecht« ganz nach meinem Geschmack gewesen. Ein Erfolg durch Hirn und nicht durch Brachialgewalt erzwungen. Gemäß unserem Einsatzbefehl, kreuzten wir an der Küste entlang, zeigten unsere Flagge. Das beruhigte die Bewohner der Küste und zeigte den Menschen, dass wir aktiv waren. Ganz im Gegensatz zur italienischen Flotte, die so bedrohlich in Ancona lag und jetzt auch noch durch das Wunderschiff »Affondatore« verstärkt war. Es handelte sich bei diesem Schiff um eine absolute Neuentwicklung. Es verfügte über zwei drehbare Türme, konnte also in alle Richtungen feuern. Alleine, Persano lief nicht aus. Da riss dem Marineminister die Geduld und er begab sich persönlich nach Ancona, um die Flotte zu visitieren. Er drohte Persano mit der Absetzung, wenn er nicht sofort mit der Flotte zum Angriff übergehen würde. Zu Recht musste man Persano als das exakte Negativ von Tegetthoff beschreiben.

Endlich, am 16. Juli, entschloss sich Admiral Persano mit seiner Flotte auszurücken. König, Kriegsminister, Parlament und öffentliche Meinung ließen keine weitere Untätigkeit zu. Persano erhielt Befehl, die Insel Lissa anzugreifen und zu besetzen. Darüber hinaus sollte die Adria endlich italienisch werden und die Österreicher samt ihrer Flotte aus ihr vertrieben werden. Italien benötigte dringend einen militärischen Erfolg gegen Österreich, war doch die Scharte der verlustreichen Schlacht von Custozza auszuwetzen. Die kleine Insel Lissa wurde im Kampf um die Adria als Schlüsselposition gesehen.

Schon im 4. Jahrhundert vor Christus gewann Dionysios der Ältere bei dieser Insel eine Seeschlacht gegen die Illyrer und unter den Römern war Lissa eine Flottenstation. Danach fiel sie an Byzanz und schließlich an die Venezianer. 1811 besetzten die Engländer die Insel aufgrund ihrer strategischen Bedeutung. Schon kurz darauf wollten sich die Franzosen der Insel bemächtigen, sie hatten gerade Dalmatien erobert, doch wurden sie von den Briten in einem mörderischen Seegefecht vernichtend geschlagen. Seit dem Jahre 1815 befand sich Lissa unter österreichischer Herrschaft. Die von den Briten angelegten Befestigungen waren laufend erneuert und verstärkt worden. In Wahrheit war Lissa nichts anderes, als ein vom adriatischen Meer umgebener armseliger Steinehaufen, besetzt von etwa 1800 Mann, zusammengesetzt aus Marineinfanterie, Artillerie, einer Genietruppe und etlichen Matrosen. Sie standen unter dem Befehl des aus dem Ruhestand zurückgeholten Oberst Urs de Margina, einem Theresienritter. Zur Abwehr eines etwaigen Landungsmanövers hatte der Oberst gerade einmal 900 Mann zur Verfügung. Die anderen waren mit der Bedienung der 88 Stück zählenden Festungsartillerie beschäftigt. Durchwegs veraltete Modelle, kaum imstande, einem modernen Kriegsschiff ernsthaften Schaden zufügen zu können. Da war es nur recht und billig, einen Theresienritter zum Kommandanten zu ernennen. Ein anderer hätte sich das womöglich nie getraut. Im Falle eines Angriffes war Lissa auf sich alleine gestellt. Dazu verfügte die Insel über keinerlei Schifffahrtshindernisse oder Minen.

Unter Kaiserin Maria Theresia musste die Familie von Urs de Margina nach Siebenbürgen in Rumänien auswandern. Und gerade dieser Mann hatte sich bei Solferino, 1859, den höchsten Tapferkeitsorden, den die österreichische Armee zu vergeben hatte, geholt, den Militär-Maria Theresien-Orden. Mit Oberst Urs de Margina hatte Admiral Persano einen Gegner in der Härte von Wilhelm von Tegetthoff vor sich. Einen Gegner, ebenso schwach ausgerüstet wie Tegetthoff, doch so wild entschlossen wie der Admiral selbst es war. In seinem Vorhaben, die Insel bis zum letzten Mann zu verteidigen, standen dem Oberst der Geniemajor Hiltl, weiters der Artilleriehauptmann Klier und der Infanteriemajor Kratky kongenial zur Seite.

Admiral Wilhelm von Tegetthoff hatte alle Kommandanten seiner Escadre auf sein Flaggenschiff »Erzherzog Ferdinand Max«, zur Einsatzbesprechung befohlen. Flankiert von Linienschiffs-Kapitän Anton von Petz, Kommandant der »Kaiser« und Geschwaderführer der Holzschiffflotte, sprich der II. Division und von Baron Sterneck bat der Escadre-Commandant Platz zu nehmen.

Eingefunden hatten sich die Kapitäne der Schiffe der I. Division:

»Habsburg« Linienschiffs-Kapitän Faber, »Don Juan de Austria« Linienschiffs-Kapitän Ritter von Wipplinger, »Prinz Eugen« Linienschiffs-Kapitän Ritter von Barry.

II. Division: »Kaiser Max« Linienschiffs-Kapitän Ritter von Gröller, ein ganz besonderer Freund Tegetthoffs, »Drache« Linienschiffs-Kapitän Baron Moll, »Salamander« Linienschiffs-Kapitän Kern, Aviso Dampfer »Stadion« Linienschiffs-Leutnant Graf Wimpffen, »Novara« Linienschiffs-Kapitän Erik af Klint, »Schwarzenberg« Linienschiffs-Kapitän Milossicz, »Radetzky« Linienschiffs-Kapitän Auernhammer, »Donau« Linienschiffs-Kapitän Bittner, »Adria« Fregatten-Kapitän Daufalik, »Friedrich« Fregatten-Kapitän Florio, »Elisabeth« Fregatten-Kapitän Tobias von Oesterreicher.

III. Division: »Hum« Fregatten-Kapitän Eberle, »Seehund« Fregatten-Kapitän Calafatti, »Dalmat« Korvetten-Kapitän Baron Wickede, »Velebich« Korvetten-Kapitän Herzfeld, »Reka« Korvetten-Kapitän Nölting, »Streiter« Korvetten-Kapitän Ungewitter, »Wall« Korvetten-Kapitän Graf Kielmannsegg, »Narenta« Linienschiffs-Leutnant Spindler, »Kerka« Linienschiffs-Leutnant Massotti, Aviso Dampfer »Greif« Fregatten-Kapitän Kronowetter und der Verwundetentransporter »Andreas Hofer« Korvetten-Kapitän Lund.

Als Schriftführer Tegetthoffs hatte ich eine kleine Ecke gefunden, in der ich nicht weiter auffiel und meiner Pflicht nachkommen konnte. So viel goldbetresste Uniformträger in einem Raum versammelt, praktisch die gesamte aktive Elite der österreichischen Kriegsmarine, das war schon ein erhebendes Erlebnis. Die Einigkeit, die unter den hier versammelten Kommandanten herrschte, suchte man beim Landheer vergebens. Tegetthoff, aufgeräumt wie selten zuvor, begrüßte seine Mitstreiter, in dem er einen Toast auf Seine Majestät, Kaiser Franz Josef und einen weiteren auf Erzherzog Albrecht, den Kommandanten der Südarmee und Sieger von Custozza ausbrachte. »Wie schon vor Helgoland, meine Herren, haben unsere Kameraden von der Landarmee Siege erfochten! Wir stehen nicht hintan, sondern werden es ihnen gleichtun. Österreichische Flottenoffiziere werden als Helden neben denen der Landarmee gleichberechtigt stehen. Es liegt ganz an uns, meine Herren Kapitäne. Wir haben uns und unsere Mannschaften in den vergangenen Wochen und Monaten härtest trainiert, auf den Kriegsfall gegen einen vielfach übermächtigen Gegner vorbereitet. Wir haben die Hiobsbotschaft hingenommen, dass die Auslieferung unserer bestellten und bezahlten Kanonen modernster Bauart, von Preußen verhindert worden ist. Wir haben den gemeinen Anschlag auf SMS ›Novara‹ verkraftet, wir haben unsere Schiffe gepanzert, mit Methoden die nur in der Not einfallen können und wir haben uns über die schier allmächtige, destruktive Bürokratie am Ende siegreich durchgesetzt. Wer oder was soll uns jetzt noch hindern, einen Sieg gegen die italienische Flotte einzufahren?« Tegetthoff machte eine künstlerische Pause.

»Niemand«, fiel Kielmansegg ein. »Niemand«, hörte man von Gröller, Wimpffen und Moll, und dann fielen alle anderen in den Chor ein.

»Es schreckt Sie also keineswegs, meine Herren, dass unsere Kräfte geringer sind als die des Feindes?«

»Der Feind mag eiserne, gepanzerte Schiffe haben, Herr Admiral, doch wir haben den österreichischen Lord Horatio Nelson auf unserer Seite, Sie, Herr Contre-Admiral von Tegetthoff. Das ersetzt unsere materielle Schwäche bei Weitem«, rief Kapitän Wiplinger.

»Jawohl«, fiel Klint ein, »einen Krieg gewinnt man mit Herz, Hirn und Mut und nicht alleine mit Material.«

»Ich danke Ihnen, meine Herren«, erwiderte Tegetthoff gerührt. »Nun hören Sie meine Strategie: Wir ändern im Prinzip nichts an der Methode, wie wir es seit geraumer Zeit eingeübt haben. Unsere Artillerie ist nicht imstande, die Panzerungen des Feindes zu durchschlagen. Bis zum Erbrechen haben wir also das konzentrische Feuer eingeübt. Vor allem das gleichzeitige Feuer einer ganzen Batterie, einer ganzen Linie. Wenn das im Gefecht so klappt wie im Manöver, richten wir trotz des geringen Kalibers großen Schaden beim Gegner an. Damit das aber gelingen kann, müssen wir die Distanzen zu den Italienern so rasch als möglich so stark verringern, dass sie ihre artilleristische Übermacht gegen uns nicht mehr ins Treffen führen können. Die Italiener werden sich in erster Linie auf ihre große Reichweite und auf das extrem gefährlich große Kaliber ihrer Kanonen verlassen. Würden wir auch, wenn wir dies zur Verfügung hätten. Haben wir aber nicht. Wir werden in Keilformation angreifen. Gestaffelt nach Divisionen. Wir werden mit äußerster Kraft den Gegner anrennen, sofort das Melée suchen und jede Gelegenheit nützen, den Feind anzurennen und auf diese Weise zu versenken. Auf kürzeste Distanz können die Italiener die Reichweite ihrer Geschütze uns gegenüber nicht ausnützen und im Gegenzug werden unsere Geschütze trotzdem durch das eingeübte konzentrische Feuer wirksam werden können. Durch wildeste Entschlossenheit werden wir siegreich sein. In hölzernen Schiffen schlagen eiserne Herzen. Österreichische Herzen!«

»Hurra«, ertönte es aus allen Kehlen, »Hoch Tegetthoff!«

Baron Sterneck schenkte seinem Freund Tegetthoff einen liebevollen Blick und seine Hand berührte dessen Säbel und zog daran. Tegetthoff bemerkte dies und legte seine rechte und linke Hand freundschaftlich auf Petz und Sternecks Schulter. »Wir werden den Italienern eine Seeschlacht liefern, die in einem Atemzuge mit Abukir und Trafalgar genannt werden wird. Jeder hier Anwesende wird in die Seekriegsgeschichte eingehen. Ob wir gewinnen oder verlieren, diese Seeschlacht wird unvergessen bleiben, wie der Zweikampf David gegen Goliath.« »Amen, Amen, Amen!«

Jetzt kannte die Begeisterung keine Grenzen mehr. Die Säbel flogen aus ihren Scheiden. Das dabei entstehende martialische metallische Geräusch heizte die Stimmung zusätzlich an. »Für den Kaiser« wurde gerufen und »Für Tegetthoff«. Wilhelm von Tegetthoff, der selbst überhaupt kein Freund von emotionalen Ausbrüchen war, spürte zwar die positive Energie des hier gezeigten Zusammenhaltes, doch wünschte er sich in seine einsame Kabine zurück. Als Baron Sterneck unter den anwesenden Kapitänen wieder einigermaßen Ruhe hergestellt hatte, erhob der Admiral erneut das Wort. »Die italienische Flotte hat Kurs auf die Insel Lissa genommen. Die Insel ist bereits angegriffen worden. Der Inselkommandant Oberst Urs de

Margina leistet, mit den ihm zur Verfügung stehenden Kräften, massiven Widerstand. Der Kaiser hat mir freie Hand zur Operation gelassen. Ich glaubte zuerst an ein Scheinmanöver der Italiener. Doch es ist ihnen mit der Eroberung von Lissa offensichtlich wirklich ernst. Warum sie gerade die Insel Lissa erobern wollen, anstelle die österreichische Flotte in einer offenen Seeschlacht direkt anzugreifen, kann ich Ihnen nicht vernünftig erklären. Bei Ancona hätten sie dazu Gelegenheit gehabt. Jedenfalls befindet sich Lissa in äußerster Not. Oberst Margina hat mich allerdringendst um Unterstützung gebeten, es stehe fünf Minuten vor zwölf. Der Notruf des Obersten ist unbedingt ernst zu nehmen, ein Theresienritter würde dies niemals ungerechtfertigt tun. Wir laufen aus, treffen die italienische Flotte und entsetzen Lissa! – Ich danke, meine Herren!« Mit diesen Worten entließ der Admiral die Kommandanten seiner Escadre. Keiner von ihnen hatte noch große Vorbereitungen auf seinem Schiff zu tätigen, jedes war einsatzbereit, jederzeit.

Die italienische Flotte hatte Lesina besetzt und das unterseeische Telegrafenkabel gekappt. Der Leiter des Telegrafenamtes Bräuner hatte dies alles vorausgesehen und evakuierte sein Amt noch rechtzeitig vor dem anrückenden Feind. Ausgerüstet mit den notwendigsten Apparaten flüchtete er sich auf eine Anhöhe, klinkte sich in das vorbeiführende Kabel ein und berichtete weiter, unablässig, von den Bewegungen und Aktionen der italienischen Flotte. Mittlerweile war es Admiral Persano gelungen, in den Haupthafen der Insel, San Giorgio di Lissa, einzudringen. Die verzweifelte Gegenwehr der österreichischen Inselbesatzung war jedoch stark genug, um ihn wieder zu vertreiben. Allerdings litten die Befestigungen bei jedem Angriff der Italiener derart, dass bei anhaltender Belagerung mit einer baldigen Invasion zu rechnen wäre. Oberst Urs de Margina verlor auch zusehends seine besten Leute an der Front. Baron von Stein, Kommandant des I. Artilleriebatallions, verlor im Kampf sein Leben, wie auch viele wichtige Unteroffiziere, die für die Koordination der Abwehrmaßnahmen unbedingt nötig waren. Immer stärker entbehrten die tapferen Mannschaften ihrer Führer. In dieser prekären Situation meldete Bräuner seinem Kommandanten die Ankunft der österreichischen Escadre. Majestätisch dampfte sie heran.

Obwohl die allgemeine Euphorie durchaus auch auf mich Auswirkungen hatte, bemerkte Kapitän Baron Sterneck doch mein kummervolles Gesicht. »Nur Mut, Leutnant Federspiel, Sie haben Helgoland erlebt, tapfer gekämpft und werden auch Lissa überstehen. Denken Sie daran, bei Helgoland hatten wir es mit Orlogskapitän Suenson zu tun gehabt, ein weitaus härterer Bursche, als es Persano ist. Suenson hatte uns richtig eingeschätzt, Persano hingegen hält uns für Fischer. Genau das wird sein Untergang sein. Gegen Fehleinschätzung helfen auch die schwersten Geschütze nichts!« Väterlich legte er seine Hand auf meine Schulter und ich war ihm unendlich dankbar, dass er meine Sorgenfalten richtig gedeutet hatte. »Jawohl, Herr Kapitän«, antwortet ich nur. »Was werde ich als Navigationsoffizier in einem Melée zu tun haben, Herr Kapitän?«

»Das kann ich Ihnen nicht vorhersagen, Herr Leutnant, ein Melée ist ein unglaubliches Durcheinander. Es wird uns kaum noch möglich sein, Befehle zu signalisieren, denn der Pulverdampf wird jede Sicht verhüllen. Darüber hinaus ist jeder erteilte Befehl in diesem bevorstehenden Chaos in dem Moment veraltet, als er herausgegeben ist. Sie werden wissen, was zu tun ist, Herr Leutnant, in dem Moment, in dem die Entscheidung zu treffen ist. Unsere

Taktik und unsere Vorgangsweise sind eindeutig und klar umrissen. Davon weichen wir nicht ab. Dadurch kann sich jeder blind auf den anderen verlassen. Und denken Sie daran, im Bauch unserer Schiffe, an den Kanonen, stehen dalmatinische Seeleute. Sie verteidigen diesmal ihr eigenes Land. Sie haben vor Helgoland, weit von zu Hause entfernt, gezeigt, wozu sie fähig sind. Jetzt geht es um ihr Vaterland. Bei Gott, ich möchte nicht in Persanos Haut stecken. Er hat sich mit dem Teufel eingelassen! – und mit Tegetthoff! Ich kann mir keinen schlimmeren Feind vorstellen.« Seine kräftige Hand drückte meine Schulter und ich rang mir ein Lächeln ab. »Genieren Sie sich nicht für Ihre Angst, Leutnant, nur dumme Menschen haben keine Angst. Je intelligenter jemand ist, desto mehr Angst hat er. Mut ist die Fähigkeit, seine Angst zu überwinden. Je mehr Geist jemand besitzt, desto mehr Mut benötigt er zwangsläufig.«

Baron Sterneck hatte zu Hause Frau und Kinder, die auf ihn warteten und die sich sorgten. Ich dagegen hatte keine Verantwortung dieser Art und doch schlotterten mir die Knie. Ich hatte eben nicht das Herz eines Sterneck, eines Petz, eines Wüllerstorff, eines Tegetthoff. Reiß dich zusammen, Stephan, gab ich mir selbst den Befehl. Du trägst des Kaisers Rock und an deinem Säbel das goldene Portepee. Was hast du erwartet? Nur Ehre und Ansehen? Als Offizier Seiner Majestät hast du jetzt zu beweisen, wofür du dein Geld erhältst, wofür du ausgebildet wurdest, wofür du bewundert wirst. So gerne hätte ich mich jetzt bei meinem Freund, Oberbootsmann Petrovic ausgeweint, doch er war von mir getrennt, versah Dienst in der II. Division, auf der »Kaiser« unter Kapitän Anton von Petz. Wir hatten kaum Gelegenheit gehabt, uns voneinander zu verabschieden. Von der Brücke aus, durch mein Fernglas, hatte ich den Oberbootsmann an Deck der »Kaiser« entdeckt, ich winkte ihm, doch er konnte mich ohne Fernglas freilich nicht erkennen. Die Escadre hatte ihre befohlene Gefechtsformation angenommen. Das Flaggenschiff, die »Erzherzog Ferdinand Max«, war an das Ende der Escadre zurückgefallen. Wir hatten nebeliges Wetter, die Sicht war dementsprechend schlecht. Wir sahen nichts, der Feind allerdings auch nicht. Kein Nachteil, in dem nicht auch ein Vorteil steckte. Admiral Tegetthoff erschien auf der Brücke, gekleidet in seiner schönsten Uniform. »Herr Kapitän!«

»Zu Befehl, Herr Admiral!«, antwortete Sterneck.

»Wir wollen uns an die Spitze der Escadre setzen!«

»Jawohl, Herr Admiral!« »Befehl an den Maschinentelegrafen, volle Kraft voraus!« »Rudergänger! In der Mitte der Escadre durchfahren, an die Spitze setzen!«

Admiral Tegetthoff stand auf dem Achterkastell und nahm die Parade der vorbeiziehenden Schiffe ab. Da geschah das Unglaubliche. Von allen Schiffen klangen spontan Hurrarufe und Hochrufe herüber. Ein jeder Mann schwenkte seine Mütze und die Bordkapellen der größeren Schiffe intonierten die Volkshymne, das »Gott erhalte« von Joseph Haydn. Die Wanten waren über und über mit Männern besetzt, die ihrem Admiral die Ehre erweisen wollten. Gerührt riss Tegetthoff seine Mütze vom Kopf und schwenkte sie zum Gruß an seine tapferen, loyalen Mannschaften. Wir brausten nach vorn, an die Spitze der Escadre, getragen von den unwirklichen Klängen der durcheinandergespielten Hymne, durchsetzt von den Hochrufen und vom Radetzkymarsch, herüberklingend von der »Radetzky«. Welcher Gegner jetzt vor uns nicht Angst bekommen würde, dem war nicht zu helfen. Selbst ich vergaß in diesen Augenblicken meine Sorgen, sah nur Tegetthoff unermüdlich seine Mütze schwenkend und Baron Sterneck grinste über das ganze Gesicht. »Sehen Sie, Leutnant Federspiel, so eine Motivation hat vor ihm noch kein Flottenchef zustande gebracht. Tegetthoff hat sein großes Vorbild Nelson bereits jetzt übertroffen!«

»Das würde Admiral Nelson freuen, sähe er uns jetzt!«, antwortete ich.

»Er sieht uns, er sieht uns«, rief Sterneck verzückt, »und er wird mit uns kämpfen und uns zum Siege führen. Wer soll uns noch widerstehen?«

Kaum war die »Erzherzog Ferdinand Max« an die Spitze der Escadre gestoßen, begannen sich die Nebel zu lichten. Lissa lag vor uns und mit ihr die italienische Flotte. Signalgast: »Auslugerschiffe einrücken, Distanzen schließen, äußerste Kraft voraus!« signalisieren. Die Flaggensignale schossen vom Mast in den Himmel hinauf. Mit Hurrarufen wurde von den Schiffen geantwortet. »Lieber Sterneck, wir wollen das Angriffssignal setzen!«, befahl Tegetthoff freundlich.

»Jawohl, Herr Admiral, mit Vergnügen, zu Befehl!«, erwiderte Sterneck. »Signalgast: ›Muss Sieg von Lissa werden!‹« signalisieren. Der Befehl lag längst vorbereitet vor dem Unteroffizier und die Flaggen schossen unverzüglich in den Wind. Da krachte auch schon die erste Breitseite der »Principe di Carignano« gegen uns. Das Gefecht war eröffnet worden. Der etwas kurzsichtige Baron Moll, Kapitän der »Drache« stand gemeinsam mit seinem Linienschiffs-Leutnant Weyprecht im Kommandoturm seines Schiffes, nahm die Brille ab, putzte sie und sagte lächelnd zu Weyprecht: *»Also, jetzt werden wir halt ein bissel rammen!«*

Eines der dahinrasenden Projektile riss den Kommandanten der »Novara« Linienschiffs-Kapitän Erik af Klint, in der Mitte auseinander. Sein Blut, Darminhalt und sonstige Körpersäfte bedeckten augenblicklich das Achterkastell der »Novara« und die ihn umgebenden Offiziere. Gleichzeitig fegte eine Kanonenkugel über das Deck der »Drache« und nahm dabei den halben Kopf des Kommandanten,

Baron Moll, mit. Sein Gehirn spritzte in das Gesicht seines Stellvertreters, der sofort das Kommando übernahm. Zeit für Sentimentalitäten gab es im Moment nicht. Die erste Division erreichte bereits die feindliche Linie. Wir durchbrachen sie zwischen den Schiffen »Ancona« und »Re d'Portogallo«. Knapp hinter uns folgte die II. Division unter Kapitän Petz. Gegenseitige Breitseiten wurden erbarmungslos ausgetauscht. Tegetthoffs Maßnahme, die notdürftige Panzerung mittels herabhängender Ankerketten zwischen den Stückpforten, bewährte sich glänzend. Die Wirkung der feindlichen Geschosse wurde dadurch stark abgemindert. Wie Baron Sterneck mir angekündigt hatte, war Signale setzen und Befehle übermitteln sinnlos geworden. Alles war durch blickdichten Rauch aus Geschützen und Schornsteinen eingehüllt. Jeder war auf sich alleine gestellt. Wurde ein Gegner gesichtet und ergab sich die Möglichkeit ihn anzurennen, wurde der Versuch unverzüglich unternommen. Ein Manöver, mit dem die Italiener nicht gerechnet hatten. Der Rammstoß war eine absolut veraltete Methode, längst obsolet geworden, ersetzt durch die weittragenden Geschütze. Wohl verfügten die italienischen Schiffe noch über Rammsporne, doch waren diese eher aus Gründen der Reminiszenz angebracht.

Nach unserem Durchbruch hörte sich jede Schlachtordnung unter den italienischen Schiffen auf. Alles lief kreuz und quer durcheinander. Die Holzschiffklasse der Italiener hatte noch halbwegs ihre Schlachtordnung aufrechterhalten und feuerte unablässig auf uns. Viel zu hoch gingen ihre Schüsse und beschädigten hauptsächlich unsere Takelage. Unter den, in den Marsen postierten, Matrosen erlitten wir allerdings schwere Verluste. Marsgast Arnold stürzte, seiner Beine beraubt, vom Kreuzmars herab und sein blutiger Torso blieb zerfetzt an Deck liegen. Es war, als regnete es Blut vom Himmel. Ich dachte, ich wäre von Helgoland etwas abgehärtet, doch die furchtbaren Verletzungen, Verstümmelungen, diese ganze Blutorgie, an die gab es kein Gewöhnen. Jederzeit konnte es einen selbst treffen und man krümmte sich in seinem Blute noch ein paar Zentimeter weiter, bevor der erlösende Tod eintrat. Wir konnten die italienischen Schiffe nur an ihrem grauen Anstrich von den unsrigen unterscheiden. Die Nationalflaggen waren durch den Rauch nicht mehr auszumachen. Es schien, als seien alle Pforten der Hölle geöffnet. Das Gedonner der ganzen Breitseiten, das Gesäuse der schwirrenden Riesenprojektile, begleitet von tausendstimmigen Hurras, aber auch der Todesschreie unzähliger Schwerstverwundeter, dazwischen das Geknatter des Kleingewehrfeuers, machte einen entsetzlich wilden Eindruck. Als Navigationsoffizier hatte ich hier tatsächlich keine Aufgabe. Es waren die Artillerieoffiziere, die jetzt das Sagen hatten und das taten sie ziemlich lautstark. Kapitän Sterneck hatte alles um sich herum vergessen. Er steuerte durch seine Befehle das Schiff mit unerschütterlicher Ruhe innerhalb des Melées, ununterbrochen auf der Suche nach einem zu rammenden Gegner, oder aber es galt schleunigst vor einem solchen auszuweichen. Das Flaggenschiff der II. Division, »Kaiser«, geriet plötzlich in arge Bedrängnis. Vermutlich hielten die Italiener dieses gewaltige Holzschiff, gebaut in der Zeit Nelsons, für das österreichische Admiralsschiff. Kapitän Petz war plötzlich von feindlichen Panzerschiffen umringt. Die »Erzherzog Friedrich« und die »Elisabeth«, beide selbst arg bedroht, hatten die prekäre Situation der »Kaiser« erkannt und eilten ihr zu Hilfe. Doch da stieß, einem Geisterschiff gleich, das Widderschiff »Affondatore« durch den Rauch und machte Anstalten, die »Kaiser« mittschiffs zu rammen. Als hätte es Petz zuvor gespürt, vollführte er mit seinem schwerfälligen Schiff eine perfekte Wendung und wich dem tödlichen Rammstoß erfolgreich aus. Gleichzeitig entluden sich seine 92 Kanonen konzentriert auf die »Affondatore«. Durch dieses Manöver hatte sich die Situation total verändert und die kurz zuvor noch angreifende »Re d'Portogallo« wurde vom Jäger zum Gejagten. Commodore Baron Petz rammte das italienische Schiff mit äußerster Kraft. Der gewaltige Zusammenstoß hatte zur Folge, dass die »Kaiser« ihren Bugspriet verlor und der Galjon zertrümmert wurde. Die Stage war zerschossen und der Fockmast stürzte samt Tauwerk in den rauchenden Schlot, welchen er zertrümmerte. Sofort fing Tauwerk und Mast Feuer. Das dichtgeteerte Takelwerk nährte das Feuer und machte Löscharbeiten nahezu unmöglich. Unaufhörlich feuerte »Affondatore« auf die »Kaiser«. Zwei Geschütze samt Bemannung wurden zerstört und die Steuermannschaft ging zur großen Armee ein. Sofort übernahm Fähnrich Robert Proch das Steuer, doch er wurde von zwei Holzsplittern, die in seinen Hinterkopf eindrangen und einer Kugel in die Stirne getötet. Baron Petz entging dabei nur ganz knapp dem Tod, etliche Holzsplitter trafen auch ihn, doch er konnte seinen Dienst auf der Brücke weiter versehen, unterstützt von seinem Ersten Offizier Leutnant Steisskal. Abermals war die »Kaiser« führerlos. Oberbootsmann Franz Petrovic rettete die Situation. Unerschütterlich stand der riesenhafte Mann am Steuerrad und führte die Befehle seines Kapitäns aus. Eine 300 Pfund Granate des »Affondatore« schlug in einer der Backbord Batterien ein und demontierte ein Geschütz so vollständig, dass davon beinahe gar nichts übrig blieb. Alle 15 Mann der Geschützbesatzung wurden in Stücke zerrissen. Das Geschützrohr unseres 60-Pfünders, mit einem Durchmesser von ca. 60 cm, war von der Granate glatt durchschlagen worden. Ein derartiger Treffer an der Wasserlinie hätte das sofortige Aus für die »Kaiser« bedeutet. Baron Petz blieb nichts anderes übrig, als sein Schiff vorübergehend aus dem Kampf zu nehmen.

Der schwere Brand an Bord war in der Schlacht nicht zu löschen und der zerstörte Bug nicht zu reparieren. Die »Kaiser« hielt nun Kurs auf Lissa.

Unterdessen nahm der mörderische Kampf seinen weiteren Verlauf. Der »Affondatore«, beständig nach einem Opfer suchend, schleuderte seine Riesengeschosse nach uns. Diese aus feinstem Gussstahl, von der Firma Krupp erzeugt, erzürnten uns doppelt, wenn wir an die nicht gelieferten Kanonen dachten. Es wollte ihnen nicht und nicht gelingen, uns zu treffen. Das hätte auch nicht passieren dürfen, denn gegen diese Durchschlagskraft und Sprengleistung war kein Kraut gewachsen. Ich konnte deren Flugbahn beobachten, wie sie weit aufs Meer hinaus flogen und dann unter unzähligen Gellern am Grunde des Meeres ihr Ende fanden. Eine solche Granate schlug in die Admiralskabine ein. Wie durch ein Wunder explodierte sie nicht. Die Verheerung, die sie trotzdem anrichtete, war beachtlich. Baron Sterneck hatte es auf das italienische Flaggenschiff »Re d'Italia« abgesehen. Zuvor allerdings, auf der Jagd nach ihr, rammte die »Ferdinand Max« einen Gegner tüchtig am Heck. Ich hatte gerade einem der Krupp-Geschosse nachgesehen und den Rammstoß daher nicht erwartet. Es zog mir den Boden unter den Füßen weg und ich landete hart auf den Planken. Das war mein Glück gewesen, denn im Moment meines Fallens rasierte eine Granate die Aufbauten des Schiffes an genau der Stelle ab, an der ich zuvor gestanden hatte. Zu Fischfutter verarbeitet würde ich nun langsam auf den Meeresgrund sinken, vielleicht, um die Leiden zu verstärken, noch bei Bewusstsein. Doch blieb mir keine Zeit, mein gerade erlebtes Glück zu genießen, da sich unsere Mannschaft zum Entern des gerammten Feindes anschickte. Unsere Marineinfanteristen schossen aus allen Rohren, die Italiener natürlich auch. Kaum dass ich stand, fiel ich auch schon wieder. Eine Kugel hatte meinen Oberarm gestreift. Ich blutete weder, noch fühlte ich Schmerz, doch die Wucht des Projektils hatte mich stürzen lassen. Ich begann, meinen Arm zu betasten, wollte sehen wie schwer meine Verletzung war. Der Arm fühlte sich bis zu den Fingerspitzen taub an. Alles wegen eines Streifschusses, dachte ich bestürzt. Ich konnte meinen Arm nicht heben, da bemerkte ich in Schulterhöhe das Loch in meiner Uniform. Eine zweite Kugel hatte mich in die Schulter getroffen. Es musste gleichzeitig geschehen sein. Während ich mich in eine halbwegs geschützte Position manövrierte, soweit das in diesem Inferno überhaupt möglich war, stürmten unsere braven Matrosen das Heck des Gegners und erbeuteten die riesige Kriegsflagge. Laut gratulierte Tegetthoff den beiden Unteroffizieren Seemann und Kerkovich, die triumphierend mit der Flagge zur Brücke rannten. Unter Einsatz ihres Lebens hatten sie die begehrte Trophäe erworben. Ich konnte mich über so viel Heldenmut nur wundern, eines Stück bedruckten Stoffes wegen. Sterneck hatte sein Schiff aus dem gerammten Gegner wieder befreit und nahm sein bevorzugtes Ziel erneut ins Visier. In Wahrheit hatte er die »Re d'Italia« keinen Augenblick aus den Augen gelassen. Die kurze Gefechtspause nützend, schleppte ich mich mit Genehmigung des Kapitäns zum Wundarzt in den Bauch des Schiffes. Wie schon in Helgoland festgestellt, waren die Verwüstungen im Bauch des Schiffes weit ärger als an der Oberfläche. Wie zu erwarten, war ich nicht der einzige Patient des heutigen Tages. Mittlerweile hatte sich meine Uniform mit meinem Blut vollgesogen und nun, als der Schock nachgelassen hatte, kamen auch die Schmerzen. Ich sank an die Wand gelehnt zu Boden. Erst als ich einen Becher an den Lippen spürte, wurde ich wieder gewahr, wo ich mich befand. »Trink«, befahl mir mein Gegenüber. Ich trank und kurz darauf ging es mir besser. Die Flüssigkeit hatte abscheulich geschmeckt. Sie enthielt wohl irgendein Opiat, um die Schmerzen zu lindern. Wie durch einen Nebel hörte ich die Diagnose des Arztes, »glatter Durchschuss«. Er legte mir einen Druckverband an und entließ mich wieder zum Dienst. Ich wäre ohnedies freiwillig gegangen, denn trotz des wundersamen Trankes waren die Schmerzensschreie der Verwundeten und der grausige Anblick insgesamt, kaum zu ertragen. Einem Unglücklichen, dem von einem Projektil beide Beine von der Hüfte abwärts weggeschossen wurden, hatte man in ein Wasserfass gesteckt. Das kühle Wasser sollte die Schmerzen lindern. Sein ebenfalls schwer verwundeter Kamerad und Freund versuchte dem Todgeweihten einen Becher Wasser einzuflößen. Auf der einen Seite brach mir dieser Anblick das Herz und auf der anderen verwunderte es mich, dass man mit solch schweren Verletzungen noch lebte und nicht auf der Stelle tot war. Diese grausigen Vorgänge zeigten, welche Leiden der Mensch zu ertragen imstande ist. Ich genierte mich fast für meine lächerliche Schussverletzung. Obwohl der eine kaum noch stehen konnte, das Blut lief ihm unaufhörlich in Bächen aus der Seite, und der andere ohne Beine im Wasserfass steckte, sie ließen nicht voneinander. Keiner der beiden würde den Abend des heutigen Tages erleben. Sie hatten miteinander ein Leben auf einem Kriegsschiff verbracht, miteinander gekämpft und nun starben sie auch gemeinsam. Mühsam schleppte ich mich wieder an Deck. Keinen Moment länger hielt es mich auf dem Sanitätsdeck.

Sterneck, noch immer auf der Jagd nach der »Re d'Italia«, schlug sich heftig mit der »Affondatore« herum. Was das Manövrieren des neuartigen Turmschiffes anbelangte, gelang es ihr kein einziges Mal, einen Rammstoß gegen uns auszuführen. Es drehte viel zu schwerfällig. Der große Vorteil des Schiffes war seine Flachheit. Mittels Wasserpumpen wurde das Schiff bis zur Deckwand unter Wasser gesetzt. Dadurch waren äußerst flache Dechargen auf den Gegner möglich. Schüsse, wenn sie trafen, die den Feind an der Wasserlinie oder gar darunter schwerst und lebensgefährlich beschädigten. Selbst konnte die »Affondatore« nur schwer getroffen werden, da das Schiff kaum aus dem Wasser ragte. Dafür allerdings war es in seiner Manövrierfähigkeit stark eingeschränkt. Unser Vorteil, den Sterneck auch zu nutzen wusste. Unsere braven und sicheren Schützen trafen die »Affondatore« trotzdem. Das intensive Training hatte sich ausgezahlt. Die konzentrierten Lagen der »Ferdinand Max« hatten das Deck der »Affondatore« förmlich wie ein Sieb durchlöchert. Zum Sinken konnten wir es dadurch freilich nicht bringen, nur waren sie eben stark mit uns beschäftigt. Da mischte sich »Drache«‹ in das Gefecht und der »Affondatore« ließ von uns ab. Sterneck konnte sich wieder seinem Primärziel, der »Re d'Italia« widmen. Jetzt kam auch noch »Palestro« angedampft. Die »Drache« feuerte eine konzentrierte Lage nach ihr. Einige Granaten zerplatzten in der Offiziers-Kajüte und mussten dort enormen Schaden angerichtet haben. Das Schiff geriet sofort in Brand und stand alsbald in hellen Flammen. Kapitän Capellini von der »Palestro« sah keine andere Möglichkeit mehr, als sein Schiff aus dem Gefecht zu nehmen. In sicherem Abstand versuchte die Mannschaft den Brand unter Kontrolle zu bringen. Die »Re d'Italia« geriet indessen immer stärker unter Druck. Zudem war ihre Manövrierfähigkeit nach einem Rudertreffer stark eingeschränkt. Dennoch unternahm Comte Faa di Bruno, der Kapitän des Flaggenschiffes, den verwegenen Versuch die »Donau« zu rammen. Doch Kapitän Bittner erkannte die Gefahr frühzeitig, wich aus und machte den Weg für die »Ferdinand Max« frei. Diese günstige Situation erkennend, rief Sterneck zu Tegetthoff: »Ob ich rennen sollte?«

»Versuch's!«, rief der Admiral lakonisch zurück.

Den Bug im rechten Winkel gegen die Breitseite der »Re d'Italia« gerichtet, ließ Sterneck mit äußerster Kraft auf sie losfahren. Die Kollision war furchtbar. Wir bohrten unseren Rammsporn mittschiffs in die »Re d'Italia«. Das Schiff krängte über und drohte zu kentern. Dabei nahm es viel Wasser auf. Sterneck, der auf halber Höhe der Besanwante dieses Schreckensmanöver dirigierte, ließ unmittelbar nach erfolgreichem Rammstoß die Maschinen rückwärts laufen. Zurück blieb eine riesige Wunde in der »Re d'Italia«, in die die Wassermassen schneller eindrangen, als alle Pumpen der Welt hätten bewältigen können. Panzerung, Traversen, Fütterung, Gebälke und Spanten, alles zertrümmert, eine Bresche von 16 Quadratmetern geschlagen. Ohne Zweifel, das Schiff war tödlich getroffen. Schon legte es sich quer. Die Geschütze des Gegners schwiegen. Kapitän Comte Faa di Bruno stand verwundet, aber aufrecht – soweit es die Schiffslage erlaubte – am Achterkastell auf seiner Kommandostation, die italienische Flagge schwingend und verfügte sich mit seiner 600 Mann starken Besatzung auf den Meeresgrund. Auf der »Ferdinand Max« hatten die Offiziere, Tegetthoffs und Sternecks Beispiel folgend, die Kappen abgenommen, dem besiegten Feind ein letztes Mal die Ehre erweisend. Admiral Tegetthoff gab sofort Befehl, die im Meer um ihr Leben schwimmenden Italiener zu bergen. Boote wurden ausgesetzt. Doch die Rettungsmannschaften mussten unverrichteter Dinge wieder abrücken, denn die »Maria Pia« stürzte sich wutentbrannt auf uns. Wir waren nur einen Augenblick davon entfernt, unseren soeben errungenen Erfolg mit dem Tod zu bezahlen. Kapitän Alfred Barry von der »Prinz Eugen« hatte die Gefahr schon erkannt. Er machte nicht den Fehler, sein ganzes Augenmerk auf die sinkende »Re d'Italia« zu legen. Dieser Fehler war uns unterlaufen. Auch ich konnte nicht anders, als auf das waidwunde Schiff zu starren, alles andere rund um uns vergessend. Mit voller Fahrt drohte sich der Bug der »Prinz Eugen« in die Backbordflanke der »Maria Pia« zu bohren. Diese erkannte das Vorhaben aber rechtzeitig und musste den Angriff auf »Ferdinand Max« aufgeben, um nicht selbst zerstört zu werden. Das alles passierte in wenigen Sekunden und Minuten. Uns dagegen kam es vor, als stände die Zeit still. »Prinz Eugen« und »Pia Maria« rasten so dicht aneinander vorbei, dass die Seitenboote der »Prinz Eugen«abrasiert wurden. Kapitän Barry sah sich einen Moment lang seinem Gegner, dem Marchese dell Carretto, Aug in Auge gegenüber. Schon zuckte seine Hand zum Revolver. Doch ließ er gleich davon ab und grüßte stattdessen seinen Gegner ritterlich, welcher ebenso dankte. Gleichzeitig feuerte die »Maria Pia« eine Breitseite aus extrem kurzer Distanz auf die »Ferdinand Max« ab. Unsere Batteriedecks füllten sich augenblicklich mit blickdichtem Pulverdampf, doch von Granateneinschlägen war nichts zu bemerken. Die Geschütze der »Maria Pia« waren blind geladen. In der Hektik wurde offensichtlich auf die Ladung der Granaten vergessen. Zu unserem großen Glück, denn das wäre vermutlich das Ende der »Ferdinand Max« gewesen. In Wahrheit hatte man in diesem Gefecht drei Möglichkeiten. Auf den Meeresboden gerammt zu werden oder geschossen zu werden oder einfach Glück zu haben. Wir hatten die dritte Variante gewählt. Der Untergang der »Re d'Italia« demoralisierte die Italiener verständlicher Weise. Unsere Schiffe hingegen warfen sich mit noch größerem Mut, siegesbegeistert ins Geschehen. Die italienische Flotte war keineswegs geschlagen, noch immer war sie uns zahlenmäßig und an Kampfkraft weit überlegen. Schnell hatten sie den Schrecken über den herben Verlust überwunden und nahmen die Kampfhandlungen in gewohnter Stärke wieder auf. Hüben und drüben zuckten wieder die Blitze aus den Feuerschlünden. Schon drei lange Stunden dauerte der erbitterte Kampf seit Abgabe der ersten Schüsse, die Kapitän Erik af Klint von der »Novara« und Kapitän Freiherren von Moll von der »Drache« das Leben kosteten. Eine Kugel fegte über das Achterkastell der »Ferdinand Max«, knapp Baron Sterneck verfehlend, und riss mir, der knapp neben ihm stand, den Unterschenkel ab. Ungläubig starrte ich auf den blutigen, zerrissenen Stumpf, der einmal mein Bein gewesen war. Der abgetrennte Unterschenkel war gemeinsam mit dem Beinkleid, dem beschuhten Fuß und der Kugel ins Meer gestürzt. Fassungslos starrte ich hinterher. Zum ersten Mal hatte ich wirklichen Vorteil davon, ein »Protektionskind« zu sein. Tegetthoff und Sterneck unternahmen sofort alles zu meiner Rettung. Ehe ich mich versah, wurde ich vom herbeigeeilten Arzt betäubt. Noch bevor ich irgendeinen Schmerz gefühlt hatte.

Der Brand auf der »Palestro« hatte sich ausgeweitet. Er erfasste mittlerweile die Gegend um die Pulverkammer. Die Mannschaft kämpfte verzweifelt gegen die alles fressenden und vernichtenden Flammen. Alleine, es half nichts. Eine mächtige Feuersäule, von einer erschütternden Detonation begleitet, bildete die letzte Szene des Kriegsschauspieles. Der italienische Panzer »Palestro« flog gemeinsam mit seiner 230 Mann starken Besatzung in die Luft. Einem tobenden Krater gleich, flogen Trümmer und zerrissene Leiber empor. Den verbleibenden Teil des Rumpfes nahmen die Fluten auf. Innerhalb von wenigen Sekunden war jede Spur des mächtigen Schiffes verschwunden. Gleichzeitig meldeten die drei Panzerschiffe »Castelfidardo«, »San Martino« und »Varese« nicht mehr kampffähig zu sein und als ausgefallen anzusehen wären. Admiral Persano gab Befehl zum Rückzug. Die Seeschlacht war beendet. Tegetthoff und seine glänzende Mannschaft hatte den Sieg für Österreich davongetragen. Tegetthoff hatte seinem Lehrmeister Nelson alle Ehre gemacht.

Es ist »Sieg von Lissa« geworden!

Die Leichname der in der Seeschlacht gefallenen, österreichischen Seeleute wurden noch am selben Tage in die Kirche von Lissa gebracht, wo sie am Boden, gruppenweise nach Schiffen, niedergelegt wurden. Solange jedenfalls, bis die nötigen Vorbereitungen zu deren Bestattung getroffen waren. Es gab einen Sarg mehr, als es Gefallene gab. Er enthielt die abgetrennten Gliedmaßen, die nicht zugeordnet werden konnten. Mein Unterschenkel war zu Fischfutter geworden, wie viele andere Körperteile meiner gefallenen und verwundeten Kameraden auch. Trotzdem musste ich froh sein, nicht als Ganzes, in einem der Särge eingeschlossen, aufgebahrt zu sein. Viel hätte dazu nicht gefehlt. Mehr als eine Inschrift am Denkmal wäre von mir dann nicht geblieben. Insgesamt hatten wir drei Offiziere und 35 Mann an Toten zu beklagen. 15 Offiziere und 123 Mann wurden verwundet.

Die Schiffbrüchigen der »Re d'Italia« ließen Tegetthoff keine Ruhe. Die Sorge um im Meer treibende Menschen trieb ihn an. Er befahl etliche Kanonenboote auf Kreuzung vor Lissa. Einerseits, um die Küste zu sichern und andererseits, um nach Menschen in Seenot zu suchen und sie zu retten.

Am 21. Juli, am Tag nach der Seeschlacht, ernannte Kaiser Franz Josef I. Contre-Admiral Wilhelm von Tegetthoff zum Vize-Admiral. Tegetthoff war mit diesem Sieg zum internationalen Star geworden. Alle namhaften Zeitungen

berichteten, zuerst zurückhaltend durch die widersprüch-
lichen Meldungen der italienischen Presse, doch dann en-
thusiastisch Tegetthoff feiernd. Vize-Admiral Tegetthoff
allerdings blieb gelassen wie immer, unbeeindruckt. Sein
ganzes Augenmerk gehörte den Verwundeten des Krieges
und deren Familien. Darüber hinaus war er nicht vollständig glücklich über den Sieg. Die Art und Weise, wie
er errungen wurde, würde der österreichischen Flotte in
der Zukunft sehr schaden. Im Geiste hörte er schon die
Abgeordneten im Parlament, im Reichsrat und in den
Ausschüssen, dass es richtig gewesen war, der Flotte nicht
mehr Geld zur Verfügung zu stellen. Denn wie sie bewiesen hatte, war sie ausreichend ausgerüstet gewesen, um
einen glänzenden Sieg einzufahren. Dabei war alles improvisiert und ein zweites Mal wäre die verwegene Taktik
niemals mehr erfolgreich anzuwenden gewesen. Man hatte
aus der Not eine Tugend gemacht und war ausnahmsweise
damit erfolgreich gewesen. Niemals wieder würde das auf
diese Art und Weise gelingen. Aber wie sollte man das
den bornierten Entscheidungsträgern hinter den Schreib-
tischen, weit entfernt von jedem Gewässer, begreiflich
machen. Sie würden weiterhin die Flotte mit geringsten
Budgets aushungern und damit die dringend erforderliche
Modernisierung verhindern, ja verunmöglichen. Das waren die Gedanken des siegreichen Flottenkommandanten,
während Österreich und seine Verbündeten feierten. Der
20. Juli 1866 wirkte jedenfalls wie Balsam auf der Seele
der bedrückten Gemüter der Österreicher. Die Niederlage
von Königgrätz-Sadowa gegen Preußen wurde auf diese
Art leichter verdaulich. Die Niederlage auf dem nördlichen
Kriegsschauplatz war tatsächlich als eine vollständige zu
bezeichnen. Preußische Truppen drangen bis nach Florids-
dorf vor. Erzherzog Albrecht war in Eilmärschen aus Italien unterwegs, um die Reichshaupt- und Residenzstadt zu

schützen. Feldzeugmeister Benedek war nicht nur ein geschlagener Feldherr, sondern auch ein gebrochener Mann. Den einst so gefeierten Offizier, den Helden von Solferino 1859, machte man für das Desaster verantwortlich.

Ordensverleihungen und Ehrungen ließen Wilhelm von Tegetthoff ziemlich kalt. Über die Verleihung der höchsten österreichischen Tapferkeitsmedaille allerdings freute er sich schon. Vielmehr bedeutete ihm aber die Anerkennung seines früheren Chefs und Freund, Kaiser Maximilian von Mexiko:

»Hat mich auch die Vorsehung auf andere Pfade geleitet, so lodert deshalb doch in meinem Herzen noch das heilige Feuer maritimen Ruhmes und es war ein schöner, ein freudiger Tag für Mich, als Ich die heldenmütige Flotte, der Ich meine ganze Jugendkraft geweiht hatte, unter Ihrer Führung mit blutigem Griffel den 20. Juli 1866 in die Bücher der Seegeschichte verzeichnen sah; denn mit dem Seesiege von Lissa tritt die von Ihnen befehligte Flotte in die Reihe jener, deren Flagge das Symbol des Ruhmes ist, Ihr Name in die der Seehelden aller Zeiten!«

Maximilian

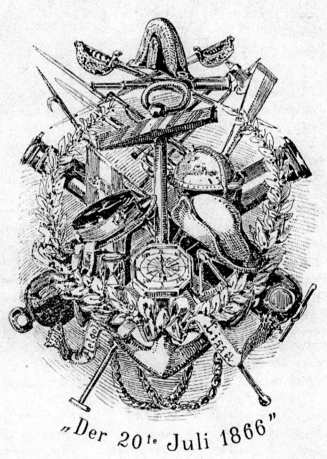

„Der 20te Juli 1866"

−17−

Als ich aus meiner Narkose erwachte, die Augen aufschlug, alles weiß um mich vorfand, eben einer Krankenhausatmosphäre gewahr wurde, begann ich meine letzten wachen Momente zu rekonstruieren. Wie von der Tarantel gestochen fuhr meine Hand unter die Bettdecke, nach meinen Beinen tastend. Die rechte Hand fuhr ins Leere, oberhalb des Knies spürte ich nur einen dicken Verband. Danach war nichts. Sofort schossen mir die Tränen in die Augen. Die Erkenntnis, fortan ein Krüppel zu sein, niemals mehr ein normales Leben führen zu können, aus dem Marinedienst entlassen zu werden, sprich die Offizierslaufbahn beim Leutnant zur See beendet zu wissen, ließ mich hemmungslos schluchzen. Von der Amputation hatte ich nichts mitgekriegt, dafür hatte Sterneck gesorgt. Ich musste jetzt bloß, vor die vollendete Tatsache gestellt, damit fertig werden. Erst nach und nach wurde mir bewusst, dass links und rechts von mir Kameraden mit ganz ähnlichen Verwundungen des Körpers und der Seele in ihren Betten lagen, ich mich in keinem Einzelzimmer, sondern in einem Lazarettsaal befand. Sofort riss ich mich äußerlich zusammen und weinte fortan still in mich hinein. Ganz langsam wurden meine seelischen Schmerzen von den einsetzenden körperlichen überlagert. Mein verstümmeltes Bein begann höllisch zu schmerzen, dazu kamen die beiden Schussverletzungen an und in der Schulter. Eine vorbeikommende Schwester bemerkte meinen Zustand, tröstete mich und gab mir etwas zu trinken. Sie fühlte meine Temperatur, kontrollierte die Verbände, hielt kurz meine Hand und ich war wieder in Apathie versunken. Wohl aufgrund des Getränkes, welches ich erhalten und recht gierig getrunken hatte. Als ich wiederum kurz erwachte, sah ich durch einen Nebel das Gesicht von Kapitän Sterneck. Er lächelte mich freundlich an. Ich wusste nicht, ob ich träumte oder wachte, mir tat es jedenfalls gut, diesen warmherzigen Menschen an meiner Seite zu wissen. Bald darauf glaubte ich meine Eltern zu erkennen, ich blickte in sorgenvolle Gesichter. Die abwechselnden Gesichter erzählten mir etwas von einer Auszeichnung, von Beförderung und von der Zufriedenheit der Ärzte, vom Sieg der österreichischen Flotte und vieles andere mehr. Ich brachte in meinen wirren Träumen alles durcheinander. Einmal saß ich im Baumhaus und beobachtete die Aktivitäten der Moser-Bande und ein anderes Mal seilte ich mich aus der Marineakademie ab, um zu Riccarda zu gelangen. Dann wieder lag ich in den Armen von Oberbootsmann Franz Petrovic im Gefecht bei Helgoland, sah die zerrissenen Körper der Kanoniere und den makellosen von Riccarda, bevor uns ihr Vater erwischte, ich stand vor Gericht und quälte mich bei Hauptmann von Aggstein im Unterricht mit Mathematik ab. Kaiser Maximilian servierte mir eine Tasse heiße Schokolade und Kaiserin Charlotte führte mich durch den Garten von Miramare, oder war es Chapultepec? In meinen Fieberträumen führte ich aberwitzige Streitgespräche mit Tegetthoff über den Kurs und über den Suezkanal, über die Situation in Griechenland und über den von uns beiden geliebten Erzherzog-Admiral Ferdinand Maximilian. »Herr Federspiel, Ihr Sohn ist auf dem Wege der Besserung«, hörte ich von Ferne jemanden sagen, »Ihr Sohn träumt sehr heftig und seine Wunden heilen ohne weitere Komplikationen, er wird bald wieder gesund sein, seien Sie unbesorgt!«

Fieberschübe und der Kampf gegen den Wundstarrkrampf fesselten mich wochenlang an das Krankenlager. Zu oft hatte ich das Gefühl, meine letzte Stunde hätte geschlagen. Mutlosigkeit und Schwäche befiel mich, manchmal war ich nahe daran mich aufzugeben. Alpträume geisterten durch mein Gehirn, sicher auch hervorgerufen durch das viele Morphium, welches ich zur Schmerztilgung erhielt. Oft erwachte ich aus meinen Fieberträumen, verwirrt, verstört und planlos, um gleich wieder in neue fantasievolle, virtuelle Abenteuer abzutauchen. Eines Morgens allerdings, erwachte ich voll erfrischt, ohne den üblichen Kater, befand mich als Herr meiner psychischen und physischen Kräfte wiederhergestellt. Natürlich wollte ich sofort aufstehen und mein Bett verlassen. Schnell war ich gewahr, dass mir dazu ein wesentlicher Körperteil fehlte, mein Unterschenkel. Ich setzte mich also auf, die Septembersonne schien durch das geöffnete Fenster, sanft wehte ein Herbstwind durch den Garten der Krankenanstalt. Ich fühlte keine Schmerzen mehr. Als ich mich umblickte, bemerkte ich, dass die meisten Betten im Krankensaal leer, nur mehr wenige mit Kameraden belegt waren. Ich war als Einziger wach. An meinem Bett standen Blumen mit vielen kleinen Karten daran befestigt, Genesungswünsche. Ich kann mich nicht mehr entsinnen, wie lange ich aufrecht im Bett gesessen hatte und gedankenverloren in meinen ersten schmerzfreien Tag hineingestarrt hatte. Die Schwester riss mich aus meinen Tagträumen. »Herr Leutnant Federspiel, es freut mich, Sie heute so frisch und munter anzutreffen. Wie ich sehe, geht es Ihnen ganz hervorragend.«

»Vielen Dank, liebe Schwester«, antwortete ich, »fühle mich wie neugeboren.«

»Das freut mich aufrichtig, Herr Leutnant. Herr Baron Sterneck möchte Sie heute Nachmittag besuchen, möchten Sie ihn empfangen?«

»Unbedingt, Schwester, ich freue mich sehr! Sie müssen mir aber die Möglichkeit geben, den Kapitän stehend zu empfangen, ich brauche Krücken!«

»Sind Sie sicher, dass Sie stark genug sind?«

»Ich werde es üben, bitte bringen Sie mir die Krücken.« Meine ersten Schritte mit den Krücken waren mehr als nur bedauernswert zu bezeichnen, doch machte ich rasch Fortschritte. Eine Runde um den Fischteich hatte ich schon geschafft und eine weitere in der halben Zeit. Mit großem Appetit verzehrte ich daraufhin die dargebotene Mittagsmahlzeit. Beim Sitzen fiel es mir eigenartigerweise besonders stark auf, dass mir der Unterschenkel fehlte. Das Gehen mit den Krücken betrachtete ich hingegen als Spiel. Ich schlüpfte etwas mühsam in meine Uniform. Sie schlotterte an mir, ich war schmäler geworden. Mit meinen neuen Gehwerkzeugen humpelte ich in das Besuchszimmer und wartete auf Baron Sterneck. Es dauerte gar nicht lange und ich hörte seine festen Schritte am Gang. Nach zwei missglückten Versuchen stand ich am Ende aufrecht, als Baron Sterneck eintrat. Salutieren konnte ich natürlich nicht, andernfalls wäre ich umgefallen, was auch nicht besonders schneidig ausgesehen hätte.

»Na, das freut mich aber, Leutnant Federspiel, dass ich Sie schon wieder gesund und munter vorfinde«, und Sterneck strahlte über das ganze Gesicht. »Ja, körperlich geht es mir wieder besser, aber ...«, mein Blick senkte sich zu meinem abhandengekommenen Gliedmaß.

»Das ist leider nicht zu ändern, Federspiel, Sie werden schon damit zurechtkommen, ich bin da ganz zuversichtlich! Es hätte nicht viel gefehlt, und es wäre mein Bein gewesen oder das des Admirals. Dann wäre es an Ihnen uns zu besuchen«, scherzte Sterneck.

Wir setzten uns an den kleinen runden Kaffeehaustisch.

»Ich habe einen Haufen Neuigkeiten für Sie, gute, als auch weniger gute. Womit soll ich anfangen?«

Ich überlegte kurz, »mit den Schlechten, bitte, Herr Kapitän, dann kann ich mich während der guten Nachrichten von den schlechten erholen.« Sterneck atmete durch, »gut also, mit der schlechten. Leutnant Franz Petrovic ist seinen schweren Verwundungen erlegen.«

Diese Meldung schlug wie die Kanonenkugel in meinen Unterschenkel bei mir ein. »Wann?«

»Vor zwei Wochen, Wundstarrkrampf.«

Ich konnte meine Tränen nicht zurückhalten, sie liefen mir in kleinen Bächen über die Wangen. Es war mir nicht vergönnt gewesen, mich von meinem besten Freund in der Marine verabschieden zu können. Im Geiste sah ich ihn noch am Steuerrad der »Kaiser« stehen, eine verfahrene Situation rettend. Das war das letzte Bild von ihm, das ich im Kopf hatte. Ich trocknete meine Tränen, gab mir einen Ruck und wirkte äußerlich schon wieder ganz gefangen. »Sagten Sie ›Leutnant‹ Petrovic, Herr Kapitän, oder habe ich mich da verhört?«

»Nein, Sie haben schon richtig gehört. Der Kaiser hat Oberbootsmann Petrovic die Offizierscharge verliehen. Der Oberbootsmann besaß schon alle Auszeichnungen, die ein Unteroffizier sich erwerben kann. Also hat der Kaiser ihn zum Fregattenleutnant befördert.«

»Hat Petrovic das noch erlebt?«

»Ja, Kapitän Petz hat ihm die goldenen Litzen und das Portepee ans Krankenbett gebracht.«

»Was sagte Petrovic dazu?«

»Geheult hat er, wie ein kleines Kind und bedauert, dass Sie das nicht miterleben konnten!«

»Das bedaure ich auch sehr. Dass Franz Offizier wird, hat er sich nicht vorstellen können. So lange hat er die Zöglinge in der Marineakademie beaufsichtigt, die dann als Offiziere ausgemustert wurden und ranghöher waren als er, der altgediente Haudegen, der beim Oberbootsmann anstand.«

»Ja, das war sicher hart für ihn«, pflichtete Sterneck bei. »Fregattenleutnant Petrovic hat Ihnen, Leutnant Federspiel, alles vermacht, was er besessen hat. Es ist nicht viel. Es sind Briefe, Bücher, seine Seemannskiste, seine Auszeichnungen, seinen Säbel und dieser Golddukaten.« Baron Sterneck öffnete vor meinen Augen ein kleines Etui. »Mit diesem Golddukaten hat es etwas Besonderes auf sich«, tat Sterneck geheimnisvoll. »Er war ein Geschenk des Erzherzog-Admiral Ferdinand Maximilian an den Oberbootsmann. Er hat sich mit der Goldmünze dafür bedankt, dass Petrovic sich vor dem Gericht der Marineakademie für Sie stark gemacht und Sie verteidigt hat! Gleichzeitig hat er Befehl erhalten, auf Sie achtzugeben, damit Sie im Kotter nicht verrotten. Er hat die Münze niemals ausgegeben, obwohl er des Öfteren in Geldnöten war. Reich wird bei der Marine ja niemand. Er hat sie für Sie aufgehoben.«

Schon wieder kämpfte ich mit den Tränen. »Bitte jetzt die guten Nachrichten, Herr Kapitän«, stammelte ich.

Wieder atmete Baron Sterneck tief durch. »Ich bin froh, dass ich es hinter mir habe. Vor einem Seegefecht ist mir weniger bang, als vor der Überbringung solcher Nachrichten! Soo, also, der Kaiser hat Sie zum Linienschiffs-Leutnant, außer der Tour, ernannt.«

Der Kapitän blickte in zwei erstaunte Augen.

»Weiters ist Ihnen die große goldene Tapferkeitsmedaille mit Schwertern verliehen worden und das Verwundetenabzeichen erster Klasse. Es ist mir eine Freude, Herr Linienschiffs-Leutnant, Ihnen als Erster gratulieren zu dürfen.«

Baron Sterneck war aufgestanden, hieß mich sitzen bleiben und schüttelte mir die Hand. Nachdem er sich zu mir Sprachlosem wieder gesetzt hatte, fuhr er fort: »Seine

Majestät, der Kaiser von Mexiko, hat Sie in seinen Guadeloupe-Orden aufgenommen und Ihnen die Tapferkeitsmedaille verliehen. Gleichzeitig hat er bei seinem Bruder, Kaiser Franz Josef, um Trageerlaubnis für Sie angesucht. Sie ist bereits eingelangt und liegt der Auszeichnung bei. Außerdem befindet sich Geld im Kuvert. Kaiser Max hat einen höheren Geldbetrag an Admiral Tegetthoff gesendet, zur Verteilung an Verwundete und an Familien von Gefallenen. Übrigens, Sie haben eine weitere Trageerlaubnis erhalten, Sie müssen das Signum Laudis nun nicht mehr versteckt im Futter Ihres Waffenrockes tragen. Der Kaiser hat Ihnen auf Bitte seines Bruders auch das gestattet – Mit Ihren Kontakten wäre ich schon Marineminister oder Ähnliches«, lachte Sterneck. »Ich habe Ihnen die neue Uniform eines Linienschiffs-Leutnants mitgebracht. Sie ist ein Geschenk von Kaiser Max. Er bittet Sie, diese Uniform etwas besser zu behandeln als die vorherige. Mexiko ist ein armes Land und Uniformen sind teuer!«

Jetzt konnte ich mir ein Lachen auch nicht mehr verbeißen.

»So, und damit Sie mir mit ihren vielen Auszeichnungen nicht zu übermütig werden, Sie sind natürlich nicht der Einzige, der schöne Auszeichnungen erhalten hat. Unser Kaiser hat seine tapfere Kriegsmarine mit Auszeichnungen regelrecht überhäuft. Vize-Admiral Tegetthoff ist Theresienritter geworden. Wir haben ihn zuvor jedoch zwingen müssen, beim Ordenskapitel einzureichen.«

»Das freut mich außerordentlich, Herr Kapitän, Admiral Tegetthoff hat sich diese Auszeichnung wahrhaft verdient! Wie sieht es mit Ihnen und Kapitän Petz aus?«

»Das Ordenskapitel berät noch über unsere Aufnahme in den Orden. Sie lassen uns ein wenig warten, ich glaube, sie wollten die Verleihung nicht gleichzeitig mit der Tegetthoffs durchführen.«

Ich war schon daran zu gratulieren, doch der Kapitän wehrte heftig ab. »Wenn es tatsächlich so weit ist, gibt es ein Fest. Wir wollen es nicht verschreien!«

»So, Herr Linienschiffs-Leutnant, jetzt das Wichtigste. Ich darf Ihnen einen ganz lieben Gruß Ihrer Eltern übermitteln, tausend Küsse von Ihrer Frau Mutter und eine Mords-ohrfeige von Ihrem Herrn Vater, der vor Sorge um Sie außer sich war. Er ist an Ihrem Krankenbett gestanden, hat Ihnen wegen der Berufswahl gegen seinen Willen große Vorwürfe gemacht. Gleichzeitig hat er sich Ihr Bein angesehen, alles genau vermessen und Skizzen angefertigt. Sie haben von alledem freilich nichts mitgekriegt, waren ja im Morphiumrausch versunken.«

»Mein Vater war hier? Er hat Skizzen gemacht?«, rief ich ungläubig aus. »Natürlich, was haben Sie denn gedacht. Kurz nach Ihrer Einlieferung ins Lazarett. Die Verwundeten- und Gefallenenlisten sind ja in der Zeitung veröffentlicht worden. Ihr Vater ist sofort ins Marinekommando und hat sich erkundigt, wo Sie liegen. Stehenden Fußes ist er angereist. Er hat sich gedacht, Sie werden sich genieren, als Krüppel – bitte verzeihen Sie«, verbesserte sich Baron Sterneck sofort, »nach Hause zu kommen, auf zwei Krücken gestützt. Deshalb hat er Ihnen das hier angefertigt. Ich habe es Ihnen mitgebracht.« Sterneck griff nach einer Schachtel hinter sich, und stellte sie auf den Tisch. »Öffnen Sie«, forderte er mich auf. Ich hob den Deckel von der rechteckigen Schachtel ab, entfernte das Schutzpapier und entdeckte eine Beinprothese. »Kommen Sie, ich helfe Ihnen beim Anschnallen«, ermunterte mich Sterneck. Vorsichtig nahm ich die Prothese aus der Schachtel heraus und wog sie in der Hand. Ich konnte mir unmöglich vorstellen, mit dieser Konstruktion gehen zu können. An der Seite fand ich eine Widmung eingraviert. »Lissa 1866 – Tegetthoff«.

Baron Sterneck bemerkte sofort, dass ich die Widmung

entdeckt hatte. »Der Admiral hat es sich nicht nehmen lassen, gegen heftigste Widerstände Ihres Herrn Vaters, die Prothese zu bezahlen. Es ist die erste Prothese aus der Werkstätte Ihres Vaters. Sie sind der Testpatient. Tegetthoff will bei Erfolg des Experiments einen größeren Auftrag an Ihren Vater erteilen. Darüber hinaus pflegt unser Admiral gute Kontakte zu Erzherzog Albrecht. Die Landarmee hat sehr viele Versehrte zu beklagen. Prothesen werden in großer Zahl benötigt und das wird das Geschäft der nahen Zukunft schlechthin sein. Also, los, probieren wir es«, ermunterte mich Sterneck. Vater hatte eine Anleitung beigelegt, wie die Prothese anzusetzen und wie sie zu befestigen sei. Mein Beinstumpf ruhte auf einem weichen Polster. Das Knie war nicht erhalten geblieben, also hatte Vater ein künstliches Kniegelenk gebaut. Die Prothese vermittelte mir sofort das Gefühl, wieder ein ganzer Mensch zu sein. Noch hatte ich keinen Schritt mit ihr zurückgelegt, aber alleine die Tatsache, nicht mehr ins Leere zu blicken, löste ein Glücksgefühl bei mir aus. Gestützt auf Sterneck und meine beiden Krücken erhob ich mich. Danach machte ich meine ersten Schritte. Zuerst unter Zuhilfenahme der Krücken, danach nur mit einer und zuletzt ohne. Jeder Schritt verursachte mir höllische Schmerzen. Die Wunde war noch nicht alt genug, die Operation lag noch nicht lange genug zurück, aber ich konnte gehen. ICH KONNTE GEHEN! Nach einer Runde im Zimmer musste ich mich aufgrund der Schmerzen wieder setzen. Sterneck strahlte. »Sie werden sehen, es wird von Tag zu Tag besser werden. Sie müssen nur fleißig üben.«

»Das werde ich, Herr Kapitän, das werde ich, ich verspreche es«, rief ich glücklich aus. In einem Anfall von Gerührtheit fiel ich Baron Sterneck heftig schluchzend um den Hals. »Die Marine wird mich also nicht pensionieren, wenn ich wieder gehen kann?«

»Wo denken Sie hin, Herr Leutnant, Tegetthoff braucht seinen Assistenten! Es gibt jede Menge Arbeit, um die Marine zu reformieren, um für kommende Aufgaben gewappnet zu sein. Wir können uns doch nicht erlauben, bewährte Seeoffiziere im Kaffeehaus Karten spielen zu lassen! Lernen Sie mit der Prothese gehen und Ihre neue Kommandierung fliegt Ihnen ins Haus!«

»Zu Befehl, Herr Kapitän!«

Nach einer weiteren innigen Umarmung verließ mich Sterneck, ließ mich zurück, mit den vielen überbrachten Auszeichnungen, Briefen, Grüßen, Erinnerungsstücken an Franz Petrovic und meinem neuen Bein.

Am 23. September 1866 schrieb Vize-Admiral Wilhelm von Tegetthoff an seine Freundin, Baronin von Lutteroth:

Am Tage nach Lissa sagte ich zu meinen intimsten Freunden, Sterneck war dabei, dass die Schlacht uns Einzelnen Auszeichnungen und Vorteile, der Marine aber nur Schaden bringen werde. Ich weiß, wie ich in Wien stehe, weiß auch, dass allen maßgebenden militärischen Persönlichkeiten, der Kaiser mit inbegriffen, genau meine Ansichten bekannt sind, die ich zur Geltung bringen möchte. Meine Ideen, nach welchen die Marine reformiert zu werden hätte. Mein Programm ist nicht unbekannt, es liegt in den Akten in Wien vor. Es hat mich viele Stunden Arbeit gekostet. Einem halben Dutzend Weißröcken gegenüber wetzte ich meinen Schnabel, unbekümmert um die Gnade von Hohen, Höchsten und Allerhöchsten, um den Grundsatz zu verfechten, dass die Bevormundung der Marine seitens der Armee der ersteren nur nachteilig und verderblich sein könne. Dass ein Flotteninspektor, der von der Marine nichts wisse und kein Interesse an ihr habe, nichts tauge. Was war das Ergebnis von allem? Erzherzog Leopold bezog wieder sei-

nen Posten als Marineoberkommandant und es bleibt alles
beim Alten. Mich dagegen schickt man nach den USA, um
fremde Flotten zu inspizieren, mir Ideen zu holen die in
Österreich ohnedies niemand umzusetzen gewillt ist. Ich
gehorche natürlich, aber es ist ein Jammer. Schon schreiben
die Zeitungen, ich wäre in Ungnade beim Kaiser gefallen.
Was für ein Unsinn! Seine Majestät persönlich, hat mir
seine Hochachtung versichert, wir stehen in bestem Ein-
vernehmen. Er versteht meine Ansätze voll und ganz, doch
die Zeiten des Absolutismus sind nun einmal vorbei und
Seine Macht ist durch das Parlament begrenzt. Dass ich vom
Escadrekommando enthoben worden bin ist doch nur zu
natürlich. Der Krieg ist vorbei, die Flotte wurde abgerüstet
und auf den Friedensfuß gesetzt. Wie man das mit Ungnade
in Verbindung bringen kann ist mir unverständlich. Dazu
gönnt man jedem Marineoffizier nach einigen Jahren ein-
geschifft auf See etliche Zeit Erholung an Land. Das alles
ist ganz ohne Neid und Undank gegangen, und erst unsere
lieben Zeitungen haben, um zu hetzen, einen Roman er-
funden, an dem kein wahres Wort ist.

Am 27. November 1866 trat Vize-Admiral Wilhelm von Tegetthoff seine Reise nach dem Vereinigten Königreiche und
den USA an. In London lernte er die führenden Männer
der britischen Admiralität kennen. Auch in New York und
anderen amerikanischen Städten wurde er hofiert. Doch
die Besichtigungen der Arsenale und Werften und der sonstigen kriegsmaritimen Anlagen dienten eher gesellschaftlichen Anlässen. Echte militärische Fachgespräche wurden
vom Small Talk überlagert oder gänzlich verdrängt. Gerade
aber die gesellschaftlichen Anlässe bereiteten dem Admiral
großen Verdruss. War er doch ein in sich gekehrter Mann,
ein Denker, alles andere als ein Gesellschaftsmensch. Wie
sehr sehnte er sich nach der Gesellschaft eines Sterneck

und eines Petz, Menschen die ihn auch ohne Worte verstanden. Nicht einmal seinem braven Kanzlisten Federspiel konnte er Briefe diktieren, weil derselbe schwer blessiert im Lazarett lag und gerade gehen lernte. Wie weit entfernt war ihm Baronin Emma von Lutteroth, seine Trösterin in allen Lebenslagen.

Verehrte Freundin!

… in Österreich würde man aber folgerichtig einem reisenden Yankee, der sich irgendwo eine Glorie errungen, ruhig seines Weges ziehen lassen, besonders wenn der Betreffende bei jeder Gelegenheit den sehnlichsten Wunsch kundgebe, von allem blöden Spektakel und Aufsehen verschont zu bleiben. Hier aber ist dies anders im Lande des Humbugs in der praktischen Nutzanwendung. Paradiert man sonst gerne mit einem gekauften Pudel oder Papagei, so tut man hier dasselbe mit einem armen Steirer, den man zu einer Soirée presst, um aus ihm eine »His Excellence Count Tschitschoff oder Tichatscheff, High Admiral, Commander in Chief of the Austrian Navy, Duke of Lissa etc. etc. etc. Kapital zu schlagen. Dass ich mich mit solchen Federn nicht schmücke, wissen Sie, liebe Baronin.

Etwas, was Tegetthoff ohnedies bereits wusste, erhielt er auf seiner Studienreise nochmals bestätigt. Die Ära der Holzschiffe war endgültig vorüber. Sogar auf Segel wurde bei den neuesten Panzerschiffen verzichtet. Die gezogenen Geschütze waren durchwegs in Türmen und Kasematten untergebracht. Der Rammsporn war zu einem Brieföffner verkümmert. Alle diese Erkenntnisse bereiteten ihm Sorge. Wie sollte er denn die schwerfälligen Behörden in Wien davon überzeugen, dass der Umbau der Flotte ehebaldigst in oben genannter Manier anzugehen sei. Nicht viel weniger sorgte er sich um seine Gesundheit. Ein hartnäckiges Lippengeschwür begann ihm das Leben schwer zu machen. Aus diesem Grund ließ er sich einen Vollbart wachsen, um das Geschwür zu verdecken. Aufmerksam verfolgte Tegetthoff die unerfreulichen Vorgänge in Österreich. Seit der Niederlage von Königgrätz war Österreich-Ungarn, wie es seit dem Ausgleich heißt, kein deutscher Staat mehr. Es musste seine großdeutsche Politik aufgeben und den einzelnen Völkern, aus denen es zusammengesetzt ist, immer größere Zugeständnisse machen. Das Land ist also in zwei Reichshälften geteilt. Die kaum erst herausgegebene Armeeverfassung musste wieder zurückgenommen werden. Bald würde auch die Armee geteilt werden. Es schmerzte ihn, dass man sich im Ausland über Österreich lustig machte, sich den Zerfall und den Untergang sogar wünschte. Als Tegetthoff ein Angebot aus Ägypten erhielt, an die Spitze der Marine zu treten, ermunterte man Tegetthoff in der Art, dass Ägypten wenigstens noch ein Land wäre, welches zu Österreich hinaufblicken könnte. Tegetthoff, seinem Kaiser auf das Engste verbunden, lehnte das Angebot natürlich ab, obwohl die Aufgabe durchaus reizvoll gewesen wäre. In Wien plagten Kaiser Franz Josef auch noch andere Sorgen, als die um sein in allen Fugen krachendes Reich. Horrormeldungen aus Mexiko bereiteten ihm zusätzlich schlaflose Nächte. Sein Bruder geriet im Kampf gegen Benito Juarez zusehends ins Hintertreffen. Kaiserin Charlotte reiste nach Europa, um Hilfe für Maximilian zu werben. Napoleon III. aber ließ Maximilian zusehends im Stich, zog immer mehr Truppen aus Mexiko ab. Der Zustand der Kaiserin verschlechterte sich zusehends. Sie fühlte sich ständig verfolgt, vermutete an jeder Ecke einen Attentäter und fürchtete vergiftet zu werden. Dem Papst fiel sie mit einem Nervenzusammenbruch vor die Füße, umklammerte dieselben schraubstockartig, sodass der Heilige Vater um Hilfe rufen musste. Schließlich fiel sie in totale Umnachtung.

Teil VII

Heimholung des Kaisers Maximilian

Am 1. Juli 1867 erhielt Admiral Tegetthoff in Paris ein Telegramm mit dem Befehl, sofort nach Wien einzurücken. Am Abend desselben Tages traf die Nachricht von der Erschießung Kaiser Maximilians ein. Tegetthoff ließ alles liegen und stehen und machte sich ohne weiteren Aufenthalt auf die Reise. In München erhielt er ein Telegramm vom Generaladjutanten des Kaisers, Graf Crenneville, er möge in Salzburg den Zug verlassen, Graf Bombelles erwarte ihn dort. Unverzüglich führte Graf Bombelles Admiral Tegetthoff zum Kaiser. Kaiser Franz Josef, schwer getroffen vom Schicksal seines Bruders, bat Tegetthoff, die Aufgabe, den Leichnam Maximilians aus dem feindlichen Mexiko heimzuholen, zu übernehmen. *»Ich wüsste keinen besseren Mann als Sie, Herr Vice-Admiral, für diese überaus schwierige und heikle Mission.«*

Tegetthoff machte sich sofort an die Planung zur Durchführung der Mission. Als seine Begleiter wählte er sich seinen Bruder, Oberst Carl von Tegetthoff, seine beiden Kriegskameraden aus Helgoland, Linienschiffs-Leutnant Eugen Gaal de Gyula und Fregattenfähnrich Eduard Ritter von Henneberg.

Ich hatte mittlerweile im Umgang mit meiner Prothese recht gute Fortschritte gemacht. Wenn einer nicht wusste, dass ich mich mithilfe eines Holzbeins fortbewegte, er würde es nicht vermuten. Ein paar Schwachstellen allerdings hatte die Konstruktion noch. Die Rückholfeder, die den Unterschenkel nach jedem Schritt wieder nach vorne drücken sollte, ermüdete schnell. War sie zu stark, sah es beim Gehen komisch aus, wenn das Schienbein nach jedem Schritt nach vor schnellte, war sie zu schwach, konnte man nicht gehen. An der Feineinstellung und der Haltbarkeit haperte es noch. Zudem machte die Auflagefläche, die Stelle an der die Prothese mit dem Stumpf des Oberschenkels verbunden war, Probleme. Vater arbeitete unermüdlich an der Verbesserung der Konstruktion. Am Tag, als ich nach Triest heimgekehrt war und aufrecht ohne Krücken durch die Türe meines Elternhauses schritt, war nicht nur die Freude über meine glückliche Heimkehr groß gewesen. Vater war mit einigem Recht auf den Erfolg seiner Konstruktion stolz. Alleine die Tatsache, dass die Fertigung von Prothesen für die Armee und Marine, den Betrieb meines Vater weiterleben ließ, alle Angestellten ihren Arbeitsplatz behielten, tröstete mich über den Verlust meines natürlichen Beins hinweg. Man musste auch den übelsten Dingen etwas Positives abgewinnen können. Zum Leidwesen meiner Mutter, die mehr Zeit mit mir verbracht hätte, tausend unbeantwortete Fragen hatte, schleppte mich Vater atemlos in seine neu eingerichtete Fertigungsstraße für Arm- und Beinprothesen. Er hatte sogar eine richtige Ordination eingerichtet, einen Anpassraum, in dem die unglücklichen Kriegsversehrten vermessen und die Prothesen angepasst wurden. Im Hof unseres Hauses drehten Versehrte ihre ersten Runden. »Das ständige ›klick-klack‹ bei jeder ausgeführten Bewegung meiner Erzeugnisse geht mir auf die Nerven«, nörgelte er an seiner Entwicklung herum, »es muss doch möglich sein, dieses Geräusch zu dämpfen oder ganz zu unterbinden! Auch für das Sprunggelenk muss ich mir etwas Neues einfallen lassen.«

»Aber, Vater, kein Mensch springt mit einer Prothese.« Ich erhielt einen verächtlichen Blick des Meisters zugeworfen.

»Warte nur, ich lasse nicht locker und bald können diese unglücklichen Menschen, zu denen du auch gehörst, mit meinen Produkten laufen. Es geht nicht einfach darum, ein Holzbein angeschnallt zu haben, es geht um die Wiederherstellung echter Lebensqualität! Schau, Leute wie du haben für Österreich militärische Großtaten vollbracht oder sie wurden auf dem Schlachtfeld schwer gedemütigt. An Leuten wie mir, die niemals an einem Krieg teilgenommen haben, liegt es jetzt, unseren tapferen Helden ein menschenwürdiges, ziviles Leben zu ermöglichen. Es geht auch darum, dass diese Menschen wieder ins Berufsleben zurückfinden. Was macht Österreich mit einem Haufen kräftiger, arbeitsbereiter Männer, die wegen einem fehlenden Bein oder einem fehlenden Arm in schlimmster Armut ihr Leben fristen müssen, weil sie nicht arbeiten können. Und deren Familien nicht zu vergessen.«

»Österreich-Ungarn, Vater«, verbesserte ich ihn scherzhaft.

»Ja, von mir aus Österreich-Ungarn. Ich bin nach wie vor mit deiner Berufswahl nicht einverstanden, du kennst meine Einstellung. Trotzdem muss ich zugeben, dass gerade deine Berufswahl und dein erlittenes Schicksal uns zu ganz neuen Möglichkeiten führen. Ganz zu schweigen von deinen hervorragenden Kontakten. Übrigens, deinem Kaiser Maximilian dürfte es in seinem Kaiserreich ganz schlecht gehen, hast du die Berichte verfolgt?«

»Ja, Vater, ich bin in großer Sorge um ihn.«

»Kaiserin Charlotte ist darüber sogar wahnsinnig geworden!«

»Ich weiß, Vater, es ist schrecklich und ich bin darüber zutiefst bestürzt. Tegetthoff hatte seinem Freund und Chef so dringend von diesem Abenteuer abgeraten. Alleine, es war zu verlockend für ihn gewesen. Ich spielte mit dem Gedanken, den Dienst in der österreichischen Flotte zu quittieren und in die Dienste von Kaiser Max zu treten. Heute weiß ich, es wäre ein Himmelfahrtskommando gewesen.«

Ich blickte in das bestürzte Gesicht meines Herrn Vaters. »Stephan, das hättest du uns nicht angetan, das wäre wirklich zu viel für deine alten Eltern gewesen!«

»Natürlich, und Tegetthoff hätte es mir ohnedies verboten.«

»Und Baron Sterneck auch«, bekräftigte Vater.

»Ja, vor allem Kapitän Sterneck.«

»Mit Sterneck habe ich mich glänzend verstanden, als er uns besucht hat. Ein wirklich feiner Mensch, in dem hast du einen guten Freund gefunden. Übrigens auch der Vize-Admiral. Die beiden momentan berühmtesten Österreicher sind hier bei mir gesessen, als wären sie alte Freunde der Familie.«

»Irgendwie sind sie meine zweite Familie, Vater, in der Marine hast du nur deine Kameraden. In der Enge der Schiffe musst du lernen, mit jedermann gut auszukommen. Das bedeutet – ganz abgesehen von den Rangunterschieden, denn es gibt auch ein privates Leben an Bord –, dass man respektvoll miteinander umgeht. Man ist auf Gedeih und Verderb aufeinander angewiesen. Sinkt das Schiff, sinken alle mit, der Leichtmatrose genauso wie der Kapitän und auch der Admiral.«

»Ist wie in einer Firma, Stephan. Habe ich keine Aufträge, verhungern meine Arbeiter und ich folge ihrem Schicksal kurz darauf nach.«

»Genau, aber jetzt geht es wieder aufwärts.«

»Jawohl, ich muss an die Arbeit, jetzt geh zu deiner Mutter, sie wird bös auf mich sein, weil ich dich so lange in Beschlag genommen habe.«

– 19 –

Queretaro – Mexiko

19. Juni 1867

Kaiser Maximilian von Mexiko hatte sein schwieriges Amt in Mexiko mit großem Idealismus angetreten. Ganz wie sein Bruder, Kaiser Franz Josef I. und Admiral Tegetthoff es vorausgesehen und dem vielgeliebten Bruder und Freund vor Augen geführt hatten, musste das Abenteuer schiefgehen. Mit Kaiser Napoleon III. war kein erfolgreiches Geschäft zu machen. Napoleon hatte erkannt, dass der tatendurstige Ferdinand Maximilian und seine machthungrige Frau Charlotte, dringend eine Herausforderung benötigten. Ferdinand Maximilian träumte davon, ein ebenso herrlicher Herrscher wie sein Herr Bruder zu sein. Mexiko, ein Entwicklungsland, schien diese Möglichkeiten zu bieten. Mit den hehrsten Absichten ausgerüstet, dachte der überaus feinsinnige Maximilian, er würde dem armen, kriegsgeschüttelten und zerrissenen Land Frieden, Lebensfreude und lichte Zukunft bringen. Tatsächlich sehnte sich das mexikanische Volk nach einem starken Monarchen, der sie einte und hinter den sie sich scharen konnten. Nicht alles war gelogen, was man dem österreichischen Erzherzog und späteren Kaiser über das Land und die Leute erzählte. Doch vieles war geschönt und das Schlimmste war weggelassen worden. Alle noch so gut gemeinten Aktionen des Kaisers mussten zwangsläufig ins Leere laufen. Der Menschenfreund, der keinen Unterschied zwischen Indianern und Weißen machte, der allen gleich milde dienen wollte, kam unerbittlich unter die Räder. Unaufrichtigkeit und Verrat stürzten sein großartiges Vorhaben. Maximilian war kein Staatsmann, er war einfach nur ein guter und liebevoller Mensch. Ein Schöngeist. Völlig deplaziert in einer brutalen, völlig aus den Fugen geratenen Welt. Sein großer Plan, ein habsburgisches Kaiserreich ganz im Sinne seiner hohen Familie zu gründen, welches einen Großteil amerikanischen Bodens beherrschen sollte, schlug gründlich fehl. Er dachte sogar an Brasilien, für seinen Bruder Erzherzog Ludwig Viktor. Er verkannte völlig die Realität. Jetzt stand er vor dem Peloton, dem Erschießungskommando in Queretaro. Vielleicht waren ihm die Worte König Ludwig XVI. vor dessen Hinrichtung am Place de la Concorde in die Gedanken geschossen, »Volk, ich sterbe unschuldig!«. Er starb tatsächlich unschuldig. Maximilian ebenso! Zuvor vergab Kaiser Maximilian seinen Henkern und schenkte jedem einen Golddukaten. Sie mögen gut zielen, nicht auf seinen Kopf, damit ihn seine Mutter, Erzherzogin Sophie nicht entstellt ansehen müsse. Gemeinsam mit seinen getreuen Generalen Mejia und Miramon, starb er, an die Wand gestellt, im Kugelhagel. Die beiden Generale waren sofort tot gewesen. Der Kaiser hingegen krümmte sich, in seinem Blute liegend, am Boden der Richtstatt. Es ist zu vermuten, dass die zum Erschießungskommando befohlenen Soldaten es nicht über das Herz gebracht haben, tödliche Schüsse auf den Kaiser abzugeben. Erst der kommandierende Offizier des Erschießungskommandos erlöste den Unglücklichen mit einem Schuss aus seiner Pistole. Ein schrecklicher, grausamer, unwürdiger Tod eines Menschen, der es immer gut gemeint hatte. Ein Menschenfreund war erschossen, ein Diktator und Gewaltherrscher an der Macht. Benito Juarez!

Am 10. Juli 1867 erhielt ich Kommandierung nach Paris. Ich sollte mich auf schnellstem Wege in die französische Hauptstadt verfügen, um dort Linienschiffs-Leutnant Gaal zu treffen. Die Brüder Tegetthoff und Ritter von Henneberg waren gleichzeitig von Wien aus aufgebrochen. Die ganze Fahrt über konnte ich kein Auge zutun. Immerzu dachte ich an meinen Freund, den Erzherzog, den Kaiser Maximilian. Voll unberechtigtem Zorn gegen mich selbst gepeinigt, ihm in seiner Not nicht beigestanden zu haben, voll Zorn gegen das scheinbar undankbare mexikanische Volk und von Mordgelüsten gegen Benito Juarez geschüttelt, war an Schlaf nicht zu denken. Entsprechend gerädert kam ich in Paris an. Gaal wusste um mein inniges Verhältnis zum Kaiser und kondolierte mir, als wäre ich ein Familienmitglied des Kaiserhauses. Trotz meiner Übermüdung sah er den lodernden Zorn in meinen Augen. »Du würdest Juarez gerne mit deinem Säbel den Schädel von den Schultern hauen, und ich würde dir sofort dabei helfen. Doch es ändert nichts, es macht unseren geliebten Chef nicht mehr lebendig. Wir müssen besonnen, ohne Groll, an die Sache herangehen. Es wird eine schwierige Mission. Benito Juarez verweigert die Herausgabe des Leichnams Seiner Majestät. Er will darüber ein schriftliches Ansuchen von der Regierung in Wien. Das geht aber nicht, denn es würde bedeuten, dass Österreich-Ungarn die neuen Verhältnisse in Mexiko, das Regime des Juarez, anerkennen würde. Es ist somit eine private Angelegenheit, eine Angelegenheit der Familie Habsburg-Lothringen, nicht eine des Staates Österreich.«

»Ich verstehe, daher der Befehl, Zivilkleidung mitzubringen.«

»Genau, Stephan, wir reisen im Auftrag der Familie Habsburg und nicht im Auftrag des Kaisers von Österreich. Wenn wir nicht vorsichtig genug sind, verursachen wir die größten internationalen diplomatischen Verwicklungen. Das darf keinesfalls geschehen! Wir treffen Admiral Tegetthoff in London und haben Tickets für die Überfahrt nach Nordamerika auf der ›China‹. Linienschiffs-Kapitän von Gröller liegt mit der ›Kaiserin Elisabeth‹ in Vera Cruz vor Anker und erwartet uns ungeduldig. Zu unseren weiteren Pflichten gehört die Organisation der Abreise unserer Landsleute aus Mexiko. Die Legion ist aufgelöst worden, die Menschen hängen in der Luft. Inwieweit ihre Sicherheit garantiert ist, darüber haben wir noch keine Kenntnis.«

Das republikanische Nordamerika billigte die Errichtung eines Kaiserreiches an seinen Grenzen nicht. Wiederholte Versuche Kaiser Maximilians, die Anerkennung zu erreichen, waren gescheitert. Mit Argwohn wurde seine Regierung betrachtet, sein Sturz erhofft. Jetzt, wo der Kaiser tot war, zollte man ihm aufgrund seiner aufrechten Haltung, seiner Standhaftigkeit großen Respekt. Leider zu spät. Die Gewalttaten eines Juarez verurteilte man in den USA scharf. Die positive öffentliche Meinung über Kaiser Maximilian tröstete uns ein wenig über die traurige Tatsache hinweg und erleichterte uns durchaus unseren schweren Auftrag. Tegetthoff, ohnedies immer recht schweigsam, sprach auf unserer Überfahrt fast gar nichts. Die Strategie war klar, Gröller hielt ihn mit seinen Telegrammen über die Entwicklung in Mexiko auf dem Laufenden und jeder von uns hing seinen eigenen Gedanken und seinen Erinnerungen an den geliebten Menschen nach, den wir tot zu repatriieren hatten. Immer wollte ich große Seereisen machen, ferne Länder besuchen, exotische Gegenden erkunden. Dieser Wunsch war zwar in Erfüllung gegangen, doch auf welche Art und Weise! Mein Freund, der Kaiser, hatte denselben Traum und er kostete ihm das Leben, mich wenigstens nur ein Bein. Träume verwirklichen schien ein teures Geschäft zu sein. Von Cincinnati reisten wir über Louisville nach Memphis. Dort bestiegen wir einen Mississippi-Dampfer nach New Orleans. Tegetthoff, seit langer Zeit auf Reisen, hatte übelste Stimmung. Das heiße

Klima, in dem wir täglich 24-stündige Schwitzbäder nehmen mussten, das ewige Leben aus dem Koffer, nervte den Admiral enorm. Endlich, am 22. August 1867 entkamen wir der unerträglichen Gluthitze von New Orleans, in dem wir uns auf die »Kaiserin Elisabeth« einschifften. Der Seewind verblies die üble Stimmung unseres Kommandanten augenblicklich. Kapitän von Gröller begrüßte uns herzlich und jetzt erhielten wir erstmals wirklich stichhaltige Informationen über Kaiser Maximilian. Sein Leichnam war einbalsamiert worden und lag gut bewacht in einer Kirche. An der Konservierung der Leiche des Kaisers lag dem Diktator-Präsidenten Juarez offensichtlich viel. Er musste uns einen gut erhaltenen Maximilian vorzeigen können. Ein Skelett hätte das von jedermann sein können, das wäre kein Beweis gewesen. Es war sein Druckmittel, sein Ass im Ärmel. Er würde es nicht unbedacht ausspielen. Allerdings, dem legitimen Wunsch einer trauernden Familie nicht zu entsprechen, das konnten und wollten wir uns nicht vorstellen. Juarez war sich natürlich darüber im Klaren, dass alle europäischen Fürstenhäuser und Regierungen mit Interesse die Entwicklung in Mexiko verfolgten. War Österreich auch nicht bei jedermann beliebt, in diesem Fall standen doch die allermeisten hinter dem Haus Habsburg. Wollte sich Juarez halbwegs gute internationale Beziehungen schaffen, so konnte er nicht anders, als uns die sterblichen Überreste des Kaisers zu übergeben. Doch wer wollte einen Indianer richtig einschätzen? Seine Wertvorstellungen glichen beileibe nicht den unseren. Was uns gut und teuer war, galt ihm womöglich nichts und umgekehrt. Tegetthoff konnte auf keine Erfahrungswerte zurückgreifen. Er begab sich bei seinen Verhandlungen auf totales Neuland. Die Verhandlungen zogen sich auch dementsprechend in die Länge. Mal sah es so aus, als stünden wir kurz vor dem Ziel unserer Bemühungen, tags darauf das gerade Gegenteil. Endlich erreichten wir, dass uns der Leichnam des Kaisers gezeigt wurde. Wir fanden ihn in der Spitalskirche von San Andres vor, in einem Holzsarg liegend. In Gesichtshöhe war ein Fenster aus verspiegeltem Glas angebracht. Es war zerbrochen und die Scherben hatten das Gesicht des Kaisers zerschnitten. Wir prallten zurück, als wir in das entstellte Antlitz Maximilians schauten. Die Lippen waren zurückgezogen und er bleckte grotesk die Zähne. Die Augen waren herausgestochen worden und durch schrecklich hervorstehende Glasaugen ersetzt. Mir entfuhr ein Schrei, als ich der Leiche ansichtig wurde. Selbst Tegetthoff verlor für einen kurzen Moment die Contenance. Der Kaiser war in eine mexikanische Generalsuniform gewandet. Sie war in keinem guten Zustand mehr, auch die Einbalsamierung konnte nicht als wirklich professionell bezeichnet werden. Trotzdem, die Leiche war nicht in Verwesung übergegangen, soweit reichten die Maßnahmen der Konservierung. Tegetthoff erreichte, dass der Kaiser in einen schwarzen Anzug umgekleidet wurde. Der Sarg wurde durch einen Zinksarg ersetzt, welcher in einen Holzsarg eingebettet wurde. Erst nach diesen Maßnahmen konnte man davon sprechen, dass unser unglücklicher, gewesener Marineoberkommandant als transportfähig zu bezeichnen war. Doch dazu fehlte uns noch immer die Genehmigung. Außenminister Graf von Beust richtete ein Schreiben an den mexikanischen Amtskollegen, um ihn nochmals in aller Form zu bitten, sich beim Staatschef dahin zu verwenden, dass der Wunsch des österreichischen Kaisers, nach Heimkehr der sterblichen Hülle seines Bruders, entsprochen werden möge. Gleichzeitig beglaubigte Graf Beust unsere Mission und Admiral Tegetthoff als Beauftragten amtlich. Mit diesem Schreiben schafften wir dann den Durchbruch und am 12. November 1867 konnten wir gemeinsam mit Kaiser Maximilian Mexiko von Vera

Cruz aus verlassen. Auf der »Novara« war Maximilian in Mexiko angekommen, auf dem gleichen Schiff verließ er es auch wieder. Die »Novara« war sein Schicksalsschiff. Seine ersten seemännischen Schritte hatte er auf diesem Schiff unternommen. Jetzt brachte es ihn mit trauerumflorter Flagge auf Halbtopp gesetzt, in die alte Heimat zurück.

In einem allerhöchsten Handschreiben brachte Kaiser Franz Josef I. seine Dankbarkeit zum Ausdruck:

Herrn Vice-Admiral Wilhelm von Tegetthoff!

»Sie haben die Ihnen übertragene, schwierige Mission nach Mexiko mit ebenso erfolgreicher Umsicht als persönlicher Aufopferung vollführt. Indem ich Ihnen hiefür Meinen und Meiner Familie Dank ausspreche, verleihe ich Ihnen unter gleichzeitiger Anerkennung Ihrer jederzeit ausgezeichneten Dienstleistung das Großkreuz Meines Leopold-Ordens mit Nachsicht der Taxen.«

Franz Josef

Orden und Auszeichnungen waren Tegetthoff kaum eine Erwähnung wert. Doch der persönliche Dank seines Monarchen rührte ihn zu Tränen. In Audienz beim Kaiser, bestätigte er dies nochmals, indem er ihm versicherte, dass der wahre Lohn seiner Lebensarbeit darin bestünde, dass er seinem Kaiser die sterblichen Überreste seines heldenhaften Bruders hatte zurückbringen können.

DEN
AVG LISSA
AM 18 VND 19 JVNI 1866
GEFALLENEN
VON DEN WAFFENBRVDERN
GEWIDMET

VORMEISTER

FRANZ HEDSCHER   JOHANN LÖGL

KANONIERE

FERDINAND FRITZ   FLORIAN STRITZL
CARL SCHNEIDER   MATHIAS KARPF
WENZL LEGNER   JOHANN SCHVSS

VNTERKANONIERE

STEFAN CHOMICZ   FRANZ HOCKAVF
IGNAZ HANISCH   IMERO BISKVP

JOSEF PAVLENIC

OFFICIERSDIENER

PROKOP KREJCI

Grabmal für die gefallenen Verteidiger

Teil VIII

Die Zeit nach Lissa

Vize-Admiral Wilhelm von Tegetthoff war zum bekanntesten und beliebtesten Mann im Volk aufgestiegen. Jedes Kind kannte seinen Namen und seine Heldentaten. Wien ernannte den Admiral zum Ehrenbürger. Sein Name wurde in die gleiche Tafel im Rathaus eingraviert, in der auch schon der Name von Feldzeugmeister Ludwig von Benedek stand. Eine einzige Niederlage, zugegebenermaßen eine enorme, zerstörte den Ruf Benedeks für immer. Tegetthoff wusste, was von derartigen Ehren zu halten war. Er hatte noch die Lobreden auf Benedek in den Ohren. Über Nacht war er zur Persona non grata herabgesunken. Benedek musste mit untauglichen Mitteln gegen einen hochmotivierten und bestgerüsteten Gegner ins Feld ziehen. Seine Niederlage war vorprogrammiert. Die taktischen Fehler, die er beging, beschleunigten diese höchstens. Auch wenn er alles richtig gemacht hätte, seine Unterführer sorgten mit ihrer Sturheit und Unfähigkeit schon dafür, dass Preußens Gloria nichts im Wege stand. Am Ende lag alle Schuld an der Niederlage bei Benedek. Der Kaiser wusste sehr wohl, dass sein Feldherr alles gegeben hatte, sein eigenes Leben keine Sekunde lang geschützt hatte. Er war es gewesen, der ihn zu diesem Kommando überredete, es ihm anbefahl. Franz Josef wusste, welches Opfer er von Benedek verlangte. Er hoffte einfach, der Nimbus des Unbesiegten würde alle Schwachheiten der Nordarmee ausgleichen. Tatsächlich schlug die Nachricht von der Bestellung Benedeks zum Armeekommandanten in Preußen wie eine Bombe ein. Der Wert des Ludwig von Benedek wurde in Preußen so hoch eingeschätzt, als hätte Österreich nicht eine, sondern zwei Armeen im Norden stehen. Benedek galt als unbesiegbar. Alleine er selbst wusste sich richtig einzuschätzen, doch alle Welt wischte seine Bedenken zur Seite. Auch der Kaiser! Tegetthoff wusste, dass es ihm ganz gleich gehen konnte, wie seinem Freund Benedek. Benedek war einer der wenigen Offiziere der Landstreitkräfte gewesen, die große Stücke auf die Marine hielten. In seiner großen Zeit unterstützte er Tegetthoff, indem er seinen hervorragenden Ruf und seine Kontakte für ihn und die Marine einsetzte. Zu beider Leidwesen ohne großen Erfolg. Das Parlament hungerte die Armee aus. Den notwendigen, wichtigen Reformschritten fehlten der Wille und das Geld. Und so erging es auch der Marine. Mit Holzschiffen gegen Panzerschiffe war ein glänzender Sieg erfochten worden. Für das Parlament war alles klar. Wenn man wirklich wollte, ginge es auch ohne Geld. Tegetthoff hatte es bewiesen. Dementsprechend stießen die berechtigten Forderungen des Admirals, mittlerweile Marinekommandant und Chef der Marinesektion im Kriegsministerium, im Parlament auf taube Ohren. Für den Ausbau der Marine wollte er innerhalb von zehn Jahren 25 Millionen Gulden. Nicht einmal die Hälfte davon haben die Abgeordneten genehmigt. Dabei hatte Tegetthoff alles haarklein beschrieben, jedes Detail auch für Landratten verständlich erklärt. Seine Forderung war um keinen Gulden überzogen. Er selbst hatte dafür gesorgt, dass größtmögliche Transparenz in die Finanzen der Marinesektion Einkehr hielt. Ehrlichkeit, Rechtschaffenheit, Disziplin, Vernunft und Kostenwahrheit, alle positiven Tugenden des Admirals durchzogen die verstaubten Büros der k. k. Kriegsmarine. Er räumte mit eisernem Besen auf, doch alle Erfolge, die er im Inneren der Marine erzielte, wurden durch das Parlament wieder zunichtegemacht. Wozu Geld investieren? Der Feind war besiegt, die Adria fest in österreichischen Händen, die Holzschiffe hatten sich bewährt, ein weiterer Konflikt zur See stand nicht ins Haus, war nicht absehbar. Tegetthoffs Blick in die Zukunft war den Verantwortlichen zu spekulativ. Dabei dachte er gar nicht alleine an die Verteidigung, also ans militärische. Die wirtschaftlichen Missionen waren Wilhelm von Tegetthoff ein ebenso großes Anliegen. Seiner Meinung nach galt es, der Monarchie neue Handelspartner, Handelswege und Handelsbeziehungen zu schaffen. Kriege kosten Geld – der Handel brachte Geld. Durch militärische Stärke auf der einen Seite den Frieden sichern und auf der anderen den Handel fördern und beschützen. Das war Tegetthoffs Anliegen. Doch mit den vorhandenen Mitteln und den zur Verfügung gestellten Geldern war weder das eine noch das andere zu erreichen. Zum Leben zu wenig, zum Sterben zu viel. Einen neuen Konflikt zur See würde Österreich nicht bestehen. Die bei Lissa angewandte Taktik und Methodik würde nicht noch einmal zum Erfolg führen. Doch das wollte niemand einsehen. Tegetthoff würde so enden, wie sein Freund Benedek. Einst hoch geehrt und am Ende mit Schimpf und Schande davongejagt. Benedek war zum Sündenbock aller politischen Versäumnisse geworden. Tegetthoff drohte Ähnliches. Benedek lebte verbittert und zurückgezogen in Graz. War niemals mehr in Uniform zu sehen. Mit zu Boden gerichtetem Blick und in Zivil durchstreifte er die Grazer Straßen, um möglichst nicht erkannt zu werden. Ein hartnäckiges, unheilbares Krebsleiden raubte ihm zusätzlich den Atem. Auch Tegetthoff kämpfte mit seinem Krebsleiden an der Unterlippe. Das Tragen eines Vollbartes war in der Armee und der Marine nicht genehmigt. Er bemühte sich diesbezüglich um Änderung der Vorschriften. Der Allerhöchste Kriegsherr änderte die Vorschriften entsprechend und Tegetthoffs Geschwulst blieb von der Allgemeinheit unentdeckt. Außer seiner platonischen Liebe, seiner Freundin Baronin Emma von Lutteroth, gab es keine Frau in seinem Leben. Von der hochverehrten Mutter abgesehen. Nur Emma vertraute er seine intimsten Sorgen an. Private wie auch geschäftliche. In ihr hatte er einen Menschen gefunden, der immer für ihn da war. Trotzdem entbehrte der Admiral mit jedem Lebensjahr die zärtliche Liebe einer Ehefrau heftiger. Um seiner Einsamkeit zu entrinnen, stürzte er sich in die Arbeit. Sein Arbeitseifer ließ ihn vieles vergessen. Doch er machte sich damit nur Feinde. Österreich wollte in Ruhe schlafen. Es schlief tief und fest. Tegetthoff wurde wie der ungeliebte Wecker am Morgen behandelt. Körper, die in Bewegung sind, wollen in Bewegung bleiben. Körper, die ruhen, wollen in Ruhe verharren. Es schien, als wollte Österreich dieses physikalische Gesetz auf Staatsebene erneut beweisen. Leider im Negativen. Trotz allem Eifer, Österreich bewegte sich nicht. Auf wissenschaftlichem Gebiete wurden allerdings Fortschritte erzielt. Baron Sterneck baute im Kriegshafen Pola das nautische Institut und die Sternwarte aus. Es wurde geforscht und entdeckt. Verfahren vereinfacht und neue Techniken entwickelt. Nachdenken kostet nichts und war deshalb vom Parlament nicht abhängig. Vize-Admiral von Tegetthoff, dem ich in Wien als Sekretär treu zur Seite gestanden hatte, befahl mich zu Diensten von Baron Sterneck. Er selbst hatte um Beurlaubung angesucht. Er fuhr nach St. Radegund zur Kur. Seine Nerven waren angegriffen und nicht zuletzt machte ihm seine Lippengeschwulst große Probleme. Seit Lissa hatte ich es mit meinem Vorgesetzten nicht leicht gehabt. Tegetthoff wurde immer reizbarer. Ich kannte ihn ja gut und wusste ihn entsprechend zu behandeln. Doch getrennt von seinem Freund Sterneck – unser beider Freund – gab es keinen anderen Puffer als meine Person. Oft war ich der einzig Verfügbare, an dem der Admiral seinen Zorn und seine Enttäuschung auslassen konnte. Tags darauf fand ich dann meist eine Flasche von meinem geliebten Hochriegl Sekt und eine Karte mit ein paar Worten der Entschuldigung aus der Feder des Admirals auf meinem Schreibtisch vor. Sein Jähzorn war legendär. Er hasste es, von inkompetenten Leuten umgeben zu sein. Ich war nicht inkompetent, ich badete nur aus, was meinem Chef im Herrenhaus, im Parlament, in den verschiedenen Ausschüssen an Widrigkeiten widerfahren war. Um seine verfahrene Situation korrekt zu beschreiben, erinnere ich mich an einen Ausspruch des Vize-Admirals: *»Ich schlug Seeschlachten, ungedeckt auf der Brücke meines Schiffes stehend, dem Beschuss des Feindes ungeschützt ausgesetzt. Ich muss erkennen, das kostet weniger Nerven als eine einzige nutzlose Verhandlung mit irgendeiner österreichischen Staatsstelle!«* Meinen väterlichen Freund, Kaiser Maximilian I. von Mexiko, hatte ich unter tragischen Umständen verloren, ebenso meinen lieben Kriegskameraden Franz Petrovic. Kaiserin Charlotte war dem Wahnsinn verfallen. Unter diesen Verlusten litt ich unendlich. Jetzt drohte mir zusätzlich der Verlust von Tegetthoff. Baron Sterneck und ich waren auf das Äußerste um unseren geliebten Chef besorgt. Was sollte aus uns werden, ohne Wilhelm von Tegetthoff? Niemand von uns konnte sich ein Leben in der Marine ohne den Helden von Helgoland und Lissa vorstellen. Admiral Baron von Wüllerstorff, ein ganz hervorragender Offizier und Mensch, war der Marine verlustig gegangen. Als Handelsminister der Monarchie quälten ihn jetzt andere Sorgen. Wieder ein Freund weniger. Sterneck schloss mich in die Arme, als ich mich bei ihm zum Dienst gemeldet hatte. Wir beglückwünschten uns gegenseitig zur Beförderung. Baron Sterneck war zum Contre-Admiral aufgestiegen und ich zum Linienschiffs-Leutnant. Zusätzlich war Contre-Admiral Baron von Sterneck endlich Theresienritter geworden. Trotzdem war unsere Stimmung nicht anders als niedergeschlagen zu nennen. Mit Beförderungen und Orden hatte man uns ausgezeichnet, uns, die glorreichen Sieger von Lissa. Damit hatte man uns in der Hoffnung abgespeist, wir würden nun Ruhe geben. Doch das taten wir nicht. Sogar unsere große Hoffnung, der Sieger von Custozza, Erzherzog Feldmarschall Albrecht, plädierte dafür, die Festungen an der Küste auszubauen, auf Kosten der Modernisierung der Flotte. Wir verstanden die Welt nicht mehr. Wer hatte denn Lissa entsetzt? Die Flotte war es gewesen! Ohne den bedingungslosen Einsatz der Flotte, wäre die Festung und Insel Lissa nicht mehr in österreichischem Besitz. Nur eine einsatzfähige, kampfstarke Flotte konnte die Küste wirksam schützen und verteidigen. Das hatte Admiral Tegetthoff bis zum Erbrechen in allen Gremien immer wieder betont. Alle maßgebenden Stellen, alle hohen Befehlshaber der Marine, hatten sich dieser Meinung bedingungslos angeschlossen und sie auch wortstark vertreten. Trotzdem war zugunsten der Landstreitkräfte entschieden worden. Ich verstand den Verdruss und den Zorn Tegetthoffs. Nachdem Sterneck und ich uns gegenseitig ordentlich ausgeweint hatten, machten wir uns an die Arbeit. Es galt, die Reise von S.M. Kaiser Franz Josef I. samt seinem Gefolge zur Eröffnung des Suezkanals zu organisieren und darüber hinaus eine geplante Polarexpedition vorzubereiten.

Nach der Niederlage in Königgrätz war in der Folge in der ganzen Monarchie die allgemeine Wehrpflicht eingeführt worden. Die Durchsetzung verlief nicht in allen Teilen der weitläufigen Monarchie problemlos. So widersetzten sich zum Beispiel die Gebirgsbewohner der Krivosije. Sie taten dies mit Waffengewalt. Wehrhaft waren sie also, doch der allgemeinen Wehrpflicht wollten sie sich nicht unterordnen. Sie nutzten alle Vorteile ihrer exponierten Lage, doch die k.u.k. Landstreitkräfte, verstärkt durch Einheiten der Marinestreitkräfte, kämpften den Aufstand schließlich mühsam, aber endgültig nieder. Rechtzeitig, bevor der Kaiser mit den Regierungsspitzen zur Eröffnung des Suezkanals aufbrach. Gemeinsam mit den Ministern Beust, Andrassy, Plener, dem Obersthofmeister Prinz Hohenlohe, dem Generaladjutanten Graf Crenneville, Kabinettsdirektor Braun und Oberst Beck, Leiter der Militärkanzlei und natürlich Vize-Admiral Wilhelm von Tegetthoff bestieg der Kaiser am 25. Oktober 1869 den Hofzug Richtung Budapest. Weiter ging die Fahrt bis zum Donaudelta und von dort per Schiff weiter bis nach Varna. Sultan Abdul Aziz empfing die hohe Reisegesellschaft schließlich in Konstantinopel und nützte die Gelegenheit zur Vertiefung der mittlerweile freundlichen Beziehungen zwischen Wien und der Pforte. Tegetthoff hatte mich, trotz meiner dringenden Bitte, zu dieser Reise nicht mitgenommen. Er begründete dies mit meiner Kriegsverletzung. Einen nicht hunderprozentig einsatzfähigen Offizier konnte er auf dieser heiklen Mission nicht gebrauchen. So drastisch hatte er es mir gegenüber zwar nicht ausgedrückt, doch ich konnte zwischen den Zeilen lesen und fügte mich zähneknirschend. Tegetthoff tröstete mich mit den Worten: »Federspiel, damit haben Sie sich ein Referat vor der gesamten Offiziersgesellschaft über den Suezkanal erspart. Das hätte Ihnen nämlich gedroht, nachdem Sie sich so vorlaut nach meinen Befehlen erkundigt haben!«

Ich erwiderte nur: »Ich wäre vorbereitet gewesen, Herr Admiral!«

»Nichts anderes habe ich von Ihnen erwartet, Leutnant Federspiel«, und er drückte mir freundlich die Hand.

Selbstredend hatte ich auch keine Aussicht auf Teilnahme an der von Admiral Sterneck geplanten Polarexpedition.

Das leuchtete mir natürlich ein und trotzdem schmerzte es mich. Es war doch völlig ausgeschlossen, dass ein Mensch mit einem Holzbein am Polarkreis »spazieren« ging. Alleine der großen Kunst meines Herrn Vaters war es zu verdanken, dass ich mich in zivilisierter Umgebung, sprich auf befestigten Wegen, unbehindert fortbewegen konnte. Manchmal vergaß ich diesen Umstand leider. Umso schmerzhafter war dann stets die unvermeidliche Ankunft in der Realität.

Auf dem Seeweg nach Jaffa, es herrschte unwirtliches Wetter und schwere See, wurde die ganze Reisegesellschaft, vom Kaiser abwärts, seekrank. Das war nicht anders zu erwarten gewesen, waren doch alle Beteiligten zuvor bestenfalls Gast auf einem im Hafen fest vertäuten Schiff gewesen. Der Kaiser machte sich Sorgen um seine Begleitung und ließ via Signal anfragen, wie es um die Gesundheit stehe. Die schlagfertige Antwort, trotz heftiger Seekrankheit, lautete: »*Ave Caesar, die todgeweihten grüßen Dich!*« Franz Josef, bekannt für seinen trockenen Humor, ließ antworten: »*Ruhet sanft!*« Nach seinem Leibarzt rief er vergeblich, denn dem Herrn Doktor ging es noch sehr viel schlechter, als seinem hohen Herrn. Die Abfahrt von Jaffa gestaltete sich noch schwieriger als die Anreise. Die See ging so hoch, dass sich die Bootsbesatzungen weigerten, die Reisegesellschaft zu ihren Schiffen zu rudern. Es erschien ihnen einfach als zu gefährlich. Admiral Tegetthoff gab auf Anfrage des Kaisers zur Antwort, dass gerade einmal noch fünf Minuten für die Übersetzung Zeit bliebe, danach wäre es zu spät. So war es auch. Kaum, als die Boote mit der mühsam überredeten Mannschaft zu den Schiffen ruderten, barst der Landungssteg unter der heftigen Dünung und das Boot des Kaisers drohte zu kentern. Tegetthoff riskierte erneut sein Leben, um das seines Monarchen zu schützen. Lieber wäre er selbst ertrunken, als dass seinem Kaiser ein Leid geschehen wäre. Unter großen Schwierigkeiten wurden der Kaiser und sein Gefolge schließlich unter großem Hurra auf die »Greif« eingeschifft. Franz Josef, ein an sich unerschrockener Mann, schwor sich, niemals wieder ein derartiges Abenteuer erleben zu wollen. Dass er sich auf seinen bewährten Admiral, Wilhelm von Tegetthoff, bedingungslos verlassen konnte, war ihm erneut bewiesen worden. Doch Tegetthoff fühlte sich unwohl. Anstatt anstrengender Wüstenritte auf Kamelen, anstatt auf die Cheopspyramide zu klettern, sehnte er sich in sein geliebtes St. Radegund. Immer häufiger befiel ihn eine unerklärliche, hartnäckige Traurigkeit. In diesen Situationen wünschte er sich in die erlösende Einsamkeit seiner Kabine einzusperren. Ein gesellschaftlicher Anlass jagte den nächsten. Allgemeine Bewunderung wurde ihm entgegengebracht. Sogar Kaiserin Eugenie, die schöne Ehefrau Napoleon III, machte ihm die schmeichelhaftesten Komplimente. Tegetthoff dankte artig, blieb jedoch innerlich unberührt. Teilnahmslos ließ er auch die feierliche Prozession zur Einweihung des neuen Wasserweges zwischen Europa und Asien über sich ergehen. Geplant von einem Österreicher, würde diese neue Verbindung Österreich doch nur Nachteile bringen. Die ewigen Versäumnisse beim Ausbau von Österreichs Handelsbeziehungen, der Unwille sich international stärker zu engagieren, das dauernde Fortwursteln und die Fixiertheit auf die inneren Probleme, verhinderten es, vom Suezkanal und seinen Möglichkeiten zu profitieren. Tegetthoffs Lieblingsprojekt, die Ostasienmission, hatte er innerlich bereits abgehakt. Er begann sich damit abzufinden, seinen Lebenstraum unverwirklicht zu sehen. Die immer subalternere Rolle, die Österreich, sein vielgeliebtes Heimatland, im Ausland spielte, schmerzte den Patrioten Tegetthoff unheimlich. Aus tiefstem Inneren verabscheute er die Politik eines Beust, Taaffe, Potocki. Dem Reichskanzler Friedrich

Graf Beust wünschte er sogar den Tod. Er bedauerte es
unendlich, dass dessen Sohn, ein rechter Taugenichts, aber
ansonsten harmlos, aus dem Leben gerissen wurde. Das
Ableben des Vaters wäre ihm weit willkommener gewesen.
Der Ausgleich mit Ungarn und die beginnenden Verhandlungen mit den Tschechen, waren dem Admiral ein Dorn
im Auge. In seinen Augen begann sich Österreich ganz
langsam aufzulösen. Auf der Rückreise von Suez huschte
doch noch einmal ein Lachen über das verdunkelte Gesicht
Tegetthoffs. Als sie die Insel Lissa passierten, brachte der
Kaiser einen Toast auf seinen siegreichen, heldenhaften
Mitarbeiter aus. Wenn Tegetthoff mit irgendetwas außer
einer großen Handelsmission zu erfreuen war, dann war es
die Anerkennung seines Monarchen. Er war durchaus ein
unbequemer Untertan, weil er dem Kaiser immer unge-
schminkt die Wahrheit sagte. Nur ganz wenige trauten sich
das. Franz Josef wusste über diesen Umstand sehr genau
Bescheid und schätzte daher Tegetthoff umso höher. Ihm
war die schlechte Gemütsverfassung seines Admirals nicht
unentdeckt geblieben. Zusätzlich bereitete ihm die Lippengeschwulst Sorgen, doch wollte er, in nobler Zurückhal-
tung, Tegetthoff damit nicht konfrontieren. Als Wilhelm
von Tegetthoff erneut um Beurlaubung bat, um seine
Krankheit zu kurieren, erteilte der Kaiser stehenden Fußes
seine Genehmigung. Franz Josef, selbst ein verschlossener,
einsamer Mensch, verstand sich unausgesprochen mit dem
eigenbrötlerischen Admiral und wünschte sich sehnlichst
dessen Genesung.

Im Dezember 1870 besuchte ich gemeinsam mit Baron
Sterneck Admiral Tegetthoff in St. Radegund. Sterneck
und ich hatten uns ernsthaft miteinander angefreundet.
Unsere Zusammenarbeit in Pola funktionierte jederzeit
reibungslos. Alles schien uns zu gelingen. Ich war ja nicht

gerade verwöhnt. Die Jahre mit Tegetthoff waren nicht immer leicht für mich gewesen. Wie anders war es mit Contre-Admiral Sterneck. Kein lautes Wort, keine Hektik, keine Stimmungsschwankungen. Sich mit Sterneck nicht zu vertragen, schien mir gänzlich unmöglich zu sein. Ich kannte tatsächlich auch niemanden, der sich nicht gerne in seiner Umgebung aufgehalten hätte. Der Baron liebte seine Frau und seine Kinder aufrichtig. Oft war ich bei ihm daheim eingeladen und staunte immer wieder aufs Neue, welch inniges Verhältnis, welch liebevoller Umgang im Haus Sterneck herrschte. Man darf ja nicht vergessen, ein Admiral ist kein Waisenknabe. Ganz besonders Sterneck nicht. Kaltblütig versenkte er 1866 bei Lissa die »Re d'Italia«. Im Kampf war mit ihm nicht zu spaßen. Hatte er den Säbel einmal gezogen, steckte er ihn nicht wieder unverrichteter Dinge ein. Der gleiche Mann herzte und küsste seine Frau, spielte mit seinen Kindern und lachte dabei aus vollem Herzen, so als wäre er nicht der gefährliche und höchstdekorierte Krieger der k. k. Kriegsmarine.

Wir trafen Tegetthoff in einem erbärmlichen Zustand an. Abgesehen von seiner noch schlimmer gewordenen Wortkargheit, war sein äußerlicher Verfall nicht mehr zu leugnen. Es kostete uns beide alle Anstrengung, um uns diesbezüglich nichts anmerken zu lassen. Wir versuchten ungezwungen fröhlich zu sein, erzählten ihm von unseren Erfolgen in Pola. Für unser soziales Engagement, Marineangehörigen und ihren Familien ordentliche Wohnungen zu bauen, einen Sozialfonds für in Not geratene Kameraden eingerichtet zu haben, ernteten wir besonderes Lob von unserem Chef. Als Sterneck allerdings von den Vorbereitungen für die geplante Polarexpedition erzählte, strahlte Tegetthoff vor Begeisterung. Einen Moment lang schien er wieder der junge Seemann zu sein. Trotzdem wollte sich kein rechtes Gespräch entwickeln. Minutenlang starrte er wortlos in eine Richtung. Es schien, als sähe er in die Ferne, auf die unendliche See hinaus, doch das Feuer seiner sonst so scharfblickenden Augen war erloschen. Bestürzt verließen wir unseren Admiral, Kriegskameraden und Freund, zwar mit den gegenseitig besten Wünschen versehen, jedoch voller Kummer im Herzen. Tegetthoff, im 43. Lebensjahr stehend, begann unaufhaltsam und vorzeitig zu vergreisen.

–21–

Wien

7. April 1871

Von schweren, albtraumartigen Fieberträumen geplagt, lag Wilhelm von Tegetthoff in seiner Wohnung in Wien Innere Stadt, Schenkenstraße, schweißgebadet auf seinem Lager. Auf seinem nächtlichen Nachhauseweg, kommend von einem von der Fürstin Lori von Schwarzenberg ihm zu Ehren gegebenen Abendessen, erkältete er sich. Das nasskalte Aprilwetter und der Wind waren für seinen schwer angegriffenen Körper zu viel gewesen. Fiaker war keiner zur Verfügung, also musste er zu Fuß nach Hause. Er fantasierte vom unrettbaren Marinebudget, von seinen unseligen Verhandlungen mit Behörden und politischen Entscheidungsträgern, sprach von neuen Schiffen und wissenschaftlichen Expeditionen, nannte Geldsummen und wimmerte besorgt um den Fortbestand der Flotte. Seine fieberhaften Sorgen galten dem Kaiser und Österreich. Zwischendurch sank er wieder völlig in Apathie zurück. Dem Marinearzt Dr. Fink und seinen zur Beratung hinzugezogenen Kollegen Dr. Oppolzer und Dr. Duchek blieb nichts anderes übrig, als Mutter und Bruder zu verständigen. Tegetthoff befand sich definitiv in Lebensgefahr. Ihre ärztliche Kunst schien am Ende zu sein. Besonders deshalb, weil sich ihr berühmter Patient aufgegeben hatte. Tegetthoff war an seinem politischen Scheitern zerbrochen. Er wusste nicht mehr, wofür er weiterleben sollte. Der Sinn war ihm abhandengekommen. Auf ganzer Linie fühlte er sich geschlagen.

Für einen Moment lang erwachte er aus seiner Apathie.

Er erkennt die besorgten Menschen, die an seinem Lager Wache halten. Unter ihnen Mutter und Bruder Carl. Seine aufgesprungenen, staubtrockenen Lippen bringen die Worte hervor: »*Jetzt legen wir uns nieder, um nicht wieder aufzustehen.*«

Kurz darauf tat Vize-Admiral Wilhelm von Tegetthoff seinen letzten, tiefen Atemzug. Der Sieger von Lissa hauchte sein Leben für immer aus. Nur vier Jahre nach seinem großen Triumph, am 7. April 1871, einem Karfreitag um etwa sieben Uhr morgens.

Die Brüder des hingeschiedenen Admirals, Oberst Carl von Tegetthoff und der Mathematikprofessor an der Marineakademie, Bernhard von Tegetthoff, ordneten den Nachlass Wilhelms. Der Seeheld von Lissa hinterließ gerade einmal 267 Gulden in bar. Aus allen Teilen der Monarchie strömten Armee- und Marineoffiziere in die Schenkenstraße, um ihrem Idol die letzte Ehre zu erweisen. Die Wohnung war vollkommen überfüllt, denn keiner wollte nach Hause gehen. Jeder der Angereisten hielt still in sich gekehrt für den verehrten Kameraden Wache. Geredet wurde höchstens im Flüsterton. So taten auch ich und Baron Sterneck. Immer wussten wir uns etwas zu erzählen, doch beim Anblick des toten Admirals war unser Herz und Hirn wie leer gefegt. Am Sterbebett stehend, ins gelblich-wächserne Gesicht des Leichnams blickend, wollten mir leise die Knie einknicken. Sterneck wurde meiner Schwäche sofort gewahr, und stützte mich, indem er mich am Arm packte. Dabei hätte er selbst Hilfe gebraucht. Es war noch nicht lange her, da musste ich den gemeuchelten Leichnam meines Mentors, Kaiser Maximilian betrachten. Fassungslos war ich damals gewesen. Nicht nur deshalb, weil er tot war, besonders die Umstände seines Todes erschütterten mich. Dass es jemand fertigbrachte, auf diesen Menschenfreund zu schießen, ihn zu ermorden, wollte mir nicht so ohne Weiteres eingehen. Zuvor noch hatte ich meinen Freund und Lebensretter Franz Petrovic verloren und jetzt stand ich vor der Leiche des besten Freundes von Maximilian. Ich schämte mich meiner Tränen nicht, die in Bächen über meine Wangen flossen. Baron Sterneck erging es ebenso. Wir boten uns gegenseitig Taschentücher an. Die Eisen-, Blut- und Feuergewitter der geschlagenen Seegefechte konnten dem Admiral nichts anhaben. »An einer Lungenentzündung musste er sterben«, beklagte ich mich bei Sterneck.

Doch Sterneck verbesserte mich. »Er starb nicht ursächlich an der Lungenentzündung, sie war nur mehr das auslösende Moment. Unser Kriegskamerad starb an seiner Verbitterung über die politischen Zustände in Österreich-Ungarn und an seiner chronischen Einsamkeit.«

Es tröstete mich zwar nicht, aber Baron Sterneck hatte recht. So eng und lange ich auch mit Vize-Admiral Wilhelm von Tegetthoff zusammengearbeitet hatte, sein Herz hatte er mir niemals geöffnet. Auch Contre-Admiral von Sterneck errang nur die innige Freundschaft Wilhelms. Sein Herz gehörte der Marine, Österreich, und Emma von Lutteroth, ohne Wertigkeit in der Reihenfolge.

−22−

Pola, Marinesternwarte

1871

Admiral Tegetthoff hatte seine letzte Ruhe auf dem Matzleinsdorfer Friedhof in Wien gefunden. Ermattet vom Ereignis, den Zeremonien, den folgenden gesellschaftlichen Anlässen, nahmen wir unsere Tätigkeit in Pola wieder auf. Wir arbeiteten im Geiste Tegetthoffs weiter. Unermüdlich, wie es uns unser unvergesslicher Chef immerzu vorgelebt hatte.

Die Zeitungen überschlugen sich förmlich in ihren Nachrufen. »Da, sieh dir an, was die Zeitungsschmierer über unseren Freund schreiben!«, rief Sterneck erbost aus und schleuderte mir die ausgeschnittenen Artikel auf meinen Schreibtisch. »Nach Helgoland haben sie den Erfolg Tegetthoffs heruntergemacht, ihn gar einen Verlierer genannt! Nach Lissa lamentierten sie, dass sich unsere Flotte gerade mal nicht mit Schmach bekleckert hatte! Jetzt wissen sie gegenseitig nicht, wie sie die vielen huldvollen Worte des Konkurrenzblattes überbieten sollen.«

»Bei uns muss man sterben, Herr Baron«, entgegnete ich, »damit man nachhaltig geehrt wird, einem Lebenden gönnt man den Erfolg und die Anerkennung niemals.«

Sterneck tobte. »Sie schreiben von der ›Zierde Österreichs‹, von der ›hohen Kraft‹, von der ›Hoffnung für die Zukunft‹, von ›großer Persönlichkeit, hehrem Sieger, genialem Führer und Visionär, unerschütterlichem Patrioten‹ – ich wollte sie alle in den Arsch treten, diese kurzsichtigen, verlogenen Tintenspritzer!«

»Wir sollten lieber die Minister, die Abgeordneten aus dem Herrenhaus und dem Parlament prügeln, Herr Admiral. Unser Kaiser«, versuchte ich Sterneck zu beruhigen, »ist einer der wenigen ehrlichen, aus seinen Zeilen spricht wirkliche Trauer und tief empfundener, persönlicher Schmerz. Die beiden haben sich gegenseitig sehr verehrt. Halten wir uns an den Kaiser, wie Tegetthoff es zeitlebens getan hat, und vergessen wir alles und jeden anderen rund um uns!«

Stumm betrachteten wir beide den schon mehrmals gelesenen Flottenbefehl unseres Monarchen und obersten Kriegsherren:

»Ich habe in dem Dahingeschiedenen Vice-Admiral Wilhelm von Tegetthoff einen treu ergebenen, hingebungsvollen Diener, der Staat einen seiner ausgezeichnetsten Männer, die Marine in ihm den Helden verloren, der sie zu Sieg und Ruhm geführt, dessen Name für immer unzertrennlich bleibt von den glänzenden Momenten ihres Wirkens, dessen Waffenthaten den herrlichsten Blättern der Kriegsgeschichte angehören.

Mit Mir wird die Kriegsmarine ihrem hingeschiedenen Commandanten eine unvergänglich dankbare Erinnerung bewahren und das Andenken an ihn stets zu ehren wissen.«

S.M. Kaiser Franz Josef I.
Meran, am 7. April 1871

»Der Kaiser prügelt mit Seinem Allerhöchsten Schreiben all jene, die Tegetthoff zeitlebens mit ihrer Ignoranz und Unwissenheit peinigten.« Zerknirscht stimmte mir mein Vorgesetzter zu und ergänzte: »Jetzt peinigen sie uns, beraubt vom Schutze Tegetthoffs, noch ärger.«

Tegetthoff würde noch leben, dachte ich, wäre er verheiratet gewesen, hätte er eine liebende Frau an seiner Seite gewusst. Immer eingespannt in den Dienst des unermüdlichen Admirals war auch mir keine Zeit geblieben, mich um eine Frau umzusehen. Die Jahre auf See, das unstete Leben eines Marineangehörigen hatten ihr Übriges getan, um mich im Stande eines Junggesellen bleiben zu lassen. So richtig bewusst wurde mir meine Einsamkeit erst, als ich meine Arbeit mit Baron Sterneck begann. Aufgenommen als Freund in seine hinreißende Familie, entdeckte ich schmerzlich, was ich bisher versäumte. Zweiunddreißig Jahre zählte ich mittlerweile. Immer häufiger dachte ich an meine einzige Liebe im Leben, Riccarda. Sicher hatte sie mich vergessen, hatte einen netten Mann gefunden und geheiratet, Kinder bekommen und führte ein glückliches Leben. Bloß wo? Wenn ich sie plötzlich zu suchen begänne? Was wäre, wenn wir einander begegneten, nach fünfzehn Jahren? Keinesfalls dürfte ich das riskieren. Ich war vergessen und hatte in ihrem Leben nichts mehr verloren. Was sollte ich denn ihrem Ehemann erzählen, wer ich im Leben Riccardas war oder bin? Eine unvorstellbare Situation. Ich beschloss, nicht mehr daran zu denken. Nach wie vor im Umgang mit Frauen unbeholfen, ich hatte ja nie wirklich Gelegenheit es zu üben, machte ich mir keine großen Hoffnungen, eine Frau fürs Leben zu finden. Dabei war ich jetzt ans Festland gebunden, und somit sesshaft. *Sie* müsste *mich* finden! Einen Versehrten wünscht sich eine Frau auch nicht gerade zum Mann. Mein Holzbein verhinderte hartnäckig eine Kommandierung auf ein Schiff. Ein eigenes Kommando wäre mein Traum gewesen. War der Traum eines jeden ehemaligen Zöglings der Marineakademie. Aussichtslos. Auch mit diesem Umstand begann ich mich abzufinden. In den Diensten von Baron Sterneck war mir ebenfalls die Erreichung jedes Dienstgrades in der

Marine möglich. Auch ohne eigenes Kommando. An einen Admiralsrang dachte ich freilich nicht, so realistisch blieb ich jederzeit. Es machte mir Spaß, von Anfang an bei der Organisation der Polarexpedition mitarbeiten zu können. Dass eine persönliche Teilnahme an diesem großen Vorhaben von vorneherein nicht zur Debatte stand, bereitete mir keinen Verdruss. Dabei ging ich mit meiner Beinprothese, als wäre ich damit geboren worden. Vater verbesserte seine Produkte laufend und ich war natürlich immer der erste Testpatient. Das Geschäft mit Arm- und Beinprothesen florierte. Seit 1866 hatte Österreich-Ungarn keinen Krieg mehr gehabt, von kleineren militärischen Aktionen innerhalb der Monarchie abgesehen. Trotzdem wurden immer neue Prothesen benötigt. Zum Unterschied von einem »originalen Körperteil« erneuerte sich der künstliche nicht von selbst. Vielmehr, er nützte sich durch den täglichen Gebrauch ab und musste von Zeit zu Zeit gewartet oder gänzlich ersetzt werden. Sehr zur Freude meines Herrn Vaters. Seine Werkstätte zählte mittlerweile mehr Mitarbeiter, als zu Zeiten des Holzschiffbaues. Ganz waren seine Aktivitäten für die Schiffe der k. k. Marine nicht eingeschlafen. Am Bau des Schiffes für die Polarexpedition, der »Admiral Tegetthoff«, war Vater beteiligt. Meine Position und meine Kontakte waren bei der Auftragsvergabe durchaus hilfreich gewesen. Als Marineoffizier verdiente ich gerade so viel, wie man zu einem überaus einfachen, sparsamen Leben benötigte. Große Sprünge waren da keinesfalls drinnen. Dank Vaters Erfolg mit seinem Betrieb konnte er mich entsprechend sponsern. Es ging mir demnach finanziell nicht schlecht. Eine Familie zu gründen läge durchaus im Bereich des Möglichen. Anders als bei Tegetthoff, hatte ich bei Baron Sterneck durchaus auch Freizeit. Ein anfangs ungewohnter Umstand, doch ich lernte schnell, mit meiner neuen Freiheit umzugehen. Ich begann damit, meine Jugendjahre, verbracht in Pola, zu erwandern. Mit schlafwandlerischer Sicherheit führten mich meine Streifzüge durch die malerischen Gassen von Pola bis ans Elternhaus von Riccarda. Obwohl ich mir vorgenommen hatte, das zu unterlassen. Verträumt sah ich an der Fassade des Hauses hoch, bis zu den Fenstern, hinter denen Riccarda ihre Wohnräume hatte. Bei ihrem Schlafzimmerfenster verharrten meine Augen länger und ein erregender Film lief in meinem Gehirn ab. An der Stelle, an der wir beide von ihrem Vater überrascht worden waren, zuckte ich erschrocken zusammen. Ende des Films. Ich glaubte, hinter den Fenstern Gestalten, beziehungsweise deren Schatten vorbeihuschen zu sehen. Instinktiv machte ich ein paar Schritte rückwärts. Mit der Polizei abgeführt worden zu sein, saß mir heute noch tief in den Knochen. Zu diesem Haus hatte ich ein stark ambivalentes Verhältnis. Es waren auf alle Fälle lauter intensive Erfahrungen, die mich mit dieser Adresse verbanden. Ich wandte mich ab und schlug den Weg Richtung Triumphbogen ein. Vorbei am Wohnhaus meines ehemaligen Englischlehrers James Joyce, schlenderte ich zielstrebig in ein von uns damals gerne besuchtes Café. Der Schanigarten war aufgrund des herrschenden Kaiserwetters eröffnet. An einem Tisch in der zweiten Reihe ließ ich mich in einen Sessel fallen, schlug die Beine übereinander, hielt das Gesicht in die Sonne und träumte. Der Ober musste mich zweimal fragen, bis ich endlich reagierte, um meine Bestellung aufzunehmen. Er war trotzdem ausnehmend höflich zu mir. Was für ein Unterschied gegenüber den Zöglingsjahren. Heute saß ich hier in meiner goldbetressten Linienschiffs-Leutnant-Uniform, lässig auf meinen Säbel gestützt, versehen mit dem goldenen Portepee. Das flößte Respekt ein. Ich bestellte mir eine Zeitung und ein Bier. Eine Weile las ich lustlos im dargereichten Blatt, denn meine Gedanken durchforsteten die Vergangenheit. Daher bemerkte ich auch nicht gleich, dass ein Schatten auf die Zeilen gefallen war und blickte mit einiger Verzögerung verdutzt auf. Ein Mann, etwa in meinem Alter, stand vor mir und hatte mir die Sonne genommen. »Bitte schön, wie kann ich Ihnen dienen«, eröffnete ich das Gespräch.

»Gestatten Sie, dass ich mich vorstelle, ich bin Joseph Czernowitz. Sind Sie Herr Stephan Federspiel?«, wollte der gut gekleidete Herr von mir wissen. Ich hatte mir nichts zuschulden kommen lassen, Duell war also nicht zu erwarten. Warum sollte ich nicht wahrheitsgemäß antworten, dachte ich bei mir. Ich erhob mich also. »Ja, mein Herr, ich bin Stephan Federspiel.«

Sofort hellte sich das Gesicht des Mannes auf. »Wir kennen uns von früher, als ihr als Marinezöglinge die Stadt unsicher gemacht habt!«

»Hatte ich doch ein Duell zu befürchten?«, amüsierte ich mich innerlich.

»Sie können sich nicht an mich erinnern, denn ihr hattet damals nur Augen für Mädchen!«

»Ja«, lachte ich, »Sie haben ganz recht, ich kann mich in der Tat nicht an Sie erinnern. Ich bitte um Vergebung!«

»Kommen Sie, Herr Federspiel, ich stelle Sie meiner Frau vor. Sie hat Sie erkannt und wollte wissen, ob Sie es wirklich sind. Ein paar Tische weiter saß eine sehr elegant gekleidete, ausgesprochen attraktive Dame. Sie trug einen leichten Sommerhut, der ihre Schönheit noch betonte. »Schatz, du hattest recht, es ist Stephan Federspiel!«

Ich salutierte vor der Dame höflich und nahm die zum Kuss gereichte Hand. Als ich aufblickte, sah ich in zwei mir wohlbekannte Augen. »Stephan, was für eine Freude, du hast dich kaum verändert. Ich habe dich schon von Weitem erkannt.«

Ihr Ehemann drückte mich Staunenden in den Sessel. »Kommen Sie, setzen Sie sich zu uns.«

Ich setzte mich, hielt noch immer die Hand der Dame in der meinen, was mir schlagartig bewusst wurde und gab sie augenblicklich wieder frei.

»Was ist, Stephan, hat es dir die Sprache verschlagen?«

»Ja, Gabriella, ich bin sprachlos!«

Sie blickte anerkennend auf meine Brust. »Helgoland und Lissa«, bemerkte ich lapidar. »Wo hast du mich erkannt, Gabriella?«

»Ich war mir zuerst nicht sicher, als ich einen Offizier vor dem Haus von Riccarda stehen sah. Als dieser Offizier das Haus ungewöhnlich lange betrachtete, bat ich meinen Mann, ihm gemeinsam zu folgen. Und als du in unserem Café Platz genommen hattest, genau an dem Platz, an dem du immer mit Riccarda und uns anderen saßest, war ich mir dann ziemlich sicher.«

»So, tatsächlich, hier saßen wir immer?«

»Ja, in der Mitte, zweite Reihe.«

»Das war mir nicht mehr in Erinnerung, meine Wahl muss ich zufällig getroffen haben.«

»Du bist auf der Suche nach Riccarda?«

»Ich bin auf der Suche nach meiner Jugend.«

»Schwindler!«

Ertappt blickte ich zu Boden.

»Schwindeln ist nie deines gewesen. Dir hat man alles schon von der Entfernung an der Nasenspitze angesehen. Du bist noch immer so verlegen und schüchtern wie damals. Ich nehme an, du bist unverheiratet.«

»Das war nicht schwer zu erraten, Gabriella, ich trage ja keinen Ring, außerdem ist mein Beruf ziemlich familienfeindlich.«

»Lebensfeindlich«, würde ich sagen.

»Ja, das auch.« Ich getraute mich nicht recht nach Riccarda zu fragen. Ich rang mich zu einem vorsichtigen Vorstoß durch. »Du kennst die Geschichte mit mir und Riccarda?«

»Ja, Stephan, das war damals Stadtgespräch. Wie ist es dir ergangen, als dich die Polizei verhaftete und in die Akademie zurückbrachte?«

Ich verdrehte die Augen und sagte nur: »Furchtbar, die seelischen und körperlichen Narben habe ich noch heute!«

Gabriella nickte betroffen. »Du hast dich niemals mehr nach Riccarda erkundigt, Stephan«, warf Gabriella mir vor.

Mein ganzes schlechtes Gewissen bedrohte mich in diesem Augenblick wie ein zorniges Seeungeheuer. Ich musste den Kloß in meinem Hals erst schlucken, bevor ich antworten konnte. »Kurz nach dieser Geschichte brach der Konflikt mit Piemont-Sardinien aus und wir wurden allesamt als Kadetten zur See ausgemustert, um in den Krieg zu ziehen. Zuvor hatte ich eine, für meine Begriffe, recht lange Haftstrafe abzusitzen und außerdem Ausgangsverbot bis zum Schulende ausgefasst. Ich war kaserniert, durfte nicht mehr in die Öffentlichkeit! Erst jetzt bin ich unter Contre-Admiral Baron Sterneck wieder dauerhaft in Pola stationiert.«

»Ist ja gut, Stephan, du brauchst dich nicht zu rechtfertigen, die Situation war ja wirklich unbeschreiblich. Ich schreibe dir eine Adresse auf, wo du mehr über Riccarda erfährst, ja?«

»Ja, bitte«, strahlte ich über das ganze Gesicht. »Will sie mich denn überhaupt noch sehen?«, überkamen mich sofort Zweifel.

»Frag nicht, geh einfach dorthin! Solltest du aus irgendeinem Grunde nicht zurechtkommen, auf der Rückseite steht unsere Adresse.«

Ich nahm mir einen Zweispänner, um an die Adresse, die mir Gabriella aufgeschrieben hatte, zu gelangen. So etwas leistete ich mir aus Sparsamkeitsgründen sonst nicht. Ich fuhr zwar öfter mit einem Wagen, doch handelte es sich dann immer um von der Marine bezahlte Dienstfahrten. Mit einem Gummiradler zu fahren, war für die allermeisten Menschen ein viel zu teures Vergnügen. Für viele war die Hochzeitsfahrt die erste und die Fahrt auf den Friedhof, die letzte. Dazwischen hieß es zu Fuß gehen. Das Fahrrad wäre noch eine Alternative gewesen. Doch ich war seit gut zwanzig Jahren nicht mehr gefahren und ohnedies käme mir der Säbel dabei ständig in den Weg. Ein böser Sturz wäre ganz sicher die Folge, verheddarte er sich während der Fahrt in den Speichen.

Es gelang mir nicht, das teure Vergnügen im offenen Wagen zu genießen. Zu sehr ging mir die Begegnung mit Gabriella im Kopf herum. Gabriella Federspiel hörte sich eindeutig besser an als Czernowitz, fand ich. Was für eine hinreißende Schönheit sie doch war, in Verbindung mit ihrem liebreizenden Wesen eine nicht anders als traumhaft zu nennende Frau. Ich beneidete ihren Ehemann für sein Glück und haderte mit mir selbst. Dabei hatte ich es in der Hand gehabt. Gabriella war damals schwer verliebt in mich. Ich entschied mich für Riccarda, und verlor beide. Ich tauschte Liebe und Familienglück gegen ein paar goldene Streifen und Litzen auf meinem Rock ein.

Was würde mich an der angegebenen Adresse erwarten? Wie würde Riccarda auf mein plötzliches Erscheinen reagieren? Plötzlich stand der Wagen, er hatte angehalten. »Wir sind da, Herr Leutnant«, rief der Kutscher nach hinten.

Ich blickte mich um. »Wo soll das sein, Kutscher?«

Er deutete mit der Hand nach rechts. »Die restlichen paar Meter müssen Sie zu Fuß zurücklegen, Herr Leutnant, die Stiegen schafft mein Wagen nicht.« Dann lachte er, völlig unpassend, wie mir schien.

»Aber das ist doch eine Kirche!«

»Mit angeschlossenem Kloster, Euer Gnaden. Wenn Sie nicht vorhaben, Ihren Dienst zu quittieren und ins Kloster einzutreten, warte ich auf Sie.« Das war ein verlockender Gedanke, doch diesen Komfort wollte ich mir beim besten Willen nicht leisten. »Nein danke, warten Sie nicht. Ich weiß nicht, wie lange es dauern wird. Ein Marineoffizier ist nicht so wohlhabend wie ein Fuhrunternehmer«, neckte ich ihn.

Ich gab ihm trotzdem ein schönes Trinkgeld und machte mich den Kiesweg beschreitend, »himmelwärts« zum Kloster auf. Ein imposanter Bau. Mit Riccarda konnte das kaum etwas zu tun haben, doch ein Besuch in einer Kirche sollte nicht schaden. Man konnte seine Zeit durchaus schlechter verbringen, als in Gottes heiligen Hallen. Ich hatte dem Ewigen ohnedies vieles zu danken. Die Beichte abzulegen, wäre auch kein Fehler. Ich wusste zwar nicht recht, was ich zu beichten hätte. Was sollte ein so schüchterner Mensch, wie Gabriella mich bezeichnete, schon großartig anstellen?

Nachdem ich den Kreuzgang absolviert hatte, stand ich vor einer breiten und sehr steil nach oben führenden Steintreppe. Ich zog mein Taschentuch, lüftete die Kappe und wischte mir den Schweiß von der Stirne. Ich saß eindeutig zu viel am Schreibtisch und für eine steile Wanderung war mein Holzbein nicht so ganz geeignet. Am Ende der Stiege, über dem großen Tor blickte das Auge Gottes, von goldenen Strahlen des Heiligen Geistes umgeben, auf mich Erdenwurm herab. »Ich komme ja schon, Chef«, dachte ich bei mir, setzte die Kappe wieder auf und nahm den Aufstieg in Angriff. Meinen Säbel verwendete ich als Gehhilfe. Jetzt hatte er endlich einmal eine sinnvolle und vor allem friedliche Verwendung gefunden. Am Tor angekommen, erkannte ich, dass es sich um ein Kloster der Serviten handelte. Das beruhigte mich ungemein, denn so viel wusste ich gerade, dass die Serviten eine Männergesellschaft waren. Riccarda konnte hier unmöglich den Schleier genommen haben. Das große Tor ließ sich leicht öffnen und quietschte dabei kein bisschen in den Angeln. Gut gewartet, stellte ich fest. So ein Abt war durchaus mit einem Schiffskommandanten vergleichbar. Sicher herrschte im Kloster ein ähnliches Regiment, wie an Bord eines Kriegsschiffes Seiner Majestät.

Die angenehme Kühle der Kirche umfing mich augenblicklich. Ich nahm die Uniformkappe ab, bekreuzigte mich vor Jesus Christus und dem Ewigen. Danach verfügte ich mich zu einem Seitenaltar, in dem kein, an ein Kreuz genagelter Mensch meine Augen peinigte. Mir war zeitlebens unbegreiflich geblieben, wie man ein derart furchtbares Ereignis, eine Kreuzigung, immer und immer wieder nachstellte und öffentlich zur Schau brachte. Reichte nicht einfach ein Kreuz ohne angenagelten Christus? War Christus denn nicht von seinen Jüngern vom Kreuz genommen und beerdigt worden? War er in der Folge nicht auferstanden und zum Himmel gefahren? Offensichtlich nicht, denn in den Kirchen war er nach wie vor ans Kreuz genagelt vorzufinden. Ein offenbar schier endloses Martyrium. Anstatt ein Gebet zu sprechen, gingen mir solche Gedanken durch den Kopf. Konnte man von einem Offizier der Kriegsmarine mehr erwarten? Etwa, dass er ein frommes Gebet kannte? Vermutlich schon, doch mir wollte keines einfallen. Ich erhob mich wieder vom Betschemel des Altars und spazierte durch das Hauptschiff der Kirche. Ich genoss die totale Stille. Behutsam trat ich auf und trug meinen Säbel, dass er um Himmels willen nicht über den Steinboden der schönen Kirche schleifen konnte und dabei die herrliche Stille unweigerlich zerstören würde. Ich nahm eine Kerze aus dem dafür vorgesehenen Regal und entzündete sie. Den zu entrichtenden Obolus warf ich in den metallenen Opferstock. Die Münze kam mit lautem Scheppern auf dem Boden der Büchse auf. Ich zuckte vor Schreck regelrecht zusammen. Aus war es mit der Stille und dabei hatte ich die ganze Zeit so aufgepasst. Tja, Gebet wollte mir keines einfallen, Kerze hatte ich entzündet und bezahlt. Wusste nicht recht, was nun weiter anstellen. Außer mir schien es kein lebendes Wesen in der Kirche zu geben. In die Räumlichkeiten hinter dem Altar wollte ich nicht vordringen und rufen konnte ich auch nicht gut. Also beschloss ich, die Kirche von außen zu umrunden.

Unweigerlich gelangte ich zum gleich an die Kirche angrenzenden Friedhof. Ich durchschritt das schmiedeiserne Tor zur Nekropole. Die Distanz vom Diesseits zum Jenseits, nur ein Schritt. Wäre die Kanonenkugel, die mir mein Bein abtrennte, einen halben Meter höher geflogen, ich wäre in der Zeit, in der man einen Schritt tut, im Jenseits gewesen. Läge jetzt auf einem Friedhof wie diesem, vorausgesetzt mein zerrissener Torso wäre nicht samt der Kanonenkugel über Bord geflogen, um als Fischfutter zu dienen. Vielen meiner Kameraden war es genau so ergangen. Sehr viele von unseren Gegnern erlitten dieses Schicksal ebenfalls. In meinem, fast glücklichen Fall, diente nur mein Unterschenkel als Fischfutter. Schlimm genug, fand ich.

Marineangehörige brauchte ich auf diesem Friedhof nicht zu suchen, denn es gab einen eigenen Marinefriedhof in Pola. Trotzdem begann ich die Namen und Lebensdaten der Verstorbenen, vermerkt auf den Grabsteinen, zu lesen. Schar um Schar ging ich durch. Neben ganz einfachen Menschen lagen Ministerialbeamte, Gubernialräte, Hofräte, Generalswitwen, Oberstinhaber, Amtsvorsteher, Offiziale und Oberoffiziale, Postmeister, Postobermeister und so fort. Aufgewachsen in einer Welt der Titel, sollte das nichts Ungewöhnliches für mich sein. Doch waren meine Eltern rechtschaffene Gewerbetreibende, ohne Titel, ohne Rang. In unserer Familie war Derartiges sekundär, tertiär. Bis zu der Stunde, als ich in die Marine eingetreten war. Auf meinem Grabstein würde mein Dienstgrad stehen. Wie tröstlich, bemerkte ich zu mir selbst. *Tapfer kämpfend für*

Österreichs Glorie ... gefallen für Gott, Kaiser und Vaterland ...!
Hochdekoriert, zur großen Armee eingegangen. Das Militär Österreichs kannte im Himmel nur die große Armee. Die große Marine war nicht wirklich vorgesehen. Also würde ich als Gefallener oder Verstorbener zur großen Armee, ohne deren Angehöriger jemals gewesen zu sein, einrücken. Als Exot freilich, ohne notwendige Umgewöhnung zum Diesseits. Ich hoffte inständig, dass Gott sich an die irdische Ordnung nicht halten würde und mich als einfachen und reuigen Sünder, versehen mit all seiner Gnade, in seinen Refugien aufnähme.

Wie angewurzelt stand ich plötzlich vor einem sehr schlichten Grab. Nur ein schmiedeeisernes Kreuz mit einem Namensschild darauf montiert, kennzeichnete es. Riccarda Federspiel, stand auf dem Schild. Noch nie im Leben hatte ich jemanden mit meinem Familiennamen, von Vater und Mutter abgesehen, getroffen. Mein Familienname gekoppelt mit dem Vornamen meiner Freundin von einst. Ungeheuerlich. Unbedingt musste ich meine Eltern fragen, ob ihnen eine Verwandte mit dem Namen Riccarda bekannt war. Triest und Pola waren ja nicht allzu weit voneinander entfernt.

Riccarda Federspiel

Geboren am 19. 2. 1839
Gestorben am 27. 3. 1858

R. I. P

Das Mädchen war nur 19 Jahre alt geworden, errechnete ich erstaunt. Was mag schuld an ihrem frühen Tod gewesen sein? So ein einfaches Grab, ganz ohne Schmuck und ohne Grabstein. Während ich so grübelte, wurde ich der

Anwesenheit eines Menschen gewahr. Ich wandte mich um und blickte in das Gesicht eines Geistlichen.

»Gott zum Gruß, mein Sohn!«

Ich salutierte.

»Es ist selten, hier einen Marineoffizier anzutreffen! Wenn ich Ihnen helfen kann, Sie einen Wunsch haben, so lassen Sie es mich bitte wissen. Ich bin der Prior des Klosters, Pater Johannes.«

Erneut nahm ich Haltung an, vor dem Vorsteher und hohen Geistlichen. Augenblicklich erinnerte ich mich an meinen Wunsch zu beichten. »Pater Prior, ich war jahrelang auf See, bin durch zwei Kriege gegangen, ich war sehr lange nicht mehr bei der Beichte.«

»Dann wird es Zeit, mein Sohn. Wollen Sie bei mir die Beichte ablegen?« »Ja, Vater, Sie müssen mir dabei allerdings helfen, ich war seit meiner Erstkommunion nicht mehr beichten. Das ist einige Zeit her.«

»Das macht nichts, mein Sohn, Gott denkt in für uns undenkbar großen Zeiträumen. Für Ihn war es nicht einmal der Bruchteil einer Sekunde.«

»Da bin ich ja beruhigt, Pater Prior.«

»Also bitte, kommen Sie mit.«

»Jawohl, Pater Prior.«

Amüsiert nahm mich Pater Johannes am Arm und führte mich in die Kirche. »Sie müssen keine Haltung vor mir annehmen und ein Jawohl ist auch nicht vonnöten. Ich bin ein einfacher Diener Gottes. Wir beugen unser Knie nur vor dem Papst und dem Ewigen.«

»Vor dem Kaiser nicht?«, fragte ich.

»Nein, vor dem Kaiser beugen wir unser Knie nicht, das hat S. M. Kaiser Josef II. abgeschafft.«

»Ja, richtig«, bestätigte ich. Ich griff nach meinem Signum Laudis, in welches das Antlitz dieses unvergessenen Kaisers geprägt war. »Sind Sie auf Josef II. wegen der Kir-

chenreformen und der Klosteraufhebungen nicht böse?«
»Das ist nur eine Facette dieses unvergleichlichen Herrschers, wir wollen nicht darauf herumreiten. Wenn er in dieser Angelegenheit etwas falsch gemacht hat, Gott hat es ihm verziehen. Ergo dessen haben wir kein Recht, ihm etwas vorzuhalten.«

Ich strahlte Pater Johannes an.

»Sie sind offensichtlich ein Freund von Josef!«

»Ja, Pater Prior.«

»Gut so, ich muss also nichts Furchtbares in Ihrer Beichte erwarten.«

»Ich denke nicht, Pater Prior.« Ich zwängte mich in den schmalen Beichtstuhl, der mir noch sehr viel enger vorkam, als in meiner Kindheit. Klar, war ich doch seither um einiges gewachsen. Dazu kam der sperrige Säbel, der einen immer und überall behinderte. Durch das Holzgeflecht sah ich das freundliche Gesicht des Priors.

»So, mein Sohn, öffne mir und dem Allerhöchsten dein Herz.«

Anstatt einer Beichte, ich wusste ja tatsächlich nichts Wesentliches zu erzählen, bat ich den Pater, mit mir gemeinsam ein paar wichtigen Freunden von mir zu gedenken. Ich erzählte von meinem Mentor, Kaiser Maximilian, von Leutnant Franz Petrovic, von Vize-Admiral Wilhelm von Tegetthoff.

Staunend hörte mir der Priester zu.

»Ich bitte Sie, Pater Johannes, helfen Sie mir, für meine verblichenen Freunde zu beten. Ich brauche Gewissheit, dass sie in der Ewigkeit gut aufgehoben sind!«

»Falte die Hände, mein Sohn! Herr, in Deinem Haus, hat sich ein Mensch eingefunden, der selten vorbeikommt. In seinem Herzen hast Du aber Wohnung. Er sorgt sich um seine verstorbenen Freunde. Darunter ein von Dir Gesalbter, ein Kaiser! Wir bitten Dich um Gnade für Kaiser Maximilian von Mexiko. In Queretaro, dem Ort seines Todes, hat er bereits seinen Peinigern vergeben. So bitte, vergib auch Du Herr, seinen Peinigern, allen voran, Benito Juarez. Nichts soll zwischen ihnen stehen.

Ein weiterer Freund, ein Krieger, Leutnant Franz Petrovic. Auch ein Krieger kann ein guter Mensch sein. Solange es ihm möglich war, sorgte er sich um seinen Schützling, der heute hier bei mir sitzt. Gedenke seiner unsterblichen Seele, Herr.

Noch ein Krieger, Herr, Admiral Wilhelm von Tegetthoff. Ein aus unserer Sicht gesehen, untadeliger Mensch. Trotzdem benötigt er Deine Gnade, Herr. Wir bitten Dich darum. Deine Engel bitte ich, einen von tiefstem Herzen kommenden Gruß von ...«, der Pater stockte in seinem Gespräch mit Gott und sah mich fragend an,

»Stephan Federspiel, Hochwürden«, antwortete ich,

»... von Stephan Federspiel, an die Angerufenen zu überbringen. Amen!« »Amen!«, wiederholte ich. Ich sah in die weitaufgerissenen Augen des Priesters. Er hatte vollständig die Kontenance verloren.

»Wie bitte, heißen Sie?«

»Stephan Federspiel, Pater Prior!«

»Gibt es nicht noch etwas, das Sie auf dem Herzen haben?«

»Doch, Hochwürden. Vor vielen Jahren hatte ich eine Freundin, Riccarda hieß sie ...!«

Atemlos hörte sich Pater Johannes meine Erzählung an, ohne mich ein einziges Mal zu unterbrechen. Als ich geendet hatte, bat er mich den Beichtstuhl zu verlassen. Er tat dasselbe. Er nahm mich wortlos am Arm, wie vorhin am Friedhof und zog mich mit sanfter Gewalt zum Altar. Durch die Fenster der Kirche leuchtete die Sonne und es war an diesem Ort viel heller, als an jedem anderen Ort in der Kirche. Er sah mich prüfend an. Zuerst prüfte er mein

Profil, dann meine Front. »Stephan Federspiel«, flüsterte er bei meiner Betrachtung, immer wieder. Eine Klosterschwester, die gerade die Blumen am Altar mit Wasser versorgen wollte, wurde vom Prior angesprochen. Er ging mit ihr ein paar Schritte vom Altar weg, flüsterte ihr etwas zu. Die Schwester entfernte sich daraufhin eiligen Schrittes. »Herr Federspiel«, sagt er, wieder an mich gewandt, »ich habe Sie am Grab einer Riccarda Federspiel stehend vorgefunden. Kennen Sie die Verstorbene?«

»Nein, Hochwürden, ich kenne eine Frau dieses Namens nicht. Ich kenne freilich eine Riccarda, aber meines Wissens keine in meiner Familie. Federspiel ist ja kein sehr häufiger Name. Habe mir vorgenommen, meine Eltern diesbezüglich zu befragen! Was ist denn, Pater Prior, Sie sehen so beunruhigt aus?«

»Es ist nichts, mein Sohn, ich möchte Ihnen jemanden vorstellen, er kommt gleich.« Durch das Hauptportal der Kirche sah ich einen Ordensmann eintreten. Das Gegenlicht blendete mich und ich konnte nur wenig von ihm erkennen. Gemessenen Schrittes kam er näher. Als er bei uns angekommen war, senkte er sein Haupt vor dem Prior und grüßte mich mit einem Kopfnicken.

»Danke, Stephan, dass du so schnell gekommen bist. Ich will dir, einen für dich wichtigen Menschen vorstellen. Der neben mir stehende Marineoffizier ist dein Vater, Stephan!«

Größer konnte meine Erschütterung nicht sein. Keine Granate in den durchlebten Gefechten schlug stärker ein, als die Worte des Priors. In der Physiognomie des jungen Mannes, der vor mir stand, fand ich mich augenblicklich wieder. Riccardas Gesichtszüge entdeckte ich ebenso. Meine Lippen begannen zu zittern und die einschießenden Tränen raubten mir die Sicht. Ich streckte meine zitternde Hand nach dem

Jungen, meinem Jungen aus. Augenblicklich fielen wir uns in die Arme. Beide weinten wir bitterlich. Ich hatte einen Sohn, mein Sohn hatte einen Vater. Die Mutter lag draußen auf dem Friedhof. Den Prior vollständig vergessend, liefen wir beide hinaus zum Grab von Riccarda. Dort fielen wir auf die Knie und heulten wie zwei kleine Kinder.

In der Sakristei der Kirche servierte uns Pater Johannes ein Glas Wein. Zur Beruhigung. »Wissen Sie, Herr Federspiel, Riccarda war damals hochschwanger zu uns gekommen. Sie erzählte uns von Ihnen und von der schlimmen Situation, in der sie steckte. Mit ihren Eltern in allerschwerstem Konflikt stehend, hatte sie sich zu uns geflüchtet. Kurz nach der Entbindung erlag sie dem Kindbett. Als wir sie aufnahmen, war sie körperlich schon sehr geschwächt und vor allem psychisch angeschlagen. Es war ihr Wille, dass ihr Sohn nach Ihnen benannt wird und sie nicht mit Ihrem Mädchennamen, sondern mit Ihrem Namen beerdigt wird. Wir haben ihr alle diese Wünsche erfüllt. Sie wäre gerne Ihre Ehefrau geworden!«

Da ich damals von der zivilen Außenwelt vollständig abgeschnitten worden war, konnte ich von alledem nichts mitkriegen. Trotzdem kam ich mir schäbig und schuldig vor.

»Riccardas Eltern wollten von ihrem Enkelkind nichts wissen, so blieb nichts anderes, als Stephan bei uns aufwachsen zu lassen. Auf diese Weise ist Stephan praktisch von Geburt an Ordensmitglied. Er möchte die Weihen empfangen und die Gelübde ablegen und wird bald Frater sein! Sie haben doch hoffentlich nichts dagegen, Herr Federspiel?«

»Ich, etwas dagegen haben?«, fragte ich ungläubig. »Ich glaube nicht, dass ich ein Recht hätte, gegen irgendetwas zu sein, meinen Sohn betreffend und außerdem ist es doch für eine Familie eine große Ehre, einen Geistlichen in ihren Reihen zu haben!«

Stephan strahlte.

»Stephan, es gibt Großeltern, die freuen sich unendlich auf dich. Meine Eltern leben in Triest. Wenn es uns Pater Prior erlaubt, besuchen wir sie.« »Erlaubnis erteilt, meine Herren«, rief der Prior und hielt dabei unsere Hände.

»Pater Johannes, Sie haben vergessen, mir die Absolution zu erteilen«, erinnerte ich.

»Absolution erteilt, mein Sohn«, und Pater Johannes schlug das Kreuzzeichen über uns beide.

Mit einem Schlag hatte mein Leben nicht nur eine entscheidende Wendung genommen, es hatte auch deutlich an Farbe und Freude gewonnen. Gegenseitig wollten wir alles voneinander wissen. Die Bahnfahrt nach Triest war viel zu kurz gewesen, um sich alles zu berichten. Auch gaben wir ein interessantes Bild ab. Offizier und angehender Priester. Als uns andere Reisende gleich als Vater und Sohn identifizierten, stieg mein Stolz ins Unermessliche. Meine Eltern hatte ich gänzlich unvorbereitet gelassen. Ich wollte ganz einfach mit meinem Sohn nach Hause kommen, so als wäre das immer schon so gewesen. Schocktherapie! Stephan war mächtig aufgeregt. Ich nicht weniger. Als wir dann plötzlich beide in der Küche standen, Mutter das Mittagessen zubereitend vorfanden, sahen wir in zwei erstaunte Augen. Mutter blickte uns an und schien zu verstehen. Sie drehte sich um und verließ uns wortlos. Ratlos standen wir wie angewurzelt in der Küche. Da kam sie plötzlich wieder, Vater im Schlepptau. Sie hatte ihm keine Zeit gelassen, sich vorzubereiten, er hatte sogar noch den Hobel in der Hand und sein Arbeitsgewand war voller Holzspäne.

Ich räusperte mich. »Ich darf euch Stephan, meinen Sohn, euren Enkel vorstellen.«

Wie es meinen beiden Eltern jetzt ging, hatte ich erst vor

Kurzem selbst erlebt, als Pater Johannes dieses Spiel mit mir gespielt hatte.

Zum ersten Mal im Leben erfuhr Stephan, was es bedeutete, eine richtige Familie zu haben. Nicht, dass er es im Kloster irgendwie schlecht gehabt hätte, keineswegs. Eine leibliche Familie jedoch, konnten die Brüder bei noch so liebevoller Zuwendung, nicht ersetzen. Als Stephan erzählte, dass er dem geistlichen Stand treu bleiben und Priester werden möchte, bemerkte sein Großvater nur: »Ich bin zwar kein großer Freund von Uniformen, aber deine, lieber Enkel, ist mir wesentlich sympathischer! Einen begeisterten Militärliebhaber hat mein Sohn aus mir nicht machen können, vielleicht gelingt es meinem Enkel, aus mir einen fleißigen Kirchgänger werden zu lassen. Die Chancen dazu stehen jedenfalls wesentlich günstiger. Komm, mein Sohn, wir lassen die frischgebackene Großmutter bei ihrem Enkel, wir beide verziehen uns in die Werkstätte.« Trotz strengstem Rauchverbot, pofelten wir ein paar Offizierszigaretten und tranken aus dem Geheimfach des Vorarbeiters einen Slibo.
»Gibt es ein Bild von Riccarda?«, fragte Vater.

»Nur in meinem Kopf, tut mir leid.«

»Schade. Tragisch«, sinnierte er, »was sind das bloß für Leute? Dass du uns die ganze Geschichte verschwiegen hast, ist nicht fein von dir!«

»Ich glaube, Vater, Du hättest damals keine rechte Freude an dieser Geschichte gehabt. Verhaftung durch die Polizei und Militärhaft. Sie ist, finde ich, mit fünfzehnjähriger Verspätung leichter zu verdauen.« »Vermutlich hast du recht, es ist ja auch wirklich mittlerweile Schnee von gestern! Auf alle Fälle kümmern wir uns um ein standesgemäßes Grab für Riccarda, was meinst du?«

»Ja, das war auch mein erster Gedanke, und beim Kloster müssen wir uns erkenntlich zeigen.«

»Ich übernehme das, in unser aller Namen, in Ordnung?«

»Natürlich«, strahlte ich, »du wirst sehen, der Prior, Pater Johannes ist ein großartiger Bursche! Vater, übrigens, Stiegensteigen geht mit meiner Prothese nicht besonders gut, daran musst du noch arbeiten.«

»Pah, Stiegensteigen, als Nächstes wollt ihr Kriegsversehrten auch noch Marathon laufen, wie?«

»Na ja, wenn ich so überlege ...«

»Gib mir noch eine Zigarette und schweige!«

Teil IX

Zapfenstreich

−23−

Wien

Dezember 1897

Gemeinsam mit dem Marineoberkommandanten Vize-Admiral Baron Sterneck, war auch ich ständig aufgestiegen. Als Linienschiffs-Kapitän, vergleichbar mit einem Oberst der Landarmee, stand ich meinem Chef in vielen schwierigen Jahren treu zur Seite. Seit Tegetthoff hatte sich politisch nichts geändert. Stillstand. Baron Sterneck zeigte aber eindeutig die besseren Nerven und nahm sich die vielen Widrigkeiten nicht so sehr zu Herzen, wie unser geliebter Tegetthoff es getan hatte. Die erfolgreiche Polarexpedition war für Sterneck für viele erlebte Widrigkeiten Entschädigung, die ihm trotz seines unermüdlichen Schaffens durch die unbarmherzige Bürokratie beschert wurden. Baron Sterneck, immer das Andenken an seinen großen Freund Tegetthoff hochhaltend, verstarb in Wien, am 5. Dezember 1897. Sein Tod kam plötzlich. Für den Admiral selbst, als auch für seine Umgebung. Mit dem Tod meines hochverehrten Vorgesetzten und Freundes, reichte ich meinen Abschied von der Marine ein. Zu sehr an Wilhelm von Tegetthoff und Baron Sterneck gewöhnt, hatte ich keine Lust mehr, mich an einen neuen Kommandanten zu gewöhnen. Dazu kam, dass sich die Zeiten geändert hatten. Der neuen Führung standen die alten getreuen Diener im Wege. Ohnedies war ich siebenundfünfzig Jahre alt geworden, meine Pensionierung nur mehr eine Frage der Zeit. Das Marineoberkommando versetzte mich auf eigenen Wunsch vorerst in den Reservestand, bei Beibehaltung meiner aktiven Bezüge. Ich hängte also meine Uniform und meinen Säbel in den Kleiderschrank, mottete mein goldstrotzendes Arbeitsgewand ein und tauschte es gegen Zivilkleidung. Meine Karriere hatte mich an viele Orte geführt. Die letzten Jahre hingegen verbrachte ich fast durchgehend in der Reichshaupt- und Residenzstadt Wien. Aus dem kleinen Jungen von damals, der einst versonnen an der Mole des Schlosses Miramare saß, war ein Weitgereister, ein Weltbürger geworden.

Anfangs fiel es mir schwer, mich in die kleine Welt in Triest wieder einzugewöhnen. Ich pendelte zwischen Triest und Pola hin und her. Meinen Sohn, mittlerweile im Priesteramt, sah ich häufig. Er brannte darauf, alle meine Erlebnisse im Dienste der Kriegsmarine zu erfahren. Bruchstückartig hatte ich ihm ja schon vieles erzählt. Doch, er wollte Details von meinen Erlebnissen mit hohen und allerhöchsten Personen, denen ich im Laufe der Zeit gedient hatte und mit denen ich engen Kontakt pflegte. Eines Tages bemerkte ich in seinen Augen dieses spezielle Glitzern. Meine Erzählungen von der Ferne, von fremden Ländern, von den Abenteuern, die ich erlebt hatte, lösten Begeisterung in ihm aus. Mir gefiel das gar nicht und ich beschloss, die traurigen Ereignisse, von denen es leider jede Menge gab, in meinen Schilderungen stärker in den Vordergrund zu rücken. Das Leuchten in seinen Augen war aber nicht mehr zum Erlöschen zu bringen.

Nachfolger von Baron Sterneck wurde Vize-Admiral Baron Hermann von Spaun. Baron Spaun, ein wirklich hervorragender Marineoffizier mit weitreichenden Erfahrungen. Er war auf der »Andreas Hofer« Kommandant gewesen, in der Seeschlacht von Lissa, also ein Kriegskamerad von mir. Später wechselte er in den diplomatischen Dienst und weilte längere Zeit in den USA. In dem Moment, als Baron Spaun das Marinekommando von Baron Sterneck über-

nahm, herrschte in Europa politische Ruhe. Wirtschaft-
licher Aufschwung bremste eventuelle militärische Konflikte. Nach wie vor blieb ich am politischen Geschehen
interessiert. Zu lange war ich im Marineministerium tätig
gewesen, um mir das jemals wieder abzugewöhnen. Meiner Ansicht nach war die Ruhe trügerisch. Sah man sich
die Verträge und die Freundschaften, die zwischen den
Großmächten geschlossen wurden, genauer an, konnte
man sie nicht anders, als gegen Österreich-Ungarn und
das Deutsche Reich gerichtet sehen. Ich war ganz dringend
dieser Ansicht und etliche meiner ehemaligen Amtskollegen teilten diese mit mir. Andere wieder schalten uns. Wir
würden den Kriegsteufel an die Wand malen. Gerade ich,
der vom Krieg für alle Zeiten genug hatte, wollte dies nicht.
Die Zeichen an den Wänden waren trotzdem nicht zu übersehen. Noch immer funktionierte die eherne Klammer, der
Kaiser. Franz Josef I. hielt durch seine Autorität und seine
Persönlichkeit das Riesenreich zusammen. Die Gespens-
ter, die schon Admiral Tegetthoff sah, die Zersplitterung
des Reiches, sie trieben nach wie vor ihr zerstörerisches
Unwesen. England und Frankreich, unsere Erzfeinde ließen nichts unversucht, Österreich-Ungarn zu schwächen.
Beide Seemächte verfügten über hochmoderne Flotten. Österreich, mit seinem mickerigen Rüstungsbudget, hinkte
furchtbar hinterher. Zu Lande als auch zu Wasser. Dieser
Umstand bereitete mir als Militär große Sorge. Nach wie
vor war die Ausrichtung der k. u. k. Streitkräfte nach innen
hin gerichtet. Der Kaiser, die Kirche, die Beamten und das
Militär hielten den Vielvölkerstaat zusammen. Dass es einen Feind geben könnte, der nicht von innen, sondern von
außen kommen würde, diesem Umstand schien man keine
Bedeutung beizumessen. Unser militärischer Untergang
bei Königgrätz-Sadowa, 1866, gründete auf dieser Fehleinschätzung. Unsere Armee war auf eine Aggression von

außen einfach nicht eingestellt. Sie musste unterliegen. Es war nicht das Zündnadelgewehr alleine gewesen. Wir waren auf einen Konflikt mit einem Nachbarstaat nicht eingestellt. Unbegreiflicherweise behielten wir nach wie vor diese Politik bei, obwohl sich, auch für ungeübte Augen sichtbar, Fronten gegen uns bildeten. Gefährliche Fronten! Doppelt bedroht – von innen als auch von außen – reagierte weder unsere Politik, noch die Leitung unserer Streitkräfte. Die allermeisten Menschen in der Donaumonarchie machten sich über diese Umstände keine Gedanken. Sie waren heilfroh, dass so lange Frieden herrschte, länger als je zuvor in der Geschichte. Sie verehrten Kaiser Franz Josef I. dafür. Sie nannten ihn den Friedenskaiser. Vergessen waren Solferino und Königgrätz. Sie lebten wie Kinder in den Tag hinein und ignorierten die unmissverständliche Entwicklung. Kaiser Franz Josef sah das alles. Der längstdienende Monarch Europas kannte sich in der komplizierten Bündnispolitik bestens aus. Wie kein Zweiter wusste er, was sich abspielte. Er war DER Experte auf diesem Gebiet. Gefürchtet, geliebt und geachtet war der Kaiser, doch gehört wurde auf ihn nicht.

−24−

Peking

1900 − Neujahr

Der chinesische Kaiser, Kwang-sü und seine prowestliche Regierung bemühten sich, das Land durch möglichst weitreichende Reformen in die Neuzeit zu führen. Er kämpfte dabei gegen großen inneren Widerstand. Die »Liga für Recht und Freiheit«, hervorgegangen aus dem Geheimen Bund der »Boxer«, war sein härtester Gegner. Sie wollten exakt das Gegenteil erreichen. Mitte des Jahrhunderts gelang es den Großmächten, dem militärisch schwachen China etliche Landstriche zu entreißen. Die Vereinigten Staaten von Amerika und die Donaumonarchie hatten sich an diesen Raubzügen nicht beteiligt. Deutschland sicherte seine Interessen in China wenigstens mit einem Pachtvertrag auf 99 Jahre. Sie brachten damit eine Bucht und die Stadt Tsingtau unter ihren Einflussbereich. England, Russland, Frankreich und Japan bedienten sich schon viel unverschämter. Das schürte die Fremdenfeindlichkeit in China. Sie fand ihren Höhepunkt im Sturz des Kaisers Kwang-sü. Mit Hilfe des Generals Tung-fu-siang bestieg die Kaiserin-Witwe Tsu-shi den Thron. Die wenig disziplinierten Soldaten des Generals bedrohten alles Ausländische in ihrem Machtbereich. Botschafter und deren Angehörige wurden attackiert und stark in ihrer Freiheit eingeschränkt. Alle Protestnoten an die Kaiserin fruchteten nicht. Die S. M. S. »Zenta« und die »Kaiserin Elisabeth« lagen im Hafen von Port Arthur. Ein Matrosendetachement ging an Land und schützte österreichische Einrichtungen in Peking. Auch die anderen Staaten folgten unserem Beispiel. Daraufhin flauten die fremdenfeindlichen Übergriffe ab, doch nicht für lange. Die Kaiserin-Witwe erhielt für ihre antiwestliche Politik im ganzen Land Unterstützung.

Die Entwicklung in China war äußerst beunruhigend. Was uns aber wirklich ängstigte war der Umstand, dass sich Stephan als Militärgeistlicher zum Dienst in China gemeldet hatte. Er war von diesem Schritt durch nichts abzubringen gewesen. Ich verfluchte es, ihm mein Leben auf See so plastisch geschildert zu haben. Immer eingesperrt hinter Klostermauern, musste er ja einmal ausbrechen. Seine Sehnsucht nach der fernen Welt, die er von mir geerbt haben musste, konnte er nicht weiter unterdrücken. Tat er es jetzt nicht, war es vielleicht zu spät. In ein paar Jahren wäre er fünfzig und da tut man sich so eine Strapaze nicht mehr an. Der Boxeraufstand in China gab ihm Gelegenheit, es mir gleichzutun. Ich war zerstört.

»Jetzt weißt du wenigstens, was wir mitgemacht haben, welche Ängste wir ausstehen mussten, als du in den Krieg gezogen bist! Es wäre wirklich nicht nötig gewesen, ein weiteres Mal in diese Situation zu kommen«, räsonierte Vater.

»Stephan nimmt als Geistlicher teil, er kämpft nicht, ist unbewaffnet«, versuchte ich meine Eltern zu beruhigen.

»Aber er ist katholischer Priester und die Chinesen haben wenig für Christen übrig, schon gar nicht für deren Geistliche«, warf Mutter ein.

−25−

Triest

10. September 1900

Mit meinen mittlerweile schon sehr alten, jedoch keineswegs gebrechlichen Eltern, saß ich in der Küche beisammen. Draußen herrschte Kaiserwetter, die Sonne schien freundlich beim Fenster herein. Gemütlich rauchte ich eine Zigarette und trank ab und an vom Inhalt meines Weinglases. Desgleichen tat auch Vater und wie immer hustete er beim Einatmen des beißenden Zigarettenrauches schrecklich. Obwohl er über mein Laster immer wieder den Kopf schüttelte, probierte er es selbst doch immer wieder aus, um es daraufhin gleich wieder zu lassen. Mutter sah gedankenverloren zum Fenster hinaus. Sie dachte wohl an ihren Enkel, Stephan, meinen Sohn, der im fernen China die k. u. k. Flagge hochhielt. Mutter wusste ja, wo China liegt, Vater hingegen, viel zu bodenständig, hatte sich nicht die Mühe gemacht, auf dem Atlas nachzusehen. Es genügte ihm zu wissen, dass es unendlich weit von Triest entfernt war und die Menschen dort angeblich alle gelb sein sollen. Er war nicht einverstanden gewesen, dass sein Enkelsohn nach China abging. Doch was sollte er schon tun. Stephan hatte sich freiwillig gemeldet. Das Schlimme daran war, ich hatte echtes Verständnis für ihn. Admiral Tegetthoffs Traum war es gewesen, eine Ostasienexpedition auszurüsten und durchzuführen. Ich brannte darauf, mit ihm zu fahren. Es war uns beiden nicht vergönnt gewesen. Jetzt war mein Sohn in Asien. Es klopfte an der Türe. Ich erhob mich und öffnete.

»Herr Kapitän Federspiel?«, fragte der Briefträger.

»Zu Befehl«, antwortete ich leutselig, was den Briefträger sehr erfreute, dass ein hoher Marineoffizier ihn so ansprach.

»Ein Schreiben vom Marineoberkommando, Herr Kapitän, bitte hier den Erhalt zu bestätigen.«

Ich nahm das Schreiben an mich, bestätigte und gab dem Briefträger ein kleines Trinkgeld. Er schlug die Haken zusammen, salutierte vor mir, ich salutierte ebenfalls, was in Zivilkleidung recht eigenartig ausgesehen haben mag. Bewaffnet mit dem Schreiben des Marineoberkommandos setzte ich mich wieder zu meinen Eltern. Vater sah sogleich das amtliche Schreiben mit dem kaiserlichen Doppeladler versehen und war ganz aufgeregt. »Sie werden dich doch nicht einziehen, Stephan!?«

»Nein, Vater, keine Sorge, mich alten Trottel brauchen sie nicht mehr. Mich holen sie bestimmt nicht zurück, meine Zeit als aktiver Offizier ist endgültig abgelaufen! Es wird sich um meine Pensionierung handeln, ich bin einundsechzig.«

»Vielleicht haben sie in der Kommandantur Personalmangel und bitten dich zeitweilig zurück«, meinte Mutter ebenso aufgeregt wie Vater.

»Vielleicht ist es eine verspätete Auszeichnung oder gar eine nachträgliche Beförderung«, scherzte ich. »Anlässlich meiner Pensionierung wäre es durchaus möglich, dass mich der Kaiser in den Rang eines Contre-Admirals erhebt!«

Endlich brach ich das Siegel und öffnete das Schreiben. Als ich den Inhalt fertig gelesen hatte, faltete ich das Dokument ordnungsgemäß, steckte es ein und verließ, zum großen Erstaunen meiner Eltern, wortlos den Küchentisch und ging gemessenen Schrittes in meine Wohnräume. Vor meinem Kleiderschrank angekommen, entledigte ich mich meiner Zivilkleidung, nahm meine schönste Uniform heraus, faltete sorgfältig mein Halstuch, schlüpfte in die Uniformjacke und band meinen Säbel um. Vor dem Spiegel prüfte ich kritisch meine Adjustierung und rückte da und dort etwas zurecht. In dieser Adjustierung kam ich zurück zu meinen Eltern. Naturgemäß sahen sie mich mit großen Augen an. »Also doch, mein Sohn, du musst einrücken«, sagten die beiden alten Leute fast unisono.

»Ich weiß es noch nicht, ich gehe jetzt ins Kommando, dort erfahre ich mehr. Ich gebe euch Bescheid, sobald ich im Bilde bin.« Ich schenkte meinen ratlosen Eltern einen liebevollen Blick und ein freundliches Lächeln und trat ins Freie.

Zuerst zögerlich, dann immer mutiger schritt ich aus. Lustig tanzten die goldenen Bouillons auf meinen Epauletten und im Takt hielt das goldene Portepee an meinem Marinesäbel bei jedem Schritt mit. Entgegenkommende junge Offiziere machten Front vor mir, Zivilpersonen zogen den Hut, ich grüßte jedes Mal freundlich, doch mein Blick blieb unbeteiligt. Ich steuerte geradewegs auf den Schlosspark von Miramare zu. An der Wache angekommen, zeigte ich mein Signum Laudis vor, was allerdings in meinem Aufzug ohnedies nicht nötig gewesen wäre. Der Unteroffizier brüllte, meiner ansichtig geworden, ein paar Kommandos und die Wache stand stramm. Ich dankte freundlich und bat ohne weitere Meldung passieren zu dürfen. Hinter meinem Rücken hörte ich noch die Kommandos, als der Wachkommandant wegtreten ließ. Unter meinen Schuhen knirschte bei jedem Schritt der Kiesel. Wie groß die Bäume seit meinen ersten Besuchen im Park, als kleiner Junge, geworden waren, bemerkte ich. Zu schade, dass Seine Majestät, Kaiser Maximilian diese Pracht nicht mehr sehen kann. Diesen herrlichen Garten, den er erdacht und geplant hatte.

Mein Rundgang führte mich unweigerlich zur Mole, an der ich als Junge gesessen hatte. Mein Lieblingsplatz, von dem aus ich auf das weite Meer blickte und von fernen Ländern und großen Abenteuern träumte. Auf einmal fühlte ich große Müdigkeit in mir. Ich setzte mich auf die Mauer, ohne Rücksicht auf meine Galauniform zu nehmen. Ich baumelte mit den Beinen und schlug mit den Fersen gegen die Kaimauer, sah wie damals hinaus auf das glitzernde Meer. Wie schnell war doch seit jenen Kindertagen die Zeit vergangen! Seit jenen Tagen, als ich den Erzherzog-Admiral Ferdinand Maximilian hier kennenlernte und er mir die Ausbildung an der Marineakademie ermöglichte.

Ich hatte meinen Willen bekommen und alles verloren.

Freilich saß ich in einer schmucken, goldbetressten Uniform da, hatte eine beispiellose Karriere gemacht, doch die vielen erlebten und durchlebten Schrecknisse, die Schäden an der Seele, die ich genommen hatte, konnte niemand sehen. Das viele Gold an meiner Uniform lenkte den Blick hierfür ab. Nicht einmal das kunstvolle Holzbein aus der Werkstätte meines Vaters konnte jemand sehen. Die körperlichen und seelischen Wunden bekamen plötzlich ein überdurchschnittlich großes Gewicht. Leise rollten Tränen über mein Gesicht und ich spürte, wie sich mein Körper zu verkrampfen begann. Da hörte ich völlig unerwartet, wie mein Name gerufen wurde.

»Stephan!«

Ich wandte mich in die Richtung um, aus der ich wähnte gerufen worden zu sein. Ich sah an mit Lampassen geschmückten Admiralsbeinen hoch, konnte doch das Gesicht nicht erkennen, da es in der Sonne stand. Ich blinzelte mit den Augen, erhob mich langsam und sehr mühsam. Als ich endlich stand, erkannte ich Kaiser Maximilian von Mexiko. Mir war schwindlig, bunte Lichter tanzten vor meinen Augen und in meinen Ohren rauschten die Wasserfälle von Iquacu in Brasilien. Trotzdem bemühte ich mich, sofort Haltung anzunehmen. »Euer Majestät gehorsamster Diener, Stephan, zu Befehl«, meldete ich erstickt.

Der Kaiser lächelte gutmütig und streckte mir zum Gruß die Hand entgegen. Ich ergriff sie.

»Es ist Zeit, Stephan, hole deine Flagge ein!«

»Zu Befehl, Herr Maximilian!«

Der patrouillierende Wachposten fand kurz darauf den in sich zusammengesunkenen Linienschiffs-Kapitän Stephan Federspiel auf.

Der herbeigerufene Arzt konnte nur noch den bereits eingetretenen Tod konstatieren, aller Wahrscheinlichkeit nach durch Herzversagen hervorgerufen. Beide Hände des Kapitäns waren zu Fäusten zusammengeballt. Sie konnten vorerst nicht geöffnet werden, so fest hatte sich der Sterbende im Augenblick des Todes um deren Inhalt gekrallt. Ein Stück Papier lugte aus der rechten Faust hervor. Erst als sich die Leichenstarre löste, gaben die Fäuste ihr Geheimnis preis: Es war das Schreiben des Marineoberkommandos mit der traurigen Nachricht, dass Militärkaplan Stephan Federspiel in China, tapfer und unerschrocken, in Ausübung seiner Pflichten, vor dem Feinde geblieben war. In der anderen Faust hielt der Vater das Signum Laudis verborgen.

Emblem der k.k. österreichischen Marine

Anhang

Marineakademie:

Der Ordnung halber muss gesagt werden, dass sich die Marineakademie im Jahre des Eintritts unseres Helden nicht in Fiume, sondern von 1852 bis 1857 in Triest befand. In Fiume bestand die Marineakademie von 1857 bis 1858 und in Barcola-Triest von 1858 bis 1859. Alleine diese Daten zeigen schon die chaotischen Zu- und Umstände rund um die Marineakademie. So hieß sie übrigens auch nicht immer. Anfangs, als sich diese Schule noch in Venedig befand, sie dort der spätere Vize-Admiral Wilhelm von Tegetthoff als Zögling besuchte, hieß sie »Marine-Cadetten-Collegium«.

Im April 1851 bat der damalige Direktor des Marine-Cadetten-Collegiums, Fregatten-Kapitän Alexander von Mühlwerth (Direktor von 1848 bis 1855), in einem Schreiben an das Marine Oberkommando, seine Schule zur »Marineakademie« zu erheben. Er begründete dies wie folgt:

1. um im Bewusstsein der höheren Bestimmung der Anstalt auch die richtige Bezeichnung dafür einzuführen, denn »Collegium« bedeute nur Vorlesung über einen einzelnen oder einzelne Gegenstände, während die gegenwärtige Anstalt nicht bloß die Fach- sondern auch die allgemeine Bildung der Zöglinge bezwecke; 2. um das Ansehen und dadurch das Gedeihen der Pflanzschule der Kriegs-Marine zu heben, 3. um dem Umstand Rechnung zu tragen, dass das Collegium, dessen Einrichtung bisher noch eine provisorische sei, als nahezu organisiert betrachtet werden könne; 4. um die höchste Bildungsanstalt der Monarchie für den maritimen Beruf den Militär-Akademien in Wiener Neustadt und Wien gleichzustellen.

Mit Allerhöchster Entschließung vom 14. Februar 1852 erhielt das Collegium im Zusammenhang mit organisatorischen Änderungen den Titel »k. k. Marine-Akademie«.

Der Bau der Marineakademie in Fiume wurde erst im Mai 1855, nach den Plänen und unter der Leitung des Genie-Majors V. Poradowski von Korab errichtet. Baumeister und Bauunternehmer war J. Sablich, in Fiume beheimatet. Die Grundsteinlegung wurde durch Erzherzog Ferdinand Maximilian durchgeführt. Vollendet wurde das Gebäude am 3. Oktober 1857.

Unser Held, Stephan Federspiel, besuchte zu diesem Zeitpunkt die Marineakademie in Fiume, allerdings bereits seit drei Jahren. Einem Romanschriftsteller mag erlaubt sein, sich solche »kleinen Ungenauigkeiten« zugunsten der Geschichte, die er schreibt, zu erlauben. Ich dachte mir, dass es für meine verehrten Leser langweilig wäre, die häufigen Umzüge, Veränderungen im Namen und sonstige Nebensächlichkeiten genau zu schildern und zu beschreiben. Ich denke, dass die Handlung dadurch keinen Schaden genommen hat. Daher die Richtigstellung und die historische Genauigkeit erst hier im Anhang.

Eine weitere historische Ungenauigkeit, die ich mir erlaubt habe, ist folgende: James Joyce (1882–1941) unterrichtete tatsächlich Englisch an der Marineakademie, allerdings zu einem viel späteren Zeitpunkt. Ich konnte nicht widerstehen und musste ihn in die Geschichte einbauen. Bitte um Vergebung.

Als Erzherzog Ferdinand Maximilian das Marineoberkommando 1854 übernahm, somit auch Vorgesetzter des jeweiligen Schuldirektors wurde – wie dieses Amt von 1802 bis 1859 hieß, danach Schul-Commandant genannt wurde –, änderte sich der Lehrplan erneut. Direktor Fregatten-Kapitän Alexander von Mühlwerth hatte sich von Anfang an alle Mühe gegeben, damit sich die chaotischen Verhältnisse des Collegiums bessern. Er hatte einen sorgfältig ausgearbeiteten Lehrplan entworfen und vor allem auch für geeignete deutsche Lehrtexte und Lehrkräfte gesorgt. Erzherzog Maximilian erweiterte den Unterricht, der bisher ausschließlich an Land stattfand, um den Umstand, dass die Zöglinge einen mehrmonatigen Aufenthalt auf See zu absolvieren hatten. Er erweiterte den theoretischen Unterricht somit durch die praktische Erfahrung. Besonders Nautik und Navigationskunde wurden an Bord eines Kriegsschiffes viel eindeutiger und freilich praxisnaher unterrichtet, als dies an Land jemals möglich gewesen wäre. Eine Änderung, die für die fachliche Eignung des Erzherzogs, das Oberkommando der k. k. Kriegsmarine innezuhaben, nur allzu beredtes Zeugnis gibt.

Mit dem Krieg 1859 (Piemont-Sardinien und Frankreich gegen Österreich) wurde die Marineakademie bereits wieder geschlossen. Die Zöglinge des vierten Jahrganges wurden vorzeitig zu Seekadetten ernannt und auf die Escadre aufgeteilt. In Ermangelung weiterer Seekadetten wurden die Zöglinge des dritten Jahrganges zu provisorischen Seekadetten ernannt und ebenfalls auf die Schiffe der Escadre kommandiert. Die Akademie, derart ihrer Schüler verlustig gegangen, wurde geschlossen.

Unter dem Kommando von Linienschiffs-Kapitän Anton Freiherren von Petz wurde im Jahre 1866, nach der Seeschlacht von Lissa, die Schule in Fiume erneut eröffnet. In dieser Form bestand sie dann bis zum Ausbruch des großen Krieges.

Tapferkeitszeugnis für Wilhelm von Tegetthoff zur Erreichung des Militär-Maria-Theresien-Ordens:

Tapferkeits-Zeugnis

Die k. k. Linienschiffs-, Fregatten- und Corvetten-Capitäne, die Linienschiffs-Lieutenante, Commandanden der Schiffe der kaiserlich-königlichen österreichischen Flotte, bezeugen hiemit bei Ehre und Gewissen aus freiem Antrieb, wie uns der commandierende k.k Contre-Admiral

WILHELM VON TEGETTHOFF

am 20. Juli 1866 bei der Insel Lissa gegen die übermächtige italienische Flotte geführt hat, dass wir in Ausführung und Befolg hochdessen Befehle und Signale den Feind angegriffen und beschossen haben, wodurch zu Ruhm und Ehr der k. k. österreichischen Flagge und Waffen, sowohl die Niederlage der italienischen Flotte mit namhaften Verlusten für dieselbe erfochten, als der Entsatz der hartbedrängten k. k. österr. Festung und Insel Lissa errungen wurde.

Dass dieser doppelte Sieg einzig und allein dem kühnen Muthe, der tapferen und weisen Führung unseres commandierenden Admirals beizumessen ist, bestätigen und bekräftigen wir mit unseren Unterschriften und unseren Siegeln.

Wir erachten diesemnach, dass den Anspruch auf die Bewerbung der den commandierenden Admiralen zukommenden Classe des kaiserlichen militärischen Maria Theresien-Ordens erworben habe, und bitten hochdenselben aufgrund dieses Zeugnisses jene Schritte einzuleiten, damit das hohe Ordens-Capitel diese Thaten preise und von Seiner k. k. Apostolischen Majestät unserem Allergnädigsten Kai-

ser die uns Alle höchst ehrende Allergnädigste Verleihung
baldigst erfolgen möge.

Bei der k. k. österreichischen Flotte im Canal von Fasana
am 24. Juli 1866.

Widmung des obersten Kriegsherrn, Kaiser Franz Josef I., an seinen großartigen Admiral. Am Tegetthoff Denkmal, Wiener Praterstern:

Tapfer kämpfend bei Helgoland,
Glorreich siegend bei Lissa,
Erwarb er unsterblichen Ruhm
Sich und Österreichs Seemacht!

Der Kaiser an den Escadre-Commandanten in China, Linienschiffs-Kapitän Bless von Sambucchi:

»Anlässlich der Rückkehr Meiner Schiffe ›Kaiserin Elisa-
beth‹ und ›Zenta‹ in die heimatlichen Gewässer, fühle ich
Mich mit Freude bewogen, Ihnen, den Schiffskommandanten
und den Stäben, sowie der Mannschaft Meiner Escadre in
Ostasien für die in schwierigen und ungewohnten Verhält-
nissen aufopferungsvoll und erfolgreich geleisteten Dienste,
Meinen wärmsten Dank mit dem herzlichen Wunsch nach
einer glücklichen Heimkehr auszusprechen.«

Kräfteverhältnis der aufeinandertreffenden Flotten bei der Seeschlacht bei HELGOLAND 1864:

Österreichischer Verband:

S.M.S. Schwarzenberg	2514 t,	547 Mann, 46 Kanonen
S.M.S. Radetzky	2198 t,	398 Mann, 31 Kanonen
Kanonenboot Blitz		3 Kanonen
Kanonenboot Basilisk		3 Kanonen
Radaviso Preußischer Adler		4 Kanonen

Dänischer Verband:

Fregatte Jylland	44 Kanonen
Fregatte Niels Juel	42 Kanonen
Korvette Heimdal	16 Kanonen

Kräfteverhältnis der aufeinandertreffenden Flotten bei der Seeschlacht von LISSA 1866:

Gesamtflotte:	italienische	österreichische
Zahl der Schiffe	34	27
davon Panzerschiffe	12	7
Gesamttonnage	86 022	57 344
Mannschaft	10 866	7871

Die Zahlen geben jedoch nicht das tatsächliche Kräfteverhältnis wieder. Wenn alles andere in Betracht gezogen wird, besonders das Verhältnis der Panzerschiffe und die gezogenen Hinterlader, war die Schlagkraft der italienischen Flotte mindestens dreimal stärker, als die der österreichischen.

Brief von Admiral Dahlerup an Tegetthoff nach der Seeschlacht von Lissa:

Kopenhagen, den 31. Juli 1866

Altersschwach und krank wie ich bin, muss ich jedoch dem Drang meines Herzens folgen und Ihnen, Herr Vice-Admiral, meine Freude bezeugen über den glorreichen Sieg, welchen die österreichische Escadre bei Lissa unter Ihrem Commando erfochten hat.

Reif überlegt, klar und kühn im entworfenen Plane, tapfer in der Ausführung, hat die Schlacht bei Lissa einen Glanz über die österreichische Flagge und Österreichs Kriegsmarine verbreitet, der durch lange Zeiten strahlen wird und sie, wenn auch nicht in numerischer Stärke, jedoch im Kriegsruhme mit den größten Marinen der Welt gleichstellt. Sie stehen jetzt, Herr Vice-Admiral, als der erkorene Günstling der Kriegsgöttin da und dies mit Recht, denn zweimal und in steigendem Grade haben Sie die Eigenschaften an den Tag gelegt, welche zu dieser Gunst würdig machen. Eine schöne Zukunft liegt der österreichischen Kriegsmarine offen, jeder Zweifel von ihrer Nothwendigkeit und Werth für den Staat muss von nun an verstummen.

So lange ich athme, werden meine besten Wünsche und Interessen der österreichischen Marine gehören; brachte mich doch mein Lebenspfad in nähere Berührung mit ihr, welcher ich einige der schönsten Erinnerungen meines ganzen Lebens verdanke.

Vice-Admiral Dahlerup

Brief von Erzherzog Albrecht, dem Sieger von Custozza 1866, an Tegetthoff, nach der Seeschlacht von Lissa:

Hauptquartier zu Görz am 14. August 1866

Die gestern vorgenommene Besichtigung der Euer Hochwohlgeboren unter stehenden Escadre konnte nicht verfehlen, den vortheilhaftesten Eindruck zurückzulassen, und es gereicht mir zur besonderen Befriedigung einiger Worte wohlverdienter Anerkennung an Sie, den tapferen Führer dieses grössten Theiles der österreichischen Seestreitkräfte, zu richten.

Wenige Tage nach dem heroischen Kampfe bei Lissa fand ich die Flotte, die dort einen weit überlegenen Gegner so glänzend besiegte, in einem alle Erwartungen übertreffenden Zustande vollkommenster Schlagfertigkeit.

Officiere und Mannschaft sind sichtlich vom vortrefflichsten Geiste militärischer Disciplin und echter Kameradschaft beseelt, durch das lohnende Bewusstsein treuerfüllter Pflicht gehoben und durch die vollgiltige erprobte Leistungsfähigkeit in Muth uns Selbstvertrauen gestählt.

Möge die kaiserliche Marine durch die wohlwollende Fürsorge unseres allergnädigsten Kriegsherren, durch die opferwillige Mitwirkung des dankbaren Vaterlandes in edlem Wetteifer und treuer Waffenbrüderschaft mit den Soldaten der Landarmee einer schönen Zukunft und jener raschen, mächtigen Entwicklung entgegen gehen, die nicht nur erreichbar, sondern nothwendig ist, um Österreichs Macht und Sicherheit zur See zu wahren, hochwichtige national-ökonomische Interessen der Monarchie zu schützen und zu fördern.

Ihnen aber, Herr Vice-Admiral, der Kopf und Herz am rechten Flecke die rühmlichen Kämpfe der Flotte eben so thatkräftig und umsichtig vorzubereiten, als klug und tapfer durchzuführen wusste, wird mit Recht für alle Zeiten ein ehrenvolles Blatt der Erinnerung in der Geschichte unserer hoffnungsvollen Monarchie bleiben; empfangen Sie nochmals meinen aufrichtigen Glückwunsch zu den schönen Erfolgen Ihrer braven Escadre, seien Sie meiner vollen Anerkennung und Hochachtung versichert.

Erzherzog Albrecht

Die ersten Opfer bei Lissa.

Erik af Klint †
k. u. k. Linienschiffs-
Capitän und Commandant
der Fregatte „Novara",
1866.

Robert Proch †
k. u. k. Schiffs-Fähnrich auf dem Linienschiffe „Kaiser", 1866.

Freiherr von Moll
k. u. k. Linienschiffs-Capitän
und Commandant des Panzerschiffe
„Drache", 1866.

XVII. Stück. 1864.

Wien, am 28. Mai.

Verordnungsblatt für S. M. Kriegs-Marine.

In Anerkennung besonderer Tapferkeit und
hervorragend verdienstlicher Leistungen in dem
Seegefechte bei Helgoland am 9. Mai 1864
verleihe Ich:

Die Kriegs-Decoration Meines Ordens der eisernen
Krone II. Klasse:

*Dem Flotten-Abtheilungs-Commandanten Contre-Admiral
Wilhelm von Tegetthoff.*

Die Kriegs-Decoration des Ritterkreuzes Meines Leopold-Ordens:

*Dem Commandanten der Fregatte »Radetzky« Fregatten-
Capitän Franz Jeremiasch.*

Die Kriegs-Decoration Meines Ordens der eisernen
Krone III. Classe:

*Dem Flotten-Abtheilungs-Commando-Adjutanten
Linienschiffs-Lieutnant
Heinrich Freiherrn von Waldstätten,
den Linienschiffs-Lieutnants Alphons Ritter von Henriquez,
Carl Paschen, Eugen Gaal de Gyula und dem Linienschiffs-
Fähnrich Alexander Kalmar, Allen mit Nachsicht der Taxen.*

400

Die Kriegs-Decoration des Militär-Verdienstkreuzes:
Den Linienschiffs-Lietnants Joseph Maraspia, Hamilkar Maquis Paulucci, dem Linienschiffs-Fähnrich Franz Freiherrn von Lamotte.

Die belobende Anerkennung finde Ich auszusprechen:
Den Linienschiffs-Fähnrichen Ludwig Meder, Carl Ritter Seemann von Treuenwart, Ludwig Ptak, Joseph Lehnert, Edmund Ritter von Henneberg, dem Fregatten-Fähnrich Stephan Federspiel, dann dem Oberlieutnant Heinrich Pokorny, den Unterlieutnants Richard Eckhold und Julius Hofer des Marine-Infanterie-Regiments

Die goldene Tapferkeits-Medaille:
Den See-Cadeten Gebhardt Turkovic und Richard Schönberger.

Die silberne Tapferkeits-Medaille I. Classe:
Den See-Cadeten Franz Ritter Perin von Wogenburg, Arthur Lobinger, Joseph Peichel, Franz Anton, Friedrich Pick und Leo Eberan von Eberhorst.

Die silberne Tapferkeits-Medaille II. Classe:
Den See-Cadeten Carl Seitz, Anton Heinze, Julius Schöpkes, Carl Gruber, Franz Partsch und Constantin Ritter von Görtz.

Durch unmittelbare Beförderung wurden belohnt:
Der Flotten-Abtheilungs-Commandant Linienschiffs-Capitän Wilhelm von Tegetthoff zum Contre-Admiral;

der Flotten-Abtheilungs-Commando-Adjutant Linienschiffs-Lieutnant Heinrich Freiherr von Waldstätten zum Fregatten-Capitän;

der See-Cadet Gebhard Turkovic zum Linienschiffs-
Fähnrich und der Cadet-Corporal Hugo Mayer des Marine-
Infanterie-regiments zum Unterlieutnant II. Classe im
Regimente.

Den Nachgenannten, welche vor dem Feinde geblieben
sind, erkenne Ich zu:

Die Kriegs-Dekoration des Militär Verdienstkreuzes:
Dem Hauptmann-Auditor Johann Kleinert.

Die goldene Tapferkeits-Medaille:
Dem See-Cadeten Julius Bielsky.

Die betreffenden Decorationen sind den Angehörigen
zuzusenden und zu belassen.

Das Ritterkreuz Meines Franz Josephs-Ordens:
Dem Linien-Schiffsarzt Dr. Leopold Forster, dem
Maschinen-Meister I. Classe Jens Jensen.

Das goldene Verdienstkreuz mit der Krone:
Dem Fregatten-Arzt Dr. David Fleischmann, dem
Maschinen-Meister II. Classe Johann Spetzler

Das goldene Verdienstkreuz:
Den Schiffs-Wundärzten Franz Agler und Franz
Schmidinger.

Das silberne Verdienstkreuz mit der Krone:
Dem Maschinen-Untermeister August Seibelt.

Der Ausdruck Meiner Zufriedenheit ist bekannt zu geben:

Dem Schiffs-Wundarzt Carl Neuer, den Maschinen-Untermeistern Joseph Müller. Carl Talento, Alois Menitz.

Schönbrunn, am 21. Mai 1864
Franz Joseph m. p.
(C.K. Nr. 761, vom 24. Mai 1864)

Beschreibung der historischen Personen:

Kaiser Franz Josef I. von Österreich.

Geb.: 18. August 1830 in Wien-Schönbrunn,
Gest.: 21. November 1916 in Wien-Schönbrunn.

Ab 2. Dezember 1848 Kaiser von Österreich. Mit Hilfe Schwarzenbergs ließ er die Revolution 1848 in Österreich, und mit Hilfe der Russen 1849 in Ungarn, niederwerfen.

Neoabsolutismus 1849 bis zum Zusammenbruch der kaiserlichen Alleinregierung 1860.

1859 Niederlage gegen Sardinien-Piemont und Frankreich, 1866 Niederlage gegen Preußen bei Königgrätz.

Erlitt viele persönliche Schicksalsschläge: 1867 Erschießung seines Bruders Maximilian in Mexiko, 1889 Selbstmord seines Sohnes Rudolf, 1898 Ermordung seiner Frau Elisabeth in Genf, 1914 Ermordung seines Neffen und Thronfolgers Franz Ferdinand und seiner Frau Sophie in Sarajewo. Franz Josef wurde zum Symbol der österreichisch-ungarischen Monarchie schlechthin.

Erzherzog Ferdinand Maximilian von Österreich, ab 1864 Kaiser Maximilian von Mexiko.

Geb.: 6. Juli 1832 in Wien-Schönbrunn
Gest.: 19. Juni 1867, hingerichtet auf dem Cerro de las Campanas in Queretaro

Erzherzog Ferdinand Maximilian, der nur um zwei Jahre jüngere Bruder des Kaisers Franz Josef I. stand im Schatten desselben. Maximilian war ein vielseitig begabter und interessierter Mensch, hochintelligent und voller Tatendrang. In Österreich, als Erzherzog, hatte er nur wenig Möglichkeit sich, neben seinem Bruder, entsprechend zu entfalten. Seine große Liebe galt der Seefahrt und der Flotte. Er absolvierte eine entsprechende Ausbildung, unter anderem auf seinem »Schicksalsschiff« SMS. Novara. Also ernannte ihn Kaiser Franz Josef 1854 zum Oberkommandanten der Kriegsmarine. Er übernahm die marode Flotte und führte erfolgreich zahlreiche Reformen durch. Allerdings konnte er sich der Flotte nicht uneingeschränkt widmen, da er 1857 Generalgouverneur von Lombardo-Venetien wurde. Ein Kommando, welches ihn vor unlösbare Aufgaben stellte. Der Ehrgeiz seiner Frau Charlotte und sein eigener veranlassten ihn 1864 die von Napoleon III. angebotene mexikanische Kaiserkrone annehmen. Er tat dies in der Erwartung, endlich selbstständige Gedanken verwirklichen zu können. Doch blieb er von Napoleon III., seinem sehr eigennützigen Protektor, in geistiger, materieller und militärischer Weise abhängig. Maximilian unterschätzte voll Fortschrittsoptimismus die in Mexiko seit Jahrzehnten herrschende Bürgerkriegssituation, die seinen politisch viel erfahreneren Gegenspieler Benito Juarez Garcia (1806–1872) zu unnachgiebiger Härte gestählt hatte. Schließlich unterlag Kaiser Maximilian Juarez militärisch. Er wurde gefangen gesetzt und es kam zum Prozess. 1867 wurde er hingerichtet.

Benito Juarez Garcia

Geb.: 21. März 1806 in Guelatao
Gest.: 18. Juli 1872 in Mexiko Stadt

Als Sohn von zapotekischen Eltern war er schon als dreijähriger Vollwaise und wurde fortan von Priestern erzogen. Erst mit seinem 15. Lebensjahr erlernte er Spanisch. Er studierte Jura und arbeitete als Anwalt. Politisch zog es ihn zu den Liberalen. Nach dem verlorenen Krieg 1848 gg. die USA schwang er sich als Führer der Liberalen auf. 1854 setzte er den unterlegenen General Santa Anna ab und begann mit einem radikalen Reformprogramm. Trennung von Kirche und Staat, Zivilehe, Religionsfreiheit, Aufhebung der Klöster und er setzte eine Agrarreform durch. 1858 wurde er zum Präsidenten von Mexiko gewählt. Die Agrarreform löste aber einen Bürgerkrieg aus. Die Konservativen behielten darin die Oberhand. Das Land, finanziell am Ende, konnte seine Auslandsschulden nicht bedienen. Das gab Napoleon III. den Anlass in Mexiko einzumarschieren. Mithilfe der USA vertrieb Juarez 1866 die Franzosen in schweren Kämpfen. Das war das Todesurteil von Kaiser Maximilian. Juarez kannte keine Gnade und ließ in seiner Anwesenheit den Kaiser in Queretaro exekutieren.

Benito Juarez starb 1872 an einem Herzanfall in seinem Amtssitz.

Wilhelm I. von Preußen

König von Preußen und Deutscher Kaiser
Geb.: 22. März 1797 in Berlin
Gest.: 9. März 1888 in Berlin

Zweiter Sohn Friedrich Wilhelms III., vermählte sich nach Verzicht auf seine Jugendliebe 1828 mit Augusta von Sachsen-Weimar. Wollte als Prinz von Preußen 1848 die Berliner Märzrevolution niederschlagen, musste jedoch wegen der Volksstimmung fliehen. Erhielt den Spottnamen »Kartätschenprinz«. Danach hielt er sich mehrere Monate in England auf. 1858 übernahm er anstelle seines geisteskranken Bruders die Regentschaft und schlug eine Politik der »neuen Ära« ein. Thronbesteigung 1861. Nach der Verdrängung Österreichs aus dem Deutschen Bund und der Auflösung desselben, nahm er nach langem Zögern und Zureden durch

Bismarck 1871 die Kaiserwürde an. Als Mensch war Wilhelm I. ritterlich und von schlichter Würde, er genoss auch über die deutschen Grenzen hinaus großes Ansehen. Überlebte 1878 zwei auf ihn verübte Attentate.

Napoleon III. – Kaiser der Franzosen

Geb.: 1808
Gest.: 1873

Neffe Napoleons I. Zwei Putschversuche zur Erlangung der Krone scheiterten (1836 und 1840). Im Mai 1848 wurde er in die Nationalversammlung, und im Dezember zum Präsidenten der II. Republik und 1852 vom Volk zum Kaiser gewählt. II. Kaiserreich. Seine Politik war nach innen sehr autoritär und nach außen auf Expansion ausgerichtet. Unter anderem Einmischung in den mexikanischen Bürgerkrieg. Setzte 1864 Erzherzog Maximilian von Österreich als Kaiser von Mexiko ein. Unterstützte Sardinien-Piemont 1859 gegen Österreich. Im deutsch-französischen Krieg (1870) unterlag er der deutschen Armee, wurde gefangen genommen und ging 1871 ins Exil nach England. Sturz des II. Kaiserreiches.

König Vittorio Emanuele II

Geb.: 1820
Gest.: 1878

1849–1861 König von Sardinien, 1861–1878 König von Italien.

Verstand es geschickt die richtigen Leute für sich arbeiten zu lassen. Er war kein großer Staatsmann wie Graf Cavour und kein Haudegen wie Garibaldi, aber er hatte beiden zur rechten Zeit freie Hand gelassen und sich auf seine Rolle als nationale Integrationsfigur beschränkt. Dadurch gelang es ihm, die unterschiedlichen Strömungen des »Risorgimento« zum Nutzen des Ganzen zu kanalisieren.

Wilhelm Josef von Tegetthoff
Bedeutendster Admiral der österreichischen Kriegsmarine.

Geb.: 23. Dezember 1827 in Marburg
Gest.: 7. April 1871 in Wien

Wilhelm von Tegetthoff wurde in eine sehr militärische Familie hineingeboren. Vater und Großvater dienten in der Armee und auch die Brüder Wilhelms, Leopold und Hermann trugen des Kaisers Rock. Sein jüngster Bruder, 1840 geboren, wurde Professor der Mathematik an der Marineakademie zu Fiume. Die fast unmenschliche Härte des Vaters prägte Wilhelm sehr. Trotzdem hing er an seinem Vater, was in seinen überaus liebevollen Briefen an ihn abzulesen ist. Die lichtvolleren Seiten des Lebens vermittelte ihm jedenfalls die Mutter Leopoldine.

1837 tritt Wilhelm in das Gymnasium in Marburg ein, absolvierte dort die Unterstufe. Danach schrieb ihn der Vater in das Marinekollegium (Collegio di Cadetti) zu Venedig ein. Wilhelms Wunsch war, Seeoffizier zu werden. Fleißig lernte er italienisch, denn dies war zu jener Zeit die Unterrichtssprache an der Schule. 1845 wurde Wilhelm als Seekadett ausgemustert und begann seinen Dienst auf der Brigg Montecuccoli. Im Revolutionsjahr 1848 wurde er zum Linienschiffs-Fähnrich befördert und 1852 zum Linienschiffs-Leutnant. 1854 erhielt er sein erstes Kommando auf der Goelette Elisabeth. 1856 übernahm er das Kommando auf dem Kriegsdampfer Taurus und wurde an die Donaumündung nach Sulina entsendet, um dort für Ordnung zu sorgen. Bald darauf aber wurde er schon wieder abgelöst. 1859, nach einer Missionsreise in das Rote Meer und nach dem für die k. k. Kriegsmarine frustrierenden Krieg in Oberitalien, weil zur Untätigkeit verurteilt, unternahm er an der Seite von Erzherzog Maximilian eine Missionsreise nach Brasilien. 1861 zum Linienschiffs-Kapitän ernannt, übernahm er die Fregatte »Novara« und reiste zum Schutze der Handelsmarine vor Piraten als Geschwaderkommandant in die Levante. 1864 führte er in der Nordsee ein erfolgreiches Seegefecht gegen dänische Kriegsschiffe unter Admiral Suenson. Linienschiffs-Kapitän Wilhelm von Tegetthoff wurde mit siebenunddreißig Jahren zum jüngsten Admiral der Kriegsmarine ernannt.

Die Flotte verlor ihren Oberkommandanten, der Kaiser von Mexiko geworden ist. Konteradmiral Wilhelm von Tegetthoff widmete sich in der Folge dem Ausbau, der Neuorganisation und der Herstellung einer schlagkräftigen Kriegsmarine. Seine Bemühungen lohnten sich schon bald. 1866 gewann Tegetthoff gemeinsam mit Sterneck und Petz und einer hoch motivierten Mannschaft die Seeschlacht bei Lissa gegen eine weit überlegene italienische Flotte unter Admiral Persano. Tegetthoff hatte sein heimliches Ziel, der österreichische Admiral Nelson zu werden, erreicht. Lissa war die nächstgrößte Seeschlacht nach Trafalgar und ein glänzender Sieg der österreichischen Waffen. Der nunmehrige Vizeadmiral von Tegetthoff kämpfte um den weiteren Ausbau der Flotte, um Anschaffung von gepanzerten Schiffen, verbesserter Artillerie, verbesserter Ausbildung und vieles mehr. Doch er scheiterte politisch. Die Flotte blieb in Österreich ein Stiefkind. Die Parlamente wollten die geforderten, dringend benötigten Gelder nicht bewilligen. Darüber verbittert starb Vizeadmiral Wilhelm von Tegetthoff 1871 in Wien, nur fünf Jahre nach Lissa. Seine so mühsamen und gegen großen Widerstand durchgeführten Reformen blieben aber bis zum 1. Weltkrieg in Kraft und begründeten die Seemacht der Donaumonarchie.

Viceadmiral Wilhelm von Tegetthoff

Hans Birch Freiherr von Dahlerup
Österreichischer Vize-Admiral dänischer Herkunft

Geb.: 25. August 1790
Gest.: 26. September 1872

Dahlerup war als erfahrener Offizier der dänischen Marine bis zum Konteradmiral aufgestiegen. Die österreichische Marine benötigte 1849 dringend einen erfahrenen Kommandanten. Kaiser Franz Josef I., er hatte gerade den Thron in Olmütz bestiegen, genehmigte den Vorschlag, Dahlerup zum Marineoberkommandanten zu bestellen. Er ernannte ihn zum Vizeadmiral und stellte ihn an die Spitze seiner Marine. Die Bestellung Dahlerups erwies sich als erstklassige Wahl. Trotz seiner kurzen Amtszeit ist Vizeadmiral Dahlerup in einem Atemzug mit Ferdinand Maximilian, Tegetthoff und Sterneck zu nennen. Ein erster großer Vater der österreichischen k.k. Marine. Auch er scheiterte an der alles beherrschenden Bürokratie und an den verschiedensten Intrigen. Nachdem es ihm nicht gelungen war, die Marine von der Armee zu trennen, reichte er 1851 seinen Rücktritt ein.

Maximilian Freiherr Daublebsky von Sterneck zu Ehrenstein

Geb.: 14. Februar 1829 in Klagenfurt
Gest.: 5. Dezember 1897 in Wien

Die Familie stammte ursprünglich aus Böhmen, wo sie lange den Bürgermeister von Budweis stellte. 1620 erhielten sie mit dem Beinamen »von Sterneck« auch den österreichischen Adel verliehen. 1792 in die Baronie erhoben. 1859 wurde Max v. Sterneck Offizier in der k.k. Marine. 1864 wurde er von Wilhelm von Tegetthoff zum Fregattenkapitän auf der »Erzhg. Ferdinand Max« ernannt. 1866 erfochten sie gemeinsam den Sieg über die italienische Flotte bei Lissa. 1869 wurde Sterneck Hafenkommandant von Pola. 1872 Konteradmiral, 1883 Vizeadmiral und Marinekommandant, 1888 Admiral. Gemeinsam mit dem Grafen Wilczek bereitete er 1872 eine Erkundungsfahrt ins nördliche Eismeer, die sog. österreichisch-ungarische Nordpolexpedition, vor.

Anton Josef Emmerich Maria Freiherr von Petz

Geb.: 24. Jänner 1819 in Venitze – Siebenbürgen
Gest.: 7. Mai 1885

Als Kapitän der »Kaiser« führte er die II. Division in der Seeschlacht von Lissa an. Für seine Verdienste in der Schlacht wurde er zum Konteradmiral ernannt und wurde Theresienritter. Er führte österreichisch-ungarische handelspolitische Expeditionen nach Japan und China.

Bernhard Aloys Freiherr von Wüllerstorff und Urbair

Geb.: 29. Jänner 1816 in Triest
Gest.: 10. August 1883 in Klobenstein bei Bozen

1833 trat er 17-jährig in die österreichische Marine ein. In der Folge wurde er Leiter der Marinesternwarte und Direktor des Kadettenkollegiums in Venedig. Er führte die Fregatte »Novara« auf ihrer Weltumsegelung 1857–1859, wurde 1860 Hafenadmiral von Pola und kommandierte 1864 das österreichische Nordseegeschwader. Von 1865 bis 1867 war Wüllerstorff Handelsminister.

Ludwig August Ritter von Benedek

Geb.: 14. Juli 1804 in Ödenburg – Ungarn
Gest.: 27. April 1881 in Graz

Kämpfte unter Feldmarschall Radetzky 1848/49 in Oberitalien und in Ungarn. 1859 Held von Solferino, erhielt das Maria-Theresien-Militär-Verdienstkreuz. Er zeichnete sich durch große persönliche Tapferkeit aus, wurde militärisch aber überschätzt. Er war ein großartiger Truppenoffizier, aber kein ausgebildeter Feldherr. Ehrenbürger von Wien. Wurde 1860 Chef des Generalstabes in Venetien. 1866 verlor er, als Oberkommandierender der Nordarmee, die Schlacht bei Königgrätz gegen Preußen. Er hatte das Kommando nur widerwillig angenommen und zuvor darauf hingewiesen, dass er die Fähigkeiten, eine ganze Armee zu führen, nicht habe. Nach der Niederlage wurde er seines Amtes enthoben, und zog sich verbittert ins Privatleben zurück.

Erzherzog Albrecht

Geb.: 3. August 1817 in Wien
Gest.: 18. Februar 1895 in Arco (Italien)

Erzherzog Albrecht ist der älteste Sohn von Erzherzog Karl, dem Sieger von Aspern. Er ererbte von seinem Vater das große militärische Talent. 1866 siegte er über die italienische Armee bei Custozza. Ab diesem Zeitpunkt war er Generalinspektor des Heeres und galt als graue Eminenz. Hoch zu Ross steht er heute auf der Albrechtsrampe in Wien.

Ludwig von Gablenz, Freiherr von Eskeles

Geb.: 19. Juli 1814 in Jena
Gest.: 28. Jänner 1874 in Zürich (Selbstmord)

Seit dem Jahre 1833 stand Ludwig von Gablenz in österreichischen Diensten. Im deutsch-dänischen Krieg 1864, befehligte er die österreichischen Truppen und wurde Statthalter von Holstein. Nach dem verlorenen Krieg 1866 wurde er Statthalter von Kroatien und Kommandant der Militärgrenze.

Persano, Carlo Pellion di, Conte

Geb.: 11. März 1806 in Vercelli
Gest.: 28. Juli 1883 in Turin

Persano unternahm 1848 als sardischer Fregattenkapitän mit einigen venezianischen Schiffen einen erfolglosen Angriff gegen die Österreicher in Caorle, zeichnete sich später als Admiral 1860 bei der Belagerung von Messina Gaeta und Ancona aus. 1862 ital. Marineminister. Admiral Persano traf in der für Italien unglücklich verlaufenden Seeschlacht bei Lissa nicht die alleinige Schuld, musste aber die Verantwortung als Flottenchef übernehmen. Sein Kardinalfehler war wohl, dass er sein Flaggenschiff unmittelbar vor der Schlacht wechselte und seine Flotte darüber nicht verständigte. Das erschwerte ganz erheblich die Befehlsübermittlung und Führung des Angriffes. 1867 wurde er vor das Kriegsgericht gestellt. Er verlor alle seine Ämter und Ränge. Fortan lebte er zurückgezogen in Turin, wo er 1883 auch starb.

Otto Fürst von Bismarck-Schönhausen

Geb.: 1. April 1815 in Schönhausen
Gest.: 30. Juli 1898 in Friedrichsruh

Preußischer Ministerpräsident
Gründer des Deutschen Reiches

Da seine bürgerliche Mutter ihn nicht zum Landedelmann erziehen lassen wollte, besuchte Otto gute Schulen in Berlin und Göttingen. Sein Studium der Rechtswissenschaften trieb er allerdings nicht recht voran. Er war durch seinen politischen Radikalismus und seine rüden Umgangsformen in Studentenkreisen unbeliebt. 1835 schloss er sein Studium ab, absolvierte sein Gerichtsjahr in Berlin, ging nach Aachen als Regierungsreferendar und entdeckte, dass er sich für das trockene Aktenstudium nicht eignete. 1839 zog er sich als Gutsverwalter nach Kniephof zurück. Aber die Gutsverwaltung füllte ihn nicht aus. Nach dem Tod seines Vaters, Ferdinand von Bismarck, 1845, übersiedelte er nach Schönhausen; war dort Gutsherr und Deichhauptmann und wurde als Abgeordneter in den Provinzlandtag gewählt. Hier verdiente er sich die ersten parlamentarischen Sporen. 1851 Bundestagsabgeordneter. 1859 preußischer Gesandter in St. Petersburg. Kriegsminister Roon holte ihn 1862 als Außenminister in die Regierung zurück. Im selben Jahr ernannte ihn König Wilhelm I. zum Ministerpräsidenten. Focht große Konflikte mit dem Abgeordnetenhaus aus, regierte ohne abgesegnetes Budget, ergriff scharfe Maßnahmen gegen die Presse- und Versammlungsfreiheit, trat aus politischen Erwägungen für das allgemeine und gleiche Wahlrecht ein. Strebte die deutsche Einheit an, ohne Österreich. Führte eine Politik mit vielen Winkelzügen, die auf den Krieg zusteuerte. Sein Ausspruch vor dem Fürstentag: »... die großen Probleme der Zeit seien nicht durch Versammlungsbeschlüsse, sondern nur durch Blut und Eisen zu lösen ...«, charakterisieren seine Einstellung. Nach dem schnellen Sieg 1866 gegen Österreich und dessen Verdrängung aus Deutschland, schmiedete er das Deutsche Reich, schuf die deutsche Einheit. Betrieb die Kaiserproklamation für Wilhelm I. Nach dem Tode seines alten Herren Wilhelm I. und danach Kaiser Friedrichs III. diente er Kaiser Wilhelm II. Die beiden gerieten in Konflikt und Bismarck wurde 1890 in verletzenden Formen abgelöst. Trotzdem er 1895 die Herzogswürde erhielt, verwand er die erlittenen Kränkungen nie.

Giuseppe Garibaldi

Geb.: 4. Juli 1807 in Nizza
Gest.: 2. Juni 1882 in Capera

Italienischer Nationalheld. Diente als Offizier in der sardinischen Kriegsmarine. Mitverantwortlicher bei einem Aufstand 1833, wurde in Abwesenheit zum Tod verurteilt. Ging nach Südamerika ins Exil. Kämpfte mit einer Freischar 1848 gegen Österreich und verteidigte die römische Republik gegen Frankreich 1849. Neuerlich im Exil. Kämpfte 1859 gegen Österreich in Oberitalien und 1866 im preußisch-österreichischen Krieg, neuerlich gegen Österreich. Nach Sturz Napoleon III. Mitglied der französischen Nationalversammlung.

Camillo Benso Graf Cavour

Geb.: 10. August 1810 in Turin
Gest.: 6. Juni 1861

Bekleidete verschiedene Ministerposten in der Regierung Sardinien-Piemonts (Landwirtschaft, Handel, Finanz) und wurde 1852 Ministerpräsident. Gründete 1847 gemeinsam mit Graf Cesare Balbo die Zeitung »Il Risorgimento«, welche dem Einigungsprozess Italiens schließlich den Namen gab. Er betrieb die Einigung Italiens und erreichte dies mit Hilfe Napoleon III. 1859. Cavour wurde wegen seiner Beharrlichkeit auch der »italienische Bismarck« genannt. Er wurde 1861 1. Ministerpräsident des vereinigten Italien unter König Vittorio Emanuele II.

Albrecht Graf von Roon

Geb.: 30. April 1803 in Pleushagen bei Kolberg
Gest.: 23. Februar 1873 in Berlin

Kriegsminister, preußischer Generalfeldmarschall.
Kam 1836 in den Großen Generalstab und wurde 1859 Kriegsminister. Als solcher war Graf Roon Vorkämpfer für die preußische Heeresreform. Auf seine Veranlassung hin wurde Otto von Bismarck Ministerpräsident. Gemeinsam schufen sie die Voraussetzungen für die Feldzüge von 1866, 1870/71. Graf Roon war zugleich Marineminister. 1873 überließ ihm Bismarck das Amt des Ministerpräsidenten, welches er aber noch im gleichen Jahr, gemeinsam mit dem des Kriegsministers, niederlegte.

Helmuth Graf von Moltke

Geb.: 26. Oktober 1800 in Parchim (Mecklenburg)
Gest.: 24. April 1871 in Berlin

Preußischer Generalfeldmarschall
Nach mehrjährigem Dienst in der dänischen Armee trat er 1822 in die preußische Armee über und stand vorübergehend (1836-1839) als Militärberater in türkischen Diensten. 1858 wurde er im preußischen Heer Chef des Generalstabes. Nahm als Generalstabschef am deutsch-österreichisch-dänischen Krieg 1864 teil, führte 1866 das preußische Heer erfolgreich gegen Österreich und 1870/71 erfolgreich gegen Frankreich (Sturz Napoleon III.). Molt-kes Bedeutung beruht nicht nur auf seinen Leistungen als Feldherr, sondern auch auf seinen Operationsentwürfen und auf der Schulung der Generalstabsoffiziere. Als Mensch war er anspruchslos, bescheiden und wortkarg. Man nannte ihn auch den »Großen Schweiger«.

Begriffe:

Deutsch-Dänischer Krieg

16. Jänner 1864 bis 30. Oktober 1864.

Wurde vom preußischen Ministerpräsidenten Otto von Bismarck-Schönhausen herbeigeführt, entbrannte um den Besitz der Herzogtümer Schleswig, Holstein und Lauenburg. Diese Herzogtümer standen bis dahin unter der Herrschaft des dänischen Königs. Der österreichische Kaiser, Franz Josef I. und sein Außenminister Rechberg, ließen sich durch Bismarcks geschicktes Vorgehen vom Deutschen Bund abtrennen und zu einer gemeinsamen Sonderaktion mit Preußen gegen Dänemark verleiten. Dänemark, das vergeblich auf aktive englische Hilfe gehofft hatte, erlag bald der großen Übermacht von Preußen und Österreich. Im Frieden von Wien musste Dänemark die drei Länder an die beiden Großmächte abtreten, die sich in der Gasteiner Konvention am 14. August 1865 über deren Teilung einigten. Als Preußen schon im Jahr darauf unter Bruch dieses Vertrages in das von Österreich besetzte Holstein einmarschierte, brach 1866 der preußisch-österreichische Krieg aus (Königgrätz–Sadowa). Nach seiner Niederlage musste Österreich der Annexion von Schleswig-Holstein durch Preußen zustimmen, während Preußen das – nie eingehaltene – vertragliche Versprechen gab, die dänische Bevölkerung durch eine Volksabstimmung über ihre Zugehörigkeit zu Preußen oder zu Dänemark entscheiden zu lassen.

Gasteiner Konvention

Am 14. August 1865 wurde ein Vertrag zwischen Österreich und Preußen im Kurort Bad Gastein abgeschlossen. Es handelte sich um die Verwaltung von Schleswig-Holstein.

Nach dem deutsch-dänischen Krieg übernahm Österreich die Verwaltung von Holstein, Preußen die Verwaltung von Schleswig. Auch Lauenburg kam zu Preußen. Aber schon ein Jahr nach der Gasteiner Konvention kam es zum Bruch zwischen Preußen und Österreich, welcher sein Finale im Krieg von Königgrätz-Sadowa fand. Österreich unterlag und wurde aus dem Deutschen Bund ausgeschlossen.

Preußisch-österreichischer Krieg 1866

Zwischen Österreich und den meisten deutschen Staaten auf der einen Seite, sowie Preußen und Italien auf der anderen Seite. Die Ursache des preußisch-österreichischen Krieges lag in der seit Bestehen des deutschen Bundes immer größer gewordenen Spannung zwischen den Großmächten Österreich und Preußen im Kampf um die Vorherrschaft in Deutschland. Der preußische Ministerpräsident Otto von Bismarck-Schönhausen, drängte schließlich auf eine kriegerische Lösung. Den äußeren Anlass gab der Konflikt um den Besitz des seit 1864 von Österreich und Preußen gemeinsam verwalteten Schleswig-Holsteins (deutsch-dänischer Krieg). 1865 konnten die Gegensätze in der Gasteiner Konvention noch einmal beigelegt werden. Nachdem aber Preußen entgegen den Bestimmungen dieses Abkommens Holstein besetzt hatte, beantragte Österreich die Mobilisierung der Bundesarmee. Daraufhin trat Preußen aus dem Deutschen Bund aus und erklärte am 19. Juni 1866 Österreich den Krieg. Aufseiten Österreichs standen alle deutschen Mittelstaaten (Bayern, Hannover, Sachsen, Württemberg, Baden etc.) und die meisten deutschen Kleinstaaten. Aufseiten Preußens standen einige der nord-deutschen und der thüringischen Kleinstaaten und Italien. Das preußische Militär war dem österreichischen, das an zwei Fronten kämpfen musste, nicht nur zahlenmäßig, sondern vor allem in der Bewaffnung überlegen.

Von den Verbündeten Österreichs war nur Sachsen zu einer ernstlichen Unterstützung Österreichs bereit gewesen. Preußen überrumpelte Sachsen ohne Kriegserklärung und marschierte in Böhmen ein. In der Entscheidungsschlacht bei Königgrätz-Sadowa unterlag das österreichische Heer den Preußen. Österreich zog seine Truppen an die Donau zurück, das preußische Heer rückte gegen Wien vor. Bismarck konnte seinen König Wilhelm nur mühsam davor zurückhalten, Wien zu erobern. Bismarck wollte Österreich nicht weiter demütigen. Er benötigte die Donaumonarchie weiterhin als Verbündeten. Am italienischen Kriegsschauplatz siegte Österreich unter dem Feldmarschall Erzherzog Albrecht bei Custozza und mit seiner Flotte unter Vizeadmiral Wilhelm von Tegetthoff bei Lissa. *Fazit*: Österreich musste Holstein an Preußen abtreten, der Deutsche Bund wurde aufgelöst und Venetien musste Österreich an Italien abtreten.

Boxeraufstand

Ausgehend von einem Dorf in Shantung, in dem deutsche Missionare im Jahr 1887 buddhistische Tempel in katholische Kirchen umgewandelt hatten, entwickelte sich eine Widerstandsbewegung. »Vernichtet die Ausländer« war der Slogan der Bewegung. Der deutsche Gesandte Clemens Baron von Ketteler wurde ermordet und das Gesandtschaftsviertel von den »Boxern« belagert. Die von Kaiser Wilhelm II. abgehaltene »Hunnenrede« goss Öl in das bereits lodernde Feuer. Österreich-Ungarn hatte sich am Landraub im militärisch schwachen China nicht beteiligt. Die Vereinigten Staaten von Amerika und die Donaumonarchie hielten sich, als einzige Großmächte, davon fern. Österreich-Ungarn schützte mit dem Einsatz seiner Marine österreichische Interessen und österreichische Staatsangehörige.

DEN IN DER SEESCHLACHT
BEI LISSA
AM 20. JULI 1866
FÜR KAISER UND
ÖSTERREICH
RUHMVOLL
GEFALLENEN
IM FROMMEN ANDENKEN
DIE WAFFENGEFÄHRTEN

EUROPAS EINHEIT RUHT AUF
DER VIELFALT SEINER
HISTORISCHEN KONFLIKTE.
BETRACHTET DIE WELLEN
DER ADRIA, WIE SIE DIE
BOTSCHAFT DES FRIEDENS
UND DER VERSTÄNDIGUNG
AN ALLE KÜSTEN
TRAGEN.

U VJEČNI SPOMEN
SLAVNO PALIMA
ZA CARA I AUSTRIJU
U VIŠKOM BOJU
20. SRPNJA 1866. GODINE
SUBORCI

JEDINSTVO EUROPE,
POČIVA NA RAZNOLI–
KOSTI NJENIH POVIJESNIH
KONFLIKATA.
GLEDAJTE VALOVE
JADRANA, KAKO NA SVE
OBALE NOSE PORUKU
MIRA I
RAZUMIJEVANJA.

Der Löwe von Lissa

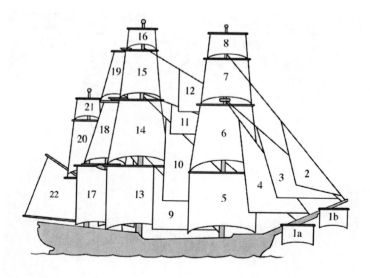

1 a	Blinde (spritsail)	14	Großmarssegel (main topsail)
1 b	Schiebblinde (fore spritsail)	15	Großbramsegel (maintopgallant sail)
2	Außenklüver (outer or flying jib)		
3	Klüver (jib)	16	Großrovalsegel (main royal)
4	Vorstengestagsegel (fore topmast staysail)	17	Großleesegel (main studding sail)
5	Fock (foresail or forecourse)	18	Großmarsleesegel (main topmast studding sail)
6	Vormarssegel (fore topsail)		
7	Vorbramsegel (fore topgallant sail)	19	Großbramleesegel (main topgallant studding sail)
8	Vorroyalsegel (fore royal)	20	Kreuzmarssegel (mizzen topgallant sail)
9	Großstagsegel (main staysail)		
10	Großstengestagsegel (main topmast staysail)	21	Kreuzbramsegel (mizzen topgallant sail)
11	Mittelstagsegel (middle staysail)	22	Besan (driver)
12	Großbramstagsegel (main topgallant staysail)	A	Fockmast
13	Großsegel (main sail or main course)	B	Großmast
		C	Kreuzmast

Für Royalsegel ist im Deutschen auch die Bezeichnung Oberbramsegel gebräuchlich. Leesegel wurden bei schwachem Wind an allen Masten geführt, hier aber der Übersichtlichkeit wegen nur beim Großmast eingezeichnet.

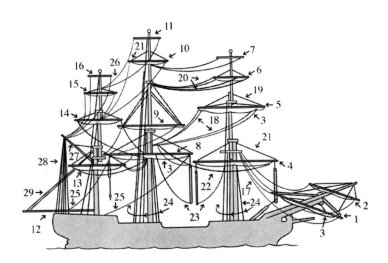

1	Blinde Rah (spritsail yard)
2	Oberblindenrah (sprit topsail yard)
3	Fußpferde (horses): Taue, auf denen die Matrosen beim Setzen und Bergen der Segel standen.
4	Fockrah (fore yard)
5	Vormarsrah (fore topgallant yard)
6	Vorbrahmrah (fore topgallant yard)
7	Vorroyalrah (fore royal yard)
8	Großrah (main yard)
9	Großmarsrah (main topsail yard)
10	Großbrahmrah (main topgallant yard)
11	Großroyalrah (main royal yard)
12	Besanbaum (spanker boom)
13	Kreuzrah (crossjack)
14	Kreuzmarsrah (mizzen topsail yard)
15	Kreuzbramrah (mizzen topgallant yard)
16	Kreuzroyalrah (mizzen royal yard)
17	Blindenbrassen (spritsaii braces)
18	Vormarsbrassen (fore topsail braces)
19	Toppnants(litts)
20	Vorbrambrassen (fore topgallant braces)
21	Toppnants (litts)
22	Fockbrassen (fote sail braces)
23	Taljen zum Einholen von Booten usw. (tackles)
24	Wanten und Fallen (rigging and halyards)
25	Großbrassen (main braces)
26	Großroyalbrasse(main royal brace)
27	Besangaftel (gaff)
28	Piekfallen (pcak halyards)
29	Besandirk (boom topping lift)

Literaturverzeichnis:

Aichelburg Vladimir; K. u. k. Flotte 1900–1918, Verlag Österreich 1998

Aughton Peter; Dem Wind ausgeliefert, Diana Verlag, München 2001

Basch-Ritter Renate; Österreich auf allen Meeren, Verlag Styria, Graz 2000

Baumgartner Dr., Sieche E.; Die Schiffe der k. k. Kriegsmarine im Bild, Band I. 1848–1895, Verlag Stöhr, Wien 1999

Beer Adolf; Wilhelm von Tegetthoffs Nachlass; Carl Gerold's Sohn, 1882

Benedikt Heinrich; Damals im alten Österreich, Amalthea, Wien 1979

Berger Peter DDr.; Der Österr-Ung. Ausgleich von 1867, Verlag Herold, Wien 1967

Besenreiner Erika; Die Reise nach Mexiko, Edition q, Berlin 1995

Egghardt Hanne; Österreicher entdecken die Welt, Verlag Pichler, Wien 2000

Eichthal Rudolf von; Der göttliche Funke, Speidelsche Verlagsbuchandlung, Wien 1965

Gedenkblätter der k. u. k. Kriegs-Marine, Mitteilungen aus dem Gebiete des Seewesens, III. Band, C. Gerold, Pola 1900

Geiss Immanuel; Geschichte griffbereit, Verlag Harenberg, Dortmund 1993

Der Kampf auf dem Österreichischen Meere, C. Gerold, Wien 1869

Giazinto Albini; Bestimmung eines Azimuthes, Rivista marittima 1873

Ginzkey Franz Karl; Die Reise nach Komakuku, Krenmayer & Scheriau, Wien 1953

Ham C., Ortner C.; Mit S.M.S. Zenta in China, Verlag Österreich, Wien 2000

Hantsch Hugo; Die Geschichte Österreichs, Band II., 1648 – 1918, Verlag Styria, Graz 1994

Haslip Joan; Maximilian Kaiser von Mexiko, Biederstein Verlag, München 1972

Holler Gerd; Für Kaiser und Vaterland, Amalthea, Wien 1990

Illustrierte Geschichte der k.u.k. Armee, Band II., Verlag Gilbert Unger, Wien 1900

Karlic Braslav; The Island of Vis; Fabra d.o.o., Zagreb 2004

Kay Bernhard; Ans Ende der Welt und darüber hinaus, Verlag J. Knecht, Frankfurt am Main 1995

Köhlig Eduard von; Vor und nach Custozza, Graz 1892

Mayer H.F., Winkler D.; In allen Häfen war Österreich, Österr. Staatsdruckerei, Wien 1993

Müller Klaus; Tegetthoffs Marsch in die Nordsee, Verlag Styria, Graz 1991

Müllner Fritz; J. C. Fürst Khevenhüller-Metsch, Hardegg 1990

Nezbeda Eduard; Der 20. Juli 1866, Wien 1891

Pawlik Georg; Tegetthoff und das Seegefecht vor Helgoland; Verlag Österreich, Wien 2000

Pigafetta Antonio; Die erste Reise um die Erde, Verlag H. Erdmann, Thübigen 1970

Pilastro G., Isoni G.; Das Schloss Diramare, Edizione Fachin, Triest

Ratz Konrad; Das Militärgerichtsverfahren gg. Maximilian von Mexiko, Verlag Enzenhofer, Wien 1995

Rottauscher Max von; Als Venedig österreichisch war, Verlag Herold, Wien 1966

Salcher Peter Dr.; Geschichte der k.u.k. Marineakademie, C. Gerold, Pola 1902

Salentiny Ferdinand; Lexikon der Seefahrer, DuMont Verlag, Köln 1995

Schmitt R, Strasser P.; Rot-weiß-rote Schicksalstage, NP-Buchverlag, St. Pölten 2004

Schöndorfer Ulrich; Wilhelm von Tegetthoff; Bergland Verlag, Wien 1958

Schreiber Hermann; Magellan und die Meere der Welt, Ueberreuter, Wien 1978

Sokol Hans Hugo; Des Kaisers Seemacht, Verlag Amalthea, Wien 2002

Vogel Winfried; Entscheidung 1864, Verlag Bernhard & Graefe, Bonn 1987

Wallisch Friedrich; Wilhelm von Tegetthoff, Verlag Herold, Wien 1964

Weyr Siegfried; Geschichten aus dem alten Österreich, Carl Ueberreuter, Wien 1995

Wiggermann Franck; K. u. k. Kriegsmarine & Politik, Österr. Akad. d. Wissenschaften, Wien 2004

Woinovich E., Veltzke A.; Unsere Offiziere, Verlag Manz, Wien 1915

Wurmbrand Ernst; Ein Leben für Alt-Österreich, Ueberreuter, Wien 1988

Ziegler Johannes; Die Seeschlacht bei Lissa, Wallishauser, Wien 1866

Erschienen bei BoD:

Werner A. Prochazka; »Ich träumte von Solferino«

Wien, Beginn des 21. Jahrhunderts. Günther von Spielvogel, erfolgreicher Manager in einer Werbeagentur, waschechter Baron, glühender Monarchist und besessener Sammler von Antiquitäten, ersteht auf einem seiner Streifzüge durch die Wiener Antiquitätenläden einen wertvollen Säbel. Bei seiner immer intensiver werdenden Beschäftigung mit der Geschichte der Waffe und seiner Besitzer, einer ganzen Generation von Soldaten, die für ihren Kaiser kämpften, wird er immer tiefer in die lang zurückliegenden Ereignisse der Schlacht bei Solferino gezogen und gerät immer öfter in geheimnisvolle und erschreckende Träume, derer er sich auch bei Tag kaum mehr erwehren kann ...

Books on Demand GmbH, Norderstedt
ISBN 3-8334-0885-5

Werner A. Prochazka; »Ich träumte von Königgrätz«

Dr. Günther von Spielvogel, leitender Angestellter einer Werbeagentur, der Protagonist der Geschichte, hatte einen Unfall erlitten und wurde im Krankenhaus in Tiefschlaf versetzt. In diesem Tiefschlaf träumte er die Schlacht von Solferino 1859. Er erlebte die apokalyptischen Ereignisse als einfacher Soldat mit. Auf seinem Landgut erholt er sich vom Unfall und von der geträumten Schlacht in der er zum Offizier, befördert durch Feldzeugmeister Ludwig Ritter von Benedek, aufgestiegen ist. Die Post stellt ihm verloren gegangene Briefe zu. Sie sind aus der Militärkanzlei des Kaisers Franz Josef I., adressiert an den Unterleutnant Günther von Spielvogel. Unter anderem ist ein Befehl von General

Benedek enthalten, ihn umgehend aufzusuchen. Gemeinsam mit seiner Freundin Sophie besucht er daraufhin Benedek auf dem Friedhof St. Leonhard in Graz. Dort erscheint ihm der General leibhaftig …! Es gibt kein Zurück. Oberleutnant Günther Baron von Spielvogel wird unbarmherzig in die kommenden Ereignisse hineingezogen. Der Krieg von 1866 – Österreich gegen Preußen, Königgrätz-Sadowa – ist sein grauenhaftes Ziel!

Books on Demand GmbH, Norderstedt
ISBN 3-8334-3522-4

Werner A. Prochazka; »Kaiser Josef II. – Herrscher und Menschenfreund«

Revolutionär, Menschenfreund, aufgeklärter Absolutist, Realist, Träumer, Kirchenfeind, gottesfürchtig, radikal, gemäßigt, Bilderstürmer, arbeitssüchtig, unglücklich, liebevoll, zynisch, misanthropisch, humorvoll, wortgewandt … alle diese Attribute scheinen auf Josef II. zu passen. In Wahrheit ist dieser außergewöhnliche Herrscher und Mensch kaum mit vorgegebenen Maßstäben zu messen. Die Persönlichkeit Josefs hat eine ganz eigene Qualität und ist kaum mit einer anderen vergleichbar.

»Bevor ich Herrscher war, war ich Mensch und das halte ich für meine beste Eigenschaft.« Josef

Es fällt leicht, vor diesem Herrscher das Haupt zu senken.

Vorliegender Bildband ist eine Hommage an Kaiser Josef II. von Habsburg-Lothringen.

Erschienen im Eigenverlag des Autors
ISBN 978-3-9502405-0-4

LaVergne, TN USA
20 October 2009

161401LV00007B/1/P